Titolo originale: Eyewitness

Revisionato da kikiM

Illustrazione di copertina: Tina Folsom

Foto dell'autrice: Marti Corn Photography

ALTRI LIBRI DI TINA

Vampiri Scanguards

Desiderio Mortale (Storia breve #½)

La Graziosa Mortale di Samson (#1)

L'Indomita di Amaury (#2)

L'Anima Gemella di Gabriel (#3)

Il Rifugio di Yvette (#4)

La Salvezza di Zane (#5)

L'Amore Infinito di Quinn (#6)

La Fame di Oliver (#7)

La Scelta di Thomas (#8)

Morso Silenzioso (#8 ½)

L'Identità di Cain (#9)

Il Ritorno di Luther (#10)

La Missione di Blake (#11)

Riunione Fatidica (#11 ½)

Il Desiderio di John (#12)

La Tempesta di Ryder (#13)

La Conquista di Damian (#14)

La Sfida di Grayson (#15)

L'Amore Proibito di Isabelle (#16)

La Passione di Cooper (#17)

Il Coraggio di Vanessa (#18)

Guardiani Furtivi

Amante Smascherato (#1)

Maestro Liberato (#2)

Guerriero Dipanato (#3)

Guardiano Disfatto (#4)

Immortale Svelato (#5)

Protettore Ineguagliato (#6)

Demone Scatenato (#7)

Vampiri di Venezia

Vampiri di Venezia – Novella Uno (#1)

Tresca Finale (#2)

Tesoro Peccaminoso (#3)

Pericolo Sensuale (#4)

Fuori dall'Olimpo

Un Tocco Greco (#1)

Un Profumo Greco (#2)

Un Sapore Greco (#3)

Un Silenzio Greco (#4)

Il Club di Scapoli

L'Escort Legittima (#1)

L'Amante Legittima (#2)

La Moglie Legittima (#3)

Una Notte di Follia (#4)

Un Lungo Abbraccio (#5)

Un Tocco Ardente (#6)

Nome in Codice Stargate

Ace in Fuga (#1)

Fox allo Scoperto (#2)

Yankee al Vento (#3)

Tiger in Agguato (#4)

Hawk a Caccia (#5)

Missione Temporale

Il Capovolgimento del Destino (#1)

L'Araldo del Destino (#2)

Thriller

Testimone Oculare

TESTIMONE OCULARE

UN THRILLER

TINA FOLSOM

1

Maryland - Quindici anni prima

Emily Warner sarebbe dovuta morire nell'incidente, ma era sopravvissuta.

Una settimana prima dell'incidente che cambiò per sempre la sua vita, Emily aveva compiuto quindici anni e l'acne era appena sparita. Lo vedeva come un buon segno. Aveva una cotta pazzesca per Kevin, un ragazzo della sua scuola, e lo aveva sorpreso a guardarla, durante le lezioni. Tuttavia, il suo sogno di essere baciata da lui non si realizzò mai. Non lo vide mai più. In effetti, non ha mai più rivisto nessuno dei suoi compagni di classe e dei suoi amici. Tutto questo perché due auto si sono scontrate a un incrocio, una a tutta velocità, bruciando il semaforo rosso, e l'altra che aveva rispettato diligentemente il codice della strada.

Il semaforo rosso fu l'ultima cosa che Emily vide, prima che la cintura di sicurezza le tagliasse il petto, privandola del respiro. I vetri si frantumarono intorno a lei. Il rumore dell'urto riecheggiò nella notte. L'impatto laterale le fece perdere i sensi. Quando riprese conoscenza, per un attimo si chiese se fosse morta. Si sentiva intorpidita, come se il suo corpo fosse scomparso. Ma poi i recettori del dolore nel suo cervello reagirono e si rese conto di essere ancora legata alla cintura di sicurezza, con un liquido appiccicoso che le copriva gli occhi. Un dolore acuto le fece venire un mal di testa peggiore di qualsiasi emicrania, mentre il suo corpo era strettamente incastrato tra lastre di metallo, plastica e tappezzeria. Era intrappolata, incapace di muoversi.

Emily non vide le luci lampeggianti delle ambulanze e delle auto della polizia, e nemmeno le torce dei primi soccorritori che cercavano di valutare la situazione. Sentì solo le sirene e le voci degli agenti di polizia e dei paramedici che le dicevano di rimanere calma, assicurandole che l'avrebbero tirata fuori. Che sarebbe andata bene.

Voleva crederci.

Emily sentì dei movimenti e udì del metallo che veniva piegato o tagliato. Poi qualcuno gemette e lei comprese di non essere l'unica sopravvissuta. Ma, prima che potesse tirare un sospiro di sollievo, un paramedico sussurrò a bassa voce a un collega, ovviamente senza volere che Emily lo sentisse: «Il passeggero non ha battito».

Il suo cuore si fermò in quell'istante. Per un'eternità, il tempo si fermò. Ma poi il suo corpo reagì alla terribile notizia che non voleva fosse vera. Le lacrime si mescolarono al liquido viscoso nei suoi occhi, il sangue così denso che nessuna luce riusciva a penetrare. Cercò di toglierlo, ma il suo braccio era bloccato. Allora non sapeva che non avrebbe fatto alcuna differenza. Il sangue rimase dov'era. Nessuna lacrima avrebbe potuto lavarlo via.

Nel profondo, Emily sapeva cosa significava, anche se in quel momento non voleva riconoscerlo. Come una bambola di pezza, i paramedici la tirarono fuori dal rottame della macchina. La morfina che le avevano somministrato in ambulanza la cullò in un sogno agitato, aiutandola a scacciare dalla mente il ricordo dell'incidente.

In ospedale, Emily sentì le voci dei medici e delle infermiere del pronto soccorso che si occupavano di lei. Secondo loro, era un miracolo, che fosse ancora viva.

Sapeva che avrebbe dovuto essere grata. Ma come poteva essere grata per il nulla che la accoglieva quando apriva gli occhi? Il suo futuro sarebbe stato diverso da qualsiasi cosa avesse sognato da quando aveva memoria. Niente sarebbe stato più come prima. La sua vecchia vita era finita. Ne era cominciata una nuova, che non aveva chiesto. E questa nuova vita era oscurata da un'assenza di luce che inghiottiva tutto ciò che la circondava come un buco nero.

Sì, era sopravvissuta.

Ma il miracolo aveva avuto un prezzo.

Era cieca.

2

W*ashington D.C. - Oggi*
23 maggio

Eric Bolton parcheggiò la sua Mercedes argentata nel posto più vicino all'ingresso del Pronto Soccorso. Saltò fuori dall'auto e, senza nemmeno chiuderla, corse dentro, con il cuore che batteva come un martello pneumatico, ma sapeva di non avere un infarto in corso. Era in forma, per i suoi sessantanove anni, aveva a malapena un chilo in più sulla pancia ed era sano come ci si poteva aspettare da un uomo influente che mangiava più in ristoranti di lusso che a casa.

All'interno dell'ospedale, si orientò e trovò rapidamente una postazione di infermiere. Non aveva tempo da perdere.

«Dov'è mia figlia? Madeline Bolton, è arrivata in ambulanza».

La donna dietro il bancone lo guardò. «Come si chiama?»

«Eric Bolton. Sono suo padre. Dov'è mia figlia?» Chiese frettolosamente, sporgendosi a metà del bancone come se questo potesse accelerare la risposta della donna.

«Si calmi, signore», disse e digitò qualcosa sulla tastiera.

Calmarsi? Come poteva calmarsi? Sua figlia era ferita, gravemente ferita, da quello che era riuscito a capire dalla telefonata concitata di

Lucia. La governante di Madeline aveva pianto, le sue parole erano cariche di tristezza, allarme e paura. L'adrenalina che gli scorreva nelle vene lo aveva in qualche modo aiutato a tornare in città e a raggiungere l'ospedale senza avere incidenti.

«La signorina Bolton è stata portata nella Sala Traumi 2», disse infine l'infermiera. «La prego di accomodarsi laggiù». Indicò la sala d'attesa.

Ma Bolton non si sedette. Non poteva. Doveva sapere cosa era successo, in che stato era Maddie. Doveva essere al suo fianco, dirle che sarebbe stata bene, che suo padre era qui per assicurarsi che ricevesse le cure migliori. Così ignorò il suggerimento dell'infermiera e si diresse verso le doppie porte che conducevano alle sale traumi.

«Signore, signore! Non può entrare lì dentro!» Gli urlò dietro.

Ma lui la ignorò, anche quando lei chiamò la sicurezza attraverso il sistema di altoparlanti. «Sicurezza al centro traumatologico, corridoio B, immediatamente».

Dall'altra parte delle doppie porte, Bolton si affrettò a percorrere il corridoio fiancheggiato da una serie di apparecchiature mediche necessarie per monitorare il battito cardiaco, la pressione sanguigna, l'ossigenazione e altri parametri vitali, oltre a macchine per far tornare a battere il cuore e ventilatori per far respirare il paziente. Sentì diversi bip e comandi pronunciati frettolosamente da medici e infermieri. L'odore sterile dei liquidi disinfettanti lo colpì, ricordandogli che l'ultima volta che era stato in un ospedale era stato quando Rita aveva dato alla luce Madeline. Allora non gli erano dispiaciuti gli odori dell'ospedale o la vista delle tante macchine che aiutavano a sostenere la vita. Oggi, invece, la scena e gli odori evocavano i peggiori risultati possibili.

Alla sua sinistra e alla sua destra si trovava una moltitudine di stanze, tutte con grandi finestre a tutta altezza, alcune con tende chiuse che garantivano la privacy, altre con tende aperte. Molte porte erano aperte, altre erano chiuse.

«Non può stare qui dentro», gli disse da dietro una voce maschile decisa.

Bolton ignorò il rimprovero e continuò a camminare, leggendo i cartelli fuori dalle porte. Trauma cinque, lesse e si continuò a camminare lungo il corridoio. Ma non andò lontano. La mano della guardia di sicurezza sulla spalla di Bolton lo fece indietreggiare, costringendolo a fermarsi e a girarsi.

«Signore, deve andarsene o la farò arrestare dalla polizia», lo avvertì l'uomo alto e di colore, che indossava un'uniforme blu scuro.

«Lei non capisce», lo implorò Bolton. «Mia figlia è qui. È ferita. Devo raggiungerla». Cercò di liberarsi dalla presa dell'uomo, ma non ci riuscì. Allora alzò la voce. «Madeline, Madeline, piccola, il tuo papà è qui».

«Andiamo», disse la guardia di sicurezza e lo trascinò verso le doppie porte.

Bolton non gli rese la vita facile, usando il suo peso contro l'uomo. «Dannazione! Mi lasci andare! Devo vedere Madeline». Si guardò alle spalle e urlò verso la sala traumi due. «Madeline! Maddie!»

All'improvviso, una donna di colore di mezza età in camice apparve sulla porta. Con l'autorità di un medico che aveva visto di tutto, lo guardò dritto in faccia. «Signor Bolton?» Poi lo sguardo si spostò sulla guardia di sicurezza e gli fece un lieve cenno, spostando la testa da un lato.

La guardia di sicurezza lasciò andare Bolton. Bolton fece qualche passo verso il medico, poi si fermò. Sul volto di lei c'era l'espressione che indicava che le notizie non erano buone.

Lei lo raggiunse a metà strada. «Mi dispiace». I suoi occhi traboccavano di compassione. «Sua figlia non ce l'ha fatta».

Tutta la vita fu prosciugata dal corpo di Bolton e per un attimo il mondo si fermò. La traumatologa stava ancora parlando. Parole come emorragia cerebrale e gonfiore del cervello riecheggiarono nel corridoio. Bolton non sentì quasi nulla.

Madeline non c'era più.

Qualcuno lo condusse a una sedia dove si sedette intorpidito dal dolore e dalla sofferenza. Tutto sembrava troppo silenzioso, intorno a lui. E nel dolore solitario del suo lutto, si rese conto che tutto ciò che aveva ottenuto nella sua vita, tutto ciò per cui aveva lavorato, non significava nulla. Sentì le lacrime che gli scendevano dagli occhi e le ricacciò indietro. Non poteva crollare ora, non poteva permettersi di essere debole. Doveva essere forte, per sé stesso e per la sua famiglia. Se si fosse arreso ora, se avesse permesso al dolore di inghiottirlo, non ci sarebbe stato nessuno a confortare Rita, sua moglie da quarant'anni.

Ma come poteva confortare Rita, quando lui stesso sentiva più dolore di quanto ne avesse mai provato?

Non sapeva da quanto tempo fosse seduto lì, da qualche parte in ospedale, quando squillò il cellulare. Automaticamente lo tirò fuori dalla tasca e lo guardò. Non era sicuro del perché avesse deciso di rispondere alla chiamata, visto che riusciva a malapena a parlare, ma lo fece comunque.

La voce familiare era allegra. «Buongiorno, Eric, a che punto sei? I cavalli sono sellati. Qui stiamo sprecando ore di luce».

«Mike», disse Bolton, con la voce rotta.

Mike Faulkner, il capo del gabinetto del Presidente, era suo amico da quando erano stati entrambi membri della stessa confraternita. Sebbene all'inizio le loro scelte di carriera li avessero portati in direzioni e luoghi diversi, la loro amicizia non aveva fatto che rafforzarsi, fino a quando entrambi erano finiti a lavorare nel governo, Faulkner nel ramo esecutivo e Bolton come appaltatore della difesa, con legami con i lobbisti e come importante donatore.

«L'hai dimenticato?»

«Mike...» Bolton raccolse tutte le sue forze per far uscire le parole successive dalla bocca senza crollare. «Maddie... è morta. La mia bambina è morta». Un singhiozzo gli strappò il petto. Non importava che Maddie avesse trentadue anni e vivesse per conto suo in una elegante casa a schiera a Georgetown. Sarebbe sempre stata la sua bambina. E ora non c'era più. Il suo sorriso contagioso era sparito. La sua risata sparita.

«Oh, mio Dio, cosa è successo?».

Bolton respinse un altro singhiozzo crescente. «Non lo so. Mi ha chiamato Lucia. L'ha trovata quando è arrivata. L'hanno portata d'urgenza all'ospedale, ma era troppo tardi. Lei è...» Questa volta la realtà affondò ancora di più e lui non riusciva a pronunciare la parola. L'immagine era troppo cruda, troppo dolorosa.

«Eric, non posso nemmeno immaginare cosa stiate passando tu e Rita in questo momento».

«Rita non lo sa ancora. È a casa». La voce gli si spezzò, ma si ricompose. Fece un respiro. «Non so cosa fare».

«Sono qui per te, Eric. Di qualsiasi cosa tu abbia bisogno. Basta che tu me lo faccia sapere. Devi essere forte per Rita e io posso esserlo per te».

Un singhiozzo straziante uscì dal petto di Bolton. «Forse c'è qualcosa che puoi fare. La polizia... vorrà indagare su quello che è successo. E anch'io ho bisogno di sapere. Devo sapere cosa è successo e perché. Ma non voglio che la polizia trascini il suo nome nel fango».

Anche se amava Maddie più della sua stessa vita, non era cieco. A vent'anni era stata una ragazza selvaggia e aveva sperimentato con le droghe. I suoi amanti venivano da tutto il mondo. Non tutti erano uomini rispettabili. Non voleva che questa fosse la sua eredità.

«Non ti preoccupare di nulla. Lascia che me ne occupi io. Mi assicurerò che sia trattata bene. Manderò i miei uomini», promise Faulkner.

«I servizi segreti? Puoi farlo?»

«Normalmente, no. Non è di nostra competenza. Ma posso chiedere alcuni favori affinché la polizia di Washington non si occupi di questa faccenda. I Servizi Segreti si assicureranno che non trapeli nulla che tu non voglia far sapere al pubblico. E saranno scrupolosi. Te lo prometto. È il minimo che possa fare per la mia figlioccia».

«Non so come ringraziarti».

«Non c'è bisogno di ringraziarmi», disse Faulkner. «Prenditi cura di Rita. Ha bisogno di te, ora più che mai».

Prima che Bolton potesse pronunciare un altro ringraziamento, Faulkner disconnesse la chiamata e infilò il cellulare nella tasca dei pantaloni.

Faulkner si fermò davanti alla porta della scuderia. Non vedeva l'ora di uscire a cavallo con Bolton. Da quando era diventato Capo di Gabinetto del Presidente Robert Langford, più di due anni fa, non aveva più avuto modo di andare a cavallo. In effetti, non aveva più la possibilità di stare nella sua tenuta equestre nella Virginia rurale. Faulkner trascorreva invece la maggior parte dei giorni e delle notti nella sua casa di Washington D.C. Era abbastanza vicina alla Casa Bianca da poter essere nello Studio Ovale con un preavviso di quindici minuti, traffico permettendo.

A volte si chiedeva perché avesse accettato il lavoro. Era perché gli piaceva il potere che la posizione offriva? Il prestigio? O aveva ceduto all'offerta del Presidente perché erano amici dai tempi dell'università? Come Bolton, il Presidente era stato membro della stessa confraternita a cui Faulkner si era iscritto. Forse non si trattava di nessuno di questi motivi. Forse il fatto di non essersi risposato dopo la morte inaspettata della moglie, quando il loro figlio era ancora un bambino, aveva contribuito alla sua ricerca di maggiori sfide professionali. Non era stato bravo a crescere il figlio adolescente ribelle e afflitto dal dolore.

«Buongiorno, signor Faulkner», disse lo stalliere.

Robert Woolf aveva l'aspetto di un vecchio marinaio, con la faccia segnata dal tempo trascorso all'aperto con qualsiasi condizione atmosferica e le mani callose per il duro lavoro che svolgeva senza lamentarsi. Faulkner sapeva riconoscere un brav'uomo, quando lo vedeva. E Woolf era un brav'uomo, onesto, affidabile, prezioso.

«Buongiorno, Robert».

«È arrivato il suo ospite?» Chiese Woolf.

«Temo che abbia dovuto disdire. C'è stato un imprevisto. E io devo tornare immediatamente a Washington D.C.».

Woolf sospirò. «Il Presidente la fa lavorare sodo, se posso permettermi di dirlo. Non la lascia mai godere di un giorno di riposo».

Faulkner si lasciò sfuggire una risata amara. «Di solito avresti ragione, ma questa volta devo aiutare un vecchio amico». Strofinò la mano sul cavallo che Woolf aveva già sellato. «Forse tu e Caleb potete uscire a cavallo, invece. Lo chiamerò per sapere se ha intenzione di uscire».

Prima che potesse prendere il cellulare, Woolf gli fece cenno di andarsene. «Non credo. È stato qui ieri».

«Caleb? Bene!» Sebbene il suo unico figlio non fosse appassionato di cavalli come Faulkner e sua moglie, di tanto in tanto mostrava un certo interesse.

«Non ha portato fuori nessuno dei cavalli. Non è rimasto qui abbastanza a lungo. Ero pronto a sellare Lucky per lui, ma ha detto che non aveva tempo».

La fronte di Faulkner si aggrottò. «Allora cosa ha fatto, qui?».

Woolf alzò le spalle. «Ha detto di aver dimenticato qualcosa, l'ultima volta che era stato qui».

«Oh, beh, allora perché non monti tu Lucky? E forse quel ragazzo che aiuta qui ogni tanto vuole uscire con la puledra. Non mi dispiace. Sembra abbastanza responsabile».

«Lo farò, signore».

«Grazie, Robert».

Faulkner si voltò e uscì dalla scuderia, tirò fuori dalla tasca il cellulare e sfogliò i suoi contatti.

3

Non c'era parcheggio, fuori dalla pittoresca villetta a schiera a due piani di Georgetown, quando il detective Adam Yang arrivò con il suo partner, il detective Simon Jefferson. C'era da aspettarselo. Tanto per cominciare, in questa zona di Washington D.C. non c'era mai stato parcheggio. E oggi era ancora peggio: un'auto era già in doppia fila.

Yang si scambiò uno sguardo con Jefferson, il suo partner di colore da soli due anni. Entrambi erano entrati a far parte del Dipartimento di Polizia Metropolitana di Washington poco più che ventenni e avevano fatto carriera, diventando detective a sei mesi di distanza l'uno dall'altro. Ma le loro somiglianze finivano lì. Jefferson apparteneva alla maggioranza di colore della polizia di Washington, dove circa il 60% di tutti gli agenti era di colore e solo poco più del 2% era asiatico.

Anche se Yang si sentiva a casa, nel dipartimento multiculturale, era certamente l'intruso. Proprio come lo era nella sua famiglia cinese allargata. I suoi fratelli, due sorelle e un fratello, e i suoi numerosi cugini, erano professionisti: avvocati, medici, contabili. I suoi genitori avrebbero voluto che seguisse le loro orme, ma lui non era interessato alla medicina o alla contabilità. La legge lo aveva chiamato, anche se non nel modo in cui i suoi genitori avevano sperato. Un avvocato o un giudice in famiglia avrebbe soddisfatto le loro ambizioni per lui, ma Yang aveva invece scelto di entrare nelle forze di polizia.

«Parcheggia dietro l'auto nera», disse Jefferson con un'alzata di spalle.

Normalmente, Yang si sarebbe almeno sforzato di trovare un parcheggio adeguato, ma dopo una telefonata mattutina con la sua futura ex moglie, durante la quale avevano litigato sull'aspetto finanziario del loro divorzio, che si stava trascinando da troppo tempo, Yang non aveva più voglia di lottare.

Senza dire una parola, Yang spense il motore e scese dall'auto. Jefferson era già sui gradini che portavano alla porta d'ingresso, che era aperta. Jefferson entrò. Nell'atrio ben arredato, Yang raggiunse il suo collega.

«Bella casa, eh?» Disse Jefferson, a bassa voce.

«Puzza di soldi». Proprio come mezza città. Eppure, per Yang la città era casa. Non riusciva a immaginare di vivere in un altro posto, se non all'interno della tangenziale. C'era qualcosa, nel vivere nel centro nevralgico della nazione, anche se lui non faceva parte del suo tessuto politico.

Sentendo delle voci provenire da una porta socchiusa, Yang andò in quella direzione. Ma, prima che lui e Jefferson la raggiungessero, un uomo di colore in abito scuro ne uscì e bloccò l'ingresso.

Yang e Jefferson mostrarono i loro distintivi. «Detective Yang e Jefferson, polizia di Washington. E voi siete?»

Quando l'uomo sventolò il suo distintivo più velocemente di un mago che fa un trucco, Yang sentì già l'odore dei guai. L'abito scuro dell'uomo e la sua espressione indifferente erano un indizio inequivocabile.

«Agente Banning, servizi segreti». Banning indicò sopra le sue spalle, bloccando ancora l'ingresso del soggiorno. «Ce ne occupiamo io e il mio collega, l'agente Mitchell. Non c'è bisogno di voi. Vi prego di uscire».

«Non credo proprio. Da quello che mi è stato detto, si tratta di una morte sospetta, che rientra saldamente nella nostra giurisdizione», disse Yang, senza giri di parole. «Quindi, a meno che non si tratti di un caso di contraffazione o di frode bancaria, vi consiglio di lasciar fare a noi».

L'agente Banning non si mosse. Dietro di lui, apparve l'agente Mitchell. Era la copia carbone del suo collega fino alla noiosa cravatta, anche se aveva i capelli più corti e le spalle più larghe.

«Questo è un caso che riguarda il Dipartimento di Polizia Metropolitana, non i Servizi Segreti», disse Yang.

«Immagino che tu non abbia ricevuto il promemoria», disse l'agente Banning, con una faccia compiaciuta.

Yang aprì la bocca per replicare, quando squillò il cellulare.

L'agente Mitchell indicò la tasca di Yang, da dove proveniva il suono. «Risponderei, se fossi in lei. Potrebbe essere importante».

Yang incontrò lo sguardo di Mitchell, poi scambiò un'occhiata con Jefferson. Jefferson alzò le spalle.

Era chiaro che l'agente sapeva qualcosa che Yang non sapeva. Si frugò in tasca e tirò fuori il cellulare. Premendolo all'orecchio, rispose: «Detective Yang».

«Yang, tenente Arnold». Ogni volta che la sua superiore, la tenente Latochia Arnold, chiamava, in genere era una cosa importante.

Jefferson si avvicinò per poter ascoltare.

«Tenente, signora. Stavo per chiamarla per...» Non riuscì a finire la frase.

«Sono già arrivati gli agenti dei servizi segreti?» Lo interruppe lei.

«Sì, come...?»

Di nuovo, lei lo interruppe. «Bene. Lascia fare a loro. Toglierò te e Jefferson da questo caso con effetto immediato».

«Con tutto il rispetto, signora, questa è la nostra giurisdizione», disse Yang, con la massima calma possibile, fissando i due agenti dei servizi segreti. «Non potete...»

«Non è stata una mia decisione, Yang. Ho le mani legate».

Yang grugnì per il disappunto.

«Ascolta, Yang», disse la Arnold con un po' meno forza, «questo viene da molto più in alto del mio grado. Il padre della vittima ha un certo peso ed è stato in grado di tirare qualche filo. Il sindaco ha fatto pressione sul capo perché lasciasse perdere. La vittima era in contatto con membri di un governo straniero. I servizi segreti sostengono che si tratti di una questione di sicurezza nazionale. Sono tutte balle, non piacciono neanche a me, ma è così. Quindi, fatemi un favore, non fate scenate. Andatevene e lasciate che se ne occupino loro».

«D'accordo», disse Yang a denti stretti e chiuse la chiamata.

Cercando di ignorare le espressioni facciali compiaciute dei due agenti, Yang disse: «È tutto vostro».

In macchina, Yang si rivolse a Jefferson. «Riesci a credere a questa stronzata? Che cazzo era questa storia?»

«Beh, considerando chi è... o era la vittima...» disse Jefferson.

«Come sarebbe a dire? Chi era?»

«Madeline Bolton. Appartiene all'alta società di Washington». Jefferson alzò le spalle. «Il padre è un pezzo grosso della politica o qualcosa del genere. Pare che sia amico del Presidente».

Yang non poteva credere alle sue orecchie. «Come fai a saperlo?»

Jefferson scosse la testa. «Come fai tu, a *non* saperlo? Ho letto i giornali».

«Giornali o riviste di pettegolezzi?»

«In ogni caso, mi tengo al corrente di quello che succede in questa città. Non può far male sapere chi è chi».

Yang sospirò e mise in moto l'auto. «La tenente Arnold non scherzava, quando ha detto che questo era al di sopra del suo grado».

«La Arnold non scherza mai, a meno che non sia fuori servizio. Inoltre, vuoi davvero essere coinvolto in un caso in cui la famiglia della vittima ti starà addosso alla ricerca di eventuali errori che potresti commettere? Sai come sono i ricchi».

Yang grugnì, ancora infastidito.

«Sei solo infastidito dal fatto che i servizi segreti abbiano invaso il nostro territorio», disse Jefferson.

Yang gli lanciò un'occhiata. «Credo che questa sia la differenza tra noi: io voglio risolvere i casi, tu vuoi chiuderli».

Jefferson fece una breve risatina. «Queste due cose non si escludono a vicenda. Lo sai, vero?»

4

26 *maggio*

Emily sentì le mani e i piedi tornare a muoversi, mentre il suo corpo si scrollava di dosso la sensazione di intontimento dovuta ai sedativi che la flebo le aveva somministrato in vena. Durante l'intervento, aveva pensato di sentire frammenti di frasi dette dalla voce ferma del dottor Milton Harland mentre dava ordini alla sua piccola équipe. Molto probabilmente stava solo sognando, creando la sua realtà, mentre la sua vita era ancora una volta nelle mani di qualcun altro. Quel pensiero le dava conforto, ma anche paura. Tuttavia, non sentiva alcun dolore, né la sensazione che il tempo fosse passato.

A un certo punto, sentì il rumore di un letto d'ospedale che scivolava sul pavimento di linoleum e percepì il movimento di un'infermiera che spingeva il letto nella sala di rianimazione. I freni che venivano azionati emettevano un rumore grattante e indicavano che era arrivata in un cubicolo. Il manicotto attorno al suo bicipite destro si stringeva man mano che veniva riempito d'aria. La pressione si allentò lentamente, mentre un monitor cardiaco emetteva un segnale acustico costante.

Tiffany, l'infermiera che l'aveva aiutata a prepararsi per l'intervento, disse, con voce rassicurante: «Centoquarantatre su ottantacinque». Una mano calda toccò quella di Emily. «È ancora un po' alta, ma sembra tutto a posto, tesoro. Il medico sarà presto da te. Nel frattempo, riposa».

Emily aprì la bocca per ringraziarla, ma aveva la gola secca e non riuscì a formulare alcuna parola. Invece, deglutì a fatica.

«Ti porto dell'acqua».

Le sue palpebre erano troppo pesanti da sollevare e lei attribuì la sensazione ai sedativi che aveva ricevuto. Stava uscendo da uno stato simile al sonno e si sentiva disorientata. Anche se avrebbe potuto aprire gli occhi, non osò farlo, preoccupata di ciò che l'avrebbe accolta. Buio? Luce intensa? Niente? Non voleva fare ipotesi, perché avrebbe solo aumentato la sua ansia.

Emily sentì dell'acqua fresca inumidirle la bocca e capì che l'infermiera era tornata, le aveva messo in mano un bicchiere e le aveva portato la cannuccia alle labbra. Non ricordava di aver accettato l'acqua, né sentì come Tiffany le avesse tolto la tazza dalle mani, ma solo che all'improvviso una mano diversa stava toccando leggermente la sua.

Quanto tempo era passato dal momento in cui aveva bevuto un sorso d'acqua fino a quando una mano aveva stretto la sua? Non lo sapeva.

«È andata bene». La voce la fece uscire ulteriormente dal suo stordimento. Era del dottor Milton Harland, il chirurgo che aveva eseguito l'intervento. «Anche se ci è voluto più tempo del previsto».

Qualcosa nella sua affermazione la mise a disagio.

«Cosa?» Riuscì a borbottare.

Di nuovo, sentì una stretta alla mano che aveva lo scopo di rassicurarla. «Non c'è nulla di cui preoccuparsi. Gli impianti di cellule staminali si sono integrati bene e sembrano aver riparato l'atrofia del nervo ottico che le era stata diagnosticata diversi anni fa. Non avremmo potuto farlo nemmeno, cinque anni fa, ma la medicina ha fatto molta strada. Come le ho detto nella nostra discussione preoperatoria, questa terapia è nuovissima e ancora sperimentale, ma sono sicuro che funzionerà. E con le cornee donate che le abbiamo impiantato oggi, nel tempo avrà una visione di dieci decimi».

Emily colse l'unica parola che smentiva l'affermazione sicura del medico. Era brava in questo, ad ascoltare le parole che non andavano bene, perché dopo l'incidente aveva dovuto fare più che mai affidamento sul suo senso dell'udito. «Nel tempo?»

«Beh, diamo un'occhiata, che ne dite?».

Sentì l'aria tra loro muoversi e capì che il dottor Harland si stava avvicinando.

«Tiffany, abbassa le luci, per favore».

Una mano calda le toccò il viso, le dita le sfiorarono la tempia. Poi il suono di una striscia adesiva che viene staccata dalla pelle le giunse alle orecchie, anche se non provò alcun fastidio. Fino a quel momento non si era nemmeno accorta che i suoi occhi erano coperti da qualcosa, un sottile strato di garza.

Sul fianco sinistro, Emily percepì improvvisamente una luminosità di cui aveva quasi dimenticato l'esistenza. Il suo cuore cominciò a tuonare per l'eccitazione, mentre contemporaneamente il segnale acustico proveniente dal monitor cardiaco accelerava. Poi, a destra, apparve un'analoga luminosità.

«Ora, apra lentamente gli occhi», disse il dottor Harland.

Quando lei esitò per alcuni secondi, lui aggiunse: «Non si preoccupi. Non ci sono luci forti di cui avere paura».

Non poteva più rimandare. Era ora di affrontare la realtà. Per quindici anni aveva vissuto nell'oscurità. Oggi avrebbe scoperto se la luce sarebbe entrata di nuovo nella sua vita.

Emily rilasciò un respiro tremante. «Va bene, allora». Lentamente, sollevò le palpebre pesanti di una piccola frazione di centimetro. Qualcosa che non vedeva da troppo tempo entrò, come se le cateratte di una diga fossero state aperte: la luce. Con un sussulto, per paura che la luce potesse bruciarle gli occhi, li chiuse.

«Ha dolore?» Chiese il dottor Harland.

Scosse la testa. «È così luminoso».

Una risatina sommessa uscì dalle labbra del medico. «È un buon segno. Faremo le cose lente, va bene?»

Lentamente, lo corresse nella sua mente, la sua parte di insegnante prese il sopravvento per un attimo. Ma poi tornò immediatamente nel suo ruolo di paziente, una paziente che temeva di andare incontro a delusioni. Aveva già percorso questa strada una volta. In quell'occasione, l'operazione era stata un fallimento.

«Ci provi di nuovo», la incoraggiò pazientemente il dottor Harland.

Questa volta Emily si costrinse ad aprire di più gli occhi, facendo entrare più luce. All'inizio la luminosità era opprimente, ma questa volta fece appello a tutto il suo coraggio per non cedere alla paura e tenne gli occhi aperti.

«Va bene». La voce del dottore era piena di elogi. O forse lei stava solo proiettando su di lui ciò che sperava. «Ancora un po'».

Emily lasciò che le palpebre si aprissero completamente, sfidando la luce, come se fosse una surfista che affronta un'onda a testa alta. La ricompensa seguì solo pochi istanti dopo. La luce divenne più definita. Si crearono delle forme, apparvero ombre e i colori spuntarono dal nulla. La sagoma di una persona si separò dallo sfondo luminoso, ancora sfocata, ma sempre più chiara a ogni secondo che passava.

«Verde», mormorò. «Il suo camice è verde».

Qualcuno alla destra di quell'ombra emise un respiro di sollievo: l'infermiera, Tiffany. Emily girò leggermente la testa e la mise a fuoco. Ci vollero alcuni istanti perché l'immagine fosse sufficientemente nitida da riconoscere la forma di una donna minuta vestita di rosa. Emily spostò lo sguardo verso l'alto e si concentrò sulla testa e sui capelli, ma l'area apparve come un buco nero e scuro, un luogo privo di luce. C'era un problema con le cornee che le avevano impiantato? C'era uno strappo, una macchia, un'imperfezione che improvvisamente aveva fatto sparire la luce?

«No», mormorò tra sé e sé, mentre il panico le toglieva l'aria.

«Cosa c'è che non va?» La voce del dottore le fece voltare la testa di scatto nella sua direzione.

In quel momento si rese conto del suo errore. Non c'erano ombre, sulle sue cornee: la sagoma del dottor Harland appariva senza ombre. Per confermare la sua consapevolezza, guardò di nuovo Tiffany. A ogni secondo che passava, i suoi occhi si abituavano alla luce e le forme davanti a lei diventavano più definite, rivelando l'infermiera con maggiore chiarezza, contrastando la sua pelle scura con il camice rosa che indossava. Emily si sentì stupida a non essersi accorta che Tiffany era di colore. Invece, aveva erroneamente pensato al peggio.

«Niente... non c'è niente che non vada». Era la verità. «Io vedo». Esitò. Non voleva lamentarsi o criticare, ma la sua preoccupazione ebbe il sopravvento. «Solo che...»

«Non ha ancora una visione chiara. È ancora sfocata», ipotizzò il dottor Harland.

«Come fa a...»

«C'era da aspettarselo. Se si fosse trattato solo di impiantare nuove cornee, la vista sarebbe stata ripristinata immediatamente. Ma dovendo riparare anche il nervo ottico, il processo richiede un po' più di tempo. Il cervello deve formare nuove sinapsi per elaborare i segnali inviati dal nervo ottico».

Il sollievo la invase. «Quanto tempo?»

«Dipende. In alcuni pazienti ci vuole una settimana, in altri parecchie. In ogni caso, la vista migliorerà di giorno in giorno».

«Grazie». Emily girò la testa verso Tiffany per includerla. «Non so come ringraziare lei e la tua squadra». Le lacrime si fecero improvvisamente strada e annebbiarono ulteriormente la sua visione sfocata. «E anche la famiglia del donatore. Voglio ringraziarli».

«Siamo felici di poterci occupare di lei», disse il dottor Harland. «Vero, Tiffany?»

«È stata una paziente modello, signorina Emily», rispose Tiffany. «Ora lasci che chiami il suo accompagnatore, così potrà riportarla a casa quando sarà pronta».

«Grazie». Ma Tiffany si stava già girando e stava uscendo dal suo campo visivo.

«E la famiglia del donatore?» Emily chiese, guardando di nuovo il chirurgo. Ora poteva vedere che aveva i capelli sale e pepe, ma altri dettagli le sfuggivano ancora. «Vorrei chiamarli».

Il dottor Harland aprì una cartella, poi sospirò. «Mi dispiace, signorina Warner, ma la nota dell'amministrazione dei trapianti dice che la famiglia del donatore vuole rimanere anonima».

«Oh...»

La notizia era deludente, ma in un certo senso la capiva. Forse non volevano che venisse loro ricordata la recente perdita. Emily sapeva cosa significasse. Purtroppo, non aveva mai potuto scegliere che gliela ricordassero o meno. Ogni singolo giorno degli ultimi quindici anni aveva pensato a ciò che aveva perso: non solo la sua vista, ma anche la persona che amava di più. Non aveva trovato nel suo cuore la forza di mostrare pietà alla persona responsabile. Invece, con tutta la rabbia di una quindicenne, gliel'aveva fatta pagare.

5

«Posso camminare», disse Emily, ma Tiffany la costrinse, con dolcezza, ma con fermezza, a sedersi sulla sedia a rotelle.

«Regole dell'ospedale», insistette. «Ho già fissato il suo appuntamento di controllo con il dottor Harland. Ho annotato la data e l'ora sui documenti di dimissione. Lasci che glieli procuri».

Prima che Emily potesse fare altre domande sull'appuntamento, Tiffany spostò la sedia a rotelle di lato e mise i freni, poi andò dietro la postazione delle infermiere e si mise a cercare la cartella.

«Dannazione, Arleen, dov'è finita la cartella di dimissione della mia paziente? L'ho messa qui un minuto fa».

«Nome del paziente?» Chiese una delle infermiere, presumibilmente Arleen.

«Emily Warner».

«Non ce l'ho qui. Susan ha appena preso una pila di documenti. Forse l'ha presa per sbaglio. È andata nell'ufficio sul retro».

Con uno sbuffo infastidito, Tiffany se ne andò.

Emily non poté fare altro che rimanere seduta come una pianta in vaso. Mentre le chiacchiere delle infermiere si spegnevano, il suono di un televisore montato sulla parete opposta la raggiunse.

«... È in corso di pianificazione una commemorazione che probabilmente includerà dignitari stranieri e nazionali e membri di spicco della società di Washington. Il recente annuncio del fidanzamento della figlia del senatore in carica Puller con il figlio del suo avversario alle primarie, Kurt Altman, ha fatto sì che tutta l'élite di Washington si chieda se il matrimonio possa riunire questi due acerrimi rivali. Restate sintonizzati. E dopo la pausa pubblicitaria: Chi è stato visto di recente nel nuovissimo nightclub SWANK con la sua ex? Non ci crederete».

«Eccolo», disse Tiffany da dietro Emily.

Emily distolse l'attenzione dalla TV e prese la cartella che Tiffany le aveva messo in mano.

«Allora, l'appuntamento è fissato per la fine della prossima settimana».

«A che ora del giorno? Io insegno fino a...»

«Non preoccuparti, tesoro, immaginavo che l'avresti detto. Ti ho fissato un appuntamento nel tardo pomeriggio».

«Grazie. Normalmente non mi dispiacerebbe... ma ho già perso qualche giorno di quest'anno scolastico e non voglio fare mancare nulla ai miei studenti».

Tiffany schioccò la lingua. «Non c'è niente di male, a prendersi qualche giorno di riposo. Un'operazione come questa non va presa alla leggera. Hai bisogno di molto riposo».

«È un fine settimana lungo per me. Lunedì non ci sono lezioni. Il dottor Harland ha detto che posso tornare al lavoro martedì».

«Tesoro, il dottor Harland è uno stacanovista. Ovviamente dirà che puoi tornare al lavoro dopo tre giorni, perché è quello che farebbe lui. Dico solo che se sentissi di aver bisogno di più tempo per riposare, devi prendertelo. E non dimenticate di indossare gli occhiali da sole per dare agli occhi il tempo di abituarsi alle luci intense. All'inizio può essere fastidioso».

«Lo farò. Lo prometto». Emily non aveva intenzione di mettere a repentaglio la sua guarigione. Inoltre, si sentiva a suo agio, dietro gli occhiali scuri. Per quasi vent'anni erano stati il suo muro di difesa, uno scudo dietro il quale rifugiarsi, quando la vita diventava troppo opprimente. Insieme al bastone e al suo cane guida, Coffee, segnalavano al mondo circostante di togliersi di mezzo. Ora tutto questo sarebbe cambiato. E questo cambiamento, sebbene ben accetto, oltre ogni immaginazione, faceva paura.

«Eccoci qui», disse improvvisamente Tiffany, spingendo la sedia a rotelle attraverso le porte automatiche dell'ingresso principale dell'ospedale. «Prima che me ne dimentichi: la farmacia ti consegnerà i farmaci a casa in giornata. Assicurati di prenderle come prescritto. Faranno in modo che il tuo corpo non rigetti le cornee».

«Lo so. Il dottor Harland me lo ha spiegato prima dell'operazione». L'aveva avvertita che il suo corpo avrebbe potuto percepire il tessuto del donatore come un'entità estranea e rigettarlo, ma che nel caso delle cornee tale rigetto era estremamente raro.

Emily lasciò vagare lo sguardo. La sua vista era un po' più chiara, ora, rispetto a quando si era svegliata dopo l'intervento, ma le sembrava ancora di guardare attraverso una spessa lastra di vetro che distorceva tutto quello che c'era dietro.

«Che aspetto ha la tua amica?» Chiese Tiffany.

«È asiatica, capelli scuri, magra».

L'unica ragione per cui Emily lo sapeva era che la sua vicina Vicky Hong le aveva descritto il suo aspetto quando Emily si era trasferita nel caratteristico condominio nel quartiere di Columbia Heights a Washington D.C. Si erano letteralmente scontrate, quando Vicky era uscita di corsa dal suo appartamento al secondo piano, mentre Emily aveva cercato di aprire la porta del suo appartamento, o di quella che pensava fosse la porta del suo appartamento. Purtroppo, aveva sbagliato a contare i passi e si era fermata davanti all'appartamento di Vicky. Per un motivo o per l'altro, Vicky aveva fatto subito amicizia con lei e l'aveva presa sotto la sua ala protettrice. Emily sapeva che all'inizio i motivi per cui Vicky l'aveva aiutata erano stati la pietà e forse la novità di avere un'amica così diversa da lei. Ma nonostante fossero diverse come la notte e il giorno - o forse proprio per questo - l'eccentrica esperta di computer era diventata la sua migliore amica.

Un cane abbaiò, attirando l'attenzione di Emily nella sua direzione. «Coffee!» Sentì un sorriso curvare le sue labbra verso l'alto. Vicky aveva portato il cane guida di Emily. «Vieni, ragazzo!»

Un grosso Labrador marrone cioccolato le corse incontro. Emily cercò di avvicinarsi alla testa di Coffee, ma non ci riuscì. Evidentemente la sua percezione della profondità non era ancora all'altezza. Ma un secondo dopo, il naso umido di Coffee si posò sul suo palmo e una lingua le leccò la pelle, prima di posare la testa sul suo grembo.

«Il mio bravo ragazzo», disse con tenerezza, accarezzandogli la testa, strofinandogli le orecchie, mentre lo guardava negli occhi. Era bello come aveva sempre immaginato.

Quando un'ombra oscurò la luce di fronte a lei, alzò lo sguardo. «Ehi, Vicky». La sua amica era vestita con una moltitudine di colori vivaci. Sembrava che Vicky non avesse scherzato quando aveva detto che le piaceva vestirsi per farsi notare.

«Ehi, ragazza». Un sorriso colorò le parole di Vicky. «Sei pronta per l'inizio della tua nuova vita?».

Emily posò lo sguardo sul viso di Vicky e si adeguò al suo sorriso. «Spero che non abbiate dovuto aspettare troppo».

Vicky fece un gesto con la mano per sminuire la cosa. «Ho approfittato del tempo per aggiornarmi con i vecchi colleghi del terzo piano».

«Hai lavorato qui?» Disse Tiffany da dietro la sedia a rotelle.

«Sì, per circa sette anni. Amministrazione e altro. Ora lavoro come freelance, trascrizioni mediche e lavori al computer», rispose Vicky. Quello che Vicky chiamava con disprezzo lavoro al computer era in realtà la scrittura di programmi informatici sofisticati per applicazioni e siti web. Vicky indicò il grembo di Emily. «È la tua cartella di dimissione? La prendo io. La mia macchina è parcheggiata proprio lì, nella zona rossa». Si guardò alle spalle, poi grugnì di disappunto.

«Oh, andiamo, amico!», chiamò in direzione della sua auto parcheggiata.

Emily focalizzò lo sguardo sul punto e vide un uomo in uniforme in piedi accanto alla vecchia Volkswagen Rabbit scassata.

«È un parcheggio riservato alle ambulanze», disse l'agente, con voce piuttosto severa e forte.

«Sono venuta a prendere una paziente, per l'amor di Dio! Abbia un po' di compassione. Non si può discriminare un americano disabile. Ci sono delle leggi». Fece un cenno a Emily. «Non vedi che la ragazza è cieca?».

Emily trattenne una risatina. Era stata testimone dei precedenti tentativi di Vicky di evitare una multa. Non tutti erano riusciti. Anzi, solo pochi erano andati a buon fine. «Non sono più cieca», sussurrò Emily.

Vicky si girò a metà strada e sussurrò: «Sì, ma *lui* non lo sa. Tu porti gli occhiali scuri e hai un cane guida con una pettorina che lo dice, quindi stai al gioco. Magari fai un po' Stevie Wonder, sai, il modo in cui muove la testa da una parte all'altra».

Emily fece fatica a non scoppiare a ridere e anche Tiffany si lasciò sfuggire una piccola risatina.

«Bell'amica, che hai», disse Tiffany sottovoce.

«Sì, credo di essere stata cieca, quando l'ho scelta».

«Molto divertente. Ok, muoviamoci», disse Vicky e si diresse verso la macchina. «Stiamo già arrivando».

«Coffee», ordinò Emily al suo cane. «Avanti». Il cane si girò e si mise a camminare accanto alla sedia a rotelle, mentre Tiffany la spingeva in direzione dell'auto di Vicky.

«Devo scusarmi per la mia amica, agente», disse Emily, mentre raggiungevano l'auto, dove il poliziotto era ancora in agguato. Allungò la mano, muovendola da sinistra a destra, fingendo di non rendersi conto dell'esatta posizione del poliziotto. «Per favore, mi dia la multa. La pagherò. È venuta a prendere me. È tutta colpa mia».

Il poliziotto scosse la testa. «Non c'è problema, signora. Questa volta non le farò la multa. Si assicuri solo che la sua amica non lo faccia più. La sua macchina non è un'ambulanza». Lanciò un'occhiata a Vicky.

«Grazie, agente, è troppo gentile», disse Emily.

Con un cenno del capo, lui si allontanò.

Nell'istante in cui non fu più a portata di orecchie, Vicky ridacchiò. «Ci sai ancora fare».

Pochi istanti dopo, Emily era seduta sul sedile del passeggero, Coffee era disteso su quello posteriore e Vicky accendeva il motore e diede gas. Dall'altra parte della strada, l'agente di polizia si girò di scatto.

Emily mise una mano sul braccio di Vicky. «Non farlo arrabbiare adesso».

Vicky mise la testa fuori dal finestrino. «Scusi, agente, è una macchina vecchia. Sono felice che funzioni ancora». Prima che lui potesse rispondere, lei uscì dal parcheggio abusivo e si immise sulla strada.

«Uno di questi giorni», iniziò Emily, ma l'amica la interruppe.

«Lo so, lo so, ma quando vedo qualcuno con un bastone su per il culo, non riesco a trattenermi. Per fortuna ho la carta 'esci gratis di prigione'».

«E cioè?»

Per un attimo Vicky distolse lo sguardo dal traffico. «Un amico cieco per suscitare simpatia. Funziona sempre, una favola».

«Sì, a proposito di questo». Emily si indicò il viso. «Non sono più cieca».

Un sorriso genuino illuminò il volto di Vicky. «Lo so. Sono così felice per te». Poi guardò nello specchietto retrovisore e indicò oltre la spalla. «Dirai a Coffee che non hai più bisogno di lui?»

Emily scosse la testa. «Ho ancora bisogno di lui. La mia vista non è ancora al cento per cento. Inoltre, sta con me da sei anni. Non potrei mai darlo via. Immagino che dovrà passare la sua pensione con me».

«I cani guida vanno in pensione?».

«Certo che lo fanno. E Coffee se lo merita».

Si guardò alle spalle e fissò il suo cane. Le aveva permesso di avere una certa indipendenza, che un bastone da solo non avrebbe mai potuto fornirle. Era il suo secondo cane guida. Il primo aveva dato la vita per lei, salvandola dall'investimento di un'auto. Gli insegnanti della scuola per ciechi di Baltimora, dove aveva trascorso diversi anni, avevano regolarmente avvertito gli studenti: Non è importante *se* verrai investito da un'auto, un autobus o una bicicletta, ma *quando*. Non avrebbero potuto avere più ragione.

«Stai bene?» Chiese Vicky.

Emily annuì automaticamente. «È solo che è molto, da assimilare. E mi sento ancora un po' intontita dai sedativi».

«Va bene, se vuoi chiudere gli occhi e sonnecchiare un po'». Apparentemente senza sforzo, Vicky guidò l'auto nel traffico intenso.

«Non voglio chiudere gli occhi. C'è così tanto da vedere». Indicò gli edifici che sembravano sfrecciare davanti all'auto, le persone sui marciapiedi, le auto che venivano verso di loro. «Pensavo che Washington fosse una grande città». Eppure, c'erano pochi edifici alti. Sembrava così pittoresca e aveva un'atmosfera da piccola città.

«Lo è, ma ogni piccolo quartiere è come un villaggio a sé. Vedrai. Ti piacerà. Andremo in esplorazione, quando te la sentirai».

«Stai facendo molto per me».

«Ah, non è niente, mi fa uscire di casa. Inoltre, guidare nel traffico di Washington il venerdì è come uno sport di contatto, per me. Mi piace la sfida».

Emily dovette ridacchiare. «Sei strana».

«Strana in senso buono o strana in senso cattivo?»

«No comment», disse Emily.

Guardò fuori dal finestrino del lato passeggero, ma la velocità con cui le immagini le passavano davanti le dava le vertigini, così girò la testa indietro per guardare attraverso il parabrezza. Meglio, pensò, e si concentrò sugli edifici più avanti, cogliendone le forme e i colori. In lontananza si ergeva un enorme edificio bianco con una rotonda. Lo ricordava dalle foto di prima che diventasse cieca.

Emily lo indicò. «È il Campidoglio?»

«Sì».

«È più grande di quanto immaginassi». All'improvviso, qualcosa le balenò davanti agli occhi, accecandola per un breve istante. Girò la testa in direzione di Vicky. Il cuore si mise a correre all'improvviso. «Cos'è stato?»

«Che cosa?»

Indicò dritto davanti a sé. «Il flash».

«Non c'è stato nessun flash», disse Vicky lentamente e con una buona dose di preoccupazione nella voce. «Vuoi che ti riporti in ospedale?».

«No, no, non farlo. Io... ehm, sto bene, davvero. Forse ho solo visto il sole che si rifletteva in qualcosa di lucido», mentì a Vicky, non volendo che si preoccupasse e la riportasse in clinica.

Eppure, era certa di non aver visto la luce riflettersi su una superficie lucida. Aveva visto chiaramente scattare il flash di una macchina fotografica. Intorno al flash era buio, mentre ora era giorno. Quello che aveva visto era fisicamente impossibile. Ma quello che le era balenato davanti agli occhi le era sembrato reale come guardare il traffico intorno a lei.

C'era qualcosa che non andava e questo pensiero la fece rabbrividire, nonostante il clima caldo. Una sensazione fastidiosa, simile alla nausea, si insediò nel suo stomaco, che non poteva attribuire alle medicine che aveva ricevuto oggi. No, non era nausea, era qualcos'altro. La preoccupazione stava mostrando la sua brutta faccia.

6

Dopo che Vicky ebbe riportato Emily nel suo appartamento e se ne fu andata, dopo averla sistemata, Emily entrò nel suo bagno. Dalla piccola finestra filtrava una luce sufficiente, per cui non ebbe bisogno di accendere il lampadario. Con passi esitanti si avvicinò al lavandino. Era l'unico posto del suo appartamento che avesse uno specchio. Il piccolo armadietto dei medicinali appeso sopra il lavandino era già presente, quando si era trasferita. Mentre vi riponeva i soliti farmaci da banco, come aspirine, pillole per l'allergia e pomate per tagli e bruciature varie, non aveva mai usato lo specchio. Non le era mai stato utile. Fino ad ora.

Lentamente, Emily si tolse gli occhiali scuri e li posò sul bancone accanto al lavandino, dove erano esposti in modo ordinato i suoi prodotti di bellezza e igiene personale. Da adolescente, non era stata una persona ordinata, ma dopo aver perso la vista aveva dovuto imparare l'ordine. Dopo aver preso la crema antiprurito invece del dentifricio per lavarsi i denti, aveva imparato in fretta la lezione. Ora ogni cosa aveva il suo posto.

Emily appoggiò le mani sul bordo del lavandino, preparandosi alla verità. Sapeva di avere le cicatrici dell'incidente. Le sentiva con i polpastrelli delle dita, sentiva le piccole creste, le protuberanze dove un tempo c'era stata una pelle liscia. Nei mesi successivi all'incidente, aveva chiesto ai medici e alle infermiere quanto fosse terribile il suo aspetto. Non erano stati onesti con lei, sostenendo che le cicatrici fossero appena visibili. Così aveva smesso di domandare. Ma non aveva mai smesso di chiederselo.

Era giunto il momento di vedere con i propri occhi. Di affrontare la paura di essere brutta. Sapeva che era superficiale, preoccuparsi della bellezza fisica, ma questo non le impediva di sentirsi in ansia. Una cosa era essere ignorata dagli uomini perché era cieca, un'altra era essere rifiutata perché era brutta.

«È ora di affrontare la cosa», mormorò tra sé e sé.

Con un movimento prolungato, sollevò la testa e guardò dritto nello specchio. Ci vollero uno o due secondi perché il riflesso venisse messo a fuoco. Lo fissò, cogliendo ciò che poteva. Non c'erano cicatrici visibili, perlomeno non ne vedeva. Solo quando si avvicinò, notò alcuni punti in cui la sua pelle era più scura, ma un osservatore casuale avrebbe potuto pensare che fossero lentiggini. La pelle intorno agli occhi, pur essendo gonfia e arrossata per l'operazione, per il resto era intatta. I lunghi capelli castano scuro erano lisci e le incorniciavano il viso come una tenda di seta.

Emily sorrise al suo riflesso, sollevata. Non era brutta. Fece un passo indietro per avere una prospettiva diversa. Ricordò il suo aspetto da giovane adolescente. Si era aggrappata a quell'immagine grazie ai regolari esercizi di visualizzazione che le avevano insegnato a Baltimore. Così come si era aggrappata ad altre immagini, ma con il passare degli anni si erano un po' sbiadite. E quando ora si guardava allo specchio, non stava guardando la ragazza che era stata. C'erano ancora degli accenni di lei, ma molte cose erano cambiate. Era maturata.

I suoi lunghi capelli avevano ancora lo stesso colore castano della sua infanzia, anche se ora il colore sembrava ancora più ricco. Le sue iridi erano ancora marroni, ancora senza pretese, ma allo stesso tempo diverse, più curiose, più riflessive. *Lei* era cambiata. Era cresciuta, era diventata una donna.

Il riflesso in cui guardava ora non era quello di un'estranea. Era una donna che conosceva e amava. Non aveva idea di quanto somigliasse a sua madre a quell'età.

«Mamma», sussurrò e si avvicinò allo specchio come per toccarla.

L'immagine si offuscò davanti ai suoi occhi e si rese conto che le lacrime le stavano scorrendo sul viso. «Mi manchi così tanto».

7

Adam Yang entrò nella sala ristoro del distretto. A parte Cindy, una poliziotta alle prime armi, la stanza era vuota. Non ne fu sorpreso. A molti membri del personale piaceva uscire presto, il venerdì pomeriggio, se il loro carico di lavoro lo consentiva. Con un rapido saluto, prese atto della presenza di Cindy e si diresse verso la macchina del caffè. Se ne versò una tazza. Ultimamente, i pomeriggi passati a sbrigare le pratiche richiedevano più di una dose di caffeina, per tenerlo sveglio. Non dormiva bene. Non c'era da stupirsi. Il suo matrimonio, durato sei anni, era finito. Eppure, il divorzio si stava trascinando più a lungo di quanto il suo portafoglio potesse sostenere.

Yang versò la panna nel suo caffè e lo stava mescolando, quando vede entrare Simon Jefferson.

«Ehi, eccoti qui», disse Jefferson e si avvicinò al bancone. «Oh, ciambelle». Ne prese una e le diede un grosso morso, masticando. «Dovresti assaggiarne una. Le ha comprate la Arnold».

Yang lanciò un'occhiata alle ciambelle. «Zucchero fritto? Lo sai che è puro veleno, vero?»

Jefferson alzò le spalle. «Il sapore è buono».

«No, grazie. E poi qual è l'occasione? Non è il suo compleanno».

Era tradizione che gli agenti di polizia comprassero pasticcini o altri dolci il giorno del loro compleanno.

«Non lo so, non mi interessa», disse Jefferson tra un boccone e l'altro.

«Comunque, mi stavi cercando?»

«Sì, la mia fonte mi ha detto che stanno per arrivare alcuni ingaggi in ambasciate che hanno bisogno di maggiore sicurezza. Sei ancora interessato?».

Yang posò la sua tazza. Era un'ottima notizia. Con decine di grandi ambasciate a Washington D.C., c'erano molti lavori di sicurezza privata disponibili. Tuttavia, solo chi aveva conoscenze aveva la possibilità di ottenere questi lucrosi lavori. E Jefferson aveva conoscenze nei posti giusti.

«Certo che sì!» Yang disse prima che Jefferson potesse offrire il lavoro a qualcun altro. «Mi farebbero comodo, dei soldi in più. Gli avvocati mi stanno prosciugando».

«Pensavo che ormai avessi chiuso, con loro. Voglio dire, non avete figli, niente per cui litigare».

«Niente per cui litigare? Dillo a Barb. In questo momento sta litigando con me per la mia pensione. Riesci a crederci? Ho almeno altri vent'anni, prima di poter pensare di andare in pensione, e lei ha già messo le mani avanti».

«Non vincerà mai. Non siete stati sposati per così tanto tempo. Dai, non stressarti per questo».

Yang sospirò. «A volte mi dà fastidio. Pensi di conoscere una persona e poi ti mostra chi è veramente».

«La storia della mia vita. È più facile essere single». Jefferson prese una seconda ciambella e la addentò. Poi lanciò un'occhiata alla giovane poliziotta che si alzò dalla sedia e si diresse verso la porta. «Ehi Cindy, come va?»

Cindy borbottò qualcosa di incomprensibile, con le guance improvvisamente arrossate, prima di fuggire dalla stanza. Jefferson la seguì con lo sguardo. Poi si voltò verso Yang, con un sorriso sul volto.

Yang scosse la testa. «Per favore! È troppo giovane per te».

«Dai, sto solo scherzando».

«Lo spero proprio».

Jefferson si voltò verso la porta, quando per poco non si scontrò con la tenente Latochia Arnold. A detta di tutti, era una donna di colore molto attraente, con un fisico formoso e una risata sguaiata, quando non era in servizio. Madre single di due figli, entrambi ventenni, aveva scalato i ranghi del Dipartimento di Polizia Metropolitana di Washington grazie alla perseveranza e al duro lavoro. Tuttavia, si diceva che avesse beneficiato di un legame con l'ufficio del sindaco. A Yang non importava come ci fosse arrivata. Ciò che contava era che fosse una leader efficace.

«Tenente», disse Jefferson e lasciò la sala ristoro.

«Jefferson». Lei gli fece un cenno con il capo e si diresse verso la macchina del caffè. «Yang».

«Signora», disse Yang.

Lei indicò la tazza di caffè. «Che ne dici di una ciambella con questo?»

«Mi conosce, non sono molto goloso di dolci». Cosa che non si poteva dire per metà della sezione omicidi.

«Buon per te». Si versò una tazza di caffè e si voltò verso la scatola di ciambelle. «Vorrei poter dire lo stesso».

Non c'era una risposta giusta, a questa affermazione. Yang fu abbastanza intelligente da non rispondere. La tenente Arnold lottava costantemente con il suo peso, anche se non sembrava in sovrappeso.

«Ci sono novità sul caso Bolton che i servizi segreti mi hanno soffiato da sotto il naso?» Chiese invece Yang.

Lei gli lanciò un'occhiata di traverso, poi guardò le ciambelle. Dopo un paio di secondi, sospirò e si rivolse a lui senza prendere la ciambella. «Perché ti interessa?»

Yang trovò singolare la domanda. «Perché non dovrebbe? Era sotto la nostra giurisdizione e, se si fosse trattato di un omicidio, credo che tutto il nostro dipartimento se ne sarebbe occupato».

«Ma non è così».

Non poteva lasciar perdere. «Perché?»

«Come ho detto tre giorni fa, è stata una decisione del Capo della polizia». La Arnold bevve un sorso del suo caffè. «I Servizi Segreti sono perfettamente in grado di indagare sulla morte della signorina Bolton. E non c'è motivo di pensare che ci sia stato un omicidio».

«Una donna sana di trentadue anni muore da sola nella sua casa e questo non le sembra sospetto?»

Le sopracciglia della Arnold si sollevarono. «Hai indagato su di lei?»

«Nel mio tempo libero, sì», disse Yang rapidamente, prima che lei potesse accusarlo di aver fatto perdere tempo alla polizia. «Ci sono molte informazioni su di lei che sono di dominio pubblico».

«Beh, allora probabilmente hai scoperto anche il passato della signorina Bolton».

Annuì. «Sperimentare con le droghe a vent'anni non la rende esattamente una tossica. Aveva superato quella fase».

«L'aveva fatto?» La Arnold scosse la testa. «Non puoi saperlo».

«E lei non può sapere se non l'aveva fatto».

Quando lei strinse forte le labbra e poi emise un lento respiro, Yang vide qualcosa nei suoi occhi.

«Lo sa, vero?».

«Questa conversazione è finita», disse la Arnold. «Se pensi che il tuo carico di lavoro non sia sufficiente, permettimi di assegnarti altri casi».

Lo sguardo severo della Arnold gli disse che aveva sfidato la sorte a sufficienza.

«Non sarà necessario».

«Molto bene, allora», disse e se ne andò, acchiappando una ciambella mentre usciva.

Yang vide, nel fatto che non aveva resistito alle ciambelle zuccherate, un segno che anche lei era frustrata dalla situazione.

Si era bevuto la spiegazione della Arnold?

Scosse la testa. Non era mai stato uno che prendeva le informazioni così com'erano, senza verificare i fatti. E sapeva esattamente da dove cominciare.

Tornato nel suo cubicolo, Yang si guardò intorno. Solo la metà degli agenti della sezione omicidi era nelle rispettive postazioni. Gli altri erano sul campo. Non vedeva Jefferson da nessuna parte. Il suo cubicolo, accanto a quello di Yang, era vuoto.

Yang prese il telefono e compose il numero della centrale operativa. Pochi istanti dopo, una giovane e brillante voce femminile rispose.

«Parlo con Sophie? Questo è il detective Yang», disse allegramente.

«Oh, salve, detective. Sì, sono Sophie. Cosa posso fare per lei?»

«Volevo solo mettermi in contatto con l'agente che è stato il primo ad arrivare sulla scena della morte a Georgetown il 23, Madeline Bolton. Potrebbe cercarlo per me, per favore?».

«Certo, detective».

Sentì Sophie battere sulla tastiera.

«Eccolo qui. Agente Cabbot. È stata la prima ad arrivare sulla scena».

«Bene, le parlerò. Grazie, Sophie».

«Nessun problema. Ma non riuscirà a parlare con l'agente Cabbot».

«Perché no?» I servizi segreti le avevano impedito di rilasciare qualsiasi informazione sulla scena per cui era stata chiamata?

«È in luna di miele. È partita ieri. Tahiti, ci crede?»

Yang forzò un'esclamazione allegra. «Wow, buon per lei. Non c'è da preoccuparsi, può aspettare. Grazie ancora, Sophie».

Mise giù il ricevitore.

«Cosa stai facendo?» Jefferson sbucò all'improvviso dalla parete divisoria tra i loro due cubicoli. Yang non lo aveva sentito rientrare.

«Cosa vuoi dire?»

In un sussurro, Jefferson disse: «Non fare il finto tonto con me, Adam. Ti ho sentito. Smetti di scavare. Non è il nostro caso».

«Sì, perché i Servizi Segreti ce l'hanno portato via».

«Sono sicuro che avevano le loro ragioni».

«Non sei minimamente curioso di sapere il perché?»

Jefferson scosse la testa. «No. E sai perché?»

«Perché?»

«Perché voglio fare carriera, in questo lavoro. E non si avanza, se si inizia a far arrabbiare chi ha il potere. È facile».

«Beh, in questo caso, io resterò per sempre un detective, mentre tu un giorno diventerai il mio superiore».

«Sei un caso disperato, lo sai, vero?»

Yang si lasciò sfuggire una risata senza gioia. «Non c'è niente di male nel cercare la verità».

A prescindere da ciò che la verità avrebbe potuto rivelare.

8

Il suono divenne più forte, più insistente. A Emily faceva già male la testa e l'aspirina che aveva preso non sembrava fare nulla per eliminare quel dolore sordo. Il dottor Harland aveva detto che un leggero mal di testa non era raro, nei primi giorni dopo l'intervento. Dopo tutto, il suo cervello aveva molte cose da elaborare e stava facendo gli straordinari.

Un colpo, questa volta molto più vicino, la fece sedere di scatto. Cercò di orientarsi e si rese conto di essere stata sdraiata sul divano. Per quanto tempo aveva dormito? Lo sguardo si spostò verso le finestre, ma la poca luce che proveniva da lì non le diceva molto sull'ora del giorno: le tende erano tirate, e ora ricordava che Vicky l'aveva fatto per aiutarla a riposare. Inoltre, anche se le tende non fossero state tirate, non aveva esperienza recente per distinguere il sole di mezzogiorno da quello del pomeriggio o della sera.

Coffee si alzò a sedere sulla sua cuccia, improvvisamente vigile.

Emily si avvicinò al tavolino accanto al divano, dove c'era un orologio accanto a una lampada bruciata che aveva ereditato dal precedente inquilino. Le sue dita trovarono subito il pulsante giusto.

«Sedici e trentasette», annunciò una voce meccanica.

«C'è qualcuno?»

Coffee saltò in piedi.

Emily girò di scatto la testa in direzione della voce maschile. Una grande ombra scura la fece sobbalzare all'indietro e, con il retro delle ginocchia, urtò contro il bordo del tavolino.

«Ahi!»

Ma il dolore momentaneo non era la sua vera preoccupazione. C'era un intruso nel suo appartamento. Un ladro in pieno giorno? Il cuore le batteva contro la cassa toracica a una velocità che rispecchiava il suo panico. Come avrebbe fatto a difendersi? La strada per la cucina era stata bloccata dall'intruso. Non poteva raggiungere il cassetto dei coltelli. Non possedeva una pistola e nemmeno una mazza da baseball con cui respingere un ladro.

«Che cosa vuoi?», chiese, con la voce che le si spezzava, le ginocchia che le tremavano, pronte a cedere. «Chi sei?»

Si concentrò sull'ombra, inspirò velocemente, si preparò a difendersi con i pugni nudi, ma l'ombra era improvvisamente sparita. Svanita nel nulla. Fece un respiro, poi un altro.

«Signorina Warner? Consegna», chiamò la stessa voce maschile.

Coffee abbaiò e si diresse verso di lei. Alla fine, Emily capì da dove proveniva la voce: dall'esterno del suo appartamento.

Fece qualche passo verso la porta e la aprì. Fuori, nel corridoio, un adolescente allampanato con un cappellino da baseball stava aspettando.

«Deve firmare», disse, indicando un punto sulla sua cartellina.

«Che cos'è?»

«Consegna dalla farmacia. Non mi permettono di lasciare le medicine senza una firma».

Solo in quel momento Emily vide il sacchetto di carta che lui aveva nell'altra mano.

Si era completamente dimenticata del farmaco che il dottor Harland le aveva ordinato. «Oh, mi scusi. Spero di non averla fatta aspettare troppo».

Lui le porse una penna e lei fece del suo meglio per firmare dove lui le aveva indicato. Dovette chiudere gli occhi, il che la aiutò a ricordare come aveva imparato a firmare senza vedere, perché guardare l'inchiostro che formava le parole mentre lei faceva cerchi e linee la confondeva e le faceva perdere il punto dove scrivere.

«Grazie», disse, quando ebbe finito.

Il giovane le porse il sacchetto di carta con le medicine. «Certo».

Si incamminò lungo il corridoio. Per un attimo Emily rimase immobile, seguendolo con lo sguardo finché non scomparve dietro un angolo. Con un sospiro, si girò e si bloccò all'istante.

All'estremità opposta del corridoio, a pochi passi da lei, la sagoma di un uomo grosso contrastava con la luce proveniente dalla finestra alle sue spalle.

Il suo cuore si fermò. I suoi nervi erano logori.

No, per favore, no. Non lasciare che accada di nuovo. Per favore, questa volta, non lasciare che finisca così.

«Signorina Warner, sta bene? Non volevo spaventarla».

Riconoscendo la voce del portiere del palazzo provò sollievo. «Signor Oberman?»

«Sì, mi scusi, stavo finendo le riparazioni nell'appartamento accanto al suo, quando ho sentito qualcosa».

«Solo una consegna», disse lei, mentre lui si avvicinava. Anche se cercava di sembrare calma, alle sue orecchie sembrava tesa. L'ombra di prima e il flash durante il viaggio di ritorno l'avevano resa nervosa.

«La signorina Hong mi ha detto che oggi è venuta a prenderla in ospedale». Oberman le indicò il viso. «È andata bene, credo. Lei mi guarda dritto in faccia. Credo sia la prima volta che la vedo senza occhiali da sole». Si schiarì la gola. «Mi scusi, non volevo metterla a disagio».

«Non lo sta facendo», si affrettò a dire. «È solo che è tutto così nuovo».

Lui le rivolse un sorriso. «Beh, mi faccia sapere se c'è qualcosa che posso fare per lei».

«Grazie, signor Oberman. È molto gentile».

Ma per quanto Emily apprezzasse le sue buone intenzioni, era decisa a non affidarsi più alla gentilezza degli estranei. D'ora in poi avrebbe cercato di diventare veramente indipendente. E nessuna ombra inspiegabile nella sua visione l'avrebbe fermata. Non questa volta.

9

27 *maggio*

Era stata una settimana stressante. In realtà non aveva mai avuto una settimana peggiore in vita sua.

L'assassino sorseggiò il drink che aveva davanti e si appoggiò alla poltrona, mentre fissava le luci della città. Preferiva Washington D.C. di notte, piuttosto che di giorno. Di notte, tutto sembrava più bello e pulito, meno frenetico. E più buio. Era questo che amava di più.

Poteva scivolare nella notte senza essere visto, senza essere riconosciuto. E quello che faceva era molto più piacevole, di notte. I suoi sensi erano acuiti, la sua eccitazione al massimo, i suoi bisogni a un punto in cui non riusciva quasi ad aspettare che venissero soddisfatti. Gli piaceva testare fino a che punto riuscisse a negarsi ciò che desiderava, perché sapeva che quando finalmente si sarebbe arreso ai suoi desideri, l'appagamento sarebbe stato ancora più dolce. Lo era sempre.

Purtroppo, la settimana prima aveva esagerato. Si era lasciato andare a una tale follia che aveva gettato al vento ogni cautela, trascurando di controllare che ogni porta fosse chiusa a chiave, prima di dedicarsi al suo gioco preferito. L'aveva pagata cara.

Ora, da qualche parte a Washington D.C., qualcuno conosceva il suo segreto e poteva farlo fuori. I primi giorni dopo l'incidente, si era aspettato che la polizia bussasse alla sua porta per prenderlo in custodia, ma non era successo nulla.

Il suo segreto era ancora al sicuro. Ma per quanto tempo? La persona che era a conoscenza delle sue inclinazioni avrebbe trovato il coraggio di rivolgersi alla polizia? O la fortuna sarebbe stata ancora una volta dalla sua parte, come tante volte negli ultimi anni? Più passava il tempo, più si rendeva conto che sarebbe stato risparmiato. Dopotutto, aveva ripulito tutto. L'unica persona che era stata vicina a smascherarlo era morta e, mentre l'altra era ancora dispersa, sapeva che era troppo spaventata per affrontarlo. Se ne era assicurato. Faceva parte del suo gioco. Era intelligente, in quel senso, superiore a tutti. Gli piaceva la sensazione di sapere che stava superando tutti in astuzia.

Svuotò il bicchiere e lo posò, poi prese le chiavi della macchina e lasciò l'edificio. Era tempo di occuparsi dei suoi bisogni, prima che il desiderio diventasse troppo forte per poterlo controllare. Non poteva permettersi un altro errore.

10

30 maggio

Non c'era un modo semplice per andare dal suo appartamento a Columbia Heights alla scuola internazionale di Georgetown dove Emily insegnava musica. Doveva prendere la metropolitana fino a Shaw-Howard U, poi cambiare e prendere un autobus per raggiungere il pittoresco quartiere simile a un villaggio che conosceva solo per i suoi suoni e gli odori. Una breve passeggiata di due isolati la portò ai cancelli dell'esclusiva scuola privata in cui le figlie e i figli degli ambasciatori si incontravano con i figli di ricchi lobbisti e politici.

All'inizio Emily era stata riluttante a candidarsi, pensando di non essere adatta, ma, quando il suo consulente professionale le aveva detto che la scuola aveva diversi studenti non vedenti che avrebbero potuto beneficiare della guida di un insegnante non vedente, aveva inviato la domanda. Pensava che tutti i bambini ciechi frequentassero una scuola per ciechi, come lei a Baltimora, ma si scoprì che il Distretto di Columbia non aveva una scuola per ciechi e quindi integrava gli studenti ciechi nelle classi normali. C'era qualcosa da dire a favore di questo approccio. Dopo tutto, i bambini vivevano in un mondo di vedenti, quindi perché non prepararli nelle classi dei vedenti?

Durante il lungo fine settimana, Emily si era attenuta al consiglio del medico e aveva indossato gli occhiali scuri per proteggere gli occhi dalla troppa luce, e si era avventurata fuori solo con Coffee al suo fianco, il bastone pieghevole nella borsetta. Non ne aveva avuto bisogno. La sua vista era diventata più chiara di giorno in giorno, ma ogni tanto erano apparse delle ombre. Emily le aveva attribuite alla stanchezza e le aveva scacciate dalla mente.

Oggi si sentiva riposata ed eccitata. Per la prima volta avrebbe visto i suoi colleghi e i suoi studenti e non avrebbe dovuto affidarsi solo al senso uditivo per riconoscerli. Le sembrava di essere tornata al primo giorno di scuola. Tuttavia, sapendo che la giornata sarebbe stata lunga e che la stanchezza si sarebbe fatta sentire, aveva portato con sé Coffee, come aveva fatto ogni giorno da quando aveva iniziato a insegnare. Sembrava che ai bambini piacesse che il cane si sdraiasse con calma accanto alla sua cattedra e osservasse le lezioni, anche se non potevano accarezzarlo. Dopotutto, Coffee era un cane da assistenza, non un animale domestico.

Al cancello della scuola, Emily si fermò. Spostò lo sguardo sul cortile recintato su un lato della scuola elementare, dove bambini di età compresa tra i sei e i dodici anni salutavano i loro compagni di scuola e si scambiavano le notizie delle loro avventure durante il lungo fine settimana. Le giunsero alcune lingue straniere e riconobbe le voci di alcuni dei suoi studenti. Finalmente sarebbe riuscita a collegare i volti alle voci.

«Buongiorno, Emily». La voce apparteneva a John Gonzalez.

Si girò per vederlo scendere dalla bicicletta e agganciarla alla rastrelliera della scuola.

«Buongiorno, John». Dietro i suoi occhiali scuri, lo mise a fuoco. I capelli scuri erano corti, il corpo tozzo e muscoloso, l'abbigliamento casual. Come insegnante di educazione fisica, il suo stile era adatto. E considerando che insegnava anche biologia, dove spesso si sporcava le mani, l'abbigliamento casual aveva senso.

«Sei in anticipo. Pensavo che il martedì non ci fosse la prima ora». Gonzalez sganciò la borsa dal portapacchi della bicicletta e le fece cenno di avvicinarsi. «In effetti, pensavo che fossi fuori tutta la settimana, dopo il tuo... sai». Fece un cenno ai suoi occhi, poi aggiunse: «Non è stato cancellato, vero?».

«No, no. Va tutto bene». Si diresse verso di lui. «Ha funzionato. Ci vedo. Ma devo stare tranquilla». Indicò il cielo. «Niente luci forti per qualche giorno».

Sorrise. «Beh, è fantastico». Aprì le doppie porte e le tenne aperte per lei.

Lei accettò il gesto ed entrò, mentre Coffee la precedeva di poco, e lei tenne la mano sulla maniglia collegata alla sua pettorina.

«Buongiorno, signorina Warner», disse con un cenno la guardia di sicurezza che si trovava all'interno dell'atrio.

«Buongiorno, Todd», rispose a quel bestione di uomo e lo guardò dritto in faccia. Indossava un'uniforme blu che lo identificava come addetto alla sicurezza, anche se non indossava la giacca. La camicia era a maniche corte e metteva in mostra i suoi bicipiti imponenti e la sua pelle marrone scuro.

«Buongiorno, signor Gonzalez», Todd salutò Gonzalez, che era entrato dietro di lei.

Emily stava già camminando verso la sala professori, Coffee la guidava automaticamente, permettendole di lasciar vagare lo sguardo e di conoscere il corridoio che aveva percorso per quasi tre anni.

Emily aprì la porta della sala professori ed entrò nella stanza ampia e ariosa in cui gli insegnanti si rifugiavano tra una lezione e l'altra o durante le ore libere per bere una tazza di caffè, correggere i compiti o prepararsi per la lezione successiva e seguire le notizie trasmesse dalla vecchia TV nell'angolo. Era anche un luogo ideale per aggiornarsi a vicenda sui pettegolezzi riguardanti gli studenti, i loro genitori o altri insegnanti. E considerando l'importanza di alcuni genitori, c'erano sempre pettegolezzi da scambiare.

Diversi insegnanti si aggiravano nella stanza. Alcuni alzarono lo sguardo, quando lei entrò, altri continuarono a fare quello che stavano facendo senza notare il suo arrivo.

«Buongiorno, Emily». Una bella rossa si diresse verso di lei e la sua voce la identificò come Isabelle Treadway. Sarebbe stato un volto facile da memorizzare. La sua lunga criniera rossa aveva una lucentezza magnifica e il suo viso era pallido come la porcellana.

«Buongiorno, Isabelle».

Quando Isabelle notò Coffee, disse: «Oh cielo, non è andata bene?». Colmò rapidamente la distanza tra loro e mise una mano sul braccio di Emily. «Mi dispiace tanto».

Emily scosse la testa. «Non dispiacerti. È andato tutto bene». Indicò gli occhiali da sole e poi Coffee. «Ma sto ancora guarendo e, finché la mia vista non sarà perfetta, il dottore ha detto di indossare gli occhiali da sole e di avere Coffee al mio fianco».

Isabelle tirò un sospiro di sollievo. «Uff! Per un attimo mi hai spaventato».

La campanella suonò una volta. Mancavano cinque minuti all'inizio della prima ora.

Molti insegnanti si alzarono dai loro posti e raccolsero le loro cose.

«Devo andare. Parliamo a pranzo, ok?». Disse Isabelle e prese la sua valigetta da un tavolo vicino. Senza aspettare la risposta di Emily, si stava già dirigendo verso la porta.

Emily si girò per dirigersi verso il suo posto preferito, il divano, quando si accorse che un uomo la stava fissando. Era seduto a un tavolo abbastanza vicino da aver ascoltato la sua conversazione con Isabelle. La sua vista era abbastanza buona da riconoscere il ghigno sul suo volto, ma non aveva idea di chi fosse. Lui si alzò e prese i suoi documenti.

«Non sei più disabile, eh?» Disse con un'occhiata al suo cane, che già le passava davanti per andare alla porta. La voce apparteneva a Carl Littleton, l'insegnante di inglese. «Beh, congratulazioni».

Sapeva che non diceva sul serio. A Littleton non era mai piaciuta, non l'aveva mai fatta sentire la benvenuta. Aveva scoperto il perché pochi mesi dopo aver iniziato a lavorare alla scuola. Isabelle le aveva rivelato il grande segreto: anche la moglie di Littleton aveva fatto domanda per il posto di insegnante di musica, ma aveva perso contro Emily. Littleton aveva affermato che l'unico motivo per cui Emily era stata scelta al posto di sua moglie era il fatto che Emily era cieca.

Disabile. Littleton aveva sostenuto che grazie alle pari opportunità Emily era stata scelta al posto di sua moglie, che ora doveva fare la pendolare verso una scuola in un quartiere malfamato. E cavolo, le aveva fatto provare quella rabbia ogni singolo giorno.

A un certo punto, Emily aveva parlato con la preside, Olivia Remmington, non per lamentarsi di lui, ma semplicemente per chiedere perché fosse stata lei a ottenere il posto e non la moglie di Littleton.

La preside Remmington, una donna sulla sessantina, aveva sorriso. «Emily, non stavamo cercando di riempire una quota, se è questo che ti preoccupa. L'Americans with Disabilities Act, la legge contro la discriminazione verso le persone con disabilità non ha nulla a che vedere con la nostra assunzione. Ma abbiamo cinque studenti non vedenti, che hanno difficoltà a integrarsi. Abbiamo pensato che, se avessimo assunto una insegnante non vedente, avrebbero finalmente avuto qualcuno che li avrebbe capiti. E da quello che posso dire, i ragazzi stanno migliorando grazie a lei. Perché lei li ascolta. Lei è l'insegnante migliore, per questi bambini. Quindi non permetta a nessuno di dirle che non merita di stare qui».

Una seconda campana interruppe i ricordi di Emily.

Sospirò e si rese conto che la sala professori si era svuotata. Si diresse verso il divano, vi lasciò cadere la borsa e si sedette. Coffee si stese ai suoi piedi. Dal suo posto nell'angolo poteva vedere l'intera stanza. Si familiarizzò visivamente con l'ambiente. Per quanto riguardava le sale insegnanti, c'era un certo caos e nulla sembrava costante. Ricordò i molti lividi che si era procurata in questa stanza, poiché qualcuno spostava continuamente tavoli e sedie per adattarsi a qualsiasi riunione si stesse svolgendo in quel momento. Ci erano voluti mesi, prima che i suoi colleghi si rendessero conto che spostare i mobili a caso era pericoloso per la loro collega cieca.

Emily si sistemò sui cuscini del divano e prese il cellulare dalla borsa. Premette un pulsante e disse: «Riproduci 'La ragazza di Ipanema'».

Pochi istanti dopo, la musica di struggente bellezza eseguita da Stan

Getz e da Astrud e João Gilberto iniziò a suonare silenziosamente. Chiuse gli occhi e si tolse gli occhiali, posandoli accanto a lei sul divano. Si strofinò il ponte del naso e lasciò che la musica inondasse i suoi sensi. La musica era stata la sua via di fuga per metà della sua vita ed era diventata importante per lei come respirare. Portare quella bellezza a menti giovani e impressionabili le dava uno scopo, che l'aveva salvata dal precipitare ulteriormente nel buco oscuro in cui si era ritirata, dopo aver perso la vista. La musica l'aveva sollevata, le aveva dato speranza e l'aveva sostenuta. Le aveva permesso di vedere la bellezza con le orecchie, anziché con gli occhi. Era stata un'ancora di salvezza.

Il forte sbattere di una porta la spaventò più del dovuto e scosse la testa in direzione del suono. Da quando aveva subito l'intervento per ripristinare la vista, qualcosa non andava. Non era in sé. Non era più la persona composta e razionale che aveva lavorato duramente per diventare negli ultimi dieci anni. Ogni piccolo suono la metteva in allarme e ogni nuova vista la spaventava.

Un inserviente con una scala entrò nella stanza. La scala urtò una sedia e la rovesciò. Imprecò. Poi gli occhi dell'inserviente si posarono su Emily.

«Scusi, non sapevo che ci fosse qualcuno, qui dentro». Indicò il soffitto. «Devo solo cambiare quella luce fluorescente. Non le dispiace, vero?»

«No, no, fai pure», disse Emily e spense la musica.

«Non lasci che le impedisca di fare quello che stava facendo. Mi toglierò dai piedi in men che non si dica».

Non perse tempo, posizionò la scala sotto una delle plafoniere e salì sul primo gradino. Poi sembrò ricordarsi di qualcosa, perché scese di nuovo, si diresse verso la porta e azionò l'interruttore per spegnere tutte le luci della stanza. Dalle finestre entrava ancora luce sufficiente.

«Non voglio prendere la scossa», disse con uno sguardo in direzione di Emily, prima di continuare il suo lavoro.

Emily continuò a guardarlo, mentre si metteva in piedi sul gradino più alto e allungava le braccia sopra la testa per sganciare l'involucro della plafoniera. Estrasse la lampadina fluorescente bruciata e, tenendo una mano sulla scala e l'altra sulla lampadina, tornò lentamente giù. All'improvviso, il suo piede scattò all'indietro, come se un crampo stesse rendendo inutili i suoi muscoli.

Una fredda paura la attanagliò e i suoi occhi si diressero verso il punto in cui sarebbe caduto. Al posto del tavolo di legno che si trovava in quel punto solo un momento prima, c'era un tavolo più basso, fatto di vetro pesante con bordi affilati come rasoi. Il terrore le fece gelare il sangue nelle vene. L'inserviente si sarebbe rotto il collo.

«Attenzione!» Emily urlò, mentre contemporaneamente saltava su dal divano e si lanciava verso la scala. Non fece in tempo a raggiungerla. Il vetro andò in frantumi, il suono forte quasi le perforò i timpani. Strinse gli occhi, non volendo vedere la tragedia, il sangue.

«Signorina? Signorina?» Qualcuno le stava afferrando i bicipiti e la scuoteva. «Va tutto bene?»

Emily aprì a forza gli occhi e fissò il volto dell'inserviente. Incredula, passò lo sguardo sul suo corpo alla ricerca di ferite. Non ne trovò nessuna.

«Sto bene. Ma la scala...». Indicò l'oggetto in questione. «Sei caduto».

Lui le rivolse uno sguardo strano, scuotendo la testa. «Non sono caduto». La liberò dalla sua presa. «È sicura di stare bene, signorina?»

I suoi occhi si posarono sul punto in cui il tavolo di vetro era andato in frantumi. Non c'era nessun vetro. Nessun tavolo in frantumi, nessun segno di incidente, solo un tavolo di legno con diverse sedie attorno.

E anche se diceva «sto bene», sapeva che non era così. Perché aveva visto chiaramente il vetro infrangersi per l'impatto di una persona caduta dalla scala. Temeva cosa questo significasse. Stava vedendo di nuovo delle cose. Cose che non c'erano.

Voleva infilarsi nel suo armadio, il nascondiglio che aveva scelto quando le cose avevano cominciato a precipitare, dopo l'incidente di quindici anni prima. Proprio come allora, voleva chiudere fuori il mondo che la circondava, non volendo e non essendo pronta ad affrontare le sue paure. Solo che questa volta era peggio. All'epoca non sapeva cosa l'aspettasse. Ma questa volta sapeva cosa c'era in serbo, per lei.

11

«Ecco, questo dovrebbe aiutare». Vicky le porse un bicchiere di vino rosso.

«Io non bevo, davvero», protestò Emily.

«Allora sarà ancora più utile. E non te ne servirà molto. Fidati di me». Spinse il bicchiere nella mano di Emily, poi prese il suo e si sedette accanto a Emily sul divano.

Appena Emily era tornata da scuola, aveva bussato alla porta di Vicky, ancora scossa per l'incidente in sala insegnanti, e le aveva raccontato l'accaduto. Non sapeva come avesse fatto a superare le cinque ore di lezione.

«Forse ti sei appisolata e l'hai sognato», disse a quel punto Vicky, con voce più speranzosa che convinta. «Probabilmente era solo questo. Credimi, ho fatto i sogni più assurdi, e a volte sono così reali che potrei giurare che non fossero solo frutto della mia immaginazione».

Emily, riluttante, bevve un sorso dal suo bicchiere di vino. «Ma so che non era un sogno. Ho visto quello che ho visto. Qualcuno si è schiantato sul tavolo di vetro e l'ha mandato in frantumi».

«Il tavolo di vetro che non c'era?» Vicky sospirò. «Emily, gli ultimi giorni sono stati un grande cambiamento, per te. Quello che stai vivendo è stressante, anche se è uno stress positivo. Perché non ti prendi qualche giorno di vacanza in più? Sono sicura che la preside Remmington capirà».

«Ma non è stress. Lo so. Ho di nuovo le allucinazioni». E questo la spaventò, perché ricordava fin troppo bene come era finita, l'ultima volta. Non poteva ripetere l'esperienza per una seconda volta.

«Allucinazioni? Sei un po' troppo severa con te stessa».

«Ma è vero». Guardò direttamente negli occhi di Vicky. «È già successo, in passato».

«Cosa? Quando?»

«La prima volta che ho fatto un trapianto di cornea, quindici anni fa».

Vicky rimase a bocca aperta. «Non mi avevi mai detto di aver già subito un trapianto».

Emily sprofondò di più nei cuscini del divano, portandosi il bicchiere alle labbra per la seconda volta. Questa volta bevve un sorso più lungo. In realtà, era più di un sorso. Nel silenzio che c'era tra loro, i ricordi di ciò che era accaduto quando aveva poco più di quindici anni, tornarono a galla come un'onda anomala che minacciava di affogarla. Ma non poteva permetterlo. Doveva affrontarlo, per quanto la spaventasse.

«Poco dopo l'incidente in cui ho perso la vista...»

«L'incidente che ha ucciso i tuoi genitori?» Chiese Vicky. Emily gliene aveva parlato subito, quando era stata sollevata la questione della famiglia.

Annuì. «Sì. Quando ero ancora in riabilitazione per le altre ferite, al braccio e alla gamba, mi dissero che potevano restituirmi la vista. Il trapianto fu programmato e tutto andò bene. O almeno così pensavano». Sbatté le palpebre.

Vicky mise una mano sull'avambraccio di Emily. «Che cosa è successo?»

«Ho iniziato ad avere allucinazioni, a vedere ombre, a vedere cose che non c'erano. Pensavo di essere impazzita. I medici credevano che fosse un effetto collaterale dei farmaci che mi avevano somministrato per evitare il rigetto delle cornee. O forse che fosse il trauma che avevo subito a causa dell'incidente». Emily scosse la testa. «Non era nessuna delle due cose».

«Allora cos'era?»

Emily incontrò lo sguardo preoccupato dell'amica. Non era facile parlarne, ma aveva bisogno di sfogarsi. «Stavo impazzendo. Non riuscivo più a distinguere tra realtà e fantasia. La situazione era così grave che dovettero ricoverarmi...» Esitò, perché le parole che doveva dire portavano con loro uno stigma. Uno stigma che non riusciva a scrollarsi di dosso. Nemmeno dopo quindici anni.

«Ricoverarti? Dove?»

Quando Emily rimase in silenzio, Vicky sembrò improvvisamente capire. «Un reparto psichiatrico? Ti hanno messo in un manicomio?»

Emily rabbrividì. Si era pentita di aver raccontato subito a Vicky del suo breve incontro con la malattia mentale. Ma si era trattato davvero solo di un breve incontro? La malattia mentale può davvero scomparire, dopo qualche anno o questo era il segno che non l'aveva superata?

«Chiamarlo manicomio non lo rende meno traumatizzante, giusto perché tu lo sappia».

«Mi dispiace, non intendevo in quel senso. Ma credimi, il tuo posto non è in un... ospedale psichiatrico. Sei normale come lo sono io».

«Non mi sentivo normale. E la situazione non è migliorata fino a quando...» Emise un lungo respiro, non sapendo come continuare. Era vero. Non si era mai sentita veramente normale. L'aveva coperto facendo buon viso a cattivo gioco, cercando di tenersi occupata, trovando uno scopo come insegnante cieca. Ma aveva solo mascherato il problema, nascondendolo sotto l'apparenza di una donna ben adattata? «Non ne ho mai parlato».

«A me puoi dirlo. Siamo migliori amiche, giusto?»

Lentamente, Emily raggiunse il ricordo che teneva rinchiuso insieme ad altre parti del suo passato. «Una notte non ce la feci più. Le cose che avevo visto erano troppo orribili. Sono uscita dalla mia stanza e nel corridoio ho visto qualcuno. Sono corsa via e qualcuno mi ha inseguito. Sono arrivata alle scale, per scappare, sai...»

Anche adesso, raccontare quello che era successo era difficile, anche se aveva tralasciato i dettagli cruenti, incapace di esprimerli a parole. Ma ricordava tutto, come se fosse accaduto solo un momento prima. Aveva visto un uomo scuro che la inseguiva lungo un corridoio. Si era guardata alle spalle, cercando di sfuggirgli, ma lui era più veloce. Ed era armato. Il coltello che aveva in mano brillava sotto la luce del corridoio poco illuminato e l'espressione del viso dell'uomo le diceva che l'avrebbe usato su di lei e che avrebbe goduto nel farle del male.

«Mi hanno trovato in fondo alle scale qualche ora dopo».

«Hai provato a... cioè...»

Sapeva cosa stava cercando di chiedere Vicky. Non poteva biasimarla. I medici avevano sospettato la stessa cosa. E anche Emily stessa non poteva dire con certezza di non aver scelto la via più facile.

«Uccidermi? Porre fine a tutto questo? Non lo so. Ricordo solo la sensazione di essere inseguita. Non so se fosse reale o se mi fossi inventata tutto. Per quanto riguarda il modo in cui è successo...» Scrollò le spalle. «Non so se mi sono buttata giù dalle scale o se sono scivolata...»

O se la persona immaginaria che la inseguiva l'avesse spinta. Aveva sentito una mano sulla spalla e sapeva che l'uomo l'aveva raggiunta. «Quando mi hanno trovata, sanguinavo dalla testa... dagli occhi...» Fece una pausa. «Il mio corpo stava rigettando le cornee donate. Stavo diventando di nuovo cieca. Solo che questa volta fu peggio: la caduta aveva causato un trauma maggiore. Aveva danneggiato parti che non potevano essere riparate, non all'epoca. Questo rendeva impossibile un altro trapianto. Non che lo volessi, non dopo quello che avevo passato».

Vicky annuì lentamente, mentre la sua voce si riempiva di comprensione: «Dovevi aspettare che la medicina progredisse a sufficienza... e che tu fossi abbastanza coraggiosa da riprovarci».

Emily accolse le parole dell'amica con un cenno del capo. Bevve un altro sorso dal suo bicchiere. «Ho paura, Vicky. E se non fossi destinata a vedere di nuovo? E se stesse succedendo ancora una volta?»

Vicky le strinse la mano. «Non succederà, mi hai sentito?»

«Non posso semplicemente desiderare che queste allucinazioni spariscano».

«È esattamente quello che devi fare. Non lasciare che ti controllino. *Tu* hai il controllo!»

«Non mi sento in controllo, in questo momento».

Vicky mise le dita sotto lo stelo del bicchiere di Emily per spingerlo verso l'alto, fino alla bocca di Emily. «Affoghiamo queste allucinazioni».

«È questa la tua soluzione?».

«Fidati, funziona per un sacco di cose».

«E se non lo fa?»

Vicky mise un braccio intorno alle spalle di Emily. «Allora hai sempre me, per scacciare i tuoi mostri immaginari».

12

31 *maggio*

L'ambasciata argentina si trovava in un imponente edificio dalla facciata decorata, a un isolato da Dupont Circle, circondato da numerose altre ambasciate in palazzi altrettanto belli. Emily veniva qui da oltre due anni e dava lezioni private di pianoforte a Catalina, la figlia di dieci anni dell'ambasciatore. L'ambasciatore Santiago Pacheco era un vedovo, affascinante a volte, distante e riservato altre. Non doveva essere facile svolgere i compiti di un ambasciatore e allo stesso tempo essere un genitore single di una bambina con bisogni speciali. L'ambasciatore Pacheco avrebbe potuto scegliere qualsiasi insegnante di musica per sua figlia - il denaro non era certo un problema - ma il fatto che Emily e Catalina avessero qualcosa di importante in comune aveva reso la decisione più facile, per lui. Catalina era cieca dalla nascita.

Dopo la morte della moglie per cancro, l'ambasciatore Pacheco aveva lasciato la sua casa in un sobborgo elegante di Washington D.C. e si era trasferito nella residenza che occupava l'ultimo piano dell'ambasciata. Nei pomeriggi e nelle sere, quando Catalina era a casa da scuola, lavorava spesso nel suo ufficio nella residenza per poter tenere d'occhio la sua bambina. Nonostante la tata e la governante si occupassero dei bisogni di Catalina, non erano sufficienti per dare alla bambina ciò di cui aveva bisogno. Un genitore che fosse presente per lei.

«È l'ora della lezione di Catalina, signorina Warner?» Chiese l'addetto alla sicurezza, prendendo la sua borsa e mettendola sul dispositivo di controllo in stile TSA, come negli aeroporti, mentre Emily passava attraverso il metal detector con Coffee davanti a lei.

«Sì, è ora di recuperare. Ho perso una lezione con lei perché ero in malattia».

«Spero che ora vada tutto bene», disse la guardia giurata con gentilezza, ma senza molto interesse. «Si goda il pomeriggio».

«Grazie», disse Emily e si diresse verso l'ascensore.

Conosceva la procedura. La guardia di sicurezza sceglieva a distanza il piano a cui l'ascensore l'avrebbe portata, e le porte si aprivano solo una volta arrivata lì, in modo che non potesse raggiungere i piani in cui lavorava il personale dell'ambasciata e in cui si discutevano questioni riservate. All'inizio, una delle guardie di sicurezza l'aveva sempre accompagnata alla residenza, ma dopo un po' avevano smesso. Sapeva che avevano fatto un controllo approfondito su di lei, prima di permetterle di insegnare a Catalina, ma avevano comunque insistito per tenerla d'occhio, finché non avevano capito che, in un modo o nell'altro, non rappresentava una minaccia per l'ambasciatore e per sua figlia.

Quando arrivò all'ultimo piano, le porte dell'ascensore si aprirono con un leggero rumore tintinnante. Emily entrò nel piccolo atrio che aveva solo due porte. Una era un'uscita di emergenza che conduceva alle scale, l'altra era la porta della residenza. Si aprì prima che lei la raggiungesse.

Catalina si affacciò allo stipite della porta, con un sorriso sulle labbra. «Signorina Warner?»

«Ciao, Catalina».

Scorse gli occhi sulla bambina. La bella bambina di dieci anni, con i riccioli scuri e la pelle olivastra, non usava il bastone, avendo imparato ad orientarsi nella residenza dell'ambasciatore proprio come aveva fatto con la sua casa precedente. Nonostante le cose che la bambina aveva passato, la sua disabilità, la malattia e la successiva morte della madre, alla fine si era adattata bene ed era sbocciata da una bambina chiusa e addolorata a una bambina felice con una sana dose di curiosità e desiderio di compiacere.

«Ha portato Coffee», disse e guardò in direzione del cane, individuandolo con il suo acuto senso dell'udito, cosa che Emily aveva dovuto imparare all'età di quindici anni. Catalina, cieca dalla nascita, non aveva mai saputo fare diversamente.

«Sì, non è abituato a stare a casa da solo. Spero che tuo padre sia d'accordo... Insomma, non è più un cane da assistenza...».

Emily entrò nell'abitazione e si chiuse la porta alle spalle.

«A papà non dispiace. Ha detto che quando sarò un po' più grande, prenderò anch'io un cane guida».

Con sorprendente precisione, Catalina trovò la testa di Coffee e lo accarezzò. Emily non si era mai opposta al fatto che lei toccasse Coffee, quando non erano a scuola, dove gli altri bambini potevano vederli. A Coffee non dispiaceva. Sembrava che il cane sapesse che Catalina aveva bisogno di lui proprio come Emily.

«Cosa ti ho detto sull'accarezzare i cani guida, Lina?» La voce maschile proveniva dalla fine di un lungo corridoio alla destra di Emily.

Emily girò la testa verso l'ambasciatore e lo osservò uscire dall'ombra del corridoio rivestito di legno e fare un passo nella luce dell'ingresso. Era più giovane di quanto avesse pensato, i suoi capelli scuri mostravano solo una piccola spruzzata di grigio alle tempie. Sembrava avere una quarantina d'anni, il che era considerato estremamente giovane, per un uomo nella sua posizione. Sua moglie, un'interprete americana, era più giovane, ma non era difficile immaginare perché si fosse innamorata di quell'uomo bello e alto che sembrava possedere il mondo. Solo le sottili rughe intorno agli occhi lasciavano intendere il dolore che aveva sofferto.

«Hai detto di non farlo, papà», rispose Catalina con gentilezza, ma continuò ad accarezzare Coffee. «Ma vedi, non è più un cane guida. Te l'ho già detto». Indicò Emily. «La signorina Warner ora può vedere».

Emily aveva annunciato la buona notizia ai suoi studenti martedì, quando era tornata in classe per insegnare. Quel giorno, durante una pausa, Catalina le aveva detto che era molto felice per lei.

L'ambasciatore Pacheco sfoderò un sorriso disarmante e prese la mano di Emily, stringendola per un attimo. «Sono molto felice per lei, signorina Warner».

«Grazie, Ambasciatore». Fece cenno a Coffee. «Spero che non le dispiaccia che l'abbia portato, ma il mio medico mi ha raccomandato di tenerlo ancora con me, finché non sarò completamente guarita».

«Non è un problema». Lanciò uno sguardo caloroso a Coffee, ma non si spinse fino ad accarezzarlo. «Per me va bene qualsiasi cosa vi serva». Mise una mano sulla spalla di Catalina. «Lina, vai in cucina e avvisa Maria di portare una ciotola d'acqua per Coffee. Sembra che abbia sete».

«Va bene, papà». Catalina si girò e se ne andò.

«Signorina Warner?»

L'ambasciatore Pacheco fece un cenno verso destra ed Emily lo seguì nel soggiorno, dove spiccava un grande pianoforte Steinway. Per la prima volta, Emily vide la tranquilla eleganza con cui era arredata la stanza. Era esattamente come l'aveva immaginata. Il suo sguardo fu attratto dal ritratto sopra il camino. La donna indossava un lungo abito blu reale e si appoggiava con la schiena alla parete, una gamba appoggiata ad essa, con gli occhi che invitavano lo spettatore ad avvicinarsi. Emily non aveva mai visto un quadro più provocante in cui il soggetto fosse completamente vestito. Non che fosse stata in molti musei, prima di perdere la vista. I musei la annoiavano, quando era un'adolescente. A quel tempo, non aveva mai immaginato che le sarebbe mancato guardare la bellezza, l'arte.

L'ambasciatore Pacheco sembrò accorgersi che Emily stava fissando il quadro. «La mia defunta moglie amava il tango. È così che ci siamo conosciuti». Sembrava che volesse dire qualcos'altro, ma poi cambiò argomento. «Volevo parlarle brevemente di Catalina».

«Sta bene, vero? Voglio dire...»

«Penso di sì. Ma volevo che lei fosse consapevole di una cosa.

Catalina è molto affezionata a lei, e ora che ha riacquistato la vista... beh, non vorrei essere insensibile... ha tutto il diritto di scegliere ciò che è meglio per lei...»

«Non capisco».

Per la prima volta da quando aveva conosciuto l'ambasciatore Pacheco, Emily percepì in lui un imbarazzo che sembrava innaturale, per un uomo del suo rango.

«Nessuna operazione al mondo potrà mai restituire la vista a Catalina. So che glielo chiederà. Si chiederà...»

«Si chiederà se un'operazione funzionerebbe. nel suo caso?»

Con grande sorpresa di Emily, lui scosse la testa. «No. Lei sa che non sarà possibile. È nata senza nervo ottico. E, anche se so che i danni al nervo ottico possono essere riparati con un trattamento sperimentale a base di cellule staminali, non esiste ancora un modo per far crescere un intero nervo ottico dalle cellule staminali». Si lasciò sfuggire una risata amara. «Non importa quanto lo desideri. Per il suo bene. Ma Catalina è una bambina intelligente, e non lo dico solo perché è mia figlia. No, si chiederà se lei sarà ancora sua amica, ora che può vedere. Ora che non è più come lei». Lo sguardo si spostò sul ritratto della moglie. «Catalina ha perso così tanto in così poco tempo. Spero che non perda anche lei».

Emily lasciò andare il fiato che stava trattenendo. «Le mie amicizie non dipendono dal fatto che io veda o non veda. So cosa passa sua figlia ogni giorno, le sfide che affronta a ogni passo, anche se per me quelle sfide potrebbero essere finite. Le ho vissute per quindici anni, non dimenticherò mai cosa significhi essere ciechi». Come avrebbe potuto? La cecità aveva guidato tutte le sue scelte, aveva cambiato tutti i suoi sogni sul futuro, l'aveva fatta diventare la persona che è oggi. Nel bene e nel male.

«Grazie, signorina Warner. Mi dispiace di essere stato così schietto. Temo solo che non riuscirò mai a capire veramente cosa significhi essere nei panni di Catalina. Mi crede, se le dico che per un giorno, quando Catalina stava con la nonna, ho indossato una benda per capire cosa provasse lei, e alla fine della giornata ero così frustrato da quanto tutto fosse difficile, che non vedevo l'ora di togliermi quella dannata cosa?»

«Non conosco molti genitori che si cimenterebbero in quello che ha fatto lei».

Si lasciò sfuggire una risata senza gioia. «Mia moglie era più brava, in queste cose». Fece una pausa, poi la guardò dritta negli occhi. «Catalina ha bisogno di lei. Può parlare con lei e sapere che la capirà».

Emily annuì. C'era una pesantezza, nell'aria, che non si aspettava. Non si era mai resa conto di quanto l'ambasciatore capisse che lei non era solo l'insegnante privata di pianoforte di Catalina, ma anche la sua confidente. Sentì gli occhi inumidirsi e diede la colpa al fatto che si stavano stancando.

Prima che potesse trovare qualcosa da dire, sentì qualcuno appena fuori dalla porta aperta del soggiorno. L'ambasciatore Pacheco la guardò ed Emily si voltò a metà. Un giovane uomo in abito da ufficio li guardava.

«Sì, Juan?»

«Mi dispiace disturbare, señor, signorina Warner», disse, con un pesante accento spagnolo. «Ma devo rispondere all'ambasciatore svedese riguardo al suo imminente ballo. Parteciperà e porterà un ospite?».

«Dica all'ambasciatore Ingwaldsson che andrò, ma da solo. Grazie, Juan».

Il segretario privato dell'ambasciatore annuì e scomparve.

L'ambasciatore Pacheco ridacchiò. «La musica al ballo sarà terribile come al solito. E non è che Sven non lo sappia. Continuo a dirgli di ingaggiare un'orchestra che suoni un tango decente, eppure si ostina a suonare gli ABBA».

«Non penso affatto che gli ABBA siano terribili», disse Emily, sorpresa dall'apertura dell'ambasciatore.

«Lo sono, quando lui canta sulle loro canzoni».

Emily non poté fare a meno di ridacchiare. «Gliel'hai detto davvero?»

«Oh, sì, e non solo una volta».

Quando Emily sollevò le sopracciglia, lui aggiunse: «Giochiamo a golf insieme. Non è un cattivo ragazzo e sa bere, come tutti gli svedesi, ma non ha orecchio per la musica». Fece cenno al pianoforte. «Forse un giorno potrei convincerla a suonare un tango per lui, così potrà sentire cosa si perde».

Emily rise, sapendo che non avrebbe mai avuto la possibilità di suonare per l'ambasciatore svedese.

Proprio in quel momento, Catalina apparve sulla porta, tenendo in mano in modo precario una ciotola d'acqua piena. Quando il padre tentò di avvicinarsi a lei per aiutarla con la ciotola, Emily scosse rapidamente la testa e fece un silenzioso no.

«Grazie, Catalina», disse invece Emily, sapendo che la bambina non voleva alcun aiuto, e la guardò camminare verso di lei con la ciotola. «Coffee è già seduto alla sinistra del tuo posto al pianoforte».

13

Poco più di un'ora dopo, Emily lasciò l'ambasciata e percorse il breve isolato fino alla metropolitana di Dupont Circle per tornare a casa. Passare un'ora con Catalina, che evidentemente si era esercitata sulle scale e sul pezzo che stava imparando, l'aveva messa di buon umore. Con la mano sul manubrio che sporgeva dalla pettorina di Coffee, si guardò intorno e si immerse nell'atmosfera. Uno Starbucks a un angolo, alcuni piccoli negozi in un altro, una grande farmacia dall'altra parte della piazza. E la piazza stessa, rotonda, con un'area erbosa, alcuni alberi e panchine, oltre a una statua al centro. Dieci strade culminavano in questo punto. Il traffico sembrava più intenso del solito e tutti, sui marciapiedi o sulle strisce pedonali, andavano di fretta. Solo Emily non lo faceva. Voleva imparare a memoria il percorso dall'ambasciata alla stazione della metropolitana.

Il suo cellulare squillò. «Vicky Hong chiama», annunciò la voce automatica. Presto non avrebbe più avuto bisogno di questa funzione.

«Fermo, Coffee», comandò, poi rispose al telefono. «Ehi, Vicky.»

«Ehi», rispose Vicky. «Stai tornando a casa?»

«Sì, perché?»

«Pensavo che potremmo stare insieme, stasera. Non sei impegnata, vero?»

«No, non ho programmi».

«Ottimo. È un appuntamento».

«A presto».

«Prima di riattaccare, ti dispiace prendere un po' di cibo cinese, mentre torni?»

Emily chiuse gli occhi per un momento. Avrebbe dovuto immaginare che Vicky aveva un programma. «Mentre torno?»

«Sì, prendi la linea rossa per Gallery Place, vero? Chow's è a un isolato da lì. E hanno il miglior cibo cinese. Posso chiamare».

Emily ridacchiò. «Sei fortunata che anch'io abbia fame».

«Fantastico! Ordinerò un banchetto e stasera mangeremo a sazietà. Ci vediamo tra poco».

Emily rimise il cellulare in tasca e girò la testa verso Coffee. «Immagino che andremo da Chow's, ragazzo. Avanti».

Prendere la metropolitana da Dupont Circle a Gallery Place, dove di solito cambiava per prendere la linea verde o gialla fino a Columbia Heights, dove si trovava il suo appartamento, non fu un problema. Lo aveva fatto quasi ogni giorno, negli ultimi tre anni. Ma era un'esperienza diversa. La gente correva, spingeva e ti urtava, e lei era contenta di avere ancora con sé Coffee e di indossare gli occhiali scuri. Se non avesse avuto questi particolari accessori, Emily era sicura che sarebbe stata calpestata. Per fortuna, le persone mostravano una certa preoccupazione per una persona cieca. Ma prima o poi avrebbe dovuto imparare a navigare nella metropolitana e nella sua folla senza quelle protezioni. La prospettiva sembrava scoraggiante, ma sapeva che avrebbe imparato anche questo. Dopo tutto, milioni di persone lo facevano ogni giorno.

Una volta tornata in superficie a Gallery Place, che si trovava nel bel mezzo di Chinatown, usò lo smartphone per trovare Chow's. Certo, era già stata qui, diverse volte in realtà, ma sempre con Vicky, motivo per cui non si era mai preoccupata di imparare il percorso.

Chow's era un piccolo ristorante con molte decorazioni colorate, soprattutto in rosso e giallo. La sala da pranzo era gremita e diverse persone stavano aspettando nell'atrio per prendere il cibo da asporto.

Emily si avvicinò al tavolo della hostess. Prima che potesse chiedere l'asporto che Vicky aveva ordinato, la padrona di casa abbaiò: «Niente cani nel ristorante».

«Oh...» esordì Emily, attirando su di sé lo sguardo della donna che era rimasto fisso su Coffee.

Solo ora la donna sembrò vedere i suoi occhiali scuri e capì cosa significassero. Per un attimo la fissò, poi rabbrividì. «Non importa. Cena qui o vuole l'asporto?».

«Asporto per Vicky Hong».

La hostess guarda lo schermo del suo computer, poi disse: «Quindici minuti».

Emily si voltò e si diresse verso le sedie dell'atrio, ne trovò una vuota e si sedette. La padrona di casa sparì dentro il ristorante e un attimo dopo un giovane cinese prese il suo posto.

Emily aspettava pazientemente, con Coffee ai suoi piedi.

Di fronte a lei, due donne stavano spettegolando. Non aveva intenzione di ascoltare, ma l'ascolto era parte integrante della sua vita e non riusciva a farne a meno. Inoltre, le due donne erano abbastanza rumorose da farsi sentire sopra il frastuono del ristorante. E se non avessero voluto essere ascoltate, avrebbero sicuramente sussurrato.

«L'hai letto?» Chiese la donna dai lunghi capelli scuri, avvicinandosi all'amica.

La donna con i capelli corti e castani fece un movimento di allontanamento con la mano. «È solo un'altra teoria del complotto. Non hanno nient'altro da riferire».

«Ma non ti sembra strano che sia morta da sola a casa?»

«Cosa c'è di così strano? Anche i ricchi muoiono. Forse ha avuto un ictus, o un infarto. I giornali non hanno ancora riportato molti dettagli».

La donna dai capelli scuri scosse la testa. «Era in salute. Completamente in forma».

«Sembrerebbe che tu la conoscessi». La donna dai capelli corti fece una smorfia. «Ma non è così».

«Lavoravamo nello stesso posto. Insomma, praticamente la conoscevo».

«Solo perché fai volontariato lì qualche volta al mese, non significa che la conoscevi».

«Non significa che non mi interessi quello che le è successo. Potrebbe essere stato un suicidio. Perché, altrimenti, i giornali non riporterebbero la vera causa del decesso e direbbero che le autorità stanno cercando di nascondere qualcosa?»

«Giornali? Al plurale?». Di nuovo, l'amica scosse la testa. «*Un solo* tabloid vomita teorie del complotto. Non significa nulla. Lo stesso tabloid ha anche affermato che il Presidente della Camera è un alieno venuto dallo spazio».

L'altra donna alzò la mano. «Oh, il che mi fa venire in mente: hai sentito che l'addetto stampa del Vicepresidente è stato visto uscire dalla casa di 'tu-sai-chi' molto presto, un martedì mattina?» Ridacchiò.

«Nooo! Stai dicendo che era con quel ragazzo di...?»

Il giovane cinese che chiamava un nome che Emily non aveva capito impedì alla donna di finire la frase. Entrambe balzarono dalla sedia e una delle due prese l'ordinazione. Emily le seguì con lo sguardo, mentre aprivano la porta per uscire.

«No, non un *lui*. Una *lei*!»

Un sussulto fu l'ultima cosa che Emily sentì prima che la porta si chiudesse alle loro spalle. Dovette ridacchiare dentro di sé. Washington D.C. era un calderone pieno di pettegolezzi. Considerando il numero di persone importanti, molte delle quali con agganci politici e denaro, o entrambi, non c'era da stupirsi che tutti speculassero su ciò che facevano gli altri. Emily non amava i pettegolezzi. Tuttavia, ne aveva faceva comunque il pieno, perché Vicky leggeva praticamente tutti i giornali di pettegolezzi pubblicati nella capitale.

«Vicky?» Chiamò il ragazzo dal banco.

Emily saltò in piedi e prese il sacchetto di plastica con il cibo. «Quanto?»

Lui le rivolse uno sguardo strano. «Ha già pagato con la carta di credito».

«Oh... fantastico, grazie».

Emily lasciò il ristorante e tornò alla stazione della metropolitana. Riuscì a prendere il primo treno affollato per Columbia Heights. Una donna di mezza età le offrì un posto a sedere sul treno e, anche se all'inizio Emily rifiutò, la donna insistette. Con un mormorio di ringraziamento, Emily si sedette. Il rombo ritmico del treno la fece assopire per un attimo, quando improvvisamente sentì Coffee ringhiare. Si svegliò di scatto.

«Coffee? Cosa c'è che non va?»

Seguì lo sguardo del cane e si soffermò su un senzatetto che si faceva strada tra la folla di passeggeri, con le parole 'Avete degli spiccioli?' che gli usciva dalle labbra come un disco rotto, con la mano sporca tesa. Tutti si scansarono, ovviamente, non volendo che la sua puzza si trasferisse sui loro vestiti. Anche Emily sentiva il suo odore, e la sgradevole fragranza di urina e vomito divenne più intensa quando l'uomo si fermò proprio davanti a lei.

«Ha qualche spicciolo, signorina?»

Si avvicinò al suo braccio, ma prima che potesse toccarla, Coffee si sollevò ed emise un ringhio feroce, avvertendo l'uomo che avrebbe pagato caro l'aver avvicinato Emily, se ci avesse provato. Il senzatetto fece un balzo all'indietro, andando a sbattere contro la donna che aveva offerto il suo posto a Emily.

«Levati di dosso!», gli urlò la donna.

Prima che il senzatetto potesse fare altri danni, due giovani di coloro intervennero e lo afferrarono. Il treno stava già rallentando, in arrivo alla stazione successiva.

«Esci di qui, cazzo», lo avvertì uno di loro, mentre il tizio lottava per liberarsi.

Un attimo dopo il treno si fermò e le porte si aprirono. Alcuni passeggeri scesero e fecero spazio ai due adolescenti per far uscire il senzatetto dal treno. Poi tornarono dentro e le porte si chiusero dietro di loro.

«Non ringraziarci tutti insieme», disse uno di loro, con sarcasmo.

«Grazie», disse Emily.

Qualcuno iniziò ad applaudire, una seconda persona si aggiunse e, in un attimo, tutto il treno applaudì i due giovani.

La donna che aveva offerto a Emily il suo posto disse: «Hai un bravo cane».

Emily annuì. «Mi protegge». Mise la mano sulla testa di Coffee e lo accarezzò. «Bravo cane, Coffee, bravo cane».

Poco dopo, Emily uscì dalla stazione della metropolitana di Columbia Heights e si orientò. Passò davanti a diversi negozi e fast-food e attraversò la Columbia Heights Civic Plaza, dove diverse bancarelle offrivano prodotti come il caffè biologico e l'artigianato locale, mentre una band suonava musica rock.

Normalmente si sarebbe fermata ad ascoltare per un po', ma sapendo che Vicky stava aspettando l'asporto, continuò a dirigersi verso casa. L'isolato successivo era fiancheggiato da altre attività commerciali ed Emily lanciò una rapida occhiata alle vetrine. Una giacca attirò la sua attenzione e la guardò più da vicino. Era bella, ma sembrava anche costosa. In ogni caso, non aveva bisogno di una giacca nuova.

Emily lasciò che il suo sguardo spaziasse sugli altri oggetti in vetrina, quando un riflesso nel vetro la fece trasalire. Un uomo in giacca e cravatta si trovava proprio dietro di lei, e guardava sopra la sua spalla destra. Era più alto di Emily di più di trenta centimetri, aveva i capelli corti e biondi e gli occhi di un azzurro sorprendente. La guardava furioso, come se volesse aggredirla. Un brivido violento le percorse la schiena, mentre l'uomo si avvicinava ancora di più. Alzò una mano come per colpirla.

Pronta a difendersi, Emily si girò e si bloccò. Non c'era nessuno, dietro di lei. Anzi, la persona più vicina, un uomo anziano con un bastone, era ad almeno tre metri da lei. Dove era sparito, il biondo, così in fretta?

Il cuore le batteva eccitato in gola. «Coffee?» Il cane se ne stava tranquillo ai suoi piedi, senza mostrare alcun segno di disagio o di minaccia percepita. Non c'era segno che qualcuno si fosse avvicinato alla sua padrona, altrimenti avrebbe ringhiato per avvisarla, proprio come aveva fatto nella metropolitana.

Allora ne fu certa: l'uomo biondo in giacca e cravatta era un'altra allucinazione, un altro scherzo che i suoi occhi le stavano giocando. Il suo stomaco si riempì di terrore e per un attimo pensò che sarebbe scoppiata a piangere proprio in quel momento, ma trattenne le lacrime. Questa volta doveva essere più forte. Non era più un'adolescente. Chiaramente, cercare di ignorare queste allucinazioni non funzionava. Doveva affrontarle, o avrebbe subito lo stesso destino di quindici anni prima. Non poteva permettere che accadesse.

Quando all'improvviso sentì una sensazione di pizzicore sulla nuca, girò la testa verso la piazza, ma nessuno dei clienti guardava nella sua direzione. Tuttavia, avrebbe giurato che qualcuno la stesse osservando.

14

2 *giugno*

Quando il campanello suonò, nel tardo pomeriggio, Rita Bolton inizialmente avrebbe voluto ignorarlo. La governante era uscita per fare una commissione, il marito stava facendo delle telefonate e la figlia maggiore, Natalie, era già uscita per tornare a casa sua, dopo aver aiutato con i preparativi per la commemorazione.

Tutto ciò che Rita voleva fare ora era seppellirsi sotto una coperta calda e piangere fino a non avere più lacrime. Il suo dolore non conosceva limiti. Nessuna madre dovrebbe mai seppellire il proprio figlio. La propria carne e il proprio sangue. La sua bambina, la sua Maddie, che aveva desiderato sin da quando aveva memoria. Per anni lei ed Eric avevano cercato di avere un figlio e per anni avevano fallito. Dopo il secondo aborto spontaneo, Rita aveva finalmente deciso con Eric di adottare. Natalie era entrata nella loro vita come una bambina di due anni che già camminava e parlottava. Aveva riempito un vuoto che Rita aveva sentito per tanto tempo. Tre anni dopo, finalmente, si era ritrovata di nuovo incinta. E questa volta aveva portato a termine la gravidanza.

Quando l'infermiera aveva finalmente messo Madeline sul suo

petto e la piccola si era accoccolata contro di lei, Rita si era innamorata di quella creatura vulnerabile e aveva giurato di proteggerla per sempre. L'aveva ricoperta d'amore. Si poteva davvero biasimarla per aver amato Maddie più di Natalie? Aveva cercato di amarle entrambe allo stesso modo, ma in realtà Maddie era sempre stata la sua preferita. E ora non c'era più.

Il campanello suonò di nuovo. Sospirò. Forse era solo una consegna che richiedeva una firma. Lentamente, i suoi piedi la portarono attraverso il corridoio dell'enorme casa fino alla porta d'ingresso. La aprì, pronta a ricevere un pacco o una lettera importante. Ma la persona in piedi sulla soglia non era un corriere UPS o FedEx.

«Caleb?»

Il bel giovane dai capelli castani e dal fisico atletico era in giacca e cravatta. Oggi il suo solito sorriso facile era assente dal suo volto. Le porse la mano. «Signora Bolton, avrei voluto venire nel momento in cui mio padre mi ha detto di Maddie, ma mi sono fermato... sapevo che non sarebbe stata pronta a ricevermi».

Le lacrime le riempiono gli occhi.

«Ma Maddie era anche mia amica. Volevo che sapesse quanto significava per me e per tutti i membri dell'associazione benefica».

Incapace di parlare, Rita gettò le braccia intorno a Caleb Faulkner, il figlio di Mike Faulkner, e lasciò che le lacrime scendessero, sapendo che con lui poteva essere sé stessa. Era sempre stato parte della famiglia, aveva trascorso molte estati con loro, quando era bambino. Lui e Madeline erano praticamente cresciuti insieme. E anche Natalie, aggiunse in ritardo.

Rita tirò su col naso e si ritrasse dall'abbraccio. «Sei stata molto gentile a venire». Fece cenno al corridoio. «Prego, entra».

«Grazie, signora Bolton».

Si rivolgeva ancora a lei in modo formale, anche se lei gli aveva detto di chiamarla Rita quando era diventato adulto. Ma lui aveva rifiutato, dicendo che si sarebbe sentito strano, se l'avesse improvvisamente chiamata per nome. Chiamarla signora Bolton era un segno di rispetto.

Rita condusse Caleb in salotto. «Vuoi bere qualcosa?»

«Sarebbe fantastico», rispose.

Quando lei fece un movimento per andare verso l'armadietto dove erano conservati gli alcolici, lui la fermò con quel sorriso affascinante, che era diventato il suo tratto distintivo. Anche se oggi non era allegro come al solito. C'era tristezza. Anche lui era in lutto per Maddie. «So dov'è tutto. Ne faccio uno anche per lei?».

Lei annuì. «Uno sherry». Aveva bevuto fin troppo, negli ultimi giorni, ma era l'unico modo per superare questa tragedia. Sentirsi insensibile aiutava ad annegare il dolore e la sofferenza.

Quando Caleb le servì un bicchiere di sherry e lui si versò un bicchiere di whisky, si sedette accanto a lei sul divano.

«A Maddie», mormorò Caleb. «Non c'era nessuno più compassionevole».

«A Maddie», disse Rita, con la voce rotta. Bevve un sorso e deglutì. «Sì, era compassionevole, vero? Sono stata così felice, quando ha iniziato a impegnarsi nella beneficenza. So che la gente pensava che lo facesse solo per i balli e le aste di beneficenza, ma lei amava davvero aiutare quei bambini. Voleva fare la differenza, non è vero?»

Guardò Caleb che beveva un grosso sorso dal bicchiere. «Più di quanto sapremo mai. Era come un cane con un osso, quando si trattava di quei bambini. Non si arrendeva mai, a prescindere dagli ostacoli. Era troppo buona, per questo mondo».

Rita soffocò altre lacrime di fronte alle lodi entusiastiche che Caleb rivolgeva a sua figlia. «Dobbiamo ringraziare te e tuo padre. Se tuo padre non le avesse chiesto di unirsi a *Nessun bambino abbandonato* dopo le sue dimissioni e tu hai preso il suo posto, forse non avrebbe mai trovato la sua passione».

Caleb annuì. «Sì, le ha cambiato la vita, vero?»

«Sembrava finalmente soddisfatta del suo ruolo nella vita. E ora...» Rita non riuscì a continuare, gli occhi le si riempirono di nuovo di lacrime. Bevve un sorso di sherry. «Tu e tuo padre verrete alla commemorazione, il prossimo fine settimana?».

«Certo, ci saremo», disse subito Caleb. «E se c'è qualcosa per cui volete che vi aiuti, fatemelo sapere».

Lei gli sorrise e annuì.

«Dico sul serio», insistette. «Dovrebbe davvero accettare la mia proposta. Lei e suo marito non dovreste portare questo fardello da soli».

Rita gli strinse la mano. «Sei così gentile. Ma tuo padre ha già aiutato molto. Non abbiamo avuto a che fare con la polizia che avrebbe potuto trascinare le indagini all'infinito. Era così importante per noi... per Maddie... Volevamo seguire i suoi desideri...».

«È tragico, tutto questo. Mio padre mi ha detto che hanno cercato di salvare Maddie al pronto soccorso e che suo padre era lì, alla fine. Ha avuto almeno la possibilità di dirle addio?» Guardò nel suo bicchiere. «Mi dispiace, non sono affari miei. È solo che... posso solo immaginare quanto dev'essere stato devastante essere lì e...»

Rita gli mise una mano sull'avambraccio. «No... Maddie non ha mai ripreso conoscenza».

Caleb sospirò. «Mi dispiace tanto».

Rita si sentì improvvisamente un po' stordita e ondeggiò verso il tavolino, mentre posava il bicchiere.

«Stai bene?» Chiese Caleb, con la voce piena di preoccupazione.

Indicò il bicchiere di sherry vuoto. «Sto bene, Caleb. Sto bene. È solo che ogni giorno sembra così lungo, adesso».

Caleb annuì. «È comprensibile. Deve essere stanca». Si alzò. «Dovrei andare a lasciarla riposare. Volevo solo farle sapere che non è sola nel suo dolore».

Rita si alzò in piedi. «Grazie, Caleb».

Quando lei fece un passo verso la porta, lui la fermò. «Posso uscire da solo».

«Arrivederci, Caleb».

Lo seguì con lo sguardo e si sentì stringere il cuore. Forse, se Maddie non avesse vissuto da sola, se avesse avuto un uomo come Caleb nella sua vita e non quel dongiovanni buono a nulla con cui usciva, l'incidente non sarebbe mai accaduto.

Un singhiozzo le uscì dal petto. Ogni scenario 'e se' si ripeteva nella sua testa in un ciclo infinito. Aveva bisogno di soffocare quelle ipotesi che non portavano da nessuna parte. Si avvicinò all'armadietto dei liquori e lo aprì. Aveva bisogno di qualcosa di più forte dello sherry.

15

Il dottor Harland ha alzò lo specchietto sulla testa e si spinse indietro lo sgabello. Oggi, una settimana intera dopo l'intervento di trapianto di Emily, indossava un semplice camice bianco sopra la camicia e i pantaloni eleganti, con il suo nome ricamato sopra il taschino. «Sembra tutto a posto. Non c'è traccia di tessuto cicatriziale».

Emily si spostò in avanti sull'ampia sedia in ecopelle su cui si era seduta per la visita. «È sicuro che non ci sia niente che non va?»

Il chirurgo corrugò la fronte. «Non sembra contenta, di questo. C'è qualcosa che non va?»

Si agitò per un attimo, il suo coraggio tornò indietro. Forse non doveva parlarne. Se il medico aveva detto che l'intervento era stato un successo, forse lei si sbagliava. Inoltre, se gli avesse detto quello che le stava succedendo, probabilmente avrebbe pensato che fosse pazza. Tuttavia, era un esperto, che forse avrebbe potuto trovare una ragione logica per le sue allucinazioni, o come volesse chiamarle.

«Signorina Warner? C'è qualche problema? Ha qualche problema con la vista?»

Deglutì, scacciando la sua esitazione. «Vedo delle cose».

«Beh, si suppone che lei veda. È questo il punto».

«Voglio dire, vedo delle ombre...» Quando l'espressione del viso di lui cambiò, lei continuò: «Vedo cose che poi non ci sono».

«Hmm.» Si avvicinò di nuovo. «Mi descriva quello che vede».

Non sapeva da che parte iniziare. Come esprimere ciò che stava vivendo. «È difficile da descrivere. È sempre qualcosa di diverso. Prima era solo l'ombra di una persona che pensavo fosse lì, ma non c'era». Cercò una descrizione. «Come un miraggio, una Fata Morgana». Sapeva che suonava sciocco, così aggiunse: «Una volta ho visto qualcosa che sembrava il flash di una macchina fotografica, solo che ero in macchina con la mia vicina e non c'era nessuna macchina fotografica. Non lo so... è inquietante». Era più di questo. Ma non voleva influenzare il giudizio del medico.

«Credo di sapere cosa sta vivendo. In realtà è abbastanza comune, per i pazienti a cui viene restituita la vista dopo molti anni di cecità».

«Davvero?» Lei si aggrappò alla speranza contenuta nelle sue parole.

Lui annuì. «Come posso spiegarlo in termini profani? Vede, per molto tempo il suo cervello non ha elaborato alcuno stimolo visivo. Così, quella parte del cervello, le sinapsi che portavano gli impulsi elettrici, si sono assopite. Ora stanno ricominciando a lavorare, e a volte si verificano dei ritardi».

«Ritardi? Come sarebbe a dire?»

«Beh, l'impulso viene inviato quando gli occhi percepiscono qualcosa, ma il cervello non lo traduce immediatamente in qualcosa che si può capire o vedere. Pensi a un arretrato nel suo cervello. E una volta che ha smaltito l'arretrato, il cervello le manda le immagini che ha visto prima».

Fino a un certo senso aveva senso. Ma non spiegava tutto quello che aveva visto. «Ok, quindi se vedo l'ombra di una persona, forse l'ho vista prima?»

«Esatto». Sorrise, evidentemente soddisfatto che la sua spiegazione avesse sortito il giusto effetto.

«Ma che dire, delle altre cose? Ho visto qualcuno mandare in frantumi un tavolo di vetro. E so per certo che non è successo nulla di tutto ciò, dopo l'operazione».

Per un attimo il medico sembrò contemplare le parole di Emily. Poi disse: «Credo che il suo cervello stia confondendo le cose che vede in televisione o su una rivista, piuttosto che quelle che sta vivendo in prima persona. Non riesce ancora a distinguere tra le due cose».

Ci pensò un attimo. Aveva acceso la TV, qualche volta, per avere un rumore di sottofondo e inoltre, quando era con Vicky, la TV era sempre accesa, anche se a basso volume. «Forse...» Voleva crederci. «Ma quanto tempo ci vorrà prima che queste, non so come chiamarle, visioni forse, spariscano?»

«Possono certamente richiedere alcune settimane, ma con altri pazienti ho riscontrato che a volte si tratta di un caso di resistenza del paziente al cambiamento».

«Resistere all'improvvisa capacità di vedere? Perché dovrei farlo?»

«Non è una scelta consapevole. Ma il cambiamento è stressante, anche se è un cambiamento positivo». Si girò verso la scrivania e digitò qualcosa sul computer, mentre continuava: «La indirizzerò dal dottor Ian Sutherland. È un ottimo psichiatra, che potrà aiutarla a superare le resistenze e a gestire lo stress. Vedrà...»

«Ma io non sono pazza. Non ho bisogno di uno psichiatra». La sola parola evocava il ricordo del suo precedente incontro con quel particolare campo della medicina. Avrebbe significato accettare che stava diventando pazza.

«Nessuno sta dicendo che lei è pazza». La guardò con gentilezza negli occhi. «Ma tutti siamo stressati, prima o poi».

«Sto bene». Anche se sapeva che non era così.

«Non sto dicendo che deve andare da lui, se non vuole, ma ho inviato la segnalazione, nel caso in cui decida di avere bisogno di un aiuto in più. Che gliene pare?»

Lei annuì, non volendo alienarsi ulteriormente il medico. «Va bene».

«E ci rivediamo qui fra tre settimane». Si alzò. «Può iniziare a togliere gli occhiali da sole, quando è fuori. Li usi solo quando fuori c'è molta luce. Nelle giornate nuvolose, al mattino o nel tardo pomeriggio, lasci che i tuoi occhi si abituino alla luce».

«Grazie, dottor Harland».

Lui stava già aprendo la porta per andarsene. «Manderò Jennifer a fissare il prossimo appuntamento».

Quando la porta si chiuse alle sue spalle, Emily continuò a fissarla. Era tutto davvero così semplice? Solo un ritardo di elaborazione nel suo cervello? Sperava che il dottor Harland avesse ragione. Voleva credergli. Perché l'alternativa era qualcosa che non poteva affrontare di nuovo.

16

6 *giugno*

Adam Yang aprì lo sportello di vetro del frigorifero e prese una confezione da sei birre, prima di dirigersi verso la cassa del minimarket. Era sera presto e lui era l'unico cliente del Patel's Market. Posò la confezione da sei sul bancone.

«Buonasera», lo salutò l'uomo del Sud-Est asiatico con la targhetta che riportata il suo nome: Sanjay.

«Ehi», rispose Yang, poi indicò la parete dietro il commesso. «E un pacco da quattro di batterie AA, per favore».

Sanjay si girò e selezionò l'oggetto, poi lo mise in conto insieme alla birra. «C'è altro?»

«Basta così».

Yang si mise la mano in tasca per tirare fuori il portafoglio, quando la porta fu spalancata. Istintivamente, la mano di Yang andò alla fondina sotto la spalla, dove portava ancora l'arma d'ordinanza. Era fuori servizio - per quanto un poliziotto potesse mai essere considerato fuori servizio - ma era comunque armato. Stava tornando a casa per assistere a un incontro di boxe con i suoi vicini, ma si era ricordato che il telecomando aveva le batterie scariche e che era a corto di birra.

Yang non estrasse la sua arma. La giovane donna che aveva fatto irruzione nel negozio non brandiva una pistola o un altro tipo di arma.

«Aiuto! Vi prego, aiutatemi! Chiamate il 911!» Urlò e gesticolò verso la strada. «Qualcuno è stato accoltellato!»

Immediatamente, Yang andò in stato di massima allerta. «Dove?»

«Nel vicolo! Chiamate il 911!» Ripeté lei, indicando verso la sua sinistra, aggiungendo: «Non ho il telefono».

«Sono un poliziotto», disse Yang. A Sanjay disse: «Chiama il 911 e chiedi che mandino rinforzi».

Senza aspettare la conferma, Yang corse fuori, con la mano che già stringeva l'impugnatura della pistola. All'angolo del vicolo indicato dalla donna, si fermò, poi sbirciò in giro, attento a non cadere in una trappola. Un grande contenitore di rifiuti gli bloccava parzialmente la visuale. Si mise in ascolto alla ricerca di rumori di lotta, ma, a parte il rumore del traffico della strada alle sue spalle, non riuscì a distinguere alcun suono del genere. Il colpevole era già fuggito?

Con l'arma puntata davanti a sé, Yang si avvicinò al contenitore dei rifiuti, aspettandosi il peggio, un cadavere, ma sperando nel meglio, qualcuno ferito solo superficialmente. Non si aspettava di trovare il nulla. Nessun accoltellamento in corso, nessun corpo, nessun ferito. A pochi metri di distanza, notò una porta. Provò la maniglia, ma era chiusa a chiave.

«Ma che c...» imprecò, quando sentì dei passi dietro di sé.

Si girò di scatto, pronto a sparare. Emise un sussulto di sorpresa, poi abbassò la pistola. La donna che aveva fatto irruzione nel Patel's Market si fermò a qualche metro da lui.

«È morto?» Chiese senza fiato, indicando un punto dietro il contenitore della spazzatura, con gli occhi pieni di orrore.

Yang scosse la testa. «È sicura che sia successo proprio qui?»

La donna annuì con enfasi e si avvicinò, scrutando oltre lui. «Erano proprio lì. Due ragazzi bianchi, uno alto che accoltellava uno più piccolo. Li ho visti. E loro hanno visto me».

Per la prima volta, Yang guardò la donna dalla testa ai piedi, valutandola come faceva con chiunque fosse testimone di un crimine.

Aveva tra i venti e i trent'anni, non era bella nel senso comune del termine, ma era attraente. I capelli castani le toccavano le spalle, la sua figura era più atletica che magra. Indossava jeans e un completo di maglione e cardigan azzurro chiaro che suggeriva una certa fragilità e gentilezza in chi lo indossava. Non si adattava bene al suo viso. C'erano linee dure intorno alla bocca e agli occhi, come se non fosse una persona che rideva spesso e facilmente. Riconobbe quello sguardo, lo aveva visto abbastanza spesso nei familiari delle vittime di omicidio.

«Deve credermi. Li ho visti», lei disse, interrompendo le sue riflessioni.

«Ok. Come si chiama?»

«Emily Warner».

«Ok, signorina Warner», disse e rimise l'arma nella fondina. «Vediamo se hanno lasciato qualche prova». Cercò sul muro e sul pavimento intorno al cassonetto degli schizzi di sangue che indicassero un accoltellamento, usando la luce del cellulare per assicurarsi che nulla sfuggisse alla sua vista. Dopo un minuto, scosse la testa. «Niente sangue». La guardò negli occhi.

«Non può essere», insistette lei. La sua espressione era sincera.

Non percepì alcun accenno di inganno, nei suoi occhi castani. E si considerava un buon giudice delle persone. Era il motivo per cui era un buon detective, uno che sapeva quando credere a un testimone e quando non farlo. Se Emily Warner si fosse presentata alla stazione di polizia per denunciare un accoltellamento, non avrebbe esitato a crederle. Tutto in lei diceva la verità.

«Signorina Warner», disse e le lanciò un'occhiata, quando improvvisamente notò qualcosa: una telecamera di sicurezza montata all'angolo dell'edificio che ospitava il Patel's Market. La indicò, poi scambiò uno sguardo con lei. «Venga con me».

Tornarono rapidamente nel negozio.

«Li ha presi, agente?» Chiese Sanjay.

Yang scosse la testa. «Quella telecamera di sicurezza nel vicolo è tua?»

«Lo è». Indicò il piccolo monitor dietro il bancone.

«Puoi riavvolgere il nastro così vediamo cosa è successo là fuori?».

«Certo».

Qualche istante dopo, Yang, Emily e Sanjay stavano guardando il monitor. L'angolazione della telecamera mostrava gran parte del vicolo ed era montata in modo da coprire il cassonetto e la porta.

«È la porta sul retro del negozio», spiegò Sanjay.

Yang si guardò alle spalle, dove una porta conduceva all'area del negozio riservata ai dipendenti. «La tenete chiusa a chiave, durante il giorno?»

«Sì».

«C'è qualcuno, là dietro?»

«No. Sono solo io».

Yang annuì e guardò il filmato di sicurezza. Vide un movimento, un'ombra. Un attimo dopo, Emily Warner entrò nella visuale della telecamera. Guardò un punto vicino al cassonetto e improvvisamente indietreggiò, bloccandosi sul posto per un secondo, prima di prendere la rincorsa e sparire dalla vista della telecamera.

Yang si voltò a guardarla.

«Ma l'ho visto», balbettò. «Ho visto quegli uomini».

Eppure, il nastro mostrava solo Emily Warner che scappava da una scena del crimine immaginaria. Gli aveva mentito. Yang estrasse il cellulare dalla tasca e selezionò un numero.

«Centrale operativa», rispose la donna all'altro capo.

Le diede il suo nome e il numero di distintivo, poi le disse di richiamare la volante della polizia che stava arrivando al negozio. «Falso allarme. Grazie». Chiuse la chiamata.

Un silenzio imbarazzante si creò tra loro.

Sanjay lo ruppe. «Meglio così. C'è già stato un accoltellamento lì fuori, un mese fa. Per questo abbiamo installato la telecamera».

«Un mese fa?» Emily gli fece eco, con un'aria sconvolta, addirittura distrutta.

Yang non sapeva cosa pensare della sua reazione. Il suo sguardo si allontanò, fissandosi su qualcosa in lontananza. Aveva lo sguardo di una persona che stava ricordando qualcosa, o che stava cercando di ricordare qualcosa. Per un attimo si chiese se fosse sotto l'effetto di droghe. Non puzzava di alcol, ma aveva lo sguardo di una persona che aveva problemi di concentrazione.

«Mi dispiace», mormorò. «Mi dispiace tanto, agente». Il suo viso arrossì per il rammarico e l'imbarazzo sinceri.

«Sta bene, signorina Warner?» Yang non era sicuro del motivo per cui si sentiva preoccupato per la donna che aveva falsamente affermato di aver assistito a un accoltellamento.

«Mi dispiace», ripeté e girò sui tacchi, correndo verso la porta, quasi inciampando sui propri piedi per uscire dal negozio.

«Non l'avrei scambiata per una pazza», disse Sanjay, quando la porta si chiuse alle sue spalle. «Di solito indossano cappelli di carta stagnola».

Yang sospirò. «Immagino che non si possano giudicare le persone dall'aspetto». Ed Emily Warner era apparsa sana e normale. «Beh...» Indicò la birra e le batterie.

Sanjay gli fece il conto e Yang pagò con la sua carta di credito. Mentre il commesso imbustava gli articoli, Yang pensò a qualcosa.

«Ehm, hai ancora il nastro di sicurezza dell'accoltellamento di un mese fa?»

«Mi dispiace, ma ho installato la telecamera solo dopo».

«Non importa». Yang tirò fuori il suo biglietto da visita e lo fece scivolare sul bancone. «Se quella donna si fa viva di nuovo con qualche altra stronzata, chiamami».

Sanjay prese il biglietto. «Certo.» Le sue sopracciglia si alzarono. «Detective Yang».

Con i suoi acquisti in mano, Yang se ne andò. Non aveva l'abitudine di dare il suo biglietto da visita, se non quando lavorava a un omicidio, ma per qualche motivo l'aveva fatto, stasera, anche se non sapeva esattamente perché. Era solo un'intuizione. Questo era l'altro motivo per cui era un buon detective. Seguiva le sue intuizioni. A volte si rivelavano valide. A volte no.

17

Tremando come una foglia, Emily accettò il drink che Vicky le aveva versato. Era seduta sul divano di Vicky, Coffee era ai suoi piedi e il gatto di Vicky, Merlin, gli stava vicino. Il cane la guardò, sapendo istintivamente che la sua mamma umana non stava bene. La conosceva meglio di chiunque altro, forse anche meglio di quanto lei conoscesse sé stessa.

Emily stava cucinando un pasto per sé e Vicky, quando si rese conto di aver finito la panna. Aveva lasciato l'appartamento senza Coffee, che stava sonnecchiando. Purtroppo, il negozio all'angolo dove andava di solito aveva chiuso prima a causa di un'emergenza familiare, così era stata costretta a camminare per qualche isolato in più per andare in un altro negozio. Fu allora che vide l'accoltellamento.

«Era così reale», ripeteva ora Emily a Vicky. «Non era come le cose che avevo visto prima, non come il flash della macchina fotografica o il riflesso di quell'uomo infuriato nella vetrina della boutique. Nemmeno come il tavolo di vetro che si frantuma. No, questo era... reale, capisci? L'ho visto chiaramente, come vedo te adesso».

Vicky si sedette accanto a lei sul divano, appoggiandosi all'alto bracciolo per guardarla. «Mi dispiace tanto».

Emily bevve un sorso della bevanda forte. «Il poliziotto mi ha guardato come se fossi pazza». Le lacrime le salirono agli occhi, ma si oppose. «Perché *sono* pazza. Sto impazzendo». Di nuovo.

«No, non lo sei! Togliti questi pensieri dalla mente. Non ti aiutano».

«Lo so. Non erano serviti nemmeno l'ultima volta». Tirò su col naso, facendo un rumore poco femminile. «Ma che io sia dannata, se non combatto, questa volta. Non sono più una bambina».

«Questo è l'atteggiamento giusto. Combatti, ragazza!» Vicky la elogiò.

«Dico sul serio». Emily guardò nel suo bicchiere. «Questa volta devo arrivare alla verità. Devo sapere cosa causa queste visioni».

«Il tuo chirurgo non ha detto che nelle prime settimane dopo l'intervento è abbastanza comune vedere cose che non ci sono?»

Emily scosse la testa. «Non così. Ombre, sì, rapidi flash di qualcosa di sfocato, forse, ma non intere scene che si svolgono come in un film». Perché era così che si era sentita, come un film, in cui lei recitava una parte. «Il mio medico non ha le risposte».

«Allora cosa suggerisce? Non il...» Fece un movimento circolare con il dito.

«Uno psichiatra? No, diamine. Non ha funzionato quando avevo quindici anni ed ero impressionabile. Non funzionerà nemmeno adesso». Se avesse detto a uno psichiatra quello che vedeva, lui le avrebbe dato un farmaco che l'avrebbe fatta sentire come uno zombie. No, non voleva essere drogata.

«Va bene», Vicky disse, alzando le spalle. «E allora?»

«Devo scoprire chi è il mio donatore».

«Il tuo donatore?» Per un attimo Vicky la fissò confusa. Poi ebbe l'illuminazione. «Vuoi dire il tuo donatore di cornea?».

«Sì».

«Ma come ti sarebbe d'aiuto per capire perché hai queste visioni?»

Emily esitò. «Probabilmente penserai che è una cosa stupida, ma...». E probabilmente era stupido, ma ora si stava arrampicando sugli specchi, perché non era possibile ripercorrere la stessa strada del primo trapianto di cornea. «Ho letto questo articolo qualche mese fa... sui trapianti di organi... sai, volevo essere preparata per l'intervento. Ho letto tutte le cose che potevano andare storte...»

«Salve, dottor Google».

«Non criticare. Avresti fatto lo stesso, nella mia situazione».

«Mi sembra giusto».

«Beh, come ho detto, ho letto dei trapianti d'organo e di come alcuni riceventi del trapianto potessero improvvisamente fare cose che i loro donatori di organi sapevano fare, come suonare uno strumento, per esempio. La chiamavano memoria cellulare».

«E tu pensi di aver ereditato una sorta di memoria cellulare dal tuo donatore? Dai, Emily, mi sembra un po' inverosimile. Non è nemmeno scienza. È come comprare una pozione miracolosa da un venditore di auto».

«Stai mischiando le metafore», la interruppe Emily.

Vicky sgranò gli occhi. «Non volevo fare una metafora. Stavo solo cercando di mostrarti quanto l'idea sembri ridicola».

«Anche se lo fosse, devo scoprire chi mi ha donato le cornee».

«Credo che potresti chiamare il tuo medico e chiedere le informazioni. Dovrebbe essere nella sua cartella clinica. E se non c'è, può sempre scrivere alla United Network for Organ Sharing, la rete delle donazioni di organi, per contattare la famiglia del donatore».

Emily forzò un sorriso. «Sì, non servirebbe a molto. La famiglia voleva rimanere anonima e anche se scrivessi a quell'organizzazione, dubito che la famiglia risponderebbe. Inoltre, anche se lo facessero, potrebbero volerci settimane. Non posso aspettare così tanto».

Vicky fece un gesto di rassegnazione. «Se è così, se vogliono rimanere anonimi, allora non hai alternative. Non è che tu possa entrare nella rete e cercare i dati del tuo donatore».

Emily si schiarì la gola. «No, hai ragione. Non ho queste capacità. So scassinare una serratura, ma le mie competenze informatiche sono limitate. Così ho pensato...»

«Fermi tutti! Hai appena detto che sai scassinare una serratura?» Vicky sembrò stupita.

«Ehm, sì?»

«Come?»

«Beh, è passato un po' di tempo, ma quando ero adolescente avevo imparato a farlo».

«Hai frequentato il corso da scassinatore per principianti, o lo chiamavano corso di scasso?»

Emily sbuffò. «No, certo che no. Non è andata così. Non stavo rubando nulla. Mio padre aveva un'attività di fabbro e spesso passavo i pomeriggi nel suo negozio facendo i compiti. Il più delle volte mi annoiavo, così lo guardavo lavorare. E ogni tanto mi mostrava qualche trucco». Fece l'occhiolino. «Sono una che impara in fretta».

Vicky scosse la testa, stupita. «È davvero notevole che un padre insegni alla figlia a forzare una serratura. Direi che è un padre davvero fico».

Emily ignorò l'ultimo commento di Vicky. Suo padre era stato tutt'altro che fico. «Non è poi così difficile, se sai cosa stai facendo, se hai dita agili e gli strumenti giusti».

«Scommetto che eri popolare, a scuola. Mi sarebbe servita un'amica come te, a quei tempi, che si intrufolava negli uffici degli insegnanti per guardare i test in anticipo».

«Sei troppo intelligente. Dubito che tu abbia mai avuto bisogno di aiuto per ottenere un punteggio alto in un test. Inoltre, a scuola non ho mai detto a nessuno che sapevo aprire le serrature».

«Perché no?»

«Ti immagini se un insegnante l'avesse scoperto? I miei genitori sarebbero finiti nei guai».

«Che sfiga!» Disse Vicky. «Scassinare una serratura sarebbe stato utile».

Emily sorrise. «Non ho detto che non ho mai usato la mia abilità per i miei scopi, solo che non l'ho detto agli altri studenti. Non ero un granché in fisica, ma l'anno dopo aver imparato a forzare una serratura, i miei voti sono aumentati».

«Sei troppo divertente! Vorrei averti conosciuto all'epoca», disse Vicky, sorridendo.

«Sì, avrei voluto avere un'amica come te, all'epoca». Emily sorrise, poi sospirò. «Meglio tardi che mai, no?»

«Brindo a questo», disse Vicky e fece tintinnare il suo bicchiere con quello di Emily.

Entrambe bevvero.

«Quindi, ipoteticamente, se *tu* avessi un trapianto di organi, come faresti a cercare il tuo donatore?» Chiese Emily.

Vicky strinse le labbra, poi sospirò. «Non è proprio semplice, se vuoi saperlo. Ma l'uso dell'informatica ha reso le cose più facili».

«Come?»

«Da qualche anno a questa parte, a tutti gli organi viene assegnato un codice a barre, dal momento del prelievo fino al trapianto. Quindi, se si dispone del codice a barre, in teoria si può risalire alla sua origine».

«Come fai a sapere tutto questo?» Chiese Emily.

Vicky sorrise. «Forse conoscevo un tizio che lavorava alla United Network for Organ Sharing».

Emily rise. «Vuoi dire che andavi a letto con lui?».

Vicky fece l'occhiolino. «Sì, una o due volte».

Quando Emily inclinò la testa da un lato e le lanciò un'occhiata da '*mi stai prendendo in giro*', Vicky aggiunse: «Ok, è stato tutto molto caldo e pesante, e Terry voleva continuare, ma era un po' troppo appiccicoso, per me. Mi scrive ancora i biglietti d'auguri per il compleanno e per Natale».

Questa informazione fece subito venire un'idea a Emily. «Quindi sei ancora in buoni termini, con lui...»

Vicky la fissò e lentamente l'espressione del suo viso cambiò in quella della consapevolezza. Scuotendo la testa, disse: «Oh no, signorina! Proprio no».

Emily inclinò la testa di lato. «Andiamo. Sono sicura che se è ancora interessato a te, ti farà un favore, se glielo chiedi».

«Certo, come no. Perché non ci ho mai pensato?» Vicky fece una pausa ad effetto, poi si portò il dito alla tempia. «Oh sì, giusto, perché non mi interessa andare a trovarlo in prigione».

«È in prigione?»

Vicky sgranò gli occhi. «Ci finirà, se lo beccano a darmi informazioni riservate».

La consapevolezza si fece strada ed Emily si sentì improvvisamente dispiaciuta per aver suggerito che Terry ottenesse le informazioni per lei. «Quindi ti piace ancora?».

«Abbastanza da non rovinargli la vita».

«Mi dispiace», disse Emily e lo pensava davvero. «Troverò un'altra soluzione».

Vicky la fissò. «Ti prego, Emily, non farlo».

Ma ormai aveva preso la sua decisione. Doveva trovare il suo donatore, non importava come.

«Conosco quello sguardo», disse Vicky. «Non ti arrenderai, vero?»

«Non preoccuparti, non ti trascinerò in questa storia».

Vicky scosse la testa. «Potrai anche saper forzare una serratura, ma questo non significa che tu sappia trovare i dati del tuo donatore. Hai bisogno del mio aiuto».

Aggrottando la fronte, Emily disse: «Ma hai appena detto che non vuoi chiedere un favore a Terry».

«E non lo farò».

18

Eric Bolton era seduto dietro la scrivania del suo opulento studio che si affacciava su un giardino lussureggiante. Aveva sempre considerato il ricco rivestimento in legno accogliente e invitante, ma ora lo sentiva opprimente. Lo stava soffocando con i suoi toni scuri che inghiottivano tutta la luce. Non si era mai sentito così solo.

Fuori, dal corridoio, riecheggiarono dei passi, tacchi alti che sembravano proprio quelli di Maddie. Per un breve momento si concesse di pensare che fosse stato un terribile incubo, o addirittura che fosse in coma e che nulla di tutto ciò fosse reale. Ma non era mai stato un uomo che passava il suo tempo a fantasticare su cose che non avevano alcuna somiglianza con la realtà. Sapeva di chi erano i passi che aveva sentito. E non erano quelli di Maddie.

«Natalie?» Chiamò.

Un paio di secondi dopo, sua figlia Natalie apparve nel riquadro della porta, vestita con una giacca leggera, la borsetta a tracolla e le chiavi della macchina in mano. «Ciao, papà».

Sembrava l'opposto di Maddie. Mentre i capelli di Maddie erano una criniera di riccioli biondi dorati, quelli di Natalie erano neri e lisci. Natalie li teneva corti, alla maniera della Principessa Diana. Le si addiceva. Mentre il viso di Natalie era classicamente simmetrico e lei era considerata una bella donna, la bellezza di Maddie era di un altro calibro. Maddie aveva ereditato gli occhi verdi di Rita. Erano stati quegli occhi ad attirare su di lei innumerevoli uomini. Ma era stato il suo sorriso caldo e invitante a tenerli avvinti.

«Te ne vai?»

Natalie annuì. «Paul ha appena chiamato. Finalmente tornerà a casa un po' prima del solito. Negli ultimi mesi ha lavorato fino a tardi. La sua cena di lavoro è stata annullata, quindi devo prendere qualcosa per cena mentre torno a casa».

A Bolton non era mai piaciuto Paul Sullivan, il marito di Natalie da soli due anni, ma cercava di non darlo a vedere. Non considerava Sullivan un uomo onesto, dopotutto aveva tradito la sua prima moglie, proprio con Natalie. Natalie era stata l'amante di Sullivan per tre anni, prima che lui divorziasse dalla moglie. Quanto tempo sarebbe passato prima che Natalie facesse la stessa fine della prima moglie di Sullivan? Quanto tempo sarebbe passato, prima che lui tradisse anche Natalie? Quanto tempo prima che le facesse del male?

Neanche a Maddie era mai piaciuto Sullivan. Non correva buon sangue, tra loro. Solo un mese prima i due avevano litigato nell'atrio di un ristorante, dopo aver partecipato entrambi alla cena di compleanno di Rita. Quando il giorno dopo Bolton aveva chiesto a Maddie perché lei e Sullivan si stessero scontrando ancora una volta, Maddie aveva affermato di non ricordare quale fosse stato il motivo scatenante. Ma Bolton sospettava che Sullivan avesse incolpato Maddie per l'ubriacatura di Natalie durante una serata tra donne in cui le sorelle erano andate per locali notturni con due amiche. Il quartetto si era divertito troppo, per i gusti di Sullivan. Il marito di Natalie si era infuriato, quando le foto di Natalie che ballava in modo provocante erano apparse sui tabloid.

Bolton cercò di allontanare i pensieri dalla sua mente. Natalie aveva fatto la sua scelta e lui non poteva fare nulla per cambiare questo fatto.

«Tua madre sarà delusa dal fatto che non puoi rimanere a cena», disse.

«Lo so, ma ho passato quasi tutti i giorni qui da quando...» Non finì la frase, non ce n'era bisogno.

«Lo so. Tua madre lo apprezza molto».

«Lo fa?»

Preso alla sprovvista dal tono brusco di Natalie, Bolton aggrottò le sopracciglia. «C'è qualcosa che non va, tesoro? Avete litigato?»

Natalie sbuffò. «Litigato? No, certo che no». Si mise a ridacchiare. «Lei è molto più sottile di così. Ma d'altronde sono abituata a essere paragonata a Maddie. Anche ora che non c'è più, non riesco a fare nulla di buono, agli occhi della mamma».

Bolton si alzò e fece qualche passo verso di lei. «È solo in lutto. Lo siamo tutti. Non la prendere sul personale».

«Non prenderla sul personale? Papà, lei non mi vede nemmeno! Sono invisibile, per lei. Potrei anche essere la cameriera. Qualsiasi suggerimento io faccia, che si tratti dei fiori per la commemorazione, o del tipo di bara, è sempre: A Maddie non piacerebbe questo, e non le piacerebbe quello». La rabbia e la frustrazione uscirono a fiotti da Natalie.

Bolton non l'aveva mai vista così. «Ti prego, Natalie, non farlo. Tua madre ti vuole bene. Sta solo attraversando un momento molto difficile».

«Pensi che non lo sappia? Pensi che non sappia che Maddie era la preferita di tutti, sua e tua? Che io ero sempre in secondo piano? Forse avreste dovuto restituirmi, quando Maddie è nata». Si girò, pronta ad andarsene.

Lo shock attraversò Bolton. Le afferrò il braccio e la costrinse a voltarsi verso di lui. «Natalie, ti amiamo. Ti volevamo».

«Non mentirmi, papà. Sono stata una sostituta finché la mamma non è rimasta incinta di Maddie. E ora che Maddie non c'è più, improvvisamente mi vuoi bene?». Lei lo fissò, con una delusione evidente negli occhi.

Bolton scosse la testa alla rivelazione di ciò che Natalie aveva provato per tutti quegli anni. Era davvero così ovvio che sia lui che sua moglie amassero Maddie più della loro figlia adottiva? Aveva sempre cercato di suddividere l'affetto per le sue figlie in modo equo. Aveva fallito?

«Mi dispiace di averti ferito», disse. «Non ho mai avuto intenzione di farlo. Sei mia figlia e solo perché non sei sangue del mio sangue non cambia le cose. Se ti succedesse qualcosa, mi spezzerebbe il cuore tanto quanto mi spezza il cuore aver perso Maddie».

Prese Natalie tra le braccia, ma lei rimase rigida. «Ti prego, sii paziente con tua madre. Sappi che sono qui per te. E che lo sarò sempre».

Alla fine, lo abbracciò. «Ti voglio bene, papà».

Il sollievo lo invase. Aveva bisogno dell'amore di Natalie più di quanto lei avesse bisogno del suo. Lei era più forte di quanto lui avrebbe mai potuto essere. Natalie era ora la sua spalla su cui piangere, perché lui doveva essere la roccia di Rita, e la forza che un uomo poteva avere, da solo, non era poi così tanta.

19

Mike Faulkner spense il computer nel suo ufficio nell'Ala Ovest. La maggior parte del personale era già andata via e anche lui era finalmente pronto a uscire. Infilò alcuni fascicoli nella sua valigetta, quando sentì un rumore alla porta. Alzò lo sguardo.

«Ha un minuto, signore?» Chiese l'agente dei servizi segreti Mitchell.

Faulkner annuì e gli fece cenno di entrare. Mitchell si chiuse la porta alle spalle e si fermò davanti alla scrivania di Faulkner. Mitchell era un uomo di colore alto e muscoloso, sulla quarantina. Era stato assegnato alla protezione personale del Presidente nel primo anno dell'amministrazione Langford, prima di passare al ramo investigativo dei Servizi Segreti, ma Faulkner conosceva Mitchell da molto più tempo.

Le loro strade si erano incrociate vent'anni prima, quando Mitchell era un marine di ritorno da una missione in Afghanistan ed era stato incastrato per lo stupro di una quindicenne, un crimine che non aveva commesso. Faulkner aveva agito come suo avvocato difensore, a titolo gratuito, ed era riuscito a smascherare il vero stupratore, ottenendo così un verdetto di non colpevolezza per

Mitchell. In cambio, Faulkner aveva sempre potuto contare sulla lealtà e sulla discrezione di Mitchell.

«Mitchell, hai novità?»

«Sì, signore. Riguardo al caso Bolton. Abbiamo stabilito che non c'è stata alcuna effrazione; non mancava nulla e niente è stato toccato, quindi escludiamo un furto con scasso. Abbiamo interrogato vicini e conoscenti, e la governante. Nessuno ha visto nulla di insolito, prima della morte della signorina Bolton. La ferita alla testa è compatibile con una caduta, in cui la testa ha urtato l'angolo del tavolo di vetro. Stiamo ancora aspettando il rapporto tossicologico. Come sa, i Servizi Segreti di solito non conducono indagini sui decessi e quindi non sono attrezzati per effettuare autopsie ed esami tossicologici. Abbiamo dovuto affidare tutto all'esterno. Da qui il ritardo».

«Capisco», disse Faulkner.

«Ci aspettiamo un livello elevato di alcol nel sangue, visto che la governante ha riferito di aver trovato una bottiglia di vino vuota».

«Stai dicendo che era ubriaca?»

«Non so quanto bevesse quotidianamente, ma anche se avesse una buona tolleranza all'alcol, direi che era almeno alticcia. È del tutto coerente con l'ipotesi che abbia perso l'equilibrio e sia caduta dalla scala mentre cambiava una lampadina. Anche se...» Mitchell esitò.

«Non ci credi?»

Mitchell pose una busta voluminosa sulla scrivania di Faulkner. «Abbiamo recuperato il cellulare della signorina Bolton e siamo riusciti a entrarci».

Faulkner sollevò un sopracciglio. «Nessuna password? È insolito».

«Abbiamo trovato il suo PIN in una lista di tutte le sue password nella sua borsetta. Secondo la governante, la signorina Bolton aveva problemi a memorizzare le password e i PIN, quindi li scriveva».

«C'è qualcosa degno di nota sul suo cellulare?» Prese la busta e la aprì.

Mitchell annuì cupamente. «Abbiamo scoperto che ha parlato con qualcuno dell'ambasciata russa, il giorno prima di morire».

Faulkner fissò Mitchell. «Chi?»

«Il numero è intestato a Sergei Petrov, l'addetto culturale».

Faulkner sapeva cosa significava: Petrov potrebbe essere una spia russa.

«Ne hai parlato con qualcuno?»

«No, signore. Ho pensato che fosse meglio tenerlo nascosto. Ho controllato con le mie fonti all'FBI e alla CIA per vedere se Petrov è sotto sorveglianza».

Impazientemente, Faulkner chiese: «E?»

«Temo che non lo sia. È stato sotto sorveglianza quando è entrato in ambasciata, tre anni fa, ma poiché non è emerso nulla che indicasse che fosse un agente straniero, la sorveglianza è stata revocata dopo nove mesi. Sembra che sia davvero solo un addetto culturale».

Faulkner estrasse il cellulare dalla busta e inserì il PIN sul post-it in dotazione. Aprì l'applicazione del telefono e trovò subito il nome di Petrov: era l'ultima chiamata fatta da Maddie prima della sua morte.

«Dato che Petrov gode dell'immunità diplomatica, come vuole che proceda?» Chiese Mitchell.

Faulkner controllò la durata della chiamata. Era durata meno di un minuto. Di cosa avrebbe potuto discutere Maddie con l'addetto culturale russo in meno di un minuto? Niente di sostanziale, a meno che la telefonata non fosse una richiesta di incontro.

«Lascialo a me. Penserò io a come gestire la situazione. Non possiamo permetterci di provocare un incidente con un diplomatico russo nella situazione di tensione in cui ci troviamo con il suo Paese. Qualsiasi cosa potrebbe farli arrabbiare e porre fine ai negoziati riguardanti la scoperta che hanno fatto di un giacimento di terre rare in Siberia. Non siamo l'unico Paese interessato a una fornitura costante».

«Ne sono pienamente consapevole, signor Faulkner. Ecco perché solo io e lei ne siamo a conoscenza».

«Ottimo lavoro, Mitchell».

«Grazie, signore», disse Mitchell e lasciò l'ufficio.

Faulkner si appoggiò alla sedia e fissò il telefono che aveva tra le mani. Sfogliò l'elenco delle chiamate e dei messaggi recenti.

20

7 *giugno*

«Sei sicura?» Emily lanciò un lungo sguardo a Vicky. «Puoi ancora tirarti indietro adesso».

«E cosa? Pagare la cauzione per uscire di prigione quando ti prendono?» Vicky scosse la testa. «Non ho tutti quei soldi in giro. E nemmeno tu».

Entrambe erano vestite con un camice ospedaliero e indossavano cordoncini a cui avevano agganciato falsi documenti d'identità dell'ospedale. Tecnicamente, solo il documento di Emily era falso, quello di Vicky era scaduto anni prima. Non poteva più aprire nessuna porta, poiché i diritti di accesso incorporati nella striscia magnetica sul retro erano stati revocati, ma nessuno se ne sarebbe accorto, guardando il tesserino. Vicky l'aveva usato come modello per stampare un documento falso per Emily e l'aveva plastificato. Non avrebbe retto a un esame ravvicinato, ma era sufficiente, a distanza.

Vicky guardò l'orologio da polso. «Preparati. Dovrebbero uscire da un momento all'altro».

Emily si guardò intorno. Era mattina presto e stavano osservando una porta con un cartello che diceva *'Riservato al personale'*. Era uno degli ingressi dell'ospedale dove Emily aveva ricevuto il trapianto. L'unico modo per aprire la porta era una tessera di accesso. Non c'erano serrature da scassinare.

«Sei sicura?» Chiese Emily.

«Non ti preoccupare. È il cambio di turno».

«Perché non potevamo entrare dall'ingresso principale?»

«Perché a quest'ora c'è la sicurezza, all'ingresso principale, e controllano i documenti. Shhh.»

Emily sentì la porta scricchiolare e un attimo dopo si aprì e ne uscirono un uomo e una donna in camice. I due guardarono appena Emily e Vicky, mentre passavano. La porta si stava già chiudendo, ma Vicky la raggiunse e incastrò il piede tra la porta e lo stipite. Emily lanciò un'occhiata ai due impiegati, ma non si guardarono alle spalle.

Emily si unì rapidamente a Vicky e insieme entrarono. Nel corridoio, diversi altri membri del personale medico passarono davanti a loro, alcuni parlando al telefono, altri chiacchierando, altri ancora sbadigliando dopo il turno di notte. Nessuno le degnò di uno sguardo, proprio come Vicky aveva previsto.

Quando il corridoio si intersecò con un altro, Emily sentì un leggero rumore proveniente da sinistra. Ma Vicky stava già girando a destra.

«Gli ascensori sono dall'altra parte», disse Emily, fermandosi.

Vicky si guardò alle spalle. «Non prenderemo gli ascensori». Quando Emily si girò per affiancarla, Vicky spiegò: «In un ascensore siamo dei bersagli facili. La gente potrebbe guardare i nostri documenti e capire che non lavoriamo qui».

Un attimo dopo aprì una porta. «Prendiamo le scale».

Emily seguì Vicky nella tromba delle scale. Salirono rapidamente al quinto piano. Vicky aprì la porta del corridoio lentamente e solo per pochi centimetri, e sbirciò attraverso la fessura, prima di aprire completamente la porta e fare cenno a Emily di seguirla.

Il corridoio era vuoto.

Emily era felice che Vicky fosse con lei. Senza Vicky, non avrebbe mai trovato così facilmente lo studio del suo oculista. Davanti alla porta, Vicky si fermò ed Emily lesse l'insegna accanto alla porta. Il dottor Harland era uno dei quattro medici indicati.

«Ora fai quello che devi fare», sussurrò Vicky e indicò la serratura.

Emily estrasse gli attrezzi dalla borsetta e si avvicinò alla porta.

«Sembra professionale», commentò Vicky. «Dove l'hai preso?»

Emily sorrise. «Amazon Prime».

«Mi stai prendendo per il culo!»

«No».

«Devo procurarmi uno di quelli».

Con dita agili, Emily si mise al lavoro, mentre Vicky si girava a guardare il corridoio. Emily si concentrò sul suo compito, cercando di ricordare come usare i diversi strumenti per convincere la serratura ad aprirsi. Cominciò a sudare, preoccupata di aver dimenticato come si apre una serratura. Dopo tutto, era passato un po' di tempo, dall'ultima volta che l'aveva fatto.

«Perché ci vuole tanto?» Chiese Vicky sottovoce.

«Così non mi aiuti», disse Emily a denti stretti. Fece un respiro profondo e rilassò le spalle, poi riprovò. Finalmente sentì un clic rivelatore. Girò la maniglia e la porta si aprì. «Fatto».

Vicky le rivolse uno sguardo di approvazione, mentre entrambe entravano e si chiudevano la porta alle spalle.

L'ufficio era grande. Dietro un bancone, all'estremità della sala d'attesa, c'erano diverse postazioni informatiche per i vari assistenti medici che lavoravano nella clinica. Alla loro destra c'era un corridoio che conduceva agli uffici dei medici e alle sale per le visite. Emily era stata in una di queste sale non molto tempo prima, durante la visita di controllo con il dottor Harland. L'ambulatorio era stato affollato. Ora era tranquillo. Anche se la clinica non avrebbe ricevuto pazienti prima delle otto, gli assistenti sarebbero arrivati alle sette e mezza per occuparsi dei telefoni e preparare le sale di visita.

«Ok, facciamolo», disse Vicky e si diresse verso le postazioni di lavoro degli assistenti. In ogni postazione toccò il mouse del computer e lo mosse per risvegliare il monitor. Tutte e quattro le postazioni si illuminarono con la schermata di accesso, confermando che nessuno aveva dimenticato di disconnettersi. Vicky scrollò le spalle. «Sarebbe stato troppo facile».

Iniziò a rovistare tra le scrivanie.

«Cosa stiamo cercando?» Chiese Emily.

«Credenziali di accesso. Controlla se ci sono post-it e simili».

Emily iniziò da una postazione di lavoro. «Pensi davvero che siano così sbadati da lasciare le loro password in giro?»

«Non lo credo. Lo so».

Quando Emily le lanciò un'occhiata dubbiosa, Vicky spiegò: «La politica dell'ospedale prevede di cambiare le password ogni mese circa. Pensi davvero che tutti vogliano memorizzare una nuova password così spesso? Voglio dire, pensaci. Per ogni cosa che facciamo nella nostra vita, abbiamo bisogno di una password. E il più delle volte deve essere complicata: una lettera maiuscola, un simbolo, un carattere speciale, almeno un numero, un minimo di otto lettere e così via. Chi può ricordare tutto questo? Le persone le scrivono».

«Se lo dici tu». Emily continuò a girare tutto quello che c'era sulla postazione di lavoro che stava cercando.

«Bingo!» Esclamò Vicky.

Emily si voltò verso di lei e la vide staccare un foglietto adesivo dalla parte inferiore di una tastiera.

Qualche istante dopo, Vicky svegliò di nuovo il computer e fece l'accesso. Sul desktop apparvero varie icone e Vicky fece clic su una di esse. Si aprì una finestra.

«Hai il numero della tua cartella clinica?»

Emily annuì e tirò fuori il pezzo di carta dalla borsetta, dove aveva copiato il numero della sua ultima fattura medica. «Tieni».

Vicky lo digitò e sullo schermo apparve la cartella clinica di Emily. Sembrava che Vicky avesse familiarità con la struttura delle pagine, perché prima ancora che Emily potesse capire cosa stesse guardando, Vicky stava già selezionando una riga per rivelare le informazioni sottostanti.

«Ok, queste sono le informazioni sul trapianto. Data del trapianto, ecc. ecc. E qui», disse indicando una lunga serie di numeri, «c'è il codice a barre dell'organo del donatore. Ora vediamo a chi appartiene».

Ci cliccò sopra. Un breve segnale acustico si udì contemporaneamente alla comparsa di una piccola finestra.

«Oh cazzo!» Vicky imprecò.

Emily si avvicinò e cercò di leggere il messaggio, ma Vicky fu più veloce.

«Accesso negato. Non si dispone di diritti sufficienti per accedere a queste informazioni. Contattare un amministratore».

«Oh merda», disse Emily. «E adesso?»

Vicky si guardò alle spalle. «È ora di andare dall'assistenza».

«L'assistenza?»

Vicky guardò l'orologio da polso. «Potremmo avere abbastanza tempo. Il reparto di assistenza non ha personale fino alle sette. Abbiamo mezz'ora di tempo».

Confusa, Emily aggrottò la fronte, mentre Vicky si stava già disconnettendo. «Ma se l'assistenza non apre prima di mezz'ora, come faranno ad aiutarci?»

«Non lo faranno loro. Ci stiamo aiutando da sole. Vieni. Sbrigati».

Vicky non diede altre spiegazioni ed Emily dovette fidarsi del fatto che la sua amica sapeva cosa stava facendo. Pochi minuti dopo raggiunsero una porta al secondo piano, all'estremità opposta dell'ospedale.

«Questo è il reparto informatico. Tira fuori i tuoi grimaldelli», disse Vicky e indicò la borsa di Emily.

Questa volta Emily si sentiva più sicura della sua abilità e riuscì a forzare la serratura molto più velocemente.

«Fatto».

Qualche istante dopo, Vicky chiuse la porta dietro di loro. Si trovavano all'interno di un grande ufficio a pianta aperta con almeno dieci cubicoli. Alla loro sinistra, una porta aperta rivelava una piccola cucina o sala relax, e in fondo all'ingresso c'erano altre due porte che conducevano a stanze chiuse da vetri. L'intera suite di uffici era vuota.

«E adesso?» Chiese Emily.

«Come prima. Dobbiamo trovare la password di qualcuno, per entrare. Gli informatici hanno accesso praticamente a tutto». Vicky indicò un cubicolo. «Io comincio da qui. Tu inizia dall'altra parte. Guarda dappertutto: sotto la tastiera, il tappetino del mouse, il supporto del monitor, nei cassetti, sotto i cassetti... Ormai conosci la procedura».

Senza dire una parola, Emily si mise al lavoro. Vicky fece lo stesso. Si sentiva solo il fruscio della carta e lo sferragliare degli oggetti che venivano sollevati e poi posati sulla scrivania. Emily lavorò il più velocemente possibile. Cercò dappertutto, ma il suo primo cubicolo fu un fallimento. Anche quello di Vicky lo fu. I minuti passavano. Neanche il secondo cubicolo che Emily aveva ispezionato aveva rivelato nessuna password. Emily guardò il grande orologio sulla parete della stanza. Mancavano quindici minuti alle sette. Il suo cuore cominciò a battere più velocemente. Sentiva le pulsazioni lungo il collo battere come un tamburo, come se fosse un conto alla rovescia. E forse lo era. Il tempo stava per scadere.

«Trovato!» Vicky annunciò da dietro Emily.

Emily si girò di scatto e vide Vicky che rimetteva una grande tazza di caffè sulla scrivania.

«Nella tazza?» Chiese Emily.

«Sotto. Piuttosto intelligente, soprattutto perché nella tazza c'è ancora il caffè di ieri. Che schifo!»

Vicky si sedette alla scrivania e si collegò al computer. Le credenziali funzionavano e lei cercò l'applicazione giusta, cliccando su varie cartelle e poi richiudendole.

Guardando l'orologio sulla parete, che ora indicava che mancavano solo sette minuti, Emily chiese: «Perché ci vuole così tanto?».

«Così non mi aiuti», rispose Vicky, ripetendo le parole di Emily di prima.

Emily lo capiva, ma questo non rendeva più facile essere paziente.

«Ok, sono nel sistema giusto». Vicky guardò il pezzo di carta su cui aveva scritto il numero di codice a barre che aveva trovato nella cartella clinica.

Il ticchettio della tastiera riecheggiava nella stanza. Emily notò che era l'unico suono che riusciva a sentire. Sia lei sia Vicky trattenevano il respiro.

«Apriti sesamo», mormorò Vicky. Sullo schermo si aprì un documento.

Emily scosse la testa in direzione della porta. Anni di affinamento dell'udito per compensare la cecità l'avevano resa iper-vigile ai suoni. Non c'erano dubbi. «C'è qualcuno alla porta». Sentì il morbido grattare di una chiave contro il metallo.

«Merda!» Vicky imprecò. «Ancora un secondo». Premette un tasto della tastiera. «Stampa».

Da qualche parte nella stanza, una stampante iniziò a macinare. Emily allungò il collo. Dove diavolo era, quella stampante?

«Lì!» Vicky indicò una zona vicina ai due uffici di vetro.

Anche Emily lo vide. La stampante stava sputando due pagine, poi si fermò.

La porta si aprì cigolando. Immediatamente Vicky ed Emily si gettarono a terra. Sentirono dei passi e poi la porta si chiuse dietro la persona che stava entrando. In preda al panico, Emily fissò Vicky. L'amica si passò un dito sulle labbra, poi strisciò verso il bordo del cubicolo. Il cuore di Emily le batteva in gola e guardava con orrore come Vicky guardava oltre la parete divisoria.

Guardandosi alle spalle, Vicky fece un segno di 'ok', poi strisciò in direzione della stampante. Emily voleva tirarla indietro uno scossone, quando sentì dei rumori provenire dalla cucina. L'informatico stava preparando il caffè. Ora capiva Vicky. Avevano al massimo un minuto prima che la persona lasciasse la cucina.

Vicky raggiunse la stampante, prese i due fogli e si affrettò a tornare indietro. Mantenendo il busto basso, Emily e Vicky si affrettarono a costeggiare le pareti divisorie che le nascondevano dalla cucina. Quando raggiunsero la fine dei cubicoli, Emily lanciò una rapida occhiata alla porta aperta della cucina. Un uomo dava loro le spalle e stava riempiendo la macchina del caffè di caffè macinato.

Vicky raggiunse l'uscita per prima e aprì la porta senza fare rumore.

Emily si affrettò dietro di lei e la seguì nel corridoio, mentre Vicky chiudeva silenziosamente la porta.

«Ce l'abbiamo fatta per un pelo», disse Vicky.

«Tu credi?» Il cuore di Emily batteva ancora come un martello pneumatico.

Facendole cenno di dirigersi verso le scale, Vicky piegò la stampa e la infilò in una tasca, senza guardarla.

Altri due minuti dopo, ed erano fuori. Solo allora il cuore di Emily sembrò ritrovare il suo ritmo normale.

Quando raggiunsero l'auto, Emily non riuscì più a contenere la sua curiosità. «C'è il nome del mio donatore?»

Vicky dispiegò il foglio e lo scrutò. Poi alzò lo sguardo, spalancando gli occhi. «C'è».

«Chi è?»

«Non ci crederai mai».

21

La limousine del Presidente, affettuosamente nota come 'la Bestia', si muoveva lungo le strade trafficate, con due agenti dei Servizi Segreti sui sedili anteriori, e il Presidente Robert Langford e il suo Capo di Gabinetto, Mike Faulkner, su quelli posteriori. Mentre i due agenti indossavano il solito abito scuro, camicia e cravatta, Langford e Faulkner erano vestiti in modo casual. Non succedeva spesso, ma oggi era giustificato. Il nuovo Primo Ministro giapponese era un appassionato di golf e sarebbe stato convinto più facilmente ad accettare la proposta commerciale del Presidente Langford, se i due si fossero incontrati in un ambiente più rilassato.

«Spero che tu abbia ragione, Mike», disse Langford, guardando a Faulkner. «*È stata una* tua idea».

Faulkner alzò la mano. «Sì, e puoi dare la colpa a me, se ti si ritorce contro. Cosa che non accadrà. So per certo che il Primo Ministro farebbe di tutto, per una bella partita a golf».

Langford ridacchiò. «Che vincerà, presumo».

Faulkner fece una rapida scrollata di spalle. «Sì, ma ti prego di non renderlo troppo evidente. Sono sicuro che la sua squadra gli abbia detto qual è il tuo handicap, quindi è meglio che tu non perda di molto. Basta che sia una sfida, per lui».

«Se lo dici tu, Mike». Per un attimo, il Presidente tacque e guardò fuori dalla finestra. «Come sta Eric?»

Faulkner sospirò. «Come era prevedibile. Un incidente così tragico».

Il Presidente voltò il viso verso il suo capo di gabinetto. «Quindi è stato dichiarato un incidente?»

«È solo una formalità». Non c'era bisogno di dire al Presidente del contatto tra Maddie e Sergei Petrov. Aveva già abbastanza di cui preoccuparsi. «Ci sono solo alcune questioni in sospeso da risolvere. Ma, da come sembra al momento, è molto probabile che si sia trattato di un incidente. Non c'era nessun segno del contrario, nessuna effrazione, niente di rubato. Insomma, entrambi conoscevamo Maddie...»

Langford sospirò. «Sì, è vero. Era così promettente, eppure non riusciva mai a liberarsi di quella natura selvaggia. Suppongo che tutti abbiamo i nostri demoni».

«Alcuni più di altri». Anche Faulkner li aveva. Ma non gli piaceva soffermarsi su questo aspetto. Si concentrò invece su Madeline Bolton. «Secondo la governante, Maddie aveva bevuto, quella sera. Lo sapremo con certezza quando arriverà l'esame tossicologico, ma deve aver perso l'equilibrio quando è salita sulla scala per cambiare una lampadina. L'impatto con il tavolo di vetro le ha causato un'emorragia cerebrale».

Langford soffiò il fiato dalle narici. «È strano, sai... Non mi sembrava che Madeline fosse il tipo da fare qualcosa di banale come cambiare una lampadina».

«È vero, era una specie di principessa, per il modo in cui i suoi genitori l'hanno cresciuta, mettendola su un piedistallo. Era impossibile per Maddie non deluderli. In qualche modo capisco perché si sia ribellata con le droghe... e gli amanti».

«Ma pensavo che negli ultimi anni fosse cambiata, no? Quando ha iniziato a occuparsi di *Nessun Bambino Abbandonato*... quando... due, tre anni fa?»

«Sembrava più soddisfatta. Eppure...» Faulkner sospirò. «Non sapremo mai cosa succede dentro una persona. Anche una alla quale siamo così vicini».

«Cosa hai detto a Eric, dell'indagine dei servizi segreti?»

«La verità». Anche se non aveva parlato di Petrov nemmeno a Bolton. «Ma gli ho promesso che i dettagli saranno tenuti riservati. Nessuno deve sapere che stava bevendo. Per questo ho insistito perché fossero i Servizi Segreti a indagare sull'incidente, invece della polizia di Washington. Non che i media non stiano speculando».

«Prima o poi si placheranno. Quando c'è la commemorazione?»

«Questo fine settimana».

«Vorrei essere lì», disse Langford, «ma la mia presenza attirerà solo altri media e trasformerà la commemorazione in un circo. Nessuno se lo merita, tanto meno Eric e Rita. Glielo dirai, vero?»

«Naturalmente».

«Ha intenzione di partecipare?»

Faulkner annuì. «Uno di noi deve farlo. Inoltre, sono sicuro che anche Caleb voglia partecipare. Lui e Maddie erano amici da molto tempo».

Langford sorrise. «Ricordo che quando erano bambini mi hai detto che speravi che un giorno sarebbero stati una coppia».

Faulkner ridacchiò, al ricordo. «Le cose non vanno sempre come i genitori hanno pianificato. Almeno hanno potuto passare molto tempo insieme all'associazione».

«Puoi essere molto orgoglioso di tuo figlio, che dedica i suoi sforzi a una causa così degna».

«Sì, sì, certo. Dopotutto, ho dovuto dare le dimissioni, dopo che mi hai offerto questo lavoro».

«Te ne sei pentito?»

Se si era pentito di essere uno degli uomini più potenti della politica? «No, signor Presidente, non me ne pento».

Langford ridacchiò. «Non credo che mi abituerò mai al fatto che mi chiami signor Presidente. Ai tempi dell'università mi chiamavi in tutti i modi. Ripensi mai a quei giorni?»

Faulkner sorrise. «Con affetto. Tutto era più semplice, allora. Ci chiamavano i tre moschettieri. Tutti per uno, uno per tutti».

Langford annuì. «E guardaci adesso. Siamo ancora i tre moschettieri, anche se un po' più vecchi e un po' più grigi». Indicò i propri capelli brizzolati.

Faulkner scosse la testa. «Vorrei che fossero solo l'età e i capelli».

«Ti manca ancora, vero?»

«Georgina non è mai lontana dai miei pensieri. Nessun'altra donna potrebbe mai reggere il confronto con lei».

Forse, se sua moglie fosse stata ancora viva, tutto sarebbe stato diverso. Ma lei non c'era più, e da molto tempo.

22

«Madeline Bolton», disse Emily stupita.

Lei e Vicky erano rientrate insieme nell'appartamento di Vicky pochi minuti prima, dove Vicky aveva preparato il caffè e poi aveva acceso il computer.

«Tutti la chiamavano Maddie. È piuttosto famosa, per essere una persona che non sia una modella o un'attrice», disse Vicky. «Almeno a Washington».

«Avevo sentito dire che era morta, ma non sono interessata a tutti i pettegolezzi come gli altri».

«Ahi!» Vicky disse, con finto dolore.

Vicky consumava i pettegolezzi e tutti i giornali di gossip come gli strafattoni consumavano l'erba.

«Allora, dai», disse Emily, con impazienza. «Che cosa sai di lei?».

«Tantissimo». Vicky sorrise con orgoglio. «Viene da una famiglia molto ricca».

«Comprensibile». Anche Emily aveva già sentito il nome Bolton.

«Aveva circa la tua età, forse un anno o due in più, ed era piuttosto viziata. Si dice che il padre non potesse mai negare nulla alla figlia, così lei otteneva sempre quello che voleva».

Per un attimo Emily invidiò Maddie Bolton. Poteva solo immaginare cosa significasse essere adorati dal proprio padre. Ma questo non aveva salvato Maddie. Era morta e la morte non ha nulla di invidiabile.

«Certo, non è stato tutto rose e fiori. Si diceva che avesse fatto uso di droghe tra la fine dell'adolescenza e i vent'anni, ma quando si hanno i soldi che hanno i Bolton, si può pagare qualsiasi cifra per tirare fuori la propria prole ribelle da qualsiasi situazione. Così, dopo aver sperimentato le droghe, il sesso è stato il passo successivo». Vicky ridacchiò tra sé e sé. «Oh, mio Dio! Se avessi una mappa del mondo e infilassi uno spillo nella metà dei Paesi da cui ha avuto degli amanti, finirei gli spilli».

«Stai scherzando! Voglio dire che ci saranno circa 200 paesi nel mondo».

«Cento novantacinque», la corresse Vicky.

«Non puoi dirmi che Maddie ha avuto un centinaio di amanti!» Nessuna donna avrebbe potuto andare a letto con così tanti uomini. La sua lista personale era più corta. Di molto. In effetti, poteva contare gli uomini con cui era stata a letto sulle dita di una mano.

«Ok, forse sto esagerando un po', ma ne ha avuti almeno cinquanta», ammise Vicky. Fece un movimento di allontanamento con la mano. «Quello che sto cercando di dire è che conosceva tutti: diplomatici di vari paesi, politici, celebrità, chiunque sia qualcuno. E ammettiamolo. Era molto bella».

Emily guardò il monitor del computer, dove Vicky aveva tirato fuori una foto di Maddie. Splendidi occhi verdi, come quelli di un gatto, riccioli biondi che le ricadevano sulle spalle, pelle chiara, labbra carnose, Maddie aveva tutto.

«Sì, lo era. Bella. Ricca». Sospirò. «E morta».

«C'è dell'altro, su di lei», continuò Vicky. «Si potrebbe pensare che una persona come lei fosse superficiale e arrogante. Ma non era così. Tutto ciò che ho letto su di lei conferma che aveva un grande cuore. Era calorosa e compassionevole. Dedicava molto tempo a quell'associazione di beneficenza, come si chiama? Qualcosa che ha a che fare con il salvataggio dei bambini vittime della tratta».

«Oh sì, ne ho sentito parlare. *Nessun bambino abbandonato*, giusto?»

«Ecco».

«Credo che organizzasse aste di beneficenza per loro o qualcosa del genere», disse Emily, ricordando un servizio giornalistico di mesi prima. «Cos'altro sai, della sua vita?»

Vicky sospirò. «Beh, è più o meno tutto qui. A parte il modo in cui è morta. Non ne hanno parlato molto, solo che è stata trovata dalla donna delle pulizie una mattina. Ma a quanto pare era troppo tardi ed è morta in ospedale. Le autorità stanno ancora indagando su cosa sia realmente accaduto, ma si dice che sia stato un incidente domestico».

Emily aggrottò la fronte. «Stanno ancora indagando? Ma allora come ho fatto a ottenere le sue cornee? Voglio dire, probabilmente hanno fatto un'autopsia che ha richiesto un po' di tempo. E una volta che qualcuno è morto da un po', gli organi diventano inutilizzabili». Aveva fatto molte ricerche sulla donazione degli organi, quando aveva pensato di fare un altro trapianto.

«È vero, ma ho saputo da fonti autorevoli», fece l'occhiolino ed Emily capì che si riferiva ai contatti di quando lavorava in ospedale, «che siccome è morta in ospedale ed era una donatrice di organi registrata, hanno espiantato gli organi prima di sapere che ci sarebbe stata un'autopsia».

«Possono farlo? È almeno legale?».

Vicky scrollò le spalle. «Succede. Immagino che sarebbe stato diverso, se fosse stata già morta quando la donna delle pulizie l'ha trovata. In ogni caso, è ancora possibile fare un'autopsia, dopo il prelievo degli organi. Ci sono ancora molto sangue e tessuti che possono essere esaminati e testati. E qualsiasi altra cosa facciano».

Emily cercò di scrollarsi di dosso l'immagine del corpo di Madeline squartato. «È terribile che sia dovuta morire».

«Almeno la sua morte non è stata inutile. I malati hanno ricevuto i suoi organi per poter vivere. E tu puoi vedere di nuovo». Vicky sorrise.

«Lo so. E ne sono grata. Ma...»

«Ma cosa?»

«E se ci fosse un prezzo?»

«Un prezzo per cosa?»

«Per la mia vista». Emily indicò l'immagine di Maddie sul monitor. «E se mi stesse contattando? E se le visioni che ho fossero dovute a qualche questione in sospeso di Maddie?»

«Se non ti conoscessi meglio, direi che guardi troppi programmi televisivi sul soprannaturale. Maddie non è un fantasma».

«Non sto dicendo che lo sia», disse Emily. «Ma se fosse una memoria cellulare?»

Vicky strizzò gli occhi e scosse la testa. «Ancora questo? Davvero?»

«Come ti ho già detto, c'è l'ipotesi che le cellule umane abbiano una sorta di memoria, e che le persone che hanno ricevuto donazioni di organi mostrino improvvisamente un'abilità che il loro donatore aveva, come ad esempio suonare uno strumento. Ho letto su Internet che la teoria è che i ricordi non sono immagazzinati solo nel cervello, ma anche in altri tessuti. Per esempio, cosa succederebbe, se alcune delle cose che Maddie ha visto avessero lasciato un'impronta sulle sue cornee e ora io vedessi le stesse cose?»

Vicky sgranò gli occhi. «Non crederai a stronzate del genere, vero? Solo perché è su Internet, non significa che sia vero. Anzi, la maggior parte di ciò che si legge su internet è falso».

«Ma spiegherebbe le mie visioni. Spiegherebbe anche perché ho visto cose strane, dopo il mio primo trapianto. E se il mio donatore di allora avesse voluto mostrarmi qualcosa? E se Maddie volesse mostrarmi qualcosa adesso?»

Vicky sospirò. «So che vuoi avere delle risposte, ma credo che il tuo medico abbia ragione. Il tuo cervello non sta ancora elaborando correttamente tutte le immagini. Sii paziente. Non ti addentrare in questo ginepraio». Vicky scosse la testa. «Non avrei mai dovuto aiutarti a scoprire chi è il tuo donatore. È stato un errore. Guarda cosa ti sta facendo».

Emily prese la mano di Vicky e la strinse. «No, hai fatto la cosa giusta. Avevo bisogno di sapere. E ora che lo so, sono certa che quello che sto vivendo è in qualche modo collegato a Madeline Bolton. Lo sento».

«Emily, per favore...»

«Posso provarlo». Le era appena venuto in mente. C'era un modo per dimostrare a Vicky e a sé stessa che le sue visioni erano i ricordi di Maddie.

«E se non ci riuscissi?»

«Allora non ne parlerò più e tu potrai dire 'te l'avevo detto'».

«Affare fatto».

23

Non potendo parlare con l'agente Cabbot, che era stata la prima ad arrivare sulla scena della morte di Madeline Bolton, Yang decise di seguire un'altra strada, per ottenere le informazioni che sentiva di dover cercare, per soddisfare la sua inspiegabile curiosità sul caso. Non ci volle molto per scoprire chi fossero i paramedici che avevano assistito Madeline Bolton e l'avevano trasportata in ospedale. Secondo il loro supervisore, stavano facendo una breve pausa caffè vicino al Georgetown Waterfront Park.

Yang vide l'ambulanza parcheggiata, vi parcheggiò dietro e scese dall'auto. Due paramedici, un uomo e una donna, erano seduti sul retro dell'ambulanza aperta, con i piedi a penzoloni. Yang si avvicinò a loro e tirò fuori dalla tasca il suo distintivo, mostrandoglielo quando li raggiunse.

«Adam Yang, Sezione Omicidi», disse. «Voi siete Xavier Pabst e Keiko Takai?»

Entrambi annuirono.

«Sì, che c'è?» Pabst rispose.

Yang rimise il distintivo nella tasca della giacca. «Solo un rapido aggiornamento. Voi due siete stati chiamati a casa di Madeline Bolton a Georgetown il 23. È corretto?»

«Sì, eravamo noi», disse Pabst e scambiò un'occhiata con la sua collega.

«È stata una tragedia», Aggiunse la Takai, una bella donna giapponese, sulla trentina.

«Allora, omicidio, eh?» Chiese Pabst. «Non un incidente?»

«Beh, non è ancora chiaro», disse Yang, con un tono disinvolto e amichevole, sapendo di riuscire a far parlare le persone più di quanto volessero, quando era amichevole e aperto. «Per questo volevo approfondire alcune cose con voi ragazzi. Visto che siete stati i primi ad arrivare sulla scena».

«In realtà una agente di polizia ci ha preceduto di un minuto», chiarì Pabst.

«Ha ragione», disse Yang rapidamente, poi mentì: «Ho già parlato con l'agente, ma ho pensato che tre paia di occhi possano vedere meglio di uno, giusto? Quindi potrebbe descrivermi la scena, per favore? Non tralasci nulla. Il più piccolo dettaglio potrebbe essere vitale».

I due paramedici si guardarono e scrollarono le spalle.

«Certo», disse la Takai. «La vittima era nel soggiorno. Un posto piuttosto elegante, anche ben arredato».

Pabst sgranò gli occhi. «Keiko, non credo che il detective voglia sapere cosa ne pensi della carta da parati».

La Takai scosse la testa verso di lui. «Tipico! Devi far capire la scena. I dettagli. Il contesto. Sai cosa, no?» Poi guardò Yang. «Non è così?»

Yang scarabocchiò sul suo quaderno. «Per favore, continui. Che cosa ha visto, in salotto?»

«L'abbiamo trovata sul pavimento, distesa su un letto di vetri rotti...»

«Dal tavolino di vetro», intervenne Pabst.

«Giusto. Era supina e guardava il soffitto. Le sue gambe avevano una strana angolazione».

Pabst annuì. «E una scala a pioli giaceva sulle sue gambe, come se le fosse caduta addosso».

«Hmm», mormorò Yang. «Sembrava che avesse usato la scala per qualcosa. Siete riusciti a vedere cosa stesse facendo?»

«Probabilmente ha cercato di cambiare una lampadina», esordì Pabst.

«Ho visto una lampadina rotta nella sua mano», aggiunse la Takai.

«Sì, l'ho vista anch'io», disse rapidamente Pabst, «ma non sono sicuro di come avrebbe potuto cambiare la lampadina».

«Perché no?» Chiese Yang.

«Beh, la scaletta non era così alta e anche lei non era esattamente alta. Dubito che avrebbe potuto raggiungere la lampada, visto che il soffitto è alto tre o quattro metri», disse Pabst.

«Era una di quelle case più vecchie, completamente ristrutturate, ma con i soffitti alti che si trovano nelle case costruite all'inizio del secolo», spiegò la Takai.

«Come ho detto», continuò Pabst, «deve essersi allungata per raggiungerla e probabilmente ha perso l'equilibrio». Scrollò le spalle. «Davvero una tragedia».

«Sì», concordò Yang. «E come appariva? C'era molto sangue? Che tipo di ferite avete visto?»

Rispose la Takai. «Non molto sangue, qualche taglio. La testa è stata colpita in pieno, c'era sangue da una ferita alla testa. Quando l'abbiamo messa sulla barella, si vedeva che il sangue era penetrato nel tappeto. Francamente, eravamo sorpresi che fosse ancora viva. Voglio dire, deve essere rimasta lì per ore, prima di essere trovata».

«Sì, stiamo ancora lavorando sulla linea temporale che va da quando è tornata a casa la sera prima a quando è stata trovata», disse Yang, come se fosse coinvolto nell'indagine. «Può dirmi cosa indossava?»

«Era vestita da ufficio», disse Pabst, «sa, una bella camicetta e una gonna».

«La camicetta era rossa e la gonna nera», disse la Takai. «Roba di qualità. Non economica».

«Qualcuno dei suoi vestiti le è sembrato fuori posto?» Chiese Yang.

«Intende dire come se qualcuno avesse cercato di spogliarla?» Chiese Pabst.

«Non necessariamente. Non avendo una foto della signorina Bolton sulla scena, sto solo cercando di farmi un'idea del suo aspetto».

Pabst e la Takai si scambiarono uno sguardo. Entrambi scrollarono le spalle, poi Pabst disse: «Sembrava perfettamente in ordine. Come se fosse pronta per andare in ufficio».

«O semplicemente tornando a casa dall'ufficio», disse la Takai. «Immagino che questo non sia un grande aiuto, per capire quando è caduta dalla scala».

Yang le sorrise. «Mi creda, tutti questi dettagli mi aiutano a farmi un'idea più precisa di quello che potrebbe essere successo».

La Takai sospirò. «È un vero peccato. Avevo letto di lei. L'ho riconosciuta appena siamo arrivati a casa sua. Sembrava proprio come nei giornali, bellissima. E alla moda».

«È il genere di cose che noti», disse Pabst alla Takai. «Vestiti e scarpe».

«Beh, questi sono tutti dettagli», aggiunse la Takai. «Inoltre, quelle scarpe erano di Jimmy Choo! Quel paio che indossava poteva costare tranquillamente seicento dollari!»

Yang la fissò. «Scarpe? Che tipo di scarpe?».

«Di Jimmy Choo».

«Che aspetto hanno?»

La Takai tirò fuori il cellulare e vi digitò qualcosa, poi girò lo schermo verso Yang per fargli vedere cosa aveva trovato.

Yang fissò il paio di eleganti décolleté con tacchi alti quasi otto centimetri. Come una donna potesse camminare con quelle scarpe era al di là della sua comprensione. «Indossava quelle?»

«Beh, una delle due», disse la Takai. «L'altra deve esserle scivolato dal piede quando è caduta. L'ho vista sul tappeto».

«Ne è assolutamente certa?» Chiese Yang.

«Certo, conosco le scarpe di Jimmy Choo».

«Intendo dire che la signorina Bolton indossava solo una delle scarpe».

«Ha ragione, detective, ho visto anch'io le scarpe. Sicuramente ne indossava ancora una».

Yang chiuse il quaderno e lo mise via insieme alla penna.

«Grazie mille per il vostro tempo. Siete stati di grande aiuto».

«Quando vuole», dissero entrambi.

Yang tornò alla sua auto e salì. Keiko Takai gli aveva fornito informazioni fondamentali che lo portarono a credere che la morte di Madeline non fosse stata un incidente. Ora la domanda era: i Servizi Segreti sarebbero giunti alla stessa conclusione e avrebbero trattato la morte di Madeline Bolton come un omicidio e non come un incidente domestico? Oppure avrebbero nascosto le prove sotto il proverbiale tappeto?

24

Emily non era riuscita a tornare al Patel's Market subito dopo la conversazione con Vicky quella mattina. Aveva dovuto insegnare nelle ultime tre lezioni della giornata e quelle ore le sembrarono più lunghe che mai. Non vedeva l'ora che suonasse l'ultima campanella per poter raccogliere le sue cose e lasciare la scuola, con Coffee al suo fianco.

Quando entrò nel minimarket, riconobbe l'impiegato dietro il bancone. Era quello della sera prima. Diede un'occhiata al cartellino per accertarsene e rimase sorpresa quando riuscì a leggerlo. Evidentemente la sua vista stava migliorando, proprio come le aveva promesso il dottor Harland. Tuttavia, era fermamente decisa a scoprire perché aveva quelle strane visioni e se erano collegate alla sua donatrice.

Sanjay aspettava pazientemente, mentre una donna anziana contava le monete per pagare il suo acquisto. Non alzò nemmeno lo sguardo per vedere chi fosse entrato nel negozio mentre si occupava della cliente. Emily si mise a guardare uno degli scaffali vicini, cercando di nascondere la propria impazienza, anche se Coffee sembrava percepire la sua irritazione, sempre in sintonia con le sue emozioni.

Quando la donna più anziana si diresse finalmente verso la porta, con la busta di plastica della spesa in mano, Emily si avvicinò alla cassa. Nel momento in cui Sanjay la vide, si rese conto di averla riconosciuta. Si chiese come la chiamasse nella sua mente. Pazza? Delirante? Non importava. Tutto ciò che voleva erano le informazioni che lui, con un po' di fortuna, avrebbe potuto fornirle.

Tuttavia, sentì le guance riscaldarsi, senza dubbio a causa dell'imbarazzo della sera prima. Prima di perdere tutto il suo coraggio, disse: «Salve, sono venuta qui, ieri sera». Naturalmente lui lo sapeva già, ma lei doveva iniziare la conversazione in qualche modo.

Annuì. «Sì, signorina? Cosa posso portarle?».

Sentendosi in colpa per non essere venuta a comprare nulla, Emily diede un'occhiata agli articoli conservati sugli scaffali dietro la cassa.

«Prendo... un pacchetto di batterie AA, per favore». Era una cosa che poteva sempre servire, e l'avrebbe fatta sentire meglio per il trambusto che aveva causato la sera prima.

Prese le batterie e le posò sul bancone. «È tutto?»

Questa era la sua occasione. «In realtà... avrei una domanda».

Lui alzò le sopracciglia, ma non disse nulla.

«Ieri sera mi ha accennato che circa un mese fa c'era stato un accoltellamento nel vicolo accanto?»

«Esatto. Che voleva sapere?»

«C'è stato un testimone? Cioè, qualcuno l'ha visto accadere?»

Per un attimo Sanjay esitò, come se cercasse di ricordare l'incidente. Poi disse: «In realtà, c'era una donna che ha visto tutto e ha fornito una descrizione del colpevole alla polizia».

Il cuore di Emily cominciò a tuonare. «Sa chi fosse? Voglio dire, si ricorda il suo nome?»

Lui le lanciò un'occhiata curiosa, squadrandola dalla testa ai piedi, quando il suo sguardo si posò su Coffee. Sembrava che avesse notato il cane solo ora. Coffee indossava la sua pettorina, con la scritta Cane Guida. Distolse lo sguardo e incontrò gli occhi di lei.

«In realtà, sì, mi ricordo di quella donna». Fece un gesto verso lo scaffale di giornali e riviste accanto a lui, ne estrasse un tabloid e lo posò sul bancone. Indicò la foto e il titolo. «Era lei».

Emily fissò il giornale. Le ci volle un attimo per mettere a fuoco.

«È un vero peccato, quello che è successo a Madeline Bolton», continuò Sanjay, prima che lei potesse leggere il titolo. «Anche lei era molto gentile. Ha aspettato qui nel mio negozio, mentre la polizia e l'ambulanza si occupavano della vittima dell'accoltellamento».

Emily sentì il tamburellare eccitato del suo cuore. Poteva praticamente sentire il suono del sangue che le scorreva nelle vene. Il sollievo inondò ogni cellula del suo corpo. Quello che aveva visto accadere nel vicolo la sera prima non era stata un'allucinazione. Era stato uno dei ricordi di Maddie. Questo poteva significare diverse cose. Il trapianto non era stato un fallimento e lei non era pazza. Non era malata di mente o vittima di allucinazioni.

Emily ricordava gli eventi che avevano portato al fallimento del suo primo trapianto di cornea. Aveva cercato di ignorare le cose che aveva visto allora. Ma ora si rendeva conto che le visioni insolite che aveva avuto erano ricordi del donatore di organi. Le aveva ignorate e ne aveva pagato il prezzo: perdere la vista una seconda volta.

Questa volta non avrebbe commesso lo stesso errore. Non avrebbe ignorato i ricordi di Maddie, perché, se lo avesse fatto, lo stesso destino l'avrebbe aspettata, ne era certa. E questa volta non avrebbe permesso che ciò accadesse.

Maddie stava cercando di dirle qualcosa. Maddie le aveva dato il dono della vista. Il minimo che Emily potesse fare era scoprire ciò che Maddie voleva che lei vedesse. Non importava dove l'avrebbe portata e quanto le sarebbe costato.

25

8 *giugno*

Adam Yang entrò nella Sezione Omicidi, che si trovava in un edificio a tre piani di mattoni rossi nel sud-ovest di Washington. Dall'esterno, l'edificio sembrava caratteristico. Aveva un fascino quasi da piccola cittadina, se si riusciva a dimenticare che all'interno i detective della polizia lavoravano per risolvere gli omicidi. Non era del tutto sicuro di cosa lo avesse attirato a intraprendere una carriera nella risoluzione dei crimini violenti. Nessuno nella sua famiglia era mai stato vittima di un crimine violento, tanto meno di un omicidio. Tuttavia, aveva sempre amato risolvere gli enigmi e per lui un omicidio era l'enigma per eccellenza.

Con in mano un caffè macchiato di una caffetteria di lusso, che era molto meglio della brodaglia che chiamavano caffè nella sala ristoro, si diresse verso il suo cubicolo. Prima che lo raggiungesse, Jefferson lo stava già salutando, con il telefono incollato all'orecchio.

Yang si avvicinò e ascoltò la fine della conversazione del suo partner.

«Sì, io Yang saremo lì tra quindici minuti». Jefferson interruppe la chiamata.

«Simon, che succede?»

Jefferson si alzò dalla sedia e si infilò la giacca. «Un dog sitter ha trovato un cadavere giù al parco di Fort Dupont».

«Andiamo», disse Yang, mentre entrambi uscivano dall'edificio.

«Guido io».

Yang non si oppose e salirono sull'auto di Jefferson.

Il Fort Dupont Park era un parco boscoso di più di centosessanta ettari acri gestito dal National Park Service, il servizio nazionale di cura dei parchi. Si trovava a est del fiume Anacostia, a soli quindici minuti di auto da dalla squadra omicidi su M Street. Offriva più di sedici chilometri di sentieri escursionistici ai residenti della città e ospitava molti concerti e programmi educativi. Era molto frequentato da chi faceva jogging e dai residenti che portavano a spasso il cane.

«Cos'altro sappiamo?» Chiese Yang, quando uscirono dal parcheggio.

«Non molto. Solo che il corpo è quello di una donna nuda».

«Ah, cazzo», imprecò Yang.

«Idem», disse Jefferson.

Entrambi sapevano cosa significasse: stupro e omicidio. E le possibilità di trovare l'assassino: praticamente nulle. Eppure, nessuno di loro lo disse. Entrambi avrebbero fatto del loro meglio per risolvere il caso, qualunque fossero le circostanze alla base del crimine.

«La scientifica è già sul posto», aggiunse Jefferson.

«Bene». Yang bevve l'ultimo sorso del suo latte macchiato e mise il bicchiere di carta vuoto nel portabicchieri.

Jefferson lo indicò. «È meglio che non dimentichi di buttarlo nella spazzatura, più tardi».

«Non ti arrabbiare. So quanto ti piace avere un'auto immacolata».

Prima che Jefferson potesse rispondere, squillò il cellulare.

«È il mio», disse Yang, riconoscendo la suoneria, e rispose. «Detective Yang».

«Detective, sono Sanjay Patel».

«Uhm?» Non riconobbe subito il nome.

«Del Patel's Market».

A questo punto capì. «Oh sì, certo. Cosa posso fare per lei, signor Patel?»

«Aveva detto di chiamarla, se quella donna fosse tornata e si fosse comportata in modo strano».

«Emily Warner? La donna che ha dichiarato di aver visto un accoltellamento?»

«Non so come si chiami, ma sì, è tornata, ieri sera. Volevo chiamarla subito, ma poi c'è stato un po' di lavoro in negozio e me ne sono dimenticato. Quindi la chiamo ora. Spero che non sia un brutto momento».

«No, no, certo che no. Che cosa è successo? Cosa ha dichiarato di aver visto, questa volta?»

«Niente. Ma mi ha chiesto dell'accoltellamento avvenuto un mese fa. Sa, gliel'ho accennato quando abbiamo parlato».

«Mi ricordo».

«Mi ha chiesto se qualcuno avesse assistito all'accoltellamento di un mese fa e io gliel'ho detto». Ci fu una pausa e Yang sentì di stare diventando impaziente. Ma poi Patel continuò: «Le ho anche mostrato la foto della donna che ha assistito all'accoltellamento di allora. Era quella che è morta di recente. Madeline Bolton. Era su tutti i giornali».

Per un attimo, Yang rimase lì seduto, stupito. Jefferson gli lanciò un'occhiata curiosa e bofonchiò 'cosa?'.

«Sta dicendo che Madeline Bolton è stata testimone dell'accoltellamento di un mese fa?»

«Sì, detective. E quella donna di due sere fa aveva un'espressione molto strana, quando gliel'ho detto. Come se avesse visto un fantasma o qualcosa del genere. Spero che abbia fatto bene a chiamarla. Voglio dire, lei ha detto...»

«Sì, signor Patel. La ringrazio molto per queste informazioni. Mi occuperò di questa donna per assicurarmi che non le crei problemi».

«Non ha creato problemi. Forse non è a posto con la testa. Oh, e c'è un'altra cosa strana».

«Cosa?»

«Quando è venuta al negozio questa volta, non era sola. Aveva con sé un cane guida, di quelli che hanno i non vedenti. C'era scritto sulla pettorina del cane».

Sorpresa e sconcerto assalirono Yang. Era chiaro che qualcosa non quadrava. A Patel disse: «Grazie ancora. Se c'è qualcos'altro, non esiti a chiamarmi, signor Patel». Poi chiuse la chiamata.

Jefferson gli lanciò una rapida occhiata, poi si concentrò di nuovo sul traffico. «Di che cosa si trattava? Sei ancora ossessionato dal caso Maddie Bolton? Pensavo che ci avessi rinunciato».

Yang sospirò, non volendo dire a Jefferson che stava ancora indagando sul caso. «È appena successa una cosa strana». Gli riportò l'incontro con Emily Warner e il negoziante Sanjay Patel di due sere prima e la conversazione che aveva appena avuto con Patel. Yang si fece una nota mentale di indagare sull'accoltellamento di cui Madeline Bolton era stata testimone. Forse Emily Warner era a conoscenza dell'incidente e sosteneva di averlo visto. Alcuni pazzi fanno di tutto, per attirare l'attenzione.

«È un po' strano, te lo concedo», disse Jefferson. «Ma potrebbe essere una coincidenza totale. Voglio dire, Washington è una città piuttosto piccola».

Yang inclinò la testa di lato e lanciò un'occhiata al suo compagno. «Sì, non *così* piccola».

«Lascia perdere, Adam. Se la tenente scopre che stai indagando su qualcosa che ha a che fare con Maddie Bolton, si arrabbierà. I servizi segreti si stanno occupando del caso e se c'è qualcosa da trovare che collega questa pazza a lei, lo troveranno».

«Potrebbero, o forse no».

Per un attimo ci fu silenzio, tra loro, poi Jefferson disse: «Lo controllerai comunque, vero?»

«Solo per la mia tranquillità».

«Fai in modo che la Arnold non lo venga a sapere».

«Finché non farai la spia, non lo farà».

«Le mie labbra sono sigillate».

Pochi istanti dopo arrivarono al parco, dove erano parcheggiate diverse volanti della polizia e un furgone della scientifica. Un agente in uniforme condusse Yang e Jefferson nel luogo in cui era stato trovato il corpo. L'area era alberata, con molto sottobosco attraverso il quale un normale corridore non avrebbe potuto vedere. Tuttavia, se un residente avesse lasciato correre il suo cane senza guinzaglio, cosa illegale nel parco, il cane sarebbe stato attratto dall'odore del corpo in decomposizione.

Quando Yang e Jefferson raggiunsero il luogo, si fermarono a guardare il corpo.

Il viso era coperto di terra e foglie, ma i lunghi capelli scuri facevano capolino. Era bianca, minuta e snella. E completamente nuda. Non c'era un solo capo di vestiario, su di lei. Yang si costrinse a studiare il corpo. I tessuti molli della vittima mostravano segni di decomposizione. Non riuscì a vedere in che condizioni fosse il volto della donna morta, e ne fu felice. Il corpo si stava già decomponendo. Oltre ai segni rossi intorno ai polsi e al collo, la donna presentava altre ferite. Alcune, secondo Yang, erano state inflitte prima della morte: tagli intorno al seno e all'addome. Altre, che sembravano morsi, potevano essere state causate da animali attratti dal corpo per il suo odore. Questa donna aveva sofferto molto, non aveva dubbi. Yang ingoiò la bile che gli era salita in gola, ma non aveva la scelta di poter distogliere lo sguardo. Era qui per raccogliere ciò che poteva dalla scena per capire come affrontare al meglio il caso.

Un'agente donna della divisione scientifica, che era rimasta accovacciata accanto alla vittima, si alzò e si rivolse a loro. Sia Yang sia Jefferson avevano già lavorato con lei numerose volte.

«Detective», li salutò Lupe Serrano.

La trentaquattrenne portoricana dai capelli scuri aveva un fisico che molti uomini del Dipartimento di Polizia avevano degnato di più di uno sguardo. Purtroppo, nessuno era riuscito a catturare l'attenzione di Lupe. Yang sapeva, per esperienza personale, che Lupe era interessata solo alle donne, un fatto che non pubblicizzava molto. Non perché se ne vergognasse, ma perché non erano affari di nessuno, aveva detto a Yang. Questo aveva reso il rifiuto più facile da digerire, per Yang, che all'epoca si era appena separato dalla moglie.

Jefferson indicò il corpo. «Lupe, vedo che ti occupi sempre di casi macabri».

Lei scrollò le spalle. «Ce ne sono altri che non lo sono?»

«Non hai tutti i torti», disse Jefferson.

«Allora», esordì Yang, «cosa puoi dirci, ora come ora?»

Lupe indicò la vittima. «Donna bianca, segni di legatura intorno ai polsi e alle caviglie. Sembra che sia stata legata per un lungo periodo. Non so ancora dire se sia stata violentata, lo rivelerà l'autopsia, ma la mia ipotesi? Probabilmente sì».

«Causa della morte?» Chiese Yang.

«Nessuno dei segni di coltello è abbastanza profondo da essere la causa della morte, e non ci sono ferite da arma da fuoco... La mia ipotesi migliore è lo strangolamento».

Yang guardò le contusioni sul collo e annuì. Se Lupe avesse avuto ragione, allora sarebbe stata una questione personale. Lo strangolamento lo era sempre. Il che poteva essere una buona cosa, perché suggeriva che la vittima conosceva il suo assassino. Questo avrebbe dato loro un punto di partenza, a patto che riuscissero a identificare la vittima.

«Trovato qualche documento?» Chiese Jefferson, evidentemente pensando la stessa cosa di Yang.

Lupe scosse la testa. «Neanche l'ombra». Poi indicò le mani della vittima. «Ha ferite da difesa sulle mani e sugli avambracci. Prenderemo le sue impronte digitali e vedremo se è nel sistema. Controlleremo i denti, per vedere se riusciamo a determinare qualcosa dal lavoro dentale, se ne ha fatto. Il DNA non sarà un problema. Ma sembra molto giovane, forse nemmeno diciottenne. È improbabile che il suo profilo sia presente in una banca dati del DNA, a meno che non abbia precedenti minorili».

Yang sentì un brivido corrergli lungo la schiena. Così giovane. Una ragazza la cui vita era stata stroncata. I suoi genitori la stavano cercando?

«Quando si può fare l'autopsia?» Chiese Yang.

«Un giorno o due?» Disse Lupe. «Almeno gli esami preliminari. L'esame tossicologico richiederà più tempo».

«Grazie, Lupe, prima è meglio è».

Perché da qualche parte doveva esserci una famiglia che sentiva la mancanza di questa ragazza.

E prima riuscivano a identificarla, prima potevano trovare il suo assassino. Senza identificazione, non avevano nulla su cui basarsi.

26

Durante la pausa pranzo dello stesso giorno, Yang si collegò al sistema per controllare l'accoltellamento a cui Madeline Bolton aveva assistito un mese prima della sua morte. Dopo aver cercato un po', trovò il rapporto che cercava. Non ci volle molto per leggerlo. I fatti erano abbastanza chiari.

Il colpevole, un uomo di nome Roy Wozniak, i cui precedenti erano più lunghi del braccio di Yang, aveva rapinato un turista nel vicolo accanto al negozio di Patel. L'uomo, Clay Kinsky di Pittsburgh, non voleva separarsi dai suoi beni. A quel punto Wozniak aveva usato il coltello contro di lui, pugnalandolo all'addome.

Madeline Bolton era appena uscita dall'ufficio del suo commercialista a mezzo isolato di distanza e stava camminando verso la sua auto parcheggiata, quando si era imbattuta nella rapina. Aveva immediatamente gridato aiuto, allertando Wozniak.

Wozniak era scappato con il portafoglio e l'orologio del turista, mentre Madeline Bolton aveva chiamato il 911 e aiutato il ferito. Una volta arrivata l'ambulanza per prendersi cura di Kinsky, Madeline era rimasta sulla scena per essere interrogata dalla polizia in arrivo.

Quando Wozniak era stato arrestato, si era sbarazzato del

portafoglio e dell'orologio, oltre che del coltello insanguinato e degli abiti indossati durante il crimine. Il turista era troppo traumatizzato per poter identificare positivamente Wozniak. Solo Madeline poteva dire con certezza al cento per cento che Wozniak era il colpevole.

Yang si chiese se Wozniak, che rischiava un altro periodo di detenzione, avesse deciso di eliminare Madeline per impedirle di testimoniare contro di lui al suo imminente processo. Era una possibilità concreta.

Yang continuò a leggere. Wozniak non era riuscito a pagare la cauzione e quindi era stato trattenuto in carcere fino al processo. Non avrebbe potuto uccidere Madeline lui stesso. Ma un uomo come Wozniak conosceva abbastanza altri ex detenuti che avrebbero potuto fare il lavoro per lui.

Tuttavia, due cose rendevano molto improbabile l'ipotesi che Madeline fosse stata uccisa perché non testimoniasse contro Wozniak, che non era abbastanza sofisticato da inscenare un incidente come quello di Madeline. Era un criminale da strapazzo. La seconda ragione era ancora più convincente. Nella pagina in cui erano elencate tutte le prove contro Wozniak, ne spiccava una: con il suo cellulare, Madeline aveva scattato una foto di Wozniak in flagrante. Anche con Madeline morta, Wozniak sarebbe stato condannato. Non avrebbe guadagnato nulla, uccidendo Madeline.

L'intero fascicolo non menzionava altri testimoni, rendendo improbabile che Emily Warner avesse assistito allo stesso accoltellamento. Tuttavia, avrebbe potuto facilmente leggerlo sui giornali. Tuttavia, lo lasciò perplesso sul motivo per cui la donna avesse affermato di aver visto l'accoltellamento due giorni prima, quando era stato facile verificare con i filmati delle telecamere a circuito chiuso che quel giorno non c'era stato alcun accoltellamento. Poteva solo concludere che Emily Warner era una pazza.

27

9 giugno

La Chiesa Episcopale St. Paul era una chiesa storica situata nella parrocchia di Rock Creek, nella parte nord-ovest di Washington D.C. La chiesa era stata costruita nel 1775 e ricostruita e restaurata più volte nei secoli successivi. Intorno alla chiesa, in mezzo a un paesaggio ondulato, si trovava il cimitero di Rock Creek. Era una giornata calda e soleggiata. Un grande baldacchino bianco era stato eretto per riparare gli ospiti, molti dei quali vestivano di nero, dai raggi del sole. Sotto, all'ombra, erano state sistemate file di sedie, ma non erano state sufficienti. Numerose persone erano rimaste in piedi, in fondo e ai lati, per assistere.

Maddie era stata molto popolare, anche se Eric Bolton sospettava che alcune delle persone di cui non riconosceva il volto fossero curiosi e giornalisti che lavoravano per i giornali. Pur non portando con sé grandi macchine fotografiche, notò che alcuni di loro sollevavano i loro smartphone per scattare foto. Senza dubbio, domani, quando tutto sarebbe finito, molti dei personaggi di spicco in lutto avrebbero trovato i propri volti sui giornali e le speculazioni sulla morte di Maddie sarebbero continuate.

La bara di Maddie era drappeggiata con gigli bianchi e un unico bouquet di non-ti-scordar-di-me. Bolton sapeva che avrebbe mantenuto la promessa dei fiori. Non avrebbe mai dimenticato Maddie, non avrebbe mai lasciato passare un giorno senza ricordare la sua bambina. E ogni volta il suo cuore si spezzava di nuovo. Non aveva idea di come affrontare la commemorazione senza crollare. Come padre, aveva scritto un elogio funebre, ma era diventato evidente che non sarebbe stato in grado di pronunciarlo. Anche Natalie se ne era resa conto e si era offerta di leggere le parole sue e di Rita dal podio che si trovava di fronte alle file di sedie.

Quando Natalie salì sulla pedana rialzata di circa un metro per permettere a tutti gli ospiti di vederla, il mormorio della folla si attenuò e tutti tacquero. Con il suo abito nero che metteva in risalto la sua figura snella, guardò i presenti, avvicinò il microfono al viso e iniziò.

«Le parole che sto pronunciando sono di mio padre e di mia madre, ma potrebbero anche essere mie, perché riflettono i miei sentimenti, il mio dolore...» Guardò Bolton e sua moglie e fece un sospiro, prima di continuare: «Madeline poteva non essere sangue del mio sangue, ma era la mia famiglia e io l'amavo».

Bolton sentì gli occhi riempirsi di lacrime. Era orgoglioso di Natalie, orgoglioso che lei rappresentasse la famiglia quando né lui né sua moglie riuscivano a farlo. Continuò a parlare di Maddie e di ciò che aveva significato per tutti, parlò dell'amore di Maddie per i suoi genitori e raccontò le storie della loro infanzia insieme. Natalie sorvolò sulle difficoltà incontrate da Maddie durante l'adolescenza e i primi vent'anni, sottolineando la sua gioia di vivere e i suoi sogni. Bolton si perse nei bei ricordi e allontanò tutti gli altri.

Accanto a lui, Rita piangeva in silenzio, con gli occhi nascosti dietro grandi occhiali da sole scuri. Bolton le prese la mano e la strinse, e lei si appoggiò a lui. Lui le mise un braccio intorno e la strinse a sé. Lo addolorava, vedere sua moglie in questo stato. Si sentiva così impotente, perché non poteva fare nulla per alleviare il suo dolore.

L'elogio di Natalie fu seguito da quello di Mike Faulkner. Il capo di gabinetto era stato il padrino di Maddie. Parlò dei successi di Madeline e della sua prontezza di spirito, raccontando aneddoti della sua vita che avevano fatto ridere i presenti, nonostante l'occasione solenne. Alla fine, Faulkner trasmise il messaggio di condoglianze del Presidente Langford. Bolton sapeva che il suo vecchio amico Robert Langford avrebbe voluto partecipare alla commemorazione, ma sapeva anche che la sua presenza avrebbe attirato ancora più giornalisti, per non parlare dei molti locali e turisti che si sarebbero presentati per vedere il Presidente.

L'ultimo oratore fu il sacerdote. Guidò la congregazione nella preghiera. «Il Signore è il mio pastore...»

Bolton non era un uomo religioso, ma sperava che ci fosse una vita, dopo la morte, perché se c'era, poteva sperare che un giorno avrebbe rivisto Maddie. Un giorno la loro famiglia si sarebbe riunita.

Dopo la preghiera, tre donne di colore in abiti bianchi lunghi fino al pavimento iniziarono a cantare. Bolton aveva lasciato a Natalie la scelta degli inni. Lei conosceva la musica e andava regolarmente in chiesa, a differenza del resto dei Bolton. Si aspettava un inno religioso e fu sorpreso di sentire una canzone di un musicista popolare.

«Sapresti riconoscere il mio nome se ti vedessi in paradiso?» Cantarono le donne, a cappella.

Quando sentì le prime parole, Bolton trattenne un singhiozzo. La canzone di Eric Clapton, 'Tears in Heaven', un tributo per suo figlio Conor, che era morto quando aveva quattro anni, era la canzone perfetta per dire addio a Madeline. Bolton guardò Natalie e incrociò il suo sguardo. Le disse 'grazie', prima che le lacrime gli ostruissero la vista.

Il resto della commemorazione passò in modo confuso, per Bolton. La bara fu calata nella tomba e lui rimase lì, stringendo Rita, che sembrava più fragile che mai. Dall'altra parte, Natalie le aveva preso il braccio, sostenendo la madre in questo momento difficile. Il marito di Natalie, Paul Sullivan, era accanto a lei e, con grande sorpresa di Bolton, anche i suoi occhi erano umidi, sebbene lui e Maddie non fossero mai andati veramente d'accordo. Ma era uno di famiglia.

Bolton guardò i molti volti che passavano davanti alla tomba. Le persone in lutto gettavano petali di fiori sulla bara. Un buco nella terra, pensò Bolton, un buco che avrebbe ospitato per sempre i resti della sua amata figlia. Nessuna quantità di bei fiori poteva nascondere il fatto che quella era la fine di una vita interrotta troppo presto.

Dopo che tutti ebbero avuto il proprio turno, il sacerdote si avvicinò a Bolton e ai suoi familiari più stretti, pronunciando alcune parole di conforto e stringendo loro la mano, prima di allontanarsi insieme alle tre cantanti. Anche altri se n'erano andati, ma molti erano rimasti, riunendosi in piccoli gruppi per parlare. Molti di coloro che erano in lutto si conoscevano per motivi sociali, per conoscenze lavorative o perché erano in qualche modo imparentati tra loro.

Bolton individuò Faulkner e attirò la sua attenzione. Fece un cenno al genero Paul, che si avvicinò per prendere il braccio di Rita, mentre Bolton andava incontro a Faulkner. Strinse la mano al suo vecchio amico.

«Grazie, Mike. Ti siamo tutti molto grati per aver parlato di Maddie».

Faulkner annuì. «Non riesco nemmeno a immaginare come ti devi sentire».

Dietro di lui, Caleb si fece notare. Si avvicinò.

«Caleb», lo salutò Bolton. «Grazie per essere venuto».

Caleb appariva in tutto e per tutto il giovane scapolo elegante che era, il vestito nero metteva in risalto i capelli castani e la pelle chiara. Caleb prese la mano di Bolton e la strinse. «È una perdita per tutti noi. Tutti noi volevamo bene a Maddie». Fece un cenno a un gruppo di persone in piedi più lontano. «Tutti i membri dell'associazione sono venuti a porgere i loro omaggi».

Bolton forzò un sorriso, nonostante il dolore al cuore. «Dirai loro che Rita e io apprezziamo la loro gentilezza, vero?» Aveva visto la corona di fiori che i dipendenti dell'associazione avevano comprato.

«Certo, lo farò», disse Caleb, in tono calmo. Poi guardò suo padre: «Ti aspetterò vicino alla macchina».

Faulkner annuì. «Arrivo subito».

Caleb si avvicinò al gruppo di impiegati dell'ente di beneficenza e si fermò a parlare; Bolton riportò lo sguardo su Faulkner, quando vide un uomo avvicinarsi dall'altro lato. Bolton strinse gli occhi.

«Come osa presentarsi qui?» Bolton mormorò sottovoce.

«Chi?» Faulkner si guardò alle spalle, vide chi stava andando verso di loro e mise una mano sull'avambraccio di Bolton. «Stai calmo. Non vorrai fare una scenata».

Faulkner aveva ragione, non voleva fare una scenata con Diego Sanchez. Ma era anche vero che non voleva che il lobbista donnaiolo, che era uscito con Maddie, infangasse questo giorno.

Ma forse una scenata era inevitabile. Diego Sanchez si stava dirigendo verso Bolton. Era più vecchio di Maddie di quasi dieci anni, e questo era il primo punto a suo sfavore. Il secondo era il fatto che era noto per destreggiarsi con le donne come un barista con le bottiglie. L'uomo era innegabilmente affascinante, un perfetto adulatore, come se ne vedevano pochi. Aveva anche l'aspetto giusto: alto, capelli scuri, pelle olivastra, un tipico latin lover. A quanto pareva, alle donne piaceva il tipo, ma Bolton era riuscito a vedere in lui solo un disonesto e pomposo stronzo.

Poi c'era il terzo punto a sfavore contro di lui. Aveva sedotto Maddie e le aveva fatto rompere il fidanzamento con un uomo che aveva venerato la terra su cui camminava. Questa era l'unica cosa che Bolton non poteva perdonargli. Aveva sperato che Maddie lasciasse Sanchez, una volta che si fosse resa conto dell'errore che aveva commesso, ma nonostante Sanchez si scatenasse ogni tanto in una crisi di gelosia, sia in pubblico che in privato, Maddie era sempre tornata da lui. I giornali lo adoravano. Era una relazione discontinua, un tira e molla. Sì, Diego Sanchez era un pessimo soggetto.

Vestito con un costoso abito nero firmato e una cravatta viola, Diego Sanchez si fermò davanti a Bolton. Gli offrì la mano. «Le mie più sentite condoglianze, signor Bolton».

Bolton ignorò la mano che l'altro gli offriva. «Non saresti dovuto venire».

Sanchez ritirò la mano. «Le volevo bene. Lei avrebbe voluto che fossi qui».

Bolton sbuffò. «Ne dubito fortemente». Sentì il cuore contrarsi dolorosamente. «Perché se l'avessi amata, l'avresti trattata bene».

La mascella di Sanchez sembrò più serrata, quando rispose: «Io e Maddie avevamo una relazione complicata. Ma ci amavamo e sono addolorato per lei quanto lei e sua moglie». La sua voce si fece più forte, attirando su di sé gli sguardi di diverse persone presenti. «Il mio cuore è spezzato, perché non potrò più dirle quanto la amo. Non sei l'unico ad averla persa».

«Sparisci dalla mia vista!» Bolton disse a voce alta, consapevole che i giornalisti tra i partecipanti al lutto stavano scattando foto dello scambio.

Faulkner si mise tra Bolton e Sanchez. «Signor Sanchez, credo che sarebbe meglio se ne andasse», disse con calma. I due si conoscevano. Le loro strade si erano incrociate molte volte.

Sanchez annuì. «Se vuole portare le mie condoglianze alla signora Bolton, per favore», disse, prima di girarsi.

Sanchez si era quasi scontrato con un altro partecipante, Lars Nielson. Bolton notò che entrambi si bloccarono e si guardarono. Per un attimo si chiese se Lars avrebbe colto l'occasione per dare un pugno a Diego, ma sapeva che non sarebbe successo. Lars non era quel tipo di uomo. Non c'era nulla di violento nella sua personalità. L'uomo alto e biondo con il sorriso facile, gli occhi azzurri e il comportamento gentile, era l'esatto opposto del latino focoso che gli aveva rubato la fidanzata senza pensarci due volte. Lars aveva supplicato Maddie di tornare da lui, offrendole di perdonare la sua storia con Diego, ma Maddie non lo aveva ascoltato. Lars doveva diventare il genero di Bolton, infatti il matrimonio sarebbe dovuto avvenire questo mese, ma invece di un matrimonio, la sua famiglia aveva dovuto organizzare un funerale.

«Lars», disse Bolton.

Con uno sguardo di disprezzo rivolto a Sanchez, Lars lo oltrepassò per salutare Bolton: «Eric, mi dispiace tanto. Tu e Rita dovete avere il cuore spezzato».

Bolton prese la sua mano tesa e la strinse, poi mise la sua sulla spalla del giovane svedese e lo tirò a sé. «È molto bello che tu sia venuto. Rita sperava di vederti». Sopra la spalla di Lars, Bolton vide Sanchez andarsene. Sperava di non dover mai più vedere la faccia di quell'uomo.

28

«Chi è l'uomo che abbraccia il padre di Madeline?» Emily chiese senza fiato.

Emily aveva convinto Vicky ad accompagnarla alla cerimonia funebre di Madeline Bolton. Quando aveva scoperto che si sarebbe trattato di un evento all'aperto, aveva pensato che sarebbe stato molto difficile, per la famiglia, controllarne l'accesso. Sicuramente avrebbero partecipato molti curiosi e persone che erano semplici conoscenti, quindi Emily e Vicky non avrebbero dato nell'occhio. E aveva funzionato. Durante gli elogi funebri, Vicky ed Emily erano rimaste ai margini, come molte altre persone per le quali non c'erano abbastanza posti sotto la tettoia.

Emily indossava un abito nero senza maniche con un cardigan nero e occhiali da sole. Aveva dovuto prestare a Vicky un completo blu marine, dato che Vicky non possedeva nulla di neanche lontanamente sobrio, e anche lei aveva completato l'insieme con occhiali scuri. Se Vicky avesse indossato uno dei suoi abiti colorati, avrebbe senza dubbio attirato l'attenzione, cosa che Emily non voleva rischiare. Era qui per osservare, per conoscere Maddie, la sua famiglia e i suoi amici. Non si aspettava di riconoscere qualcuno, qui. Questo era il motivo per cui aveva portato con sé Vicky. Lei sapeva chi fosse chi. Emily stava ancora imparando a riconoscere i volti delle persone. Ma c'era un volto che aveva riconosciuto immediatamente.

«Il fusto biondo?»

«Sì».

«È Lars Nielson», rispose Vicky sottovoce. «È un diplomatico dell'ambasciata svedese, un addetto o qualcosa del genere, non sono sicura. Ma lui e Maddie erano fidanzati. Secondo i tabloid, lei ha rotto con lui».

«L'ha fatto? Perché?»

«Per colpa di quel tizio laggiù». Vicky indicò un uomo ispanico che si allontanava da Bolton. Sembrava che i due avessero avuto una discussione, poco prima che Nielson li raggiungesse.

«Chi è?»

«Diego Sanchez. A quanto pare Maddie ha lasciato questo fusto», indicò il biondo svedese, «per quel fusto». Indicò Diego Sanchez. Vicky alzò le spalle. «Francamente, anch'io avrei difficoltà a scegliere. Entrambi sono piuttosto appetitosi».

«L'ho visto», disse Emily.

«Chi?»

«Lars Nielson».

«Dove l'hai visto?»

Emily si guardò intorno, per assicurarsi che nessuno dei presenti fosse abbastanza vicino da sentirla. «In una delle mie visioni. Lars Nielson era l'uomo arrabbiato che ho visto nel riflesso di una vetrina. Maddie me lo ha mostrato». Almeno questo è ciò che poteva supporre. «Credo che Maddie voglia dirmi qualcosa».

«Dirti cosa?»

«Non lo so. Ci deve essere una ragione per cui nella visione sembrava che volesse fare del male a qualcuno. Credo di dovergli parlare».

«E dirgli cosa? Ehi, fusto, ti ho visto con gli occhi di Maddie?» Disse Vicky, piena di sarcasmo.

Emily non poteva biasimarla. Sembrava una follia. Ma in qualche modo doveva parlargli. Forse l'avrebbe aiutata a capire perché vedeva le cose che aveva visto Maddie. Doveva esserci una ragione. «Non so cosa dire. Forse Maddie ha un messaggio per lui. Forse vuole scusarsi, sai? Per averlo scaricato? Potrebbe avere un conto in sospeso con lui».

Vicky sospirò. Emily le aveva detto che Maddie aveva assistito all'accoltellamento nel vicolo accanto al minimarket, lo stesso che Emily aveva visto in una visione. A malincuore, Vicky aveva convenuto che era strano, che Maddie avesse assistito all'incidente e che Emily ne avesse avuto una visione nello stesso identico punto.

«Bene», disse Vicky. «Parliamo con lui».

Aspettarono che Lars salutasse la famiglia Bolton. Nel frattempo, Emily lasciò vagare lo sguardo, mentre Vicky indicava questa o quella persona che aveva riconosciuto dai tabloid. È chiaro che Madeline era stata popolare e che la sua famiglia conosceva chiunque fosse qualcuno a Washington D.C. Ma le conoscenze e la popolarità non l'avevano salvata dal suo destino. Per un istante Emily ricordò quanto fosse stata vicina alla morte. Era grata di essere sopravvissuta, anche se gli ultimi quindici anni non erano stati sempre facili. Prima di perdersi troppo nel passato, Emily diede una gomitata a Vicky.

«Credo che se ne stia andando».

Insieme si diressero verso Lars Nielson, anche se Emily non aveva idea di cosa dirgli. Si scoprì che non avrebbe dovuto preoccuparsi di come iniziare la conversazione. A pochi metri da Nielson, un uomo in abito scuro bloccò il loro avvicinamento.

«Posso aiutarvi, signore?» Chiese l'uomo, in modo rigido.

Non era una frase per rimorchiare, Emily lo capì subito. Quell'uomo non era un partecipante. Era uno della sicurezza.

«Volevamo solo salutare un amico», disse Vicky e indicò la direzione generale di Nielson.

«Giusto», disse l'uomo. «Bel tentativo, ma il signor Nielson non parla con i giornalisti».

«Non siamo giornaliste», protestò Emily. Guardò oltre la spalla dell'addetto alla sicurezza e notò che Nielson si stava già dirigendo verso un'auto in attesa. L'opportunità di parlare con l'ex fidanzato di Maddie le stava sfuggendo.

Ma l'addetto alla sicurezza non si mosse. Strinse gli occhi. «Vi suggerisco di lasciare in pace le persone in lutto», disse gelidamente.

Vicky mise una mano sul braccio di Emily. «È proprio un maleducato». Sollevò il mento. «Andiamo, Emily».

Con riluttanza, Emily permise all'amica di portarla via. Avrebbe dovuto trovare un altro modo per parlare con Lars Nielson.

29

Yang aveva fatto i compiti e si era documentato su chi avrebbe partecipato al funerale di Madeline Bolton, in modo da riconoscere i volti. Era qui nel suo tempo libero. C'era ancora qualcosa che lo turbava, nella morte di Madeline Bolton e non era pronto a lasciar perdere. Era venuto per osservare la folla, vedere chi interagiva con chi, chi piangeva e chi no, chi faceva scenate e chi rimaneva nell'ombra.

Yang aveva indossato un abito grigio scuro per potersi mimetizzare tra la folla. Il funerale era ben frequentato, composto da amici, familiari, conoscenti e persone che la defunta conosceva probabilmente per il suo coinvolgimento in un'associazione di beneficenza per bambini. Yang aveva assistito all'alterco tra Eric Bolton e Diego Sanchez e aveva notato che il capo di gabinetto del Presidente, Mike Faulkner, era intervenuto per evitare che la situazione sfuggisse di mano. Aveva anche notato diversi dignitari stranieri tra i partecipanti al lutto, l'ex fidanzato svedese di Maddie e alcuni uomini che lavoravano per l'ambasciata russa, anche se non ne conosceva i nomi. Tra la folla c'erano altri dignitari stranieri, come dimostrava la presenza di molto personale di sicurezza. Sebbene il personale di sicurezza non indossasse un'uniforme, Yang poteva individuarlo a un chilometro di distanza. Si muovevano in modo diverso dalle persone normali e i loro occhi vagavano in giro, sempre in stato di massima allerta.

Chi non si aspettava di vedere qui era Emily Warner. Aveva dovuto ricredersi quando l'aveva notata mentre veniva fermata dalla scorta di Nielson. Questa volta aveva persino portato dei rinforzi. La bella donna asiatica ora la stava allontanando dalla guardia di sicurezza. Era pazza come Emily Warner o poteva essere la sua badante? In ogni caso, Emily Warner e la sua compagna non avrebbero dovuto essere qui.

La scorta di Nielson aveva fatto bene a impedirle di avvicinarsi al diplomatico. Yang avrebbe fatto lo stesso. Mostrava tutti i segni di una stalker. Era un vero peccato, perché se l'avesse incontrata in circostanze diverse, l'avrebbe trovata attraente. Ma aveva chiuso con le donne che si rivelavano pazze. La sua futura ex moglie Barb aveva trasformato la sua vita in un merdaio, con le sue assurde affermazioni su ciò che Yang le avrebbe presumibilmente promesso quando si erano sposati. Ora stava usando i suoi messaggi amorosi contro di lui nella causa di divorzio. La sua tolleranza per le donne pazze era quindi ai minimi storici.

Continuò a guardare Emily e la sua compagna mentre si allontanavano dalla congregazione. C'era qualcosa, in Emily. La delusione di non poter parlare con Nielson le si leggeva in faccia. Non nascondeva i suoi sentimenti. Sembrava davvero triste, come se avesse fallito in qualsiasi compito si fosse prefissata. Strano, pensò. Non sembrava una pazza con il cappello di carta stagnola.

Eppure, partecipava al funerale di Madeline Bolton come se fossero state amiche. Ma se fosse stata un'amica, sicuramente sarebbe andata a salutare la famiglia di Madeline e avrebbe espresso le sue condoglianze, come avevano fatto molti degli altri partecipanti. Il fatto che Emily non avesse nemmeno tentato di parlare con i Bolton era un motivo in più per ritenere che non avesse motivo di essere lì.

Yang distolse lo sguardo da Emily e dalla sua compagna. Appena in tempo, dovette rendersene conto, perché ora scorse due uomini di colore che riconobbe: gli agenti dei servizi segreti Banning e Mitchell.

«Merda», imprecò sottovoce.

Non era insolito che le forze dell'ordine partecipassero ai funerali di coloro su cui indagavano. Avevano tutto il diritto di essere qui. Yang, invece, no. Se i due agenti l'avessero visto, l'avrebbero riconosciuto. I suoi superiori lo avrebbero saputo e lui si sarebbe trovato nei guai per essere andato contro l'ordine esplicito della sua tenente di lasciare il caso di Madeline Bolton ai servizi segreti.

Rapidamente, si acquattò dietro un gruppo di persone in lutto e si girò nella direzione opposta, prima che un boschetto di alberi gli fornisse una copertura. Da una distanza di sicurezza, scrutò il gruppo di persone in lutto e individuò di nuovo Banning e Mitchell. Guardavano nella sua direzione, ma i loro sguardi vagavano e Yang era certo che non lo avessero notato.

Ancora dietro gli alberi, sentì vibrare il cellulare. Lo tirò fuori dalla tasca e controllò l'ID del chiamante.

«Ehi, Simon», rispose.

«Dove sei, Adam?» Chiese Jefferson.

«Sto facendo una commissione», mentì Yang. «Cosa c'è?»

«L'autopsia della nostra sconosciuta è stata fatta».

«Ci vediamo dal medico legale tra mezz'ora».

«Ci vediamo lì».

30

Simon Jefferson stava già aspettando fuori dal grande edificio vetrato di E Street che ospitava l'Ufficio del Primario di Medicina Legale, quando Yang arrivò. Era al cellulare e stava terminando una chiamata.

Jefferson lo guardò con attenzione, mise il cellulare in tasca e fece cenno al vestito di Yang. «Chi è morto?»

«Ho avuto un incontro con il mio avvocato», mentì Yang.

Nell'atrio mostrarono i loro tesserini, firmarono e furono indirizzati verso una delle sale autoptiche. Lupe Serrano, in camice, li stava aspettando. Avrebbe potuto inviare il rapporto dell'autopsia al loro ufficio, ma sapeva che Yang preferiva rivedere il corpo e ricevere un resoconto verbale di tutte le questioni pertinenti trovate durante l'autopsia.

Dopo un breve saluto, Lupe li fece avvicinare al corpo femminile sul tavolo di acciaio inossidabile, con un lenzuolo bianco che copriva tutto ciò che era sotto le spalle. Il corpo era stato ripulito, compreso il viso, che Yang guardava per la prima volta. Il volto era stato danneggiato dagli elementi e porzioni di carne sembravano essere state rimosse, esponendo parti del cranio.

Lupe notò che Yang e Jefferson fissavano il volto della vittima. «Segni di morsi di un animale selvatico. Molto probabilmente un procione», spiegò. «Inoltre, l'estate calda e precoce ha accelerato la decomposizione. Sembra che il corpo sia stato coperto a malapena con qualcosa, lasciandolo esposto agli elementi. Sarà difficile, il riconoscimento facciale». Era molto concreta, la sua voce non tradiva alcuna emozione. Nel lavoro che svolgeva, era un meccanismo di protezione. Altrimenti, avere a che fare con la morte ogni giorno poteva trasformarsi in una montagna russa di emozioni.

«Da quanto tempo è morta?» Chiese Jefferson.

«Almeno un mese, forse di più. Poiché il corpo non era coperto adeguatamente, credo che chi l'ha lasciata lì avesse fretta. Non ha avuto il tempo di scavare una tomba e si è limitato a metterla in un fosso poco profondo, gettandovi sopra vegetazione e sterpaglie. L'entomologia ci aiuterà a determinare con maggiore precisione la data della morte».

«Intendi dire insetti?» Yang chiese.

«E le uova che depongono in un cadavere. A seconda dello stato in cui si trovano le larve, possiamo dire...»

«Vi ho detto che ho appena pranzato?» Jefferson li interruppe. «Non c'è bisogno di entrare nei dettagli».

Yang non poteva che condividere il sentimento di Jefferson. Nemmeno lui amava gli insetti e le loro larve.

Lupe scosse la testa e sospirò. Poi indicò la mascella della vittima. «I denti sono intatti. E mi stanno aiutando a stabilire la sua età».

«In che modo?» Yang chiese con interesse.

«Beh, i primi due incisivi permanenti e i molari permanenti spuntano tra i sei e gli otto anni, la maggior parte degli altri denti permanenti tra i dieci e i dodici anni. Ma i denti del giudizio compaiono solo verso i diciotto anni. Le radiografie hanno mostrato che i denti del giudizio della vittima non si sono ancora formati completamente. Il che suggerisce che non abbia ancora diciotto anni».

«Puoi restringere un po' il campo?» Yang chiese e scambiò uno sguardo con Jefferson. «Il NamUS ci darà troppi riscontri, se sappiamo solo che è una donna caucasica sotto i diciotto anni». Il NamUS era il Sistema Nazionale Persone Scomparse e Non Identificate.

Lupe alzò la mano. «Non ho finito».

«Scusa».

«Ho esaminato gli organi riproduttivi e il bacino. È probabile che questa ragazza non avesse ancora le mestruazioni. Al giorno d'oggi, l'età media delle prime mestruazioni è di dodici anni, anche se può variare da dieci a quindici anni. Sfortunatamente, i test per gli estrogeni non sono stati conclusivi, a causa del livello di decomposizione. Tuttavia, osservando lo sviluppo del seno, che è piuttosto piccolo per la sua altezza, propendo per un'età più giovane. La mia ipotesi migliore è che abbia tra gli undici e i tredici anni».

«Una bambina», mormorò Yang tra sé e sé.

Lupe annuì. «Sì, e una che si è vista sottrarre brutalmente la sua innocenza».

Né Yang né Jefferson dovettero chiedere cosa significasse.

«C'erano danni significativi ai suoi genitali. È stata violentata, e non solo una volta. Le ho fatto un tampone per cercare lo sperma, ma dato lo stato di decomposizione, non sono sicura di poter ricavare il profilo del DNA dello stupratore, dal liquido seminale. Considerando che era anche legata alle mani e ai piedi» - sollevò il lenzuolo dalla ragazza per mostrare i segni di legatura sui polsi e sulle caviglie - «credo che sia stata tenuta prigioniera da qualche parte. Quindi deve aver avuto molti contatti con il colpevole. C'è la possibilità di trovare DNA da contatto, ma anche in questo caso gli elementi e gli animali selvatici potrebbero aver distrutto ogni traccia».

«Dannazione. E la causa della morte?» Yang si costrinse a chiederla con calma, anche se non si sentiva calmo. Era infuriato. Qualcuno aveva rapito, violentato e ucciso una bambina.

Lupe indicò il collo della ragazza. «Strangolamento».

«Una corda?»

«No, non è stato usato nessun legaccio. Il colpevole ha usato le mani. Ci vuole un tipo speciale di assassino per togliere la vita a una bambina, guardando negli occhi la sua vittima. Ha ferite da difesa sulle mani e sulle braccia. Ha lottato contro di lui».

«Uno psicopatico», disse Jefferson.

«Lascio a voi questa parte, detective», disse Lupe. «Sto solo cercando di dirvi il più possibile sulla ragazza in modo che possiate identificarla. Il che mi porta alle impronte digitali. Le abbiamo già analizzate con l'IAFAS. Nessun riscontro, il che non mi ha sorpreso».

Yang capì. Il Sistema Automatizzato Integrato di Identificazione delle Impronte Digitali non avrebbe contenuto le impronte di una ragazza di dodici o tredici anni, a meno che non avesse precedenti penali.

«Ma», aggiunse Lupe rapidamente, «abbiamo trovato cellule di pelle e di sangue sotto diverse unghie. Potrebbero essere del suo aggressore. Le ho inviate per il test del DNA».

«È promettente», disse Yang. Almeno una buona notizia.

«Ci sono altri segni, su di lei? Tatuaggi?» Jefferson chiese con impazienza.

Lupe scosse la testa. «No. Nonostante i tagli che ha sul torso, che molto probabilmente le sono stati inferti nel mese precedente la morte, non ho trovato nessuna vecchia cicatrice. Ha ancora l'appendice. Una radiografia ha confermato che non si è mai rotta un osso».

Il fatto che la ragazza non fosse stata mai operata rendeva impossibile incrociare i dati del registro delle persone scomparse con quelli degli ospedali locali. Avevano bisogno di ulteriori informazioni.

«Altezza? Peso?» Yang chiese, alla ricerca di qualsiasi dato che potesse essere utile.

«Alta tra il metro e quarantanove e il metro e cinquantadue, peso tra i quaranta e i quarantacinque chili».

Yang indicò i capelli della ragazza. «È il suo colore naturale di capelli?»

«Sì, marrone molto scuro, quasi nero. Gli occhi sono azzurri, di un azzurro molto chiaro, anche se la decomposizione dei bulbi oculari ha già offuscato le iridi». Allungò la mano per sollevare le palpebre della ragazza.

«Non è necessario», disse Jefferson per fermarla.

Yang fece eco al sentimento di Jefferson. Una cosa è guardare un cadavere, un'altra è fissare gli occhi morti di una vittima.

Lupe lanciò a entrambi uno sguardo di sfida. «Non vi facevo così schizzinosi».

«Pranzo abbondante, ricordi?» Disse Jefferson.

«Ok, allora», disse Lupe. «Vi manderò il rapporto ufficiale dell'autopsia quando avrò i risultati dell'esame tossicologico e dell'analisi del DNA».

«È fantastico», disse Yang. «Chiamaci immediatamente, quando avrai i risultati delle analisi del DNA: sono ansioso di scoprire se abbiamo il DNA dell'assassino».

Se l'assassino avesse precedentemente commesso un crimine o fosse stato imprigionato, il suo DNA sarebbe stato memorizzato nel CODIS, l'archivio nazionale del DNA dell'FBI, contenente i profili di DNA forniti dai laboratori forensi federali, statali e locali.

«Lo farò».

«Nel frattempo, è meglio che ci mettiamo dietro all'elenco delle persone scomparse», disse Jefferson.

«Mettiamoci al lavoro», concordò Yang.

31

10 giugno

Vicky le avrebbe dato della pazza, ecco perché Emily non le aveva parlato del suo piano. Vestita in modo casual e armata dei suoi occhiali da sole scuri, con Coffee al suo fianco, Emily premette il campanello della piccola casa a schiera nel quartiere di Anacostia, a Washington D.C. Era sera presto, ma c'era ancora luce. Le giornate si stavano allungando ed Emily ne era felice, perché amava passeggiare, ora che poteva ammirare i luoghi della città con i suoi occhi.

La porta si aprì e una donna sulla quarantina disse: «Sì?»

Emily la riconobbe da uno degli articoli di giornale che Vicky aveva messo da parte per lei. Lucia Garcia era la persona che aveva trovato Maddie Bolton e aveva chiamato il 911. Essendo la governante di Maddie, Emily sperava che la donna potesse riempire alcuni vuoti. per capire Maddie e quello che le era successo. Ci era voluto un po' di tempo per capire dove vivesse Lucia, ma alla fine aveva trovato l'indirizzo.

«Lucia Garcia?» Emily chiese, senza guardare direttamente la donna. Doveva fare la sua parte per convincere la donna a parlare con lei, e aveva scoperto che le persone erano molto meno propense a sbattere la porta in faccia a una persona disabile, e questo era anche il motivo per cui aveva portato Coffee. Lui completava il quadro.

«Sì, sono io».

«Sono Emily Warner», disse. «Mi scusi se mi intrometto, signora, ma sono volontaria per un podcast per non vedenti e i nostri ascoltatori vorrebbero saperne di più su Madeline Bolton». Sospirò. «È così tragico quello che le è successo. Deve essere stato molto difficile per lei, averla trovata... Mi dispiace, probabilmente non si sente a suo agio a parlare di lei con un'estranea».

Emily fece un mezzo tentativo di allontanarsi da lei, come se avesse intenzione di andarsene.

«No, per favore, rimanga. Vuole entrare?»

«Oh, è così gentile».

«Attenzione, c'è un gradino, più in alto», disse Lucia.

Emily diresse Coffee perché la guidasse in casa e Lucia le diede istruzioni verbali per raggiungere la cucina.

Una volta sedute, Lucia chiese: «Vuole qualcosa da bere?»

Emily scosse la testa. «No, grazie, lei è troppo gentile. Le dispiace se uso il mio telefono per registrarci? Purtroppo, prendere appunti è...»

«Nessun problema», la interruppe Lucia.

Emily estrasse il cellulare dalla tasca e ci parlò. «Avvia registrazione vocale».

«È molto elegante», commentò Lucia.

«Aiuta molto. Anche per le indicazioni stradali e tutto il resto». Mentre lo diceva, si sentiva in colpa per aver fuorviato la donna. Sembrava molto premurosa e dolce, un'anima buona. Ma Emily sapeva anche che non lo stava facendo per fare del male a nessuno. Tutto ciò che voleva era scoprire quello che Maddie voleva farle sapere, quali questioni in sospeso potesse avere.

«I giornali hanno scritto che lei ha trovato la signorina Bolton quando è arrivato al lavoro quella mattina. Deve essere stato terribile».

«È stato terribile. Era una donna così carina, così gentile con me. Mi pagava bene. Non le piaceva cucinare o pulire». Ridacchiò tra sé e sé. «Preparavo sempre qualcosa per lei e lo mettevo in frigorifero per riscaldarlo la sera o nel fine settimana. Perché non lavoravo nei fine settimana». Tirò su col naso. «E ora...»

Emily sentì il dolore della donna. «Sembra che lei fosse come una famiglia, per lei».

Lucia annuì. «Oh, amavo quella ragazza. Sa, lavoravo per i suoi genitori. quando Maddie era più giovane, e poi, quando decise di vivere per conto suo, la signora Bolton disse che non me l'avrebbe rinfacciato, se fossi andata a lavorare per Maddie». Sorrise, come se ricordasse qualcosa. «Credo che la signora Bolton volesse assicurarsi che qualcuno si occupasse di lei».

«Come ogni madre», mormorò Emily, ricordando in quel momento quanto le mancasse la propria.

«Sì, e Maddie non era brava, nelle faccende domestiche. Se non fossi andata a fare la spesa per lei due volte alla settimana, sono sicura che non avrebbe mangiato nulla».

«Si è presa cura di lei».

Di nuovo, Lucia annuì. «Per questo è stato tutto così terribile. Trovarla così».

«I giornali non hanno detto molto su quello che le è successo, se non che si è trattato di un incidente domestico».

«Non sarebbe dovuto accadere». Lucia tirò su col naso, questa volta un po' più forte. Si frugò in tasca, tirò fuori un fazzoletto stropicciato e si soffiò il naso. «Mi dispiace. Ma non sapevo nemmeno che sapesse dove tenevo le lampadine di ricambio».

«Lampadine?»

«Sì, stava cercando di cambiare una luce in salotto ed è caduta dalla scaletta». Gli occhi di Lucia erano pieni di lacrime e un singhiozzo le soffocò la voce. «Ha battuto la testa sul tavolo di vetro. C'erano così tanti vetri in frantumi... Perché non mi ha aspettato? L'avrei fatto io».

Un tavolo di vetro in frantumi. Emily trattenne un sussulto. La visione le aveva mostrato come era morta Maddie. Emily aspettò, lasciando che la donna in lutto facesse qualche respiro.

«Era così brillante, sa, così intelligente, quando si trattava di imparare dai libri e tutto il resto, ma quando si trattava di fare le cose in casa, non era stata educata a fare le cose da sola. C'era sempre qualcuno che faceva tutto per lei... Ma perché non si sia tolta le scarpe quando è salita sulla scala, non lo capirò mai».

Emily trattenne il respiro. «Le sue scarpe?»

«Sì, quelle costosissime, con i tacchi alti. Non so come facesse a camminarci. Ma salire su una scala con i tacchi alti, chi lo fa?»

Chi? Per quanto Madeline potesse essere inetta nelle faccende domestiche, anche una donna come Madeline Bolton avrebbe capito che era meglio togliersi i tacchi alti, prima di salire su una scala, anche se a pioli. Il rischio di perdere l'equilibrio era estremamente maggiore, senza un appoggio stabile.

«È sicura che sia caduta da una scala?»

«Sì. Era proprio lì, sulle sue gambe. Deve essersi rovesciata quando è caduta».

«È terribile», disse Emily, con comprensione. Sentiva un legame con Maddie, il tipo di connessione che si ha con un fratello. Non che Emily lo sapesse per esperienza. Lei era figlia unica.

«Aveva bevuto un po' di vino e deve aver perso l'equilibrio, sa, ma lei reggeva l'alcol». Lucia si portò una mano alla bocca e fissò il cellulare, che stava ancora registrando. «Per favore, non lo dica ai suoi ascoltatori. Non era un'ubriacona, le piaceva solo bere un bicchiere o due la sera».

«Naturalmente non ne parlerò. Prenderò solo pezzi di questa registrazione per dare ai miei ascoltatori una buona impressione della signorina Bolton. Nessuno vuole trascinare la sua immagine nel fango».

«Grazie».

Emily si sentiva in colpa a dover continuare la farsa, ma lo stratagemma aveva sciolto la lingua di Lucia e rivelato qualcosa di cruciale: o Madeline era stata del tutto imprudente nell'indossare i tacchi alti su una scala, oppure qualcuno aveva voluto far credere che si trattasse di un incidente, ma aveva trascurato le scarpe. Un uomo, pensò, perché una donna noterebbe i dettagli di un'altra donna. E c'era un solo motivo per cui qualcuno avrebbe inscenato un incidente: coprire un omicidio.

Era questo che Maddie voleva farle vedere? Era questa, la sua questione in sospeso, ottenere giustizia per la sua morte prematura? Era questo il senso delle visioni di Emily?

C'era solo un modo per scoprirlo. Doveva continuare a scavare. E Lars Nielson era il primo uomo con cui doveva parlare. Maddie aveva annullato il loro matrimonio a causa di un altro uomo. Come l'aveva presa, Nielson? Aveva deciso che se lui non poteva avere Madeline, nemmeno un altro uomo poteva averla? Era per questo che nella sua visione sembrava così furioso?

Rimaneva un'altra domanda: Come poteva accedere a Nielson per parlargli?

32

Yang e Jefferson avevano trascorso molte ore a esaminare i risultati del database dei bambini scomparsi nell'area di Washington D.C.. Avevano esaminato i casi e scartato tutti quelli che non corrispondevano ai criteri che Lupe Serrano aveva fornito loro il giorno precedente, eliminando quelli che chiaramente non corrispondevano al cadavere. Alla fine, avevano ristretto i risultati a tre ragazze che corrispondevano tutte per razza, età, colore degli occhi, dei capelli e altezza.

Yang e Jefferson stavano per andare a visitare le famiglie delle tre ragazze, quando avevano ricevuto una telefonata da Lupe Serrano.

Yang mise in vivavoce la chiamata. «Lupe, hai qualcosa per noi?». Yang chiese, sperando in una buona notizia.

«Siamo stati fortunati. Il sangue e le cellule della pelle sotto le unghie della nostra sconosciuta non appartengono a lei. Siamo riusciti a ottenere un profilo completo del DNA. L'ho già caricato nel CODIS. Dovreste ricevere i risultati a breve. Ve li invierò per e-mail non appena li avrò ricevuti».

«Grazie, Lupe, è fantastico», disse Yang.

Il CODIS aveva permesso ai laboratori forensi di scambiare e confrontare i profili del DNA per via elettronica. Quindi, anche se l'autore del crimine si fosse trovato all'estero, si poteva ottenere un riscontro, purché fosse presente nel sistema. Tuttavia, se non era mai stato catturato prima, sarebbero stati sfortunati e avrebbero dovuto prima identificare la vittima e trovare un sospetto alla vecchia maniera: esaminando la vita della ragazza, la sua famiglia, i suoi amici e le sue abitudini.

«Ah, sì», aggiunse Lupe, «stamattina ho messo il DNA della ragazza nel sistema e, come sospettavo, non c'era nessuna corrispondenza, nemmeno parziale».

Yang annuì a Jefferson.

«Quindi anche nessuno dei suoi parenti è nel sistema?» Chiese Jefferson.

«No, mi dispiace».

«Grazie, Lupe», disse Jefferson, e Yang chiuse la chiamata.

«Non ti aspettavi davvero che il suo DNA fosse nel sistema?» Chiese Jefferson, con un sopracciglio alzato.

«Ogni tanto mi piace essere sorpreso». Yang fece una smorfia. «Andiamo a vedere se possiamo dare un nome vero alla nostra sconosciuta. Abbiamo tre ragazze scomparse che corrispondono alla descrizione della nostra sconosciuta».

Olga e James Zimmerman vivevano al secondo piano di una bifamiliare in Mount Pleasant, un quartiere della classe media nel nord-ovest della città. Il loro appartamento era piccolo, ma con soffitti alti e un'atmosfera piacevole e ariosa. I raggi del sole del tardo pomeriggio entravano dalle grandi finestre.

Dopo aver mostrato i loro distintivi e aver chiesto di parlare con loro della denuncia di scomparsa che avevano presentato, Olga Zimmerman li invitò a entrare nella cucina abitabile, dove li aveva raggiunti il marito. La coppia sembrava essere tra i quaranta e i cinquant'anni. La donna aveva un forte accento straniero, ma il marito parlava con un impeccabile inglese americano.

«Preparo un po' di tè», disse Olga e prese il bollitore.

Il marito indicò le sedie intorno al tavolo della cucina e Yang e Jefferson si sedettero.

«Allora, avete notizie di Tatjana?» Zimmerman chiese con impazienza, lanciando un'occhiata alla moglie, che ora li aveva raggiunti e si era seduta accanto al marito, stringendogli la mano.

«L'avete trovata?» Chiese lei, con un barlume di speranza negli occhi.

Yang deglutì. Questo tipo di conversazione non era mai facile. «Avete denunciato la scomparsa di vostra figlia Tatjana sei settimane fa?»

Olga annuì.

«Non è nostra figlia», interruppe Zimmerman.

Yang abbassò lo sguardo sui suoi appunti. «Qui c'è scritto...»

«Intende dire che non è la nostra vera figlia». Guardò il marito. «Come si dice?»

Zimmerman strinse la mano della moglie. «È la nostra figlia in affido».

«Perché non cominciamo dall'inizio?» Suggerì Jefferson. «Quando è venuta a vivere con voi?»

«Circa otto mesi fa», iniziò Zimmerman. «Vedete, Olga» - guardò la moglie - «viene dalla Russia e c'era bisogno di genitori affidatari di lingua russa. Così ne abbiamo parlato. Io non parlo molto russo, ma Olga me lo sta insegnando, così posso comunicare meglio con Tatjana».

«Quindi Tatjana è russa?» Yang indicò i suoi appunti. «Qui dice che ha tredici anni».

Olga sospirò. «Una ragazza dolce, ma così problematica. Ne ha passate tante».

Yang annuì. I bambini in affido venivano spesso passati da una famiglia all'altra, da una situazione negativa all'altra. «Quindi è stata a lungo, nel sistema di affidamento?».

«Oh no», disse Zimmerman. «Siamo la sua prima sistemazione. È stata trafficata e poi salvata da un'organizzazione che ha lavorato con il sistema di affido per trovare una casa temporanea per lei e le altre ragazze, fino a quando non fossero riusciti a trovare i genitori biologici».

«In Russia», aggiunse Olga. «Sapevamo che non sarebbe rimasta con noi per sempre, ma volevamo aiutarla. È terribile, quello che quelle persone fanno alle ragazze. Per questo volevano qualcuno che almeno parlasse la loro lingua».

Yang scambiò uno sguardo con Jefferson.

Jefferson sospirò. «È davvero ammirevole da parte vostra accoglierla e prendervi cura di lei. Allora, cosa è successo, sei settimane fa?».

«Sì», aggiunse Yang, «come è scomparsa Tatjana?»

Zimmerman guardò la moglie, poi sospirò. «È colpa mia. Dovevo andare a prenderla alla sua seduta settimanale di terapia di gruppo, ma sono stato trattenuto al lavoro e quando sono arrivato se n'era già andata. Non siamo riusciti a trovarla da nessuna parte».

«E avete denunciato la sua scomparsa lo stesso giorno?» Chiese Jefferson.

«Certo», disse Olga. «Nessuna ragazza della sua età dovrebbe uscire da sola di notte. È troppo pericoloso. È così giovane».

Anche se Yang aveva visto la foto di Tatjana nel registro delle persone scomparse, chiese: «Avete una foto recente di Tatjana?»

Olga tirò fuori il suo cellulare e un attimo dopo lo pose davanti a Yang e Jefferson. «Questa è Tatjana».

Yang e Jefferson guardarono la foto. L'immagine corrispondeva alla foto della ragazza in archivio. Ma era lei, la ragazza che avevano trovato qualche giorno prima? C'erano sicuramente delle somiglianze, ma era impossibile fare un'identificazione certa. Avevano bisogno di ulteriori informazioni.

«Detective», disse Zimmerman nel silenzio, «l'avete trovata, vero?»

Yang incontrò gli occhi dell'uomo. «Abbiamo trovato una ragazza che corrisponde alla sua descrizione, ma non possiamo dire con certezza che sia lei».

Olga si mise una mano sulla bocca, trattenendo un singhiozzo.

«No, non Tatjana». I suoi occhi luccicarono di lacrime non versate. La donna si era affezionata alla ragazza.

«È per questo che siamo qui. Può dirci se aveva qualcosa che possa aiutarci a identificarla?».

«Il giorno della scomparsa indossava una maglietta rosa con una T di Tatjana cucita sul davanti», disse Olga.

Yang scosse lentamente la testa. «Non c'erano...» Non dovette finire la frase. L'espressione sofferente di Olga gli disse che aveva capito che la ragazza che avevano trovato era nuda.

«Che mi dice di cicatrici? O di un tatuaggio? O una voglia o un neo?» Jefferson suggerì.

Zimmerman scosse la testa, ma la moglie lo contraddisse. «Aveva una cicatrice». Indicò lo stomaco. «Qui. Mio marito non potrebbe saperlo. Non l'ha mai vista spogliarsi. La aiutavo io, sa. Mi aveva detto che le avevano tolto l'appendice».

Yang ricordò le parole di Lupe, secondo cui la ragazza morta non aveva cicatrici visibili, certamente non una cicatrice da intervento chirurgico come quella descritta da Olga Zimmerman.

Yang la guardò e le rivolse un sorriso rassicurante. «La ragazza che abbiamo trovato non ha una cicatrice. Non è Tatjana».

Olga emise un respiro e le sfuggì un singhiozzo di sollievo. «Oh, grazie, grazie mille».

«Continuerete a cercarla, vero?» Chiese Zimmerman, guardando la moglie. «Ci manca».

Yang non ebbe il coraggio di dire loro che se la ragazza non era stata trovata entro sei settimane, era probabile che non sarebbe mai stata ritrovata.

«Faremo tutto il possibile», disse e si alzò. Non era una bugia. Ma non era nemmeno la verità, perché non c'era nulla che potesse fare.

Tornati in macchina, Jefferson disse: «Sembrano brave persone».

«Sì. Ma quella ragazza, Tatjana, è una cosa tragica. Prima viene trafficata e poi scompare da una buona famiglia che, a quanto pare, si prendeva cura di lei. Quanta sfortuna si può avere?»

«Non pensi che sia scappata?».

«Il mio istinto dice no».

Il suo istinto raramente si sbagliava, ma scoprire cosa fosse successo a Tatjana non era il suo caso. E sperava che non diventasse mai un suo caso, perché avrebbe significato che era stata trovata morta. Ma senza un corpo, era un caso per le persone scomparse e presto sarebbe diventato un caso irrisolto.

33

Il sole era basso, quando Emily lasciò la casa di Lucia Garcia. La donna era diventata molto loquace e aveva dato a Emily una buona immagine di come fosse realmente Maddie. Non era l'appariscente persona del bel mondo che indossava abiti costosi e andava alle feste con i ricchi, i famosi e gli esuberanti. C'era un lato diverso, in Maddie, che poche persone avevano avuto modo di vedere.

Si preoccupava dei bambini sfruttati e degli animali maltrattati e portava sempre con sé del denaro contante nelle tasche della giacca e dei pantaloni. Lucia aveva fatto domande a Maddie su quei soldi quando, per sbaglio, aveva lavato i vestiti senza controllare le tasche e aveva trovato le banconote nella lavatrice. Maddie le aveva detto che si assicurava di avere sempre con sé dei contanti da dare a qualsiasi senzatetto che incontrasse. Aveva fatto giurare a Lucia di non dirlo ai suoi genitori, perché loro non approvavano il fatto di dare soldi a qualcuno che avrebbe potuto usarli per l'alcol o la droga, invece che per il cibo. Ma Maddie non giudicava nessuno.

Fece anche donazioni a numerose cause, ma la maggior parte di esse avvenne in forma anonima. Non le faceva perché il pubblico sapesse quanto era generosa, ma perché ci teneva e voleva aiutare. Una volta aveva detto a Lucia che non aveva molte capacità utili per fare davvero la differenza, ma almeno aveva i soldi, e se con i suoi soldi poteva cambiare in meglio la vita di qualcuno, almeno aveva fatto qualcosa di buono.

Lucia si era anche soffermata sulle altre abitudini di Maddie, sul fatto che voleva sempre che la stanza degli ospiti fosse preparata e pronta all'istante, e sul fatto che le piaceva avere i frutti di bosco nel frigorifero e il gelato al caffè nel congelatore.

Lo squillo del cellulare distolse Emily dal ripensare alla conversazione con Lucia. Solo di recente aveva cambiato le impostazioni del telefono in modo che squillasse, invece di annunciare a voce il nome del chiamante.

«Coffee, fermo», ordinò al cane. Tirò fuori il telefono dalla borsetta e guardò il display. «Catalina?»

«No, sono suo padre».

«Ambasciatore Pacheco».

«Spero di non disturbare, ma devo cambiare la lezione di Catalina con lei». In sottofondo sentì una musica di tango.

«La lezione di mercoledì?»

«Sì, sarebbe possibile spostarla a giovedì alla stessa ora? So che il preavviso è breve, ma ho dimenticato che Catalina aveva un appuntamento dal dentista».

«Certo, non è un problema. Verrò giovedì, allora».

«Grazie, signorina Warner. Buonasera».

«Buonasera, Ambasciatore».

Rimise il telefono nella borsetta e alzò lo sguardo. Coffee stava ancora aspettando pazientemente che lei gli ordinasse di avanzare. All'improvviso si accorse che indossava ancora gli occhiali scuri. Se li tolse e li infilò nella borsetta, prima di dire a Coffee: «Avanti».

Quando continuò a dirigersi verso la stazione della metropolitana, ricordò la melodia che suonava in sottofondo quando l'ambasciatore Pacheco aveva parlato. Qualcosa scattò e nella sua mente sbocciò un'idea.

Prima che potesse dimenticarsene, tirò di nuovo fuori il cellulare dalla tasca e chiamò Vicky. Rispose al secondo squillo.

«Sì?» Disse Vicky, che stava masticando qualcosa.

«Ehi, sto tornando a casa e ho appena avuto un'idea su come parlare con Lars Nielson».

Vicky sospirò e deglutì. «Ok, sentiamo».

«Te lo dico quando arrivo a casa. Vieni da me e possiamo mangiare un gelato insieme. Ne prendo un po' tornando a casa».

«Caramello salato?»

«Sì».

«Affare fatto».

Emily disconnesse la chiamata. Dopo aver rimesso il cellulare nella borsa, si guardò intorno. Non era lontana dalla stazione della metropolitana, ma da quando aveva lasciato la casa di Lucia Garcia il sole era scomparso dietro alcune nuvole basse e si era fatto buio. Nella luce del crepuscolo, la zona non aveva l'aspetto invitante di prima. Anzi, le ombre che cadevano sulle case e sulle auto rendevano la zona minacciosa. Sentì un'inquietudine che le saliva lungo la schiena. Il suo battito cardiaco accelerò.

C'erano poche macchine per strada e ancora meno persone. E le persone che vedeva o le passavano davanti per andare dove dovevano andare prima che scendesse la notte, o si appostavano vicino all'ingresso di un vicolo o di un edificio, fumando, forse in attesa che accadesse qualcosa.

Sentendosi a disagio, Emily esortò Coffee a camminare più velocemente. Quando era cieca, non si era mai sentita così. Non aveva mai visto i pericoli che la circondavano, si era semplicemente fidata del fatto che Coffee la tenesse al sicuro, ma ora che poteva vedere figure dubbie aggirarsi nelle vicinanze, sentiva la paura salire dentro di sé e un brivido attraversarle le ossa. Forse era paranoica, ma sentiva gli occhi di qualcuno su di lei, ma quando si guardò alle spalle non riuscì a vedere nessuno. Tuttavia, la sensazione non svanì. Si chiese se quello che sentiva fosse legato a Maddie. Stava avendo un'altra visione causata dai ricordi della sua donatrice?

Emily sapeva di essere vicina alla stazione della metropolitana. Abbassò lo sguardo su Coffee. Si innervosì. Anche lui percepiva qualcosa. Questa volta non si trattava di una visione, allora. Il suo cuore cominciò a battere ancora più forte. Lo sentiva tamburellare in gola, il suono era così forte che non poteva essere sicura di aver sentito dei passi dietro di lei. Uno degli uomini che aveva visto bighellonare aveva deciso che era una preda facile? Si strinse la borsetta al corpo e si aggrappò all'imbracatura di Coffee, sentendo le mani sudate.

Finalmente individuò il cartello della stazione della metropolitana. «Ci siamo quasi», mormorò a Caffè e a sé stessa.

Ancora qualche passo e i passi dietro di lei sembrarono avvicinarsi. Di loro spontanea volontà, i suoi piedi si mossero più velocemente, fino a diventare una lenta corsetta. Coffee teneva il passo, ma anche chi era dietro di lei. Il suo respiro divenne affannoso, prova della sua mancanza di esercizio e della sua paura.

Ancora pochi secondi, si disse, spronandosi. *Ci sei quasi.*

Pochi istanti dopo raggiunse la stazione. Lì Emily lanciò un'altra rapida occhiata alle proprie spalle, non sapendo cosa avrebbe potuto fare, se si fosse trovata di fronte a un rapinatore. Ma, con sua grande sorpresa, nessuno la stava seguendo. Il marciapiede era vuoto. Avrebbe giurato di aver sentito dei passi che la seguivano, accelerando quando lei accelerava. Ma forse si sbagliava. Quei suoni potevano essere solo l'eco dei suoi passi? Stava diventando paranoica, vedendo pericoli dove non ce n'erano?

34

Dimitry e Irina Fedorov vivevano in una piccola casa nel sud-est di Washington D.C. La proprietà sembrava ben curata e il piccolo giardino anteriore era caratterizzato da gerani colorati. Yang e Jefferson scesero dall'auto.

«Sono russi?» Chiese Jefferson.

«I nomi lo sono di sicuro». Yang aveva studiato la stampa del NamUS mentre Jefferson guidava. «La loro figlia ha dodici anni. Sasha».

«Bel nome», disse Jefferson.

Yang annuì. «È una forma abbreviata di Alexandra. Credo sia dell'Europa dell'Est».

«Bene, vediamo cosa hanno da dire», disse Jefferson e suonò il campanello.

Pochi istanti dopo, sentirono il rumore di un catenaccio, poi una donna venne alla porta, che si aprì solo fino a dove la catena lo permetteva.

«La signora Fedorov?» Chiese Jefferson.

Lei lanciò loro uno sguardo sospettoso. «Sì?»

Yang e Jefferson mostrarono i loro distintivi. «Polizia metropolitana, possiamo parlare con lei e suo marito?»

I suoi occhi lampeggiarono di paura, poi si voltò e disse qualcosa in una lingua straniera. Yang la riconobbe come russo. Pochi secondi dopo, la porta si chiuse e si sentì il rumore di una catena che veniva tolta. La porta fu aperta, questa volta di più, da un uomo sulla cinquantina. Aveva i capelli biondi e gli occhi castani.

«Signor Fedorov?» Chiese Yang.

«Sì, sono io». Il suo accento era pesante e sicuramente russo o dell'Europa dell'Est.

«Vorremmo parlarle di sua figlia Sasha. Possiamo entrare?» Chiese Yang.

L'uomo guardò prima Yang, poi Jefferson, prima di annuire e permettere loro di entrare nell'atrio. Sua moglie si trovava all'ingresso del soggiorno, bloccandolo, come se non volesse che entrassero. Era una donna corpulenta e bassa, con capelli biondo scuro e occhi grigi. Sembrava più anziana del marito, o forse la sua vita era stata più dura della sua, e le rughe sul suo viso ne erano la testimonianza.

«Di cosa si tratta?» Chiese Dimitry Fedorov, esibendo la stessa aria guardinga della moglie.

Yang scambiò uno sguardo con Jefferson e il suo collega annuì. Avevano lavorato insieme abbastanza a lungo da sapere quale approccio l'altro stava suggerendo. E considerando il comportamento diffidente della coppia, Yang sapeva di dover stare in guardia.

«Sua figlia è scomparsa il 15 aprile. Stiamo seguendo la sua denuncia di scomparsa».

Irina Fedorov sussurrò qualcosa in russo. Il marito la guardò, poi si voltò verso Yang e Jefferson.

«Sasha è tornata. Era scappata, sa. Dopo un litigio. Ma è tornata».

Yang e Jefferson alzarono le sopracciglia.

«Non avete riferito che è tornata. Il caso è ancora aperto», disse Jefferson.

«Mi dispiace. Eravamo così felici che fosse tornata che ci siamo dimenticati di dirlo alla polizia», disse Fedorov in fretta.

«Possiamo parlare con Sasha, per favore?» Chiese Jefferson.

Per la prima volta, la signora Fedorov rispose: «È con la sua amica di scuola. Sta studiando».

«Va bene», disse Jefferson, con esitazione. «Deve riferire alla polizia che Sasha è tornata, in modo che il caso possa essere chiuso».

Fedorov e sua moglie annuirono rapidamente. Quando Yang li guardò fianco a fianco, confrontando i loro capelli chiari e la loro carnagione chiara, guardò di nuovo la stampa del NamUS. La ragazza, Sasha, non assomigliava affatto ai suoi genitori. I capelli erano quasi neri e gli occhi di un azzurro sorprendente. Non c'era alcuna somiglianza con la famiglia.

Jefferson si stava già girando verso la porta, ma Yang esitò.

«Un'altra domanda», disse. «Sasha è la vostra figlia biologica?».

I due si guardarono, poi il signor Fedorov rispose: «È una bambina in affidamento».

Jefferson si fermò davanti alla porta e si girò, scambiando uno sguardo con Yang e disse: «È stata salvata dai trafficanti?»

«Trafficanti?» Chiese Fedorov. «Non conosco questa parola».

«Il mio collega intende dire se Sasha è stata introdotta clandestinamente in questo Paese a scopo sessuale?» Disse Yang.

Fedorov annuì. «Sì, è arrivata dalla Russia. L'abbiamo accolta, quando abbiamo saputo che questa associazione cercava persone che parlassero russo».

Yang scambiò uno sguardo complice con Jefferson. Questa era la seconda ragazza della loro lista che era una bambina in affidamento proveniente dalla Russia. «Come si chiama l'ente di beneficenza con cui hai lavorato?».

«*Nessun bambino abbandonato*», disse Fedorov.

Il nome gli suonava familiare, ma Yang non riusciva a capire dove l'avesse già sentito. «Grazie. Credo che abbiamo quello che ci serve. Buona serata».

Uscì con Jefferson. In macchina si guardarono.

«Come facevi a sapere che Sasha non era la loro vera figlia?».

Yang batté il foglio di carta che aveva in mano. «Questa ragazza non assomiglia affatto ai Fedorov. I suoi capelli sono quasi neri, gli occhi azzurri e i tratti del viso sono completamente diversi».

«Hai un buon occhio», disse Jefferson. «Hai avuto la sensazione che non volessero parlare con noi?»

«Sì. Non ti sembra strano che due delle tre ragazze che corrispondono alla nostra sconosciuta siano russe? E figlie in affido?»

«C'è qualcosa che non torna. Penso che dovremmo tornare un'altra volta, quando la ragazza è a casa, per parlarle».

«Sono d'accordo», disse Yang. «Andiamo a trovare la famiglia Veselak».

«Anche loro sembrano russi», disse Jefferson.

«Mi fa rimpiangere di non aver mai studiato il russo a scuola».

«Almeno tu parli una lingua straniera». Jefferson mise in moto l'auto e si immise nel traffico.

«Con grande dispiacere di mia madre, il mio cinese non è tutto rose e fiori. Riesco solo a parlarlo, non a scriverlo».

Jefferson diede un'occhiata all'orologio sul cruscotto. «Oh, cazzo, è tardi. Andiamo a trovare i Veselak domani».

«Dai, non è così tardi. Non vuoi fare gli straordinari?»

«Ho un appuntamento». Fece l'occhiolino a Yang. «È sexy e...»

Yang sollevò la mano. «Risparmiami. So già fin troppo della tua vita sentimentale».

35

Emily tolse la pettorina a Coffee e la mise da parte, felice di essere al sicuro nella sua casa. Si sentiva meglio, ora, e un po' sciocca per essere stata così paranoica, prima. «Bravo ragazzo», lodò Coffee. «Vuoi cenare?»

Coffee scodinzolò eccitato. Sapeva cosa significava cenare, si avvicinò alla sua ciotola, ci mise sopra la zampa e la guardò. Emily prese la ciotola e preparò la cena: crocchette, petto di pollo fresco dal frigorifero e un po' di brodo di ossa.

Bussarono alla porta. «Emily, sono io».

«Entra, Vicky, è aperto».

Mentre Vicky entrava e si chiudeva la porta alle spalle, Emily pose la ciotola davanti a Coffee e gli passò la mano sulla testa. Un attimo dopo, Coffee iniziò a trangugiare il cibo.

«Ehi, la spia dei messaggi sta lampeggiando», disse Vicky indicando il telefono fisso di Emily.

«Oh, non ci avevo fatto caso». Premette il pulsante e lasciò che il messaggio venisse riprodotto.

«Ciao Emily, sono Kate Rosenstein. Non so se ti ricordi di me, ma

ero il tuo avvocato, quindici anni fa. Comunque, ho pensato di farti sapere che tuo padre è fuori in libertà provvisoria. È stato rilasciato tre mesi fa. Ero via per un anno sabbatico e a quanto pare nessun altro in ufficio le ha trasmesso il messaggio. Mi dispiace. Se vuole parlare, mi chiami».

Lasciò un numero, ma Emily non lo ascoltò nemmeno. Aveva sentito solo che suo padre era uscito. Era libero. Rimase lì, bombardata dai ricordi che aveva soppresso per tutti questi anni. Ricordi che aveva spinto nei recessi più oscuri della sua mente, dove potevano morire di morte lenta. Ora riaffioravano, e tutti i dolori che aveva provato li accompagnavano.

All'improvviso, Emily non riuscì a respirare. La paura si impadronì di lei, soffocando le sue vie respiratorie.

«Mi avevi detto che i tuoi genitori erano entrambi morti», disse Vicky nel silenzio.

Emily non sapeva quanto tempo fosse rimasta lì, senza dire nulla.

«Ti avevo detto che avevo perso i miei genitori. Era la verità. Li ho persi entrambi. Mia madre è morta nell'incidente d'auto. Mio padre è andato in prigione per quello».

«Cosa?» Vicky la fissò, con gli occhi spalancati, la bocca aperta, tutto il corpo un punto interrogativo. «Per un incidente?»

Emily scosse la testa. «Non è stato un incidente».

«Torna indietro». Vicky sollevò la mano. «Ho la sensazione di aver bisogno di un drink, per questo».

«Penso che serva a entrambe».

Qualche minuto più tardi, dopo che Vicky ebbe portato una bottiglia di vino dal suo appartamento e ne versò due bicchieri, Emily fece un respiro profondo. Dopo il processo, non aveva più parlato della notte in cui aveva perso la madre e la vista.

Vicky mise una mano sul braccio di Emily. «Dimmi cos'è successo».

«Mia madre voleva lasciare mio padre. Lui l'aveva accusata di avere una relazione, ma non so se fosse vero. Non importa se fosse vero o meno. La mamma non voleva più vivere con lui. Diceva che saremmo state molto più felici, senza di lui. Era sempre geloso e arrabbiato. Quando qualcosa andava storto nei suoi affari, se la prendeva sempre con la mamma». Emily sentì gli occhi inumidirsi di lacrime non versate. «Non l'ha mai picchiata, ma la mamma era una donna gentile e sensibile, e l'abuso verbale la feriva proprio come se lui l'avesse picchiata selvaggiamente».

«Mi dispiace...» Vicky mormorò.

«Non so quando lei gli disse che voleva il divorzio, ma una settimana dopo il mio compleanno lui mi disse che il regalo che voleva farmi era finalmente arrivato. Dovevamo solo andare a ritirarlo e voleva che io e la mamma andassimo con lui. Gli chiesi cosa fosse, ma lui disse che era una sorpresa. Così io e la mamma siamo salite in macchina».

Se solo gli avesse detto che non voleva un regalo, che non le piacevano le sorprese. Ma come ogni quindicenne, aveva creduto che suo padre la amasse ancora, anche se lui e sua madre non sarebbero rimasti insieme.

«Guidava troppo veloce, spericolato. Lui e la mamma si misero a litigare. La mamma lo implorava di fermarsi. Voleva scendere. Ma lui non si è fermato. Il semaforo dell'incrocio era rosso. E persino io riuscii a vedere i fari dell'auto che arrivava da destra».

Emily rabbrividì al ricordo. Le gambe le tremavano e mise le mani sulle ginocchia per farle smettere.

«Tuo padre è passato con il rosso?»

«Sì. L'impatto laterale ha ucciso mia madre all'istante. I pompieri hanno dovuto tirarmi fuori dall'auto. Mio padre si è rotto solo qualche costola e ha riportato alcuni tagli e contusioni. Niente che non sia guarito in poche settimane. È stato condannato a vent'anni di prigione».

«Vent'anni per guida spericolata e omicidio colposo?» Chiese Vicky. «Non avevo capito... Era ubriaco?».

Emily scosse la testa.

«Allora perché gli hanno dato vent'anni? Voglio dire... non ho mai sentito parlare di una condanna così lunga per omicidio stradale».

«È stato condannato per omicidio di primo grado».

Vicky la fissò. «Omicidio di primo grado?»

Lentamente Emily annuì. «Perché sono sopravvissuta e ho potuto testimoniare contro di lui».

Vicky non disse nulla, ma aspettò pazientemente che Emily continuasse.

«Ho raccontato alla polizia quello che papà diceva mentre guidava». A Emily si seccò la gola. Bevve un sorso dal suo bicchiere. «Aveva detto alla mamma che non le avrebbe mai permesso di lasciarlo. Lei disse che non aveva voce in capitolo. Lei lo avrebbe lasciato e mi avrebbe portato con sé. Lui disse: *Nessuno andrà mai più da nessuna parte, perché stanotte moriremo tutti*».

Vicky sussultò. «Oh mio Dio». Afferrò la mano di Emily. «L'ha fatto apposta».

Emily annuì, con le lacrime che le riempivano gli occhi. «L'aveva pianificato. Ci aveva fatto salire in macchina con uno stratagemma. Voleva che morissimo tutti insieme. Ma è sopravvissuto. E anch'io...». Cercò di inghiottire il dolore, ma non ci riuscì. «Ho testimoniato contro di lui. Ho raccontato quello che aveva detto alla mamma in macchina. Ho detto che mi aveva portato via tutto: mia madre e la mia vista. La giuria ha impiegato meno di un'ora per emettere il verdetto. Quando ho sentito il presidente della giuria dire che era *colpevole* di tutte le accuse, ho pianto di sollievo».

Vicky posò il bicchiere sul tavolo e allungò le braccia verso Emily, abbracciandola. In quel momento si rese conto che stava piangendo, proprio come quindici anni prima, quando la giuria aveva condannato suo padre per omicidio premeditato e tentato omicidio.

«È tutto finito, tesoro, è tutto finito», disse Vicky con voce rassicurante. «Non sei più quella bambina. Sei sopravvissuta. E sei più forte, per questo».

Emily abbracciò forte l'amica. «Grazie. Grazie per avermi ascoltato». Tirò su col naso.

Vicky la liberò e la guardò. «Tutto bene?»

«Meglio». Poi inghiottì le lacrime rimaste. «Ma ora è fuori. Sa che l'avrebbe fatta franca, se non avessi testimoniato. Gliel'ho fatta pagare per aver ucciso mia madre e per avermi privato della vista. E ora è tornato. Me la farà pagare per aver testimoniato contro di lui». Quel pensiero le fece correre un brivido lungo la schiena.

«Non può farti nulla. Conosco persone così. Sono dei vigliacchi. Tu gli hai dimostrato che non ti farai intimidire. Gli hai tenuto testa. Non oserà più farti del male».

«Ma se fosse qui? Se fosse tornato per finire quello che ha iniziato quindici anni fa?»

«No! Credi che sia qui a Washington D.C.? Perché lo pensi?»

«Ultimamente ho la sensazione che qualcuno mi osservi, mi segua».

«Come?»

«Questa notte ho sentito dei passi che mi seguivano. Non ho visto nessuno, ma ho avuto una strana sensazione. E se fosse lui? Se mio padre mi stesse osservando? E se stesse cercando un'occasione per uccidermi?»

«Ne dubito fortemente. Sono passati quindici anni. Il carcere cambia le persone».

«Non in meglio. Non mi sono mai sentita così, prima. Ma dopo essere andata a parlare con la governante di Maddie ad Anacostia ho percepito...»

«Anacostia? Sei fuori di testa, cazzo?» Vicky quasi le urlò contro. «Non si frequenta quel quartiere di notte. Certo, che sei stata seguita! Da un gruppo di criminali. Non è sicuro lì, non di notte!»

«C'era Coffee con me». Coffee sollevò la testa quando sentì il suo nome, poi si sdraiò di nuovo sul tappeto.

«Sì, beh, Coffee non è esattamente un cane da attacco. Non è all'altezza dei criminali che si aggirano lì di notte. Non ti ho insegnato nulla?»

Emily aprì la bocca per protestare, ma Vicky continuò: «E perché diavolo stavi parlando con la governante di Maddie? Come hai fatto a scoprire dove vive?»

Emily indicò il computer. «Internet? Che credo mi abbia insegnato tu».

«Non perché tu possa giocare a fare l'investigatore dilettante!»

«Ma dovevo parlare con lei. È stata molto utile. E prima che tu dica qualcos'altro, credo di aver capito qualcosa. Credo che Maddie Bolton sia stata uccisa».

36

1 *1 giugno*

Il giorno successivo, di buon'ora, Yang incontrò Jefferson nel suo stesso quartiere, Columbia Heights, dove vivevano i genitori della terza ragazza scomparsa che corrispondeva alla loro sconosciuta morta. Emil e Mila Veselak vivevano in un grande condominio.

Dopo essersi identificati al citofono, Yang e Jefferson furono fatti entrare nell'edificio e presero l'ascensore fino all'ultimo piano. Una donna attraente, tra i 30 e i 40 anni, li aspettava sulla porta dell'appartamento.

«Mi dispiace, detective, ma mio marito è già partito per il lavoro», disse in un buon inglese, anche se le sue parole erano colorate da un accento dell'Europa orientale. «Io sono Mila Veselak».

Yang e Jefferson mostrarono i loro distintivi e la seguirono nell'appartamento, dove la donna fece cenno di sedersi in salotto.

«Lei è russa, signora Veselak?» Yang chiese. Considerando che le famiglie delle altre due ragazze erano russe, ebbe un'intuizione.

Lei scosse la testa. «No, sono ceca, come mio marito. Ma ci siamo conosciuti qui negli Stati Uniti. Io ho studiato qui ed Emil è venuto con un visto di lavoro».

Yang annuì. «Mi sono sbagliato. Credo di aver dato per scontato che lei fosse russa per via di Annika».

Un'espressione triste le si affacciò sul viso. «Ah, Annika. Sì, lei è russa».

«Non è la sua figlia biologica?» Chiese Jefferson.

«No, temo di non poter avere figli», disse Mila Veselak, con un sorriso triste. «Annika è la nostra bambina in affidamento. Speravamo di poterla adottare, se non si fossero trovati i suoi genitori. Ma poi... è scomparsa. Sono già passate dieci settimane...»

Jefferson lanciò a Yang un'occhiata che diceva che la cosa era strana. Tre ragazze scomparse, tutte russe, tutte in affidamento. Le probabilità di vincere una piccola fortuna alla lotteria erano più alte di trovare questo scenario. Le coincidenze che Yang poteva accettare al valore nominale erano poche.

«Signora Veselak», esordì Yang, «com'era l'inglese di Annika?»

«Non molto buono. Per questo siamo stati scelti per accoglierla. Sia io sia mio marito parliamo russo. Per Annika è stato più facile. Ne aveva passate tante, dovete sapere».

«Ci dica di più», disse Jefferson.

«Beh, da quello che siamo riusciti a farle dire, in Russia era finita con le persone sbagliate. L'hanno venduta a un giro di traffico sessuale e l'hanno portata negli Stati Uniti. È stata salvata e un'organizzazione caritatevole l'ha aiutata a sistemarla, mentre cercano i suoi genitori. Ne abbiamo sentito parlare nella nostra chiesa, così Emil e io abbiamo deciso di aiutare».

«È molto ammirevole, da parte vostra», disse Yang. «Con quale organizzazione avete trattato?»

«È un ente di beneficenza. Si chiama... ehm, qualcosa come i bambini abbandonati o giù di lì».

«*Nessun bambino abbandonato*?» Yang intuì e guardò Jefferson.

«Sì, il nome è quello».

Dall'espressione del volto di Jefferson, Yang capì che il suo collega se lo aspettava. Yang si segnò mentalmente di chiamare gli Zimmerman per sapere da quale organizzazione provenisse la loro figlia adottiva Tatjana.

La signora Veselak alzò improvvisamente il mento, come se si stesse preparando a ricevere una cattiva notizia. «Ma non siete venuti a chiedermi da dove viene Annika».

Yang annuì lentamente. «Ha ragione». Esitò, osservando la reazione di lei. Sembrava preoccupata. «Abbiamo trovato il corpo di una ragazza...»

Lei sussultò e si portò la mano alla bocca.

«Non siamo ancora riusciti a identificarla», disse rapidamente Jefferson. «Ma corrisponde alla descrizione generale di Annika per età, altezza, colore degli occhi e dei capelli».

«Quello che il mio collega sta cercando di dire è che abbiamo bisogno di qualcosa che ci permetta di identificarla, sia per confermare che si tratta di lei, sia per escluderla».

Mila Veselak annuì rigidamente. «Capisco».

«Annika ha qualche cicatrice, qualche tatuaggio, qualsiasi cosa le venga in mente che possa aiutarci?»

Mila scosse la testa. «Niente cicatrici, niente tatuaggi. Ha degli occhi molto belli».

Yang scambiò uno sguardo con Jefferson. Nessuno dei due voleva portare Mila Veselak all'obitorio e farle guardare la ragazza morta il cui volto era troppo danneggiato per rendere facile l'identificazione visiva. Se si trattava davvero di Annika, la signora Veselak non avrebbe dovuto guardarla in quel modo. Avrebbe dovuto ricordarla viva.

«È lei, vero?» Disse la signora Veselak, con la voce tremante.

«È possibile», disse Yang, «ma non possiamo esserne certi finché non avremo confrontato il suo DNA. Potrebbe mostrarci la sua stanza, per favore?»

La signora Veselak saltò in piedi e Yang e Jefferson la seguirono. La stanza della ragazza era luminosa e accogliente. «Questa è la stanza di Annika».

«Ha condiviso il bagno con lei e suo marito?» Chiese Jefferson.

«Avremo bisogno di uno spazzolino da denti, di una spazzola per capelli o di qualsiasi altra cosa usata solo da lei».

La signora Veselak indicò una cassettiera. «La spazzola di Annika è nel primo cassetto e posso portarle lo spazzolino da denti. Abbiamo solo un bagno».

Yang non voleva che contaminasse lo spazzolino di Annika, quindi tirò fuori dalla tasca una busta per le prove e la seguì, mentre Jefferson raccoglieva le prove in camera da letto. «Se riesce a indicarmelo senza toccarlo...»

«Certo», disse lei e lo guardò prendere lo spazzolino con un fazzoletto pulito e lasciarlo cadere nella busta delle prove, prima di sigillarla.

Lui notò che lei fissava la borsa e incontrò i suoi occhi. C'era qualcosa di vulnerabile nel modo in cui lo guardava.

«Signora Veselak», disse Yang, cercando qualcosa da dire per consolarla. Ma non c'era nulla. Le loro speranze in quel momento erano agli antipodi: Yang voleva che il DNA identificasse la ragazza, la signora Veselak voleva che le prove la escludessero per poter continuare a sperare che Annika fosse viva e tornasse.

«Quando lo saprà?» Chiese.

«Tra qualche giorno».

Jefferson uscì dalla camera da letto. «Ho tutto quello che ci serve». Sollevò la borsa delle prove con la spazzola per capelli. «Grazie, signora Veselak. Ci terremo in contatto». Si diresse verso la porta.

Già a metà strada verso la porta, Yang sentì la mano di lei sul suo braccio. Si guardò alle spalle.

«Nel momento in cui lo saprà, la prego di dirmelo. In ogni caso. Sì?»

Annuì. «Lo prometto».

Una volta in macchina, Jefferson li riportò al distretto, mentre Yang chiamò gli Zimmerman e chiese a James Zimmerman, che rispose al telefono, quale organizzazione avesse affidato loro Tatjana. Quando ricevette la risposta, lo ringraziò e chiuse la chiamata.

«E?» Chiese Jefferson.

«*Nessun bambino abbandonato*», disse Yang. «Sai cosa penso?»

«Che dobbiamo parlare con qualcuno di *Nessun bambino abbandonato*», rispose Jefferson.

«Esattamente il mio pensiero».

«Puoi andare da solo? Oggi pomeriggio devo essere in tribunale per testimoniare nel caso Hernandez».

«Nessun problema. Posso occuparmene io».

Yang ricordò un'altra cosa, riguardo a *Nessun bambino abbandonato*, anche se non ne fece parola con il suo partner: Madeline Bolton aveva lavorato per quell'ente di beneficenza, anche se Yang non era sicuro in quale veste. Un'altra coincidenza?

37

Più tardi, quello stesso giorno, Yang mostrò il suo distintivo alla receptionist e chiese di parlare con la responsabile di *Nessun bambino abbandonato*. L'attraente ventenne dai lunghi capelli lisci lo guardò sorpresa e gli chiese di accomodarsi nell'area della reception, mentre componeva un numero e parlava con voce sommessa.

Yang si guardò intorno. Per essere un'associazione senza scopo di lucro, il posto era di un'eleganza abbastanza vistosa, tanto da fargli chiedere quanto delle donazioni di beneficenza ricevute da *Nessun Bambino Abbandonato* finissero effettivamente per aiutare i bambini, e quanto invece venissero sprecate per gli uffici situati in un quartiere di Washington D.C con gli affitti altissimi. L'arredamento sembrava di classe ed elegante, non proprio quello che si aspettava da un'associazione che si occupava di salvare i bambini vittime di tratta e a rischio. Ma forse avere una facciata di classe portava grandi donazioni dall'alta società della capitale. Forse non volevano inviare i loro grassi assegni a un quartiere di bassa lega. Ma poi, che ne sapeva Yang di beneficenza o di alta società?

Passarono diversi minuti finché un uomo uscì da uno degli uffici e si avvicinò a Yang, porgendogli la mano in segno di saluto.

«Detective Yang? Sono Caleb Faulkner. Sono l'amministratore delegato».

Yang lo riconobbe immediatamente. Lo aveva visto al funerale di Madeline Bolton e sapeva che era il figlio di Mike Faulkner, il capo di gabinetto del Presidente. Sapeva che Caleb Faulkner gestiva l'ente di beneficenza, anche se Yang non aveva avuto molto tempo per approfondire le sue ricerche sull'ente. Si era segnato di farlo più tardi, al suo ritorno al distretto.

«Signor Faulkner, piacere di conoscerla», disse Yang, mentre Caleb gi faceva strada nell'ufficio da cui era appena uscito.

Una volta sistemato nell'ufficio, con Caleb dietro la grande scrivania e Yang sulla comoda sedia di fronte, Yang tirò fuori il suo taccuino e la sua penna.

«Mi scuso per non aver preso un appuntamento», disse Yang, anche se era solo una banalità. Non prendeva mai appuntamenti, quando era impegnato in un caso.

«Non si preoccupi affatto, detective. Come posso aiutarla?»

Caleb Faulkner era amichevole e aperto. Yang poteva immaginare che se la cavasse bene con i ricchi donatori, incantandoli per prendere i loro soldi - in senso positivo, ovviamente. Tuttavia, aveva anche l'impressione che Caleb fosse superficiale e viziato, il che probabilmente derivava dal fatto che suo padre era un uomo importante in politica.

«Ehm, sì». Guardò il suo taccuino, dove aveva annotato tutte le informazioni pertinenti. «Sto lavorando a un caso che riguarda tre ragazze russe. Tra l'altro, tutte e tre sono state affidate a famiglie di lingua russa dalla vostra associazione».

Caleb annuì. «Ah, sì, qui abbiamo spesso a che fare con bambini russi. Anche altri, ma la stragrande maggioranza dei bambini che salviamo proviene dalla Russia».

«Sto solo cercando di verificare alcune delle informazioni che mi hanno dato le famiglie delle tre ragazze. Solo informazioni di base per assicurarci di avere tutti i dettagli pertinenti. Ho i nomi proprio qui». Yang indicò il suo taccuino.

«Certo. Mi dia pure i nomi. Posso recuperare i loro file sul mio computer». Caleb si avvicinò al computer sulla scrivania, con le mani già sulla tastiera.

«La famiglia Zimmerman ha accolto una bambina di nome Tatjana».

Caleb digitò qualcosa, poi annuì. «Ho il file. Il prossimo?»

Yang gli comunicò quindi le famiglie a cui erano state affidate Sasha e Annika. Omise che Sasha era tornata dai Fedorov, né divulgò che era stato trovato il corpo di una ragazza e che sospettava che una di queste ragazze potesse essere il cadavere. Non era necessario che Caleb Faulkner lo sapesse. Inoltre, Yang aveva bisogno di informazioni su tutte e tre le ragazze. Cercava qualsiasi cosa avessero in comune.

«Allora, posso chiedere in cosa sono coinvolte queste tre ragazze? Si sono messe nei guai?» Chiese Caleb, alzando lo sguardo dal monitor.

«Si può dire così. Sono scomparsi».

Caleb alzò le sopracciglia e tornò a fissare lo schermo, leggendo qualcosa. «Oh, ora lo vedo». Indicò lo schermo. «In tutti e tre i fascicoli c'è scritto che le ragazze sono state denunciate come scomparse, dopo essere state affidate alle famiglie».

«Sì, io e il mio collega abbiamo parlato con le famiglie».

Caleb sospirò. «Non è facile, per questi bambini. Spesso provengono da famiglie disastrate, o sono stati vittime della tratta… È una tragedia. Facciamo di tutto per aiutarli ad adattarsi». Scrollò le spalle, con un'espressione seria. «Ma capita che scappino. Non riescono a inserirsi».

«Capisco. L'associazione mantiene i contatti con le famiglie a cui vengono affidati i bambini?».

«Certamente. Abbiamo dipendenti che fanno controlli per assicurarsi che i bambini stiano bene. Chiediamo anche che partecipino regolarmente a sedute di terapia, sia di gruppo sia individuali. Pagate dall'ente di beneficenza».

«Mmm, interessante. Quindi le famiglie vi hanno notificato la scomparsa di queste tre ragazze?»

«Non a me direttamente, ma sì, tutti hanno segnalato l'accaduto al loro assistente sociale e ci siamo assicurati che anche la polizia ne fosse informata. È una procedura standard. E come ho detto, succede, con i bambini a rischio. Alcuni sono molto problematici. Immagino sia questo il motivo per cui è qui, detective».

«Sì, certo. E queste tre ragazze, ha trovato che fossero particolarmente, ehm, per mancanza di una parola migliore, problematiche?»

«Beh, non sono sicuro di averle incontrati personalmente. Vede, io lavoro soprattutto con i donatori, li convinco a continuare a mandare soldi, così possiamo occuparci di questi bambini, cercare di trovare i loro genitori... se i loro genitori vogliono essere trovati».

Yang sollevò un sopracciglio. «Cosa intende?»

Caleb sospirò. «Abbiamo avuto casi in cui i bambini sono stati venduti a giri di sfruttamento sessuale perché la famiglia era indebitata con persone senza scrupoli. In Russia abbiamo visto casi particolarmente gravi. E spesso, quando un bambino deve affrontare il fatto che la sua famiglia non lo rivuole indietro, è un duro colpo per la sua psiche».

«Per questo fate terapia?»

Caleb annuì. «Abbiamo un contratto con uno psichiatra che si occupa di aiutare i bambini».

«Le tre famiglie mi hanno detto che le ragazze parlavano a malapena l'inglese. È vero?»

Caleb guardò lo schermo e dopo un po' disse: «Sì, è corretto».

«Come comunicano con lo psichiatra?».

«Oh, è bilingue. Parla russo. Siamo molto fortunati, ad averlo».

«Come si chiama?»

«Dottor Yuri Sokolov».

«Sappiamo di cosa ha discusso il dottor Sokolov con le ragazze?».

«Beh, c'è la riservatezza medico-paziente, quindi dovrà parlarne con lui. Ma posso darle una stampa di tutto quello che c'è nei file che abbiamo. Sarebbe d'aiuto?»

Sorpreso dall'offerta di Caleb, Yang annuì. Non dover ottenere un'ordinanza del tribunale per accedere alle informazioni era sicuramente una buona cosa.

«Grazie. Sarebbe fantastico».

Alle spalle di Caleb, una stampante si era messa in funzione e cominciava a sputare pagine. Nel frattempo, Caleb guardò il monitor e mosse il mouse, poi si fermò, sbigottito. «Questo sì, che è strano».

Yang si chinò in avanti. «C'è qualche problema?»

«Non ne sono sicuro. Ehm...» Caleb esitò, ma continuò a guardare il monitor. «È solo che qui vedo che tutte e tre le ragazze sono state viste l'ultima volta a una delle sedute del dottor Sokolov». Guardò dritto verso Yang. «Se non mi avessi chiesto del dottor Sokolov, forse non me ne sarei nemmeno accorto».

Era un dettaglio interessante, proprio quello che Yang stava cercando. Non si aspettava di trovare una miniera d'oro come questa. Prima che potesse chiedere altro, squillò il telefono. Caleb lo guardò, poi disse: «Scusi, devo rispondere. Solo un minuto».

Caleb rispose al telefono, ma Yang non capì cosa stesse dicendo. Caleb pronunciò alcune parole in una lingua straniera, prima di posare il ricevitore. «Mi dispiace».

«Parla russo?» Yang chiese, sorpreso.

Caleb ridacchiò. «Non più così bene. Ero abbastanza fluente, quando vivevo a Mosca, da adolescente».

«Deve essere stata una bella avventura. Era uno studente di scambio culturale?»

«No, non nel modo in cui lei si immagina. Mio padre era ambasciatore degli Stati Uniti in Russia. Abbiamo vissuto lì per due anni».

«Ah, dev'essere stato davvero notevole. Che opportunità».

«Immagino di sì. È stato poco dopo la morte di mia madre. Non credo che all'inizio mi piacesse molto, e quando poi mi sono adattato a Mosca, stavamo già venendo via». Fece un sorriso forzato, come se volesse scacciare i ricordi dolorosi. «È mai stato a Mosca?»

«Non posso dire di averlo fatto».

La stampante smise di sputare pagine e Caleb si girò per prendere la pila, poi la porse a Yang.

«Devo andare a una riunione», disse Caleb, guardando l'orologio, «ma se avesse bisogno di qualcosa, qualsiasi cosa, mi chiami».

Facendo cenno ai fogli che aveva in mano, Yang disse: «Lei è già stato di grande aiuto. Posso uscire da solo».

Yang decise di andare dal dottor Sokolov subito dopo la sua visita all'associazione. Quando raggiunse il Logan Ambulatory Care Building sulla NW P Street, dove lo psichiatra aveva il suo ufficio, l'addetto alla reception gli disse che il dottor Sokolov era partito due giorni prima per un'escursione di una settimana sulle Alpi italiane e non era raggiungibile. Yang annotò sulla sua agenda di mettersi in contatto con lo psichiatra al suo ritorno.

38

12 giugno

A Emily non piaceva usare Catalina per i suoi scopi egoistici, ma sentiva di non avere altro modo per avere accesso a Lars Nielson, il diplomatico svedese con cui Maddie era stata fidanzata. Era un tentativo azzardato, ma sapeva che l'ambasciatore Pacheco non poteva negare nulla a sua figlia. Soprattutto quando sapeva che avrebbe reso felice Catalina. Proprio lì stava la migliore opportunità per Emily.

Emily arrivò all'ambasciata argentina come al solito e iniziò la sua lezione con Catalina, mentre Coffee si sdraiava accanto al pianoforte, con la testa appoggiata sulle zampe e gli occhi quasi chiusi. Sembrava apprezzare le vibrazioni dello strumento.

All'inizio dell'anno scolastico, Emily aveva presentato ai suoi studenti la musica popolare di diversi Paesi, che rifletteva il patrimonio dei molti alunni stranieri della sua classe. Non aveva pensato che questa materia le sarebbe stata utile in questo modo inaspettato. Tutti gli studenti di Emily avevano apprezzato le canzoni e avevano partecipato con entusiasmo. Molti di loro, tra cui Catalina, avevano dimostrato un vero talento, le loro voci erano perfette per catturare lo spirito della musica.

Emily aveva piantato un'idea nella testa di Catalina il giorno precedente a scuola, e ora spettava alla ragazza metterla in atto. Emily sapeva che Catalina aveva già parlato con suo padre la sera prima, cosa che la bambina aveva riferito a Emily quella mattina, ma lui non le aveva dato una risposta definitiva. Questo rese Emily ansiosa, perché l'esecuzione del suo piano era molto urgente. Mancavano pochi giorni al fine settimana.

Suonarono le ultime note del brano che Catalina stava suonando al pianoforte.

«Brava, Lina». Gli applausi provennero dall'ingresso del salotto.

Emily vide l'ambasciatore Pacheco in piedi, appoggiato con disinvoltura al telaio della porta. Emily non sapeva da quanto tempo fosse lì. Ma sembrava soddisfatto dei progressi della figlia.

«Grazie, papino!!»

«Hai suonato molto bene, oggi», la lodò Emily. «Si vede che ti sei esercitata molto».

Catalina fece un sorriso e si alzò dalla panchina, andando verso il padre. «Papà?»

«Sono qui», rispose lui, per indicare dove si trovava.

Quando lo raggiunse, lui le prese la mano, mentre Emily si era già messa la borsa in spalla e aveva preso l'imbracatura di Coffee.

«Possiamo farlo, papino?» Catalina pregò il padre. «Ho già chiesto agli altri studenti e ce ne sono già otto che vogliono farlo».

L'ambasciatore Pacheco guardò la figlia. «Perché non mi lasci parlare un attimo con la signorina Warner?»

«Va bene». Si girò e si diresse in direzione della cucina.

Quando lei non fu più a portata di orecchio, lui le si avvicinò. Emily sentì il battito del proprio cuore accelerare. Le avrebbe detto che la sua idea era fuori discussione? Aveva mandato via Catalina per poterla deludere senza farglielo pesare troppo?

«Signorina Warner, Catalina è venuta da me con questa idea, ieri sera».

«Sì?»

Sospirò. «Ha detto che le sono piaciute molto le canzoni popolari che ha insegnato alla sua classe all'inizio dell'anno e che le piacerebbe avere l'opportunità di eseguirle con alcuni dei suoi compagni di classe... Ma non sembra che ci sia alcun evento programmato a scuola...»

Emily annuì. «Sì, purtroppo l'auditorium della scuola è in fase di ristrutturazione, quindi tutti gli spettacoli scolastici sono stati rimandati».

«Sì, me l'ha detto, Catalina, e mi ha anche detto che lei dirigerebbe i suoi allievi, se solo ci fosse un altro posto dove esibirsi. Così mi chiedevo...» Fece un gesto con le mani. «E naturalmente può dire 'no', se questa è un'imposizione eccessiva, ma c'è un posto in cui un'esibizione del genere sarebbe molto apprezzata».

«Conosce un'altra scuola che potrebbe prestarci il suo auditorium?».

Scosse la testa. «Non una scuola. Un'ambasciata».

Emily aprì la bocca. «Qui?»

Di nuovo scosse la testa. «No, ma questo fine settimana l'ambasciata svedese organizza un evento. E i bambini potrebbero esibirsi lì con le canzoni popolari. Catalina ha detto che una di queste è una canzone svedese».

«Oh, voglio dire che sarebbe meraviglioso, ma pensa che l'ambasciatore svedese apprezzerà l'idea? Voglio dire, il preavviso è breve».

«Sta dicendo che i bambini potrebbero non essere pronti?»

«No, no, affatto. Sono pronti a esibirsi all'istante. Ma che dire dell'ambasciatore?»

Pacheco sorrise e, per quel breve momento, sembrò più giovane di quindici anni e ancora di più per la felicità. «Ha già accettato».

Il cuore di Emily ebbe un sussulto.

«Ci servono solo i nomi degli studenti che si esibiranno e forse di uno o due accompagnatori, che dovranno essere controllati. Lei è già autorizzata, quindi è facile. Se riesce a ottenere il permesso dei genitori dei bambini, posso occuparmi io del resto».

«Oh, mio Dio, è meraviglioso. I bambini lo adoreranno». Emily era raggiante.

«Qualsiasi cosa per rendere felice Catalina».

Emily poteva vederlo nei suoi occhi. Vedere Catalina felice lo rendeva felice. E anche se Emily aveva manipolato Catalina per ottenere un invito alla festa dell'ambasciata svedese, nessuno ne avrebbe sofferto. Catalina e i suoi compagni di scuola si sarebbero divertiti un mondo.

L'ambasciatore Pacheco le fece l'occhiolino. «E magari, dopo l'esibizione dei bambini, potrebbe suonare un tango per me?». I suoi occhi vagarono oltre lei.

Emily non dovette seguire il suo sguardo per capire che stava guardando il quadro della sua defunta moglie, ricordando i tanti tanghi che aveva ballato con lei.

«Sì, un tango solo per lei».

Era il minimo che potesse fare.

39

Lucia singhiozzò di nuovo, i suoi occhi rossi e gonfi testimoniavano il fatto che anche lei era in lutto per Maddie. Bolton non aveva mai dubitato della sua lealtà verso la figlia, ma il dolore che vedeva negli occhi di Lucia rivelava che lei aveva amato Maddie come se fosse stata sua figlia.

Bolton era venuto a casa di Maddie per esaminare gli effetti personali della figlia e decidere cosa tenere e cosa eliminare. Lucia aveva insistito per aiutarlo e lui gliene era grato. La sua presenza gli impediva di crogiolarsi nel suo dolore ogni volta che vedeva un oggetto che aveva significato qualcosa per lui e per sua figlia. E ce n'erano molti: foto, regali e altri ricordi. Persino i vestiti di Maddie evocavano ricordi di eventi in cui lei li aveva indossati. Ma non si permise di soffermarsi troppo a lungo su qualcosa.

Aveva versato più lacrime di quante un uomo ne avrebbe dovute versare, molte delle quali chiuso nel suo ufficio o nella sua auto, lontano da occhi indiscreti, lontano da Rita, per non scatenare in lei una nuova ondata di lacrime. Doveva essere forte per lei. Ecco perché aveva insistito per sgomberare la casa di Maddie senza di lei. Lei aveva bisogno di riposare. E lui aveva bisogno di uno scopo, di qualcosa con cui occuparsi.

«Signor Bolton?» La voce di Lucia giunse da dietro di lui.

Si girò. «Sì?»

«Ho trovato la chiave». Lei teneva in mano una piccola chiave e la sollevò per fargliela vedere.

«Cosa apre?»

Lo fissò con uno sguardo preoccupato. «Il portagioie di Maddie. Come le ho detto prima».

Bolton annuì rapidamente. «Certo. Mi dispiace, Lucia, ma non riesco a concentrarmi».

Lucia gli rivolse un sorriso gentile e gli premette la chiave sul palmo della mano. «Capisco. Non è facile. Se vuole andare a casa, posso continuare io, qui. Posso riordinare tutto e fare in modo di mettere le cose importanti in scatole per lei e sua moglie...»

Bolton strinse la mano di Lucia. «No, no, resterò. È il mio dovere. Non posso lasciar fare a lei tutto il lavoro. Ha già fatto tanto». Indicò le scatole che Lucia aveva etichettato per distinguere tra documenti importanti, oggetti da donare a enti di beneficenza, oggetti di valore sentimentale e altro. «Ha fatto un buon lavoro. La conosceva davvero bene».

Ancora una volta, Lucia tirò su col naso. «Se solo fossi venuta prima, quella mattina. Forse ce l'avrebbe fatta».

«Non lo faccia, la prego, non lo faccia. Non è colpa sua. Ha fatto tutto quello che...»

Il suono del campanello lo interruppe.

«Vado io», disse Lucia in fretta e si avviò verso il corridoio.

Bolton sentì la porta aprirsi.

«Signor Faulkner», disse Lucia.

Bolton andò nel corridoio e vide entrare Mike Faulkner.

«Grazie, Lucia», disse Faulkner. «Spero di non disturbare». Guardò oltre Lucia. «Rita mi ha detto che eri qui», disse a Bolton. «Ero in zona e ho pensato di fare un salto».

Bolton gli fece cenno di entrare. «Entra pure».

Faulkner oltrepassò a Lucia e prese la mano di Bolton. «Come ti senti?»

Bolton alzò le spalle e indicò le scatole. «Come chiunque potrebbe sentirsi, in questa situazione».

Mentre entravano nel soggiorno, Lucia chiese, dalla porta: «Signor Faulkner, vuole qualcosa da bere? In cucina c'è ancora...»

Faulkner si rivolse a lei con un sorriso. «No, grazie. Non si disturbi. Non mi tratterrò a lungo».

Faulkner si voltò verso Bolton, frugò nella tasca della giacca e tirò fuori una piccola busta di plastica. All'interno c'era un telefono cellulare. «Sono venuto a portarle il telefono di Maddie».

Bolton lo prese e lo guardò. Sulla parte anteriore del telefono era attaccato un post-it.

«Il suo codice di accesso, per potervi accedere. Mi hanno dato tutto i servizi segreti. Hanno preso tutto quello che gli serve».

«Qualcosa di utile?» Chiese Bolton.

«Stanno ancora analizzando tutti i dati che hanno scaricato, ma finora non c'è stato nulla di utile. Mi dispiace».

Il campanello suonò per la seconda volta. Bolton guardò oltre Faulkner per chiedere a Lucia di vedere chi stava arrivando, ma Lucia lo aveva anticipato e stava già aprendo la porta.

«Oh, signor Sullivan», sentì dire a Lucia.

Il genero di Bolton parlò a bassa voce, quando salutò Lucia. «È meglio che chiuda in fretta la porta, Lucia», disse Sullivan dal corridoio, «o entrerà quel giornalista che mi stava pedinando. Di questi tempi non si può andare da nessuna parte senza essere avvicinati dai giornalisti».

«Ma non vuol dire loro che donna gentile fosse Maddie?» Chiese Lucia.

Bolton e Faulkner entrarono nel corridoio.

Sullivan si accorse della loro presenza, ma rispose alla domanda di Lucia. «Certo che lo voglio, ma i giornalisti useranno le mie parole e le rigireranno finché non avranno una storia succulenta». Si girò verso il suocero, indicandolo con il mento. «Non è così, Eric?».

Lucia guardò Sullivan e Bolton e sembrò contemplare qualcosa che le fece apparire delle rughe sulla fronte. «Non credo che tutti i giornalisti siano così. La donna che è venuta a trovarmi è stata molto gentile e molto rispettosa».

«Un giornalista ti ha intervistato? Su Maddie?» Chiese Bolton.

«Non era una vera giornalista, cioè, non per un giornale...» Lucia apparve imbarazzata.

«Cosa vuoi dire?»

«Beh, era cieca, sa, aveva il suo cane guida e gli occhiali scuri. Era per un podcast per non vedenti. Non possono leggere i giornali, quindi questa donna crea podcast».

Bolton sospirò. Tutti volevano sapere lo scoop sulla vita di Maddie. «Lucia...» Scosse la testa. «Cosa voleva?»

«Mi ha chiesto come era Maddie a casa, cosa mangiava e cose del genere. Le ho detto che era gentile con i senzatetto...» La sua voce si interruppe. «Non pensa che userebbe le mie parole per dire qualcosa di brutto su Maddie, vero?»

Bolton scambiò un'occhiata con Faulkner, poi tornò a guardare Lucia. Era un'anima buona, ma troppo fiduciosa. «Le ha dato il suo biglietto da visita?»

«No, ma mi ha detto il suo nome. Emily Warner. L'ho scritto, dopo che se n'è andata. Per poter trovare il podcast. Ma finora non l'ho trovato».

Bolton fece un respiro. Quante persone avrebbero ascoltato un podcast destinato ai non vedenti? Dubitava che il pubblico del podcast fosse abbastanza numeroso da risultare insignificante, rispetto ai media tradizionali. «Non si preoccupi, Lucia. Per la prossima volta si ricordi di fare attenzione a ciò che dice agli altri, su Maddie. Ci sono molte persone che vogliono trascinare il suo nome nel fango. Non vogliamo dare loro materiale da sfruttare».

«Sì, mi dispiace, signor Bolton». Tirò su col naso e i suoi occhi si inumidirono di nuovo. «Non volevo dire nulla. Era solo così confortante, parlare di Maddie». Un singhiozzo le scosse il petto.

«Su, su», disse Bolton, «perché non si prende un minuto per

asciugare quelle lacrime, e magari prendersi una tazza di tè o di caffè, prima di continuare, eh?»

Lucia annuì e si diresse verso la toilette, ma due pesanti scatole bloccavano la porta, così salì al piano superiore.

Quando fu fuori dalla portata d'orecchio, Bolton fece cenno a Sullivan e Mike di andare in salotto. «È messa male».

«Non posso biasimarla», disse Sullivan. «Trovare Maddie... quell'immagine... deve essere stato uno shock».

Bolton annuì. Non voleva evocare quella particolare immagine. Era già abbastanza brutto dover guardare la macchia di sangue sul tappeto dove era caduta.

«Allora, cosa ti porta qui?» Bolton chiese a Sullivan.

«Sto cercando i documenti di revisione dell'ente di beneficenza che Maddie ha portato a casa con sé la settimana prima di...» Non disse quella parola e Bolton gliene fu grato. «Doveva esaminarli, prima che il consiglio di amministrazione li votasse. Abbiamo dovuto rimandare il voto...»

«Ci sono dei documenti nella credenza, qui, ma credo che non siano legati all'associazione. Forse al piano di sopra? Diamo un'occhiata».

«Non voglio interrompere quello che state facendo. Posso controllare io, di sopra», disse Sullivan.

«Farò prima ad aiutarti», disse Bolton e si avviò verso il corridoio. Era già sulle scale, quando sentì due serie di passi dietro di lui. Quando fu sul pianerottolo si voltò verso la stanza di Maddie. Ma davanti alla porta esitò. Entrarci gli sembrava una violazione della sua privacy.

Faulkner e Sullivan si fermarono accanto a lui.

«Stai bene?» Faulkner chiese e gli mise una mano sulla spalla.

Bolton girò la testa verso l'amico. «Spero ancora che esca dal bagno e mi rimproveri per non aver bussato».

«Lo capisco», disse Faulkner. «Ci sono passato anch'io. Con Georgina».

Improvvisamente la porta del bagno degli ospiti si aprì alle sue spalle. Bolton si girò, con il fiato che gli si strozzava in gola. Era Lucia.

Guardò i tre uomini prima di fare cenno alla porta aperta della stanza degli ospiti. «Posso togliere le lenzuola dal letto? La polizia mi ha chiesto di lasciarlo come l'ho trovata quella mattina».

Bolton guardò nella stanza degli ospiti. Il letto non era stato rifatto. Sapeva quanto Lucia fosse diligente. Non avrebbe lasciato un letto sfatto per più di un giorno. «Maddie ha avuto un ospite la notte prima di... prima di...»

«Non lo so», disse Lucia. «Era il mio giorno libero. Ma ho trovato il letto così. L'ho detto ai servizi segreti. E mi hanno detto di non toccare nulla».

Bolton annuì e guardò oltre le sue spalle nella stanza di fronte, la camera da letto di Maddie. Il letto di Maddie era stato rifatto, il che indicava che la caduta di Maddie era avvenuta di notte e non al mattino, quando lei stava per uscire per andare al lavoro. Ma non si era accorto che la stanza degli ospiti era stata usata.

Scambiò un'occhiata con Faulkner. «I servizi segreti hanno verificato se Maddie avesse un ospite, quella notte?»

«L'hanno fatto. Hanno trovato impronte digitali che non appartengono né a Maddie né a Lucia», disse Faulkner.

Lucia annuì. «Mi hanno preso le impronte digitali». Al suono di un tintinnio leggero, Lucia disse: «Il bucato, scusatemi» e si affrettò a scendere al piano di sotto.

«I servizi segreti hanno inserito nel sistema le impronte trovate nella stanza, ma non c'è alcuna corrispondenza», aggiunse Faulkner. «Non abbiamo idea a quando risalgano le impronte. Potrebbero provenire da qualsiasi visitatore dell'ultimo anno. I miei uomini hanno anche interrogato i vicini, ma nessuno ha visto altri che Maddie entrare in casa, nelle due notti precedenti...»

«Non significa che non avesse un ospite», disse Bolton.

«È vero», disse Faulkner. «Ma non abbiamo alcuna conferma in merito».

«Hanno guardato nel suo diario o nell'agenda per vedere se aspettava qualcuno?» Chiese Sullivan, mentre entrava nella camera da letto di Maddie e apriva i cassetti della sua scrivania.

Faulkner lo seguì. «Fidati di me. Gli agenti incaricati delle indagini sono scrupolosi. Non hanno trovato alcun riferimento a un ospite notturno, da nessuna parte».

«Ah, ecco il fascicolo», disse Sullivan e tirò fuori dal cassetto una cartellina.

Faulkner alzò le spalle, poi guardò verso la porta aperta e abbassò un po' la voce. «Forse Lucia ha dimenticato di rifare il letto, dopo la partenza di un ospite precedente. Succede».

Bolton non contraddisse Faulkner, ma conosceva bene Lucia. Era diligente. Non avrebbe mai lasciato il letto sfatto, dopo la partenza di un ospite, il che significava che qualcuno aveva dormito in quel letto prima della morte di Maddie.

40

14 giugno

Gli applausi riempirono la grande sala da ballo dell'Ambasciata svedese, mentre una dozzina di bambini di undici e dodici anni si inchinavano al pubblico, con i volti raggianti di gioia. Emily era in piedi accanto al pianoforte e lasciava vagare lo sguardo sulla folla. Aveva indossato un abito da cocktail nero comprato all'ultimo momento, per non dare nell'occhio. Tuttavia, si sentiva vestita in modo inadatto. Le invitate indossavano splendidi abiti da sera in tutti i colori dell'arcobaleno, gli uomini indossavano smoking.

L'Ambasciatore Pacheco aveva accolto lei e i bambini quando erano arrivati con due accompagnatori al seguito e li aveva fatti accomodare in una stanza più piccola per prepararsi allo spettacolo. Quando si accorse che guardava sua figlia, che era molto emozionata, Emily capì quanto l'ambasciatore Pacheco amasse vedere sua figlia felice. Sembrava felice.

Quando i ragazzi fecero l'ultimo inchino, le due insegnanti che avevano fatto da accompagnatrici, Isabelle Treadway e Olivia Remmington, preside della scuola, si erano avvicinate agli alunni e li avevano elogiati per la loro esibizione.

I bambini parlavano eccitati, mentre la musica veniva diffusa dagli altoparlanti. L'ambasciatore Pacheco aveva ragione: l'ambasciatore svedese amava gli ABBA. E a quanto pareva, molti degli uomini e delle donne, che sembravano essere diplomatici svedesi, a giudicare dalla loro pelle chiara, dagli occhi azzurri e dai capelli biondi, amavano quella musica e si misero a ballare.

«È stata un'idea meravigliosa», disse Olivia Remmington a Emily. «Ma come hai fatto a realizzarla?»

Emily sorrise. «È stata un'idea di Catalina».

La preside ridacchiò e si avvicinò. «È la prima volta che partecipo a una festa in ambasciata. Vorrei che potessimo rimanere più a lungo, ma i ragazzi devono andare a casa, o ci metteremo nei guai con i loro genitori». Guardò l'orologio da polso. «È passata l'ora di andare a letto».

«Ti va bene se torno a casa da qui, invece di salire sull'autobus con loro? Il mio appartamento è molto vicino e sono un po' stanca», disse Emily, anche se non era questo il motivo per cui non voleva andare via con i bambini.

«Certo, Emily! Non preoccuparti, io e Isabelle riporteremo i bambini a casa. Hai fatto abbastanza. Riposati bene!» Salutò Isabelle, che stava scattando foto con i bambini.

Emily notò l'ambasciatore Pacheco che abbracciava la figlia, prima di essere allontanato da un altro uomo e scomparire tra la folla. Ci vollero ancora alcuni minuti, prima che i bambini fossero pronti ad andarsene. Emily andò in corridoio con loro, fingendo di andarsene anche lei.

«È meglio che vada velocemente alla toilette», disse a Isabelle e alla preside. «Ci vediamo tutti lunedì».

«Buonanotte, signorina Warner», dissero alcuni ragazzi.

«Buonanotte, ragazzi», rispose Emily e si girò verso il bagno delle donne, ma prima di raggiungerlo fece una svolta. I bambini e le loro due accompagnatrici avevano raggiunto l'uscita e stavano passando davanti alla sicurezza.

Vedendo che i ragazzi e le due accompagnatrici non guardavano nella sua direzione, Emily tornò nella sala da ballo. Aveva visto brevemente Lars Nielson prima dello spettacolo, quindi sapeva che era presente, anche se aveva lasciato la sala prima dell'inizio dell'esibizione. Doveva cercare di trovarlo. Emily prese un bicchiere di champagne dal vassoio che un cameriere le passò, senza essere realmente interessata a berlo. Ma sapeva di dover dare l'impressione di avere uno scopo, qui.

«Un'esibizione davvero deliziosa», le disse una donna in un lungo abito d'argento, sorridendo.

«Oh, grazie», disse Emily. «I bambini si sono divertiti per tutto il tempo».

La donna annuì, poi si voltò verso i due uomini con cui stava parlando ed Emily le passò accanto, tenendo gli occhi aperti per cercare un uomo alto e biondo. Ma essendo l'ambasciata svedese, c'erano molti uomini che corrispondevano al profilo. E dato che tutti gli uomini erano vestiti più o meno allo stesso modo, non aveva altre visuali da cui partire.

Camminò in giro per la stanza, senza mai fermarsi troppo a lungo in una posizione, non volendo che la gente si rendesse conto che non conosceva nessuno, qui. L'ambasciatore Pacheco era scomparso, probabilmente coinvolto in una conversazione d'affari con un altro diplomatico o intento a fumare un sigaro in un'altra parte dell'edificio. In un certo senso ne era contenta, perché non voleva che lui sapesse che non era andata via con i bambini, perché aveva un secondo fine per partecipare all'evento di stasera. Avrebbe odiato che lui sapesse che lei aveva abusato di lui e della sua gentilezza. Ma per lei era importante, e in amore e in guerra tutto è permesso. Ma non si trattava di amore o di guerra. Si trattava di preservare la propria sanità mentale. Doveva farlo per Maddie e per sé stessa, in modo che Maddie potesse riposare in pace e lei potesse vivere libera dalle visioni.

Emily sentiva gli occhi stanchi. C'erano troppe luci, troppe persone che si muovevano vorticosamente. Gettò uno sguardo alla pista da ballo, dove alcune coppie giravano così velocemente che Emily ebbe l'impressione che il terreno sotto i suoi piedi si muovesse. Chiuse rapidamente gli occhi e prese fiato, prima di distogliere lo sguardo da quella vista e guardare in direzione dell'ingresso principale della sala da ballo.

In quel momento lo vide: Lars Nielson, l'ex fidanzato di Maddie, era lì, con un bicchiere in mano. Era solo. Era la sua occasione. Il più velocemente possibile, senza correre, si mosse tra la folla di persone. Fu fortunata. Nielson non si era mosso dal suo posto vicino alla porta.

«Signor Nielson», disse Emily rapidamente, prima che il suo coraggio potesse abbandonarla. «Sono Emily Warner».

Lui annuì gentilmente e disse: «Non credo che ci siamo mai incontrati, o se lo abbiamo fatto, accetti le mie scuse per aver dimenticato il suo nome».

Le sue parole erano eccessivamente educate e formali, ma dato che era chiaramente qui per rappresentare il governo svedese, era comprensibile.

«No, non ci siamo mai incontrati».

«Allora sono sollevato di non aver fatto una gaffe». Lui le rivolse un sorriso affascinante ed Emily capì perché una donna come Maddie fosse attratta da lui.

«Sono qui come ospite dell'ambasciatore Pacheco dell...»

«Argentina, sì, lo conosco bene». Poi fece scorrere gli occhi su di lei, come se la misurasse. «E lei è... la sua... ehm, amica?»

Scosse la testa. L'idea che fosse amica dell'ambasciatore era quasi divertente. «Insegno a sua figlia. Pianoforte».

Nielson sorrise e si avvicinò. «Certo che sì. Ma vedo che alla vecchia volpe i piacciono giovani».

Emily si sentì arrossire. Nielson pensava chiaramente che lei avesse una relazione sessuale con l'ambasciatore, il che era a dir poco assurdo. Ma forse questa supposizione l'avrebbe aiutata a convincere Nielson a parlarle di Maddie.

Lei sorrise. «È un uomo molto gentile».

«Molto gentile e molto tragico».

Le parole di Nielson le diedero un'apertura.

«Volevo farle le mie condoglianze. Quello che è successo a Madeline... è così insensato».

Il suo atteggiamento cambiò. Bevve un sorso dal suo bicchiere. «È difficile da comprendere. La conosceva?».

«Sì e no».

Nielson alzò le sopracciglia. «È una risposta strana a una domanda molto semplice».

«Non l'ho mai conosciuta personalmente... ma le sono grata... per quello che mi ha dato». Non sapeva se dirgli o meno che aveva ricevuto le cornee di Maddie. Forse era stupido rivelare troppo. Sarebbe sembrata una pazza, se gli avesse detto la verità. «Era una persona molto generosa».

«Certamente lo era».

«So che non sono affari miei, ma quando ha rotto con lei... pensa che se ne sia pentita?»

Lui aggrottò la fronte.

«Voglio dire, lasciarla solo pochi mesi prima del tuo previsto matrimonio... questo...»

«Da dove salta fuori, questo? Dai tabloid?» Lui scosse la testa. «La nostra separazione è stata del tutto amichevole. È stata una decisione reciproca».

Il mento di Emily si abbassò. «Ma il litigio che hai avuto con lei...». Vicky le aveva raccontato quello che aveva letto sulla stampa mesi prima. Era in linea con la visione che aveva avuto, in cui Nielson sembrava completamente infuriato.

Nielson si mise a ridere. «È stata una discussione tra amici». Il suo mento si irrigidì. «L'avevo avvertita di stare attenta a quell'idiota... Diego Sanchez. È un tipo losco come pochi. Ma lei non ha voluto ascoltare, vero?». Adesso sembrava arrabbiato e bevve un grosso sorso dal suo bicchiere, svuotandolo. «E ha ragione, non sono affari suoi».

Lui si allontanò a grandi passi, ma invece di entrare nella sala da ballo, entrò nel corridoio e si diresse verso l'ingresso principale dell'ambasciata.

Emily sospirò. Lo aveva fatto arrabbiare, e non era sua intenzione. Tuttavia, aveva scoperto un'informazione: Maddie non aveva scaricato Nielson. Se la loro rottura fosse stata davvero una decisione reciproca, allora Maddie non avrebbe avuto nessun conto in sospeso con Nielson, nessun motivo per cui avrebbe voluto che Emily lo contattasse. Ma le parole di Nielson su Diego Sanchez avevano attirato la sua attenzione. E se Maddie stesse cercando di dimostrarle che Diego Sanchez aveva a che fare con la sua morte? Era per questo che aveva mostrato a Emily una visione di Nielson, in modo che Nielson potesse parlarle di Sanchez? Valeva la pena tentare.

«Signorina?», Disse una voce maschile da dietro di lei.

Si girò e si trovò faccia a faccia con un uomo che riconobbe subito, anche se oggi il suo abbigliamento era diverso. Era vestito con un abito nero. Al collo aveva un cordino con un'etichetta che lo identificava come addetto alla sicurezza, e indossava un auricolare.

«Venga con me e non faccia scenate».

41

Adam Yang non credeva alle coincidenze. Lars Nielson lo aveva avvicinato e gli aveva chiesto di verificare se la donna con cui aveva parlato fosse una giornalista che si era infiltrata alla festa dell'ambasciata, in modo da poterlo interrogare sulla sua relazione con Madeline Bolton.

Yang aveva appena dato il cambio a un'altra guardia di sicurezza che lavorava all'ingresso dell'ambasciata e aveva subito controllato la lista degli invitati. Il nome di Emily Warner non c'era. In qualche modo si era imbucata alla festa. Come, non ne aveva idea. Non l'aveva considerata così intelligente, ma evidentemente aveva trovato un modo per entrare in quell'evento pesantemente sorvegliato. Non gli sfuggì nemmeno che aveva parlato con Lars Nielson dopo che le era stato impedito di farlo al funerale di Madeline Bolton.

Era la terza volta che Yang incontrava Emily Warner, la terza volta che la sua apparizione era in qualche modo collegata a Madeline Bolton. Prima si era presentata al Patel's Market, dove Madeline Bolton aveva assistito a un crimine un mese prima. Qualche giorno dopo si era imbucata - ne era certo - al funerale di Madeline Bolton. E ora si era in qualche modo infiltrata alla festa dell'ambasciata svedese, dove aveva importunato l'ex fidanzato di Madeline Bolton. Ma a quale scopo?

«Venga con me e non faccia scenate», disse Yang.

Emily Warner lo guardò sbigottita. «Lei è il poliziotto...»

«Detective Yang», disse bruscamente e le afferrò il gomito. «Andiamo».

«Ma non ho fatto nulla di male».

«Non so come sia entrata in questa festa, ma lei non era invitata, signorina Warner. O devo cercare un altro nome sulla lista degli invitati?»

«Sono stata invitata!» Protestò lei, con aria indignata. «Sono venuta con l'ambasciatore Pacheco».

«Certo che l'ha fatto», disse, senza riuscire a trattenere il sarcasmo dalla voce. «E dov'è adesso?»

Si guardò alle spalle. «Era proprio qui. Solo pochi minuti fa».

Yang la allontanò dalla porta aperta della sala da ballo, in modo che nessuno la sentisse, se fosse diventata isterica.

«Perché stava disturbando il signor Nielson?».

«Non lo stavo disturbando».

«Gli hai chiesto di Madeline Bolton».

Lei ebbe la decenza di fare la faccia imbarazzata. «Stavo solo facendo conversazione».

«È così che si estraggono storie succose per i giornali?»

«I giornali?» Sbuffò. «Pensa che io sia una giornalista?»

«Perché altrimenti avrebbe avvicinato il signor Nielson e gli avrebbe fatto domande sulla sua ex fidanzata?»

«Non sono una giornalista!» Quasi sputò l'ultima parola.

Se questa fosse stata la verità, allora non avrebbe potuto che essere una stalker, il che la rendeva ancora più pericolosa. E pazza.

«Ascolti, signorina Warner», disse con calma, non volendo farla arrabbiare ancora di più, «mi permetta di darle un consiglio. Infiltrarsi in un evento ospitato da un governo straniero potrebbe metterla nei guai...»

«Ma non mi sono infiltrata alla festa!» Disse esasperata. «Sono stata invitata a esibirmi con i miei studenti. Hanno cantato canzoni popolari e io li ho accompagnati al pianoforte».

Sospirò. «Prima ha detto di essere venuto con l'ambasciatore Pacheco».

«Sì, ed è vero. È stato lui a organizzare lo spettacolo in modo che io e i miei studenti potessimo partecipare. Sua figlia è una delle mie studentesse».

Yang scosse la testa. La donna era sempre più agitata e non ci sarebbe voluto molto prima che attirasse l'attenzione degli invitati. «Per favore, signorina Warner, facciamo le cose con calma».

Riuscì ad accompagnarla lungo il corridoio che portava all'ingresso principale.

«Perché non mi crede?», disse lei, con la voce improvvisamente tremante.

Quando la guardò in faccia, notò che i suoi occhi erano pieni di lacrime. Per un attimo pensò che potesse dire la verità, ma scartò l'idea. Troppe cose di quella donna non quadravano. Se non era una giornalista venuta a cercare lo scoop sull'ex fidanzato di una donna morta, allora molto probabilmente era malata di mente, squilibrata o semplicemente pazza. Un vero peccato. Sembrava minuta e aggraziata, nel suo abito nero. Era a malapena truccata, eppure sembrava più bella della maggior parte delle altre ospiti femminili che lui aveva aiutato a scendere dalle limousine al loro arrivo.

Non volendo farla piangere, Yang disse: «Ordinerò un Uber che la porti a casa, va bene?»

Arrivati alla porta d'ingresso, la accompagnò fuori. «Devo vedere la sua patente». Tirò fuori il cellulare dalla tasca e aprì l'applicazione Uber. Voleva assicurarsi che non gli avesse dato un indirizzo falso.

«Non ce l'ho».

Lui la guardò negli occhi. «Non ce l'hai con sé?»

Scosse la testa. «Non ho la patente».

Gli stava mentendo? Non riuscì a capirlo. Di solito aveva un buon radar per capire se un sospetto gli stava mentendo o meno, ma con questa donna non riusciva a capirlo. Era più che inquietante.

«Bene», rispose. «Qual è il tuo indirizzo?».

«Posso prendere un Uber da sola».

«Insisto».

Lei sospirò, poi recitò un indirizzo a Columbia Heights, non troppo lontano dal Patel's Market e dall'appartamento di Yang. Yang inserì l'indirizzo nell'applicazione e attese qualche istante.

«L'Uber dovrebbe arrivare tra pochi minuti», disse e alzò lo sguardo.

Ma Emily Warner non sembrava averlo sentito. Stava fissando in lontananza, con gli occhi spalancati e la bocca aperta. Yang si guardò alle spalle per vedere cosa stesse guardando, aspettandosi di vedere qualcuno. Ma non c'era nessuno, solo una grande fioriera.

«Signorina Warner?»

42

Un minuto prima stava parlando con il detective Yang, un minuto dopo la vista di Emily si era offuscata. Per un attimo pensò che il suo corpo stesse rigettando le cornee, ma si sbagliava. Si trattava di un'altra visione, di un altro ricordo della vita di Maddie.

Mani perfettamente curate sfogliarono l'elenco dei contatti di un telefono, poi toccano un nome. Emily ebbe il tempo di leggere solo il nome della persona, Sergei. Poi il riflesso di un volto apparve in un armadio lucido: Maddie. Teneva il telefono all'orecchio. Emily non riuscì a sentire quello che diceva, né se Sergei avesse risposto o cosa avesse detto. La telefonata durò solo pochi secondi. Maddie mise via il cellulare e si girò.

In quel momento Emily si rese conto che Maddie non era sola. La ragazza, che si trovava in una casa elegante, che doveva presumere fosse quella di Maddie, non poteva avere più di tredici anni. Indossava pantaloni da yoga e una grande felpa. I piedi erano nudi, i lunghi capelli scuri bagnati come se avesse fatto una doccia. I suoi occhi blu traboccavano di lacrime. Il viso e il collo erano coperti di lividi. I suoi polsi sembravano spellati e rossi, come se qualcosa avesse irritato la sua pelle. Emily cercò di guardare meglio, ma lo sguardo di Maddie si spostò verso l'alto, lontano dalle mani della ragazza e tornò al suo viso.

Più Maddie la fissava, più Emily si rendeva conto che la ragazza era spaventata a morte. Tremava, le spalle inarcate in avanti, il petto tremante per i singhiozzi. Tuttavia, quando Maddie mise una mano sul braccio della ragazza, che Emily poté interpretare solo come un gesto calmante, la ragazza si ritrasse. Non voleva essere toccata. Non si fidava di nessuno. Emily non aveva bisogno di sentire le parole di Maddie o della ragazza, per capire che qualcuno le aveva fatto del male e che in qualche modo Maddie stava cercando di aiutarla.

Sotto i lividi e le lacrime, la ragazza era bellissima. Emily non aveva mai visto occhi come i suoi. Erano accattivanti e attiravano l'osservatore verso di lei. In pochi anni, la ragazza sarebbe diventata una bella donna, se fosse riuscita a sopravvivere all'inferno che aveva passato, al pericolo che stava correndo. Emily non aveva dubbi sul fatto che la ragazza fosse fuggita da qualcosa o da qualcuno.

Emily osservò la mano di Maddie che faceva cenno alla ragazza di seguirla al piano superiore, dove aprì la porta di una camera da letto. Era una stanza accogliente, con un arredamento ricco, un letto matrimoniale, un comò antico e una sedia a dondolo con una lampada da lettura in un angolo. Le tende erano già tirate.

Maddie scambiò di nuovo qualche parola con la ragazza, ma Emily non poté sentire la loro conversazione, ma solo vedere ciò che Maddie aveva visto.

Quando Maddie si girò e uscì dalla stanza, la visione si interruppe improvvisamente ed Emily si ritrovò a fissare una fioriera. Per un attimo non seppe dove si trovasse.

«Signorina Warner? Si sente bene? Ha bisogno di un medico?»

Emily girò la testa in direzione della voce maschile, ma il movimento improvviso la fece oscillare. Una mano ferma le afferrò il gomito per aiutarla a ritrovare l'equilibrio. Sbattendo le palpebre, vide il detective Yang lanciarle uno sguardo preoccupato.

«Sto bene. Troppo alcol», affermò, anche se non aveva bevuto nemmeno un sorso di champagne. Era meglio che Yang pensasse che fosse alticcia, piuttosto che pazza.

«Bene, allora può andare a casa. L'Uber è qui», disse, e la sua voce era molto più gentile di quando l'aveva accusata di essersi imbucata alla festa dell'ambasciata.

«Grazie».

Non aveva più bisogno di rimanere alla festa. Aveva parlato con Lars Nielson. Non sapeva se gli aveva creduto, quando le aveva detto che la sua separazione da Maddie era stata amichevole. Tuttavia, Emily era sorpresa che lui e Maddie fossero stati insieme fin dall'inizio. Nielson non le sembrava il tipo di uomo abbastanza passionale, per Maddie. Diego Sanchez era diverso? Era il tipo di uomo che poteva scatenare una furia gelosa in un altro? Avrebbe dovuto chiedere alla governante della relazione di Maddie con lui. Ma l'indagine su Diego Sanchez doveva aspettare. Dopo quanto rivelato da quest'ultima visione, era più importante scoprire chi fosse la ragazza e come fosse coinvolto un uomo di nome Sergei.

«E, signorina Warner?» Disse il detective Yang aprendole la portiera dell'auto.

«Sì?» Lei salì sul retro dell'Uber e incontrò il suo sguardo.

Lui sembrò esitare. Poi si mise in tasca e tirò fuori un biglietto. Glielo porse. «La prossima volta che sarà tentata di imbucarsi a una festa, mi chiami, così la convincerò a non farlo».

«Non mi sono imbucata...»

«Continua a dirmelo».

«Se pensa davvero che mi sia imbucata alla festa, allora perché non mi arresta? Voglio dire, lei è un vero poliziotto, non solo una guardia di sicurezza». Cosa le era preso? Era davvero intelligente svegliare il can che dorme?

«Smetta finché è in tempo, signorina Warner. Buona notte».

Chiuse la portiera e l'autista di Uber mise in moto l'auto. Emily girò la testa per guardare il detective Yang e notò che seguiva l'auto con lo sguardo. Poi abbassò lo sguardo sul biglietto che le aveva dato, ma nell'auto era troppo buio per leggerlo. Invece, lo mise nella borsetta e si appoggiò al sedile.

Era stanca. Troppo stanca per chiedersi perché il detective le avesse dato il suo biglietto da visita. Non aveva importanza. Dopo tutto, non si era imbucata alla festa dell'ambasciata e di sicuro non aveva mai avuto l'intenzione di farlo. Non c'era quindi bisogno che il detective Yang la convincesse a non farlo.

43

15 giugno

Era metà mattina, quando Jefferson parcheggiò a un isolato di distanza dalla casa di Dimitry e Irina Fedorov e spense il motore.

«Hai fatto cosa?»

Yang alzò le spalle. «Tu cosa avresti fatto? L'avresti arrestata? Ricorda, non ero lì in veste di detective. Ero fuori servizio».

«Il che significa esattamente zero». Jefferson gli lanciò un'occhiata impassibile. «Voglio dire, è chiaro che c'è qualcosa che non va, in questa donna. Ha qualcosa a che fare con Madeline Bolton. L'hai incontrata due volte».

«Tre volte», lo corresse Yang, prima di riuscire a fermarsi.

«Cosa? Non solo al negozio all'angolo e all'ambasciata?»

Yang strinse le labbra.

«Sputa il rospo», chiese Jefferson.

Sapendo che Jefferson era come un cane con un osso, Yang sospirò. «Lei e un'amica si sono presentate anche al funerale di Madeline Bolton».

A bocca aperta, Jefferson scosse la testa. «Che cazzo ci facevi, a quel funerale? E se la tenente Arnold lo scoprisse?»

«Non lo farà. A meno che tu non glielo dica».

«Dovrei!» Jefferson schiaffeggiò il volante. «Come cazzo hai fatto a diventare detective?»

«Proprio come hai fatto tu, non prendendo nulla al valore nominale e seguendo il mio istinto».

Per un attimo Jefferson rimase in silenzio. «Touché».

Yang sorrise. «E io che pensavo che non parlassi una lingua straniera».

Jefferson alzò gli occhi al cielo. «Non mi trascinare in questa storia. Se qualcuno scoprisse che stai indagando sulla morte di Madeline Bolton, negherò che abbiamo mai avuto questa conversazione».

«Per me va bene», disse Yang e scese dall'auto.

Jefferson fece lo stesso. «Questa volta avremmo dovuto portare un interprete».

Yang alzò le spalle. «Se la ragazza sa qualcosa, le chiederemo di venire alla stazione e ci procureremo un interprete».

Si recarono a casa dei Fedorov e suonarono il campanello. Si sentì un rumore di passi, poi la porta fu aperta. Era Dimitry Fedorov.

«Si ricordi di noi?» Chiese Jefferson.

Fedorov annuì. Dietro di lui, la moglie si fece vedere. Sembrava spaventata.

«Vorremmo parlare con Sasha, per vedere se può dirci qualcosa sulle altre due ragazze scomparse», disse Yang.

Lo sguardo che la coppia di coniugi si scambiò non poté essere frainteso. Yang aveva già visto questo sguardo in molte persone di interesse, quando le aveva sorprese a mentire.

«Dov'è?» Indicò l'orologio. «Oggi non c'è scuola».

«Possiamo farlo nel modo più semplice o in quello più difficile», aggiunse Jefferson. «Fidatevi di me, non volete quello difficile».

La signora Fedorov scoppiò improvvisamente in lacrime e il marito la prese tra le braccia, lanciando uno sguardo supplichevole a Jefferson e Yang.

«Non fateci del male. Per favore».

La mano di Yang andò istintivamente alla sua arma d'ordinanza. I suoi sensi erano all'erta e scrutò il corridoio dietro la coppia. «C'è qualcun altro, in casa?»

«No», disse Fedorov rapidamente. «No, solo io e mia moglie».

«Le dispiace se entriamo?» Chiese Yang. Quando Fedorov fece un movimento per invitarli, Yang fece un cenno a Jefferson, prima che entrambi entrassero.

Yang controllò rapidamente ogni stanza del primo piano, mentre Jefferson fece lo stesso al secondo piano.

«Sono solo loro due», confermò Jefferson, quando tornò al piano di sotto e li raggiunse in salotto.

«Che succede?» Yang chiese alla coppia. «Dov'è Sasha? E non dite che sta studiando con un'amica».

La signora Fedorov continuò a piangere, ma il marito rispose: «Non è qui. Non è tornata».

Yang scambiò uno sguardo con il suo collega. «Sta dicendo che è scomparsa di nuovo?»

Fedorov scosse la testa. «Non è tornata come le avevo detto. È ancora scomparsa». Sembrava spaventato, come se si aspettasse di essere punito.

«Ci hai mentito? Perché?»

«Voi siete della polizia. Non volevamo metterci nei guai. Se ci mettiamo nei guai con la polizia, l'immigrazione non ci darà la carta verde».

«Cazzo», imprecò Yang.

Jefferson scosse la testa. «Cristo santo! Pensava che sareste stati nei guai, se aveste ammesso che Sasha non era tornata? Lasci che le dica una cosa: ora siete nei guai perché ci avete mentito». La voce di Jefferson si faceva più forte a ogni parola che pronunciava.

I Fedorov indietreggiarono entrambi, chiaramente spaventati.

Yang mise una mano sul braccio del suo compagno. «Non farlo. So perché la pensano così. La Russia non è esattamente nota per l'etica della polizia». Poi si rivolse a Fedorov. «Temeva che avremmo detto all'immigrazione che una ragazza è scomparsa sotto la vostra custodia e pensava che sarebbe stato punito per questo?»

Fedorov annuì.

«Ma allora perché ha denunciato la sua scomparsa, se aveva così paura della polizia?» Chiese Jefferson.

«È stata la scuola», disse Fedorov. «La scuola ha fatto la denuncia. Abbiamo dovuto parlare con la polizia».

Yang annuì, comprendendo. Avevano vissuto nella paura per tutto questo tempo, aspettando che l'immigrazione bussasse alla loro porta?

«Ok, ho capito», disse Yang. «Ma ora dovete fare qualcosa per noi».

Gli occhi della coppia si spalancarono.

«Ho bisogno che venga in centrale con noi per fornire un campione di DNA, signor Fedorov». Poi fece cenno alla signora Fedorov. «E dobbiamo prendere il DNA di Sasha. Dallo spazzolino da denti o dalla spazzola per capelli. Ce l'ha?»

Fedorov disse qualcosa in russo alla moglie. Lei annuì e indicò il soffitto. «Di sopra».

«Salirò con lei», disse Jefferson.

Con riluttanza, la donna si avviò verso la porta e Jefferson la seguì.

Quando non lo poterono più sentire, Yang si avvicinò a Fedorov. «Voglio che lei capisca una cosa, signor Fedorov. Nessuno farà del male a lei o a sua moglie, né metterà a rischio il suo status di immigrato, se non ha nulla a che fare con la scomparsa di Sasha. Ma se invece fosse il contrario, non avrò pace finché non pagherà per il suo crimine. Lo capisce?»

Fedorov annuì, con tutto il suo grande corpo che tremava.

«Bene», disse Yang. «Quindi verrà alla stazione di polizia volontariamente?»

«Sì, detective. Le darò il mio DNA. E vedrà che non ho fatto del male a Sasha».

Yang studiò il volto dell'uomo. Sul volto dell'immigrato russo c'era troppa paura perché Yang riuscisse a capire se stesse mentendo o dicendo la verità. La scienza avrebbe dovuto dare una risposta a questa domanda.

44

Emily si stava agitando. Forse questa era una brutta idea. Cosa si aspettava di scoprire? Non stava attirando l'attenzione su di sé, con la sua presenza qui? E poi cosa avrebbe potuto dire? Forse avrebbe dovuto almeno parlarne con Vicky. Ma, d'altra parte, se avesse detto a Vicky quello che aveva in mente, la sua amica l'avrebbe senza dubbio dissuasa.

«Sì, posso aiutarla?» La donna che aveva aperto la porta si pulì le mani sul grembiule.

Questa non era la signora Bolton. È chiaro che persone come i Bolton avevano personale domestico.

«Sì, io...» Emily si schiarì la gola. «Sono qui per vedere la signora Bolton».

La governante la guardò con sospetto. «Ha un appuntamento?»

«Uhm, no, ma...»

La donna, dall'aspetto grintoso, mise le mani sui fianchi e alzò il mento. «La signora Bolton non deve essere disturbata».

«Ma devo parlarle...»

«Voi giornalisti non potete dare tregua a questa donna? È in lutto!»

Chiaramente, la governante era fedele alla sua datrice di lavoro e protettiva nei suoi confronti. Ma Emily non poteva arrendersi proprio adesso.

«Non sono una giornalista! Maddie mi ha fatto un regalo», disse Emily in fretta. «E vorrei ringraziare la signora Bolton, per questo».

«Se ne vada e basta!» Disse la donna a voce alta, pronta a sbattere la porta in faccia a Emily.

«Che succede, Trudy?»

La voce provenne da dietro la governante, che ora si voltò, rivelando l'avvicinarsi della signora Bolton. Emily la riconobbe dal funerale. Era minuta e sembrava fragile, nel suo abito nero. I capelli erano perfettamente acconciati in uno chignon basso, il trucco impeccabile, che però non riusciva a nascondere il pallore del viso e l'infossamento degli occhi. Questo era l'aspetto di una madre in lutto.

«Signora Bolton», disse Emily in fretta, «devo ringraziarla per quello che mi ha dato Maddie».

«Me ne occupo io, signora», disse la governante. «Questa giornalista non la disturberà più, glielo prometto».

Ma la signora Bolton guardò oltre la sua dipendente e fissò Emily. I loro occhi si incontrarono per un lungo secondo.

«Cosa, di Maddie? Cosa le ha dato?»

«La mia vista», disse Emily, mantenendo ancora lo sguardo in quello della signora Bolton. «Mi ha dato le sue cornee».

Le labbra della signora Bolton cominciarono a tremare. Trudy tacque.

«Si accomodi, signorina?» Disse la signora Bolton, dopo quella che sembrò un'eternità.

«Warner, Emily Warner».

Qualche istante dopo, Emily si sedette sul divano dell'elegante salotto, mentre la signora Bolton prese posto sulla poltrona di fronte.

Trudy rimase sulla porta, esitando a lasciare la sua datrice di lavoro. «Signora?»

«Lasciaci, Trudy».

Borbottando qualcosa di incomprensibile, Trudy se ne andò, ma non chiuse la porta dietro di sé.

«Mi dispiace di essermi intromessa in questo modo», disse Emily.

La signora Bolton annuì. «Sapevo che Maddie era una donatrice di organi, ma pensavo che mio marito si fosse assicurato che il suo nome non fosse divulgato...»

«È stato un errore di trascrizione», mentì Emily. Si sentì in colpa perché stava mentendo a quella donna, che ne aveva passate tante.

Anche in questo caso la signora Bolton annuì, ma non disse nulla.

«Sono stato cieca per quindici anni e non ho mai pensato che sarei stata in grado di vedere di nuovo. Ma il dono di sua figlia...» Emily sentì gli occhi inumidirsi, percependo fisicamente il dolore della signora Bolton. Si sentiva in colpa per averla disturbata nel suo momento di dolore.

«Vorrei poter dire che sono felice che ne sia uscito qualcosa di buono... davvero...» La signora Bolton si costrinse a sorridere. «Ma non posso... Vorrei solo riavere mia figlia».

«Posso sentire il suo dolore. Ho perso mia madre quindici anni fa, nello stesso incidente che mi ha privato della vista...» Sospirò. «Ancora oggi sono addolorata per lei, e lo sarò sempre. Ma prego di non dover mai soffrire per un figlio... di non dover mai provare il dolore che prova lei».

Una lacrima solitaria uscì dall'occhio della signora Bolton e le scese lungo la guancia. Non la asciugò. «Grazie, signorina... signorina Warner. Apprezzo le sue parole. Centinaia di persone hanno espresso le loro condoglianze a me e alla mia famiglia, ma erano solo parole, parole vuote. Ma lei, un'estranea, sembra capire quello che sto passando...»

Emily deglutì a fatica. «Sento un legame...»

La fronte della signora Bolton si aggrottò. «Non sono sicura di seguirla».

«So che può sembrare strano. Anch'io non lo capisco bene, ma da quando c'è stato il trapianto vedo delle cose...» Fece un respiro profondo. «Ricordi... ricordi che non sono miei».

Il cipiglio della signora Bolton si approfondì.

«Vedo cose che sua figlia ha visto e fatto».

La signora Bolton scosse la testa. «No, no, non è possibile».

Comprendeva la reazione della signora Bolton. Se qualcuno fosse venuto da lei per affermare la stessa cosa, non ci avrebbe creduto nemmeno lei. Avrebbe voluto non dover indagare ulteriormente e riaprire nuove ferite, ma aveva bisogno di scoprire il significato dei flash della vita di Maddie.

«All'inizio l'ho pensato anch'io, ma non riesco a liberarmi dei ricordi. È come se Maddie mi chiedesse di fare qualcosa per lei… So che sembra assurdo».

La signora Bolton si alzò dalla sedia, con il corpo rigido. «Perché è una follia. Se sta cercando di ottenere denaro da me…»

«Non sono qui a chiedere soldi», la interruppe Emily e si alzò anche lei. Non aveva intenzione di turbare la donna in lutto. Per un attimo accarezzò l'idea di andarsene, prima di turbare ancora di più la madre di Maddie. Ma non poteva andarsene. Doveva andare a fondo della questione. E si rese anche conto che le rimanevano solo pochi istanti, prima che la signora Bolton la buttasse fuori. «Sono qui perché credo che Maddie sia stata uccisa e vuole che la aiuti a trovare il suo assassino».

La signora Bolton sussultò.

«Attraverso le sue cornee mi mostra cose che credo abbiano a che fare con la sua morte. Devo farlo per lei. Così potrà essere in pace». E così anche lei avrebbe potuto essere in pace.

«Non capisco, signorina Warner. Perché mi sta facendo questo?»

«Perché entrambe abbiamo bisogno di risposte. La morte di Maddie non è stata un incidente. Me lo sento. Perché Maddie avrebbe dovuto salire su una scala con tacchi di otto centimetri?»

«Come fa a saperlo? Non lo sapevo nemmeno… Nessuno mi ha detto delle scarpe…»

Da qualche altra parte della casa, Emily sentì provenire delle voci.

«Maddie vuole che trovi chi le ha fatto questo. Ho bisogno del suo aiuto. La prego, Maddie ha bisogno del suo aiuto. Mi ha mostrato una persona. Un uomo. Ha parlato con lui, prima di morire. Credo che sia coinvolto o che sappia qualcosa». Emily intuì che si trattava della seconda ipotesi e che aveva a che fare con la ragazza contusa, ma non voleva turbare ulteriormente la signora Bolton. Non aveva bisogno di sapere della ragazza. Non ancora, comunque.

«Diego?» Ci fu un luccichio, negli occhi della signora Bolton. «Non mi è mai piaciuto. Non era adatto a lei».

«Non è stato Diego. E non era nemmeno Lars. L'ha chiamato Sergei. Credo che avesse bisogno di vederlo. Ed era urgente». Era la sua ipotesi migliore, anche se Emily non aveva sentito la conversazione.

«Sergei? Ma perché Sergei...»

«Conosce un Sergei?»

Annuì. «Sergei Petrov, dell'ambasciata russa. Ma non ha mai avuto una relazione con Maddie».

«Ne è sicura?»

«È gay. Non era uno dei suoi amanti. Si conoscevano appena. Non riesco a immaginare perché lei abbia parlato con lui».

«Ma...»

«Chi diavolo è lei?»

Emily si voltò verso la voce femminile che proveniva dalla porta. Riconobbe la giovane donna con i capelli neri e la figura snella. L'aveva vista al funerale: era Natalie, la sorella maggiore di Maddie.

«Sono qui solo per...»

Ma la donna si diresse verso di lei con un'espressione arrabbiata sul volto. «Lasci stare mia madre! Lei non ha niente di meglio da fare che disturbare gli altri nel momento del dolore? Se non se ne va subito, chiamo la polizia!»

«Natalie», disse la madre.

«Non vede che mia madre non è in condizione di parlare con nessuno?» Natalie continuò e lanciò a Emily uno sguardo arrabbiato. «Trudy?»

La governante apparve sulla porta. Era evidente che stava aspettando di essere chiamata.

«Fai uscire questa donna!» Poi Natalie strinse gli occhi su Emily. «Se si avvicina di nuovo alla mia famiglia, la faccio arrestare».

Emily non ebbe altra scelta che andarsene. «Mi dispiace», disse con un ultimo sguardo alla signora Bolton, che ora sembrava sconvolta. Lo pensava davvero. Le dispiaceva aver turbato la madre di Maddie, ma Emily sapeva che lo stava facendo per Maddie e, in definitiva, per la signora Bolton. Perché una volta che Emily fosse riuscita a trovare il responsabile della morte di Maddie, sua madre avrebbe finalmente avuto un po' di chiusura. Così come l'avrebbe avuta Emily.

45

Era già tardo pomeriggio, quando Yang e Jefferson dovettero fare un'altra visita a uno dei genitori affidatari.

«Questa è la parte del mio lavoro che odio di più», disse Yang.

Jefferson, che si trovava nell'ascensore accanto a lui, annuì. «Idem».

L'ascensore suonò e le porte si aprirono all'ultimo piano. Erano stati qui quattro giorni prima. Yang sentì una fitta allo stomaco. Odiava essere il portatore di cattive notizie, ma non c'era modo di evitarlo.

La porta dell'appartamento era già aperta. Mila Veselak era lì in piedi. Questa volta non era sola. Suo marito, Emil, era in piedi accanto a lei, con un braccio intorno alla vita di lei, come se avesse intuito il motivo del ritorno di Yang e Jefferson. Il suo sguardo era di trepidazione.

Dopo un rapido saluto e aver presentato sé stesso e Jefferson a Emil Veselak, entrarono.

In salotto, Jefferson fece cenno prima alla coppia e poi al divano. «Forse è meglio che vi sediate».

Un singhiozzo scosse il petto della signora Veselak. «È Annika, vero?»

Yang sospirò. «Mi dispiace. Abbiamo ricevuto i risultati delle analisi del DNA. Corrisponde ai campioni prelevati dallo spazzolino e dalla spazzola di Annika».

La signora Veselak scoppiò a piangere e il marito la prese fra le braccia, lasciandola piangere sulla sua spalla.

Guardò Yang e Jefferson. «Volevamo adottarla... se non fosse stato possibile trovare i suoi genitori». Si strozzò, poi si schiarì la gola.

Yang osservò il linguaggio del suo corpo e ascoltò il tono della sua voce. Il suo addestramento si era attivato, proprio come doveva. Perché avendo identificato con certezza la vittima, ora Yang e Jefferson potevano esaminare i sospettati. E sapendo quello che sapeva su stupri e omicidi, tutto gli diceva chi era appena diventato il principale sospettato: il padre adottivo di Annika. Non importava che quell'uomo sembrasse addolorato quasi quanto la moglie. Molti criminali erano bugiardi e attori di talento. Yang avrebbe trascurato il suo dovere, se non avesse considerato Emil Veselak una persona di interesse e non avesse preso i provvedimenti del caso.

Yang scambiò uno sguardo con Jefferson. Ne avevano discusso durante il tragitto e si erano preparati a ciò che dovevano fare.

«Dobbiamo farle alcune domande. Possiamo sederci?» Chiese Jefferson.

Mila Veselak si staccò dall'abbraccio del marito e si asciugò le lacrime sulla manica della camicetta, apparentemente incurante di stropicciare la seta. «Vi prego, scusate, prego, detective, accomodatevi».

Quando furono tutti seduti, Jefferson tirò fuori un piccolo blocco per appunti e una penna.

«Ditemi come è morta», disse Mila Veselak, con la voce rotta. Il marito le prese la mano e la strinse.

«È stata strangolata», disse Yang.

Il labbro inferiore di Mila tremò, alla notizia. «Ha dovuto guardare in faccia il suo assassino... oh, mio Dio... per quanto tempo ha lottato.... La mia ragazza... Annika...»

«Non farti questo, Mila», le disse il marito, ma lei scosse la testa e guardò Yang.

«Non ha fatto solo questo, vero?»

Yang mantenne il suo sguardo e aspettò la risposta di Jefferson.

«Crediamo che sia stata legata e trattenuta da qualche parte. È stata violentata».

Un altro singhiozzo scosse la gola di Mila.

«Più volte», aggiunse Jefferson. «Abbiamo del DNA che riteniamo appartenga all'autore del reato».

«Allora potete trovarlo», disse Mila, sollevando il mento. «E punirlo».

Yang annuì. «Non c'era nessun riscontro nella banca dati nazionale».

«Ma dovete trovarlo», insistette Mila.

«Lo faremo. E ora che abbiamo identificato la... la vittima, ora che sappiamo che si tratta di Annika, stiamo raccogliendo il DNA di tutti gli uomini con cui è stata in contatto».

Lentamente, Emil lasciò cadere la mano della moglie e rivolse lo sguardo a Yang e Jefferson. Deglutì. «State parlando di me».

Mila si girò a guardare il marito, poi di nuovo verso Yang e Jefferson. «Non potete dire sul serio. Emil non avrebbe mai toccato Annika. Mai».

Emil raggiunse le mani della moglie e le prese. «Non farlo, Mila. Stanno solo facendo il loro lavoro. Non è vero, detective?»

«Possiamo farlo in due modi», propose Jefferson. «Se è disposto a darci subito un campione di DNA, non ci sarà bisogno che venga in centrale, almeno non ora. Ma se si rifiuta, otterremo un mandato...»

Emil sollevò una mano. «Non è necessario. Non voglio che lei perda tempo a indagare su di me quando potrebbe essere là fuori a cercare l'assassino». Lanciò alla moglie una rapida occhiata. «Di cosa hai bisogno? Del sangue?»

Yang scosse la testa e frugò nella tasca interna della giacca. Tirò fuori una busta di plastica trasparente per le prove. «Solo un tampone dell'interno della guancia».

Emil annuì.

Yang indossò i guanti per non contaminare il campione di DNA. Usò il lungo tampone di cotone contenuto nella busta delle prove e lo strofinò alcune volte contro l'interno della guancia di Emil, per assicurarsi di ottenere un campione sufficiente, prima di far cadere il tampone in una fiala, chiuderla e gettarla nella busta delle prove. Poi la sigillò con un'etichetta, vi scrisse sopra il nome di Emil Veselak e la datò.

Passò la penna a Emil. «Firmi sull'etichetta per confermare che questo è il suo campione».

Emil fece come gli era stato chiesto, prima di riconsegnare tutto. «E adesso?»

Jefferson rispose al posto di Yang. «Ci terremo in contatto».

«Quanto tempo ci vorrà?» Chiese Emil, indicando il campione di DNA che Yang teneva in mano.

«Qualche giorno», rispose Jefferson. «Ed entrambi dovrete rispondere ad altre domande sulle circostanze della scomparsa di Annika».

«Posso vederla?» Mila chiese.

Yang sospirò. «Non credo che sia una buona idea, in questo momento».

Gli occhi di Mila si riempirono nuovamente di lacrime. «Quanto è grave...» Non riuscì a finire la domanda.

«Lasci passare qualche giorno, signora Veselak... per il suo bene», disse Yang. Capiva che lei volesse vedere il corpo per avere una chiusura, ma temeva che vedere il corpo di Annika avrebbe solo peggiorato il suo dolore. Tuttavia, in ultima analisi, non era una scelta che spettava a Yang.

Nell'ascensore, Jefferson si rivolse a Yang. «Troviamo un'unità che tenga d'occhio Emil Veselak, mentre aspettiamo l'analisi del DNA».

«Pensi che sia coinvolto nell'omicidio di Annika?»

«È possibile. La moglie è sinceramente sconvolta. È difficile fingere. Lei amava quella ragazza. Ma lui?» Jefferson scrollò le spalle. «Mi sono seduto di fronte ad assassini a sangue freddo che sembravano più onesti di Madre Teresa. Certo, è apparso triste ed è stato disposto a darci volontariamente il campione di DNA, ma questo non significa nulla. Potrebbe fare le valigie adesso, mentre parliamo e prepararsi a lasciare il Paese...»

«Sono d'accordo. Mandiamo subito un agente a sorvegliarlo», disse Yang e tirò fuori il suo telefono.

46

Era sera, quando Eric Bolton si precipitò dentro casa. Era stato in riunione tutto il pomeriggio, mentre Natalie aveva cercato di contattarlo. Quando finalmente era riuscito a richiamarla, lei gli aveva detto che Rita aveva ricevuto una visita che l'aveva lasciata sconvolta e in lacrime.

Bolton trovò sua moglie in salotto. Sul tavolino c'era una bottiglia di scotch. Rita teneva in mano un bicchiere quasi vuoto, mentre guardava nel vuoto. Lui conosceva quello sguardo e sapeva che doveva tirarla fuori dal buco nero in cui era precipitata.

«Rita», disse e si sedette accanto a lei, mentre le toglieva delicatamente il bicchiere di mano.

Lei girò la testa verso di lui. «Eric...» Appoggiò la testa contro la sua spalla e un singhiozzo le uscì dalla gola. «Maddie è stata uccisa. La nostra bambina è stata uccisa».

«Cosa?» Bolton afferrò la moglie per le spalle per guardarla. «Quella donna ha detto questo?»

Lei annuì tra le lacrime. «Ha detto che ha ricevuto le cornee di Maddie in un trapianto e ora vede le cose che vedeva Maddie».

«È ridicolo!»

«Ma allora come fa a sapere cose che io non so?». Rita si lamentò. «Ha visto Maddie parlare con Sergei Petrov dell'ambasciata russa».

«Sergei Petrov?»

«Sì, poco prima della sua morte».

«Impossibile. Non so nemmeno chi sia».

«Lei lo conosceva. Si erano incontrati a un paio di eventi, negli ultimi mesi».

«Chi è questa donna che ti ha detto tutte quelle stronzate?»

«Ha detto di chiamarsi Emily Warner. Ed è stata cieca per quindici anni, prima di ricevere le cornee di Maddie».

La furia attraversò Bolton. «La donazione degli organi è avvenuta in forma anonima. Quella donna non sa nemmeno se ha ricevuto le cornee di Maddie o di qualcun altro».

Rita scosse la testa. «Ha detto che c'è stato un errore di trascrizione e che per questo lo sapeva».

La mascella di Bolton si strinse. «Sono tutte stronzate. Quella donna probabilmente fa parte di qualche truffa per spillarci soldi. Probabilmente è una falsa sensitiva che cerca di farti cadere nei suoi trucchi! È inconcepibile che cerchi di sfruttarti nel tuo dolore».

«Ma se avesse ragione? Se vedesse davvero quello che ha visto Maddie? E se sapesse chi è l'assassino?»

«Nessuno dice che Maddie sia stata uccisa. Gli uomini di Mike stanno ancora indagando. E non hanno ancora trovato nulla che faccia pensare a un omicidio. Mi dispiace, tesoro, ma questa donna stava solo cercando di truffarti. Mi assicurerò che non faccia mai più una cosa del genere».

Rita lo fissò, con la paura negli occhi. «Cosa vuoi fare?»

Tirò fuori il cellulare. «Chiamo Mike. Se ne occuperà lui». Cliccò sul numero di Mike Faulkner e lo chiamò. Al terzo squillo, Faulkner rispose.

«Ehi, Eric, che succede?»

«C'è stato un incidente».

«Aspetta, ti metto in vivavoce. Mi sto vestendo per una cena alla Casa Bianca». Bolton sentì un rumore di fondo, poi Faulkner disse: «Ok, dimmi cosa è successo».

Con il cellulare appoggiato sul comò della sua camera da letto nella villetta a schiera di Washington dove viveva da due anni, da quando era diventato Capo di Gabinetto, Faulkner prese i gemelli e continuò a vestirsi per l'evento formale a cui il Presidente gli aveva chiesto di partecipare.

«Oggi una donna è venuta a trovare Rita. Ha detto di aver ricevuto le cornee di Maddie. E ha detto che vede *delle cose*».

«Quali cose?»

«Cose che Maddie ha visto. Come se ora avesse gli occhi di Maddie. Come fa a sapere che ha ricevuto le cornee di Maddie, visto che la donazione degli organi è avvenuta in forma anonima?»

Faulkner percepì la frustrazione e la rabbia di Bolton. «Come si chiama?»

Faulkner sentì la voce di Rita che diceva qualcosa al marito.

«Rita ha detto che si è presentata come Emily Warner. Probabilmente non è nemmeno il suo vero nome. Il nome mi suona familiare. Giurerei di averlo già sentito, ma non ricordo dove».

«Eric, metti Mike in vivavoce». Un attimo dopo, Faulkner sentì Rita forte e chiara. «Ha detto di essere stata cieca per quindici anni. Non so perché l'abbia fatto. Perché volesse ferirmi in questo modo, fingendo di poter comunicare con Maddie? Come se Maddie le stesse dicendo di smascherare il suo assassino».

«Il suo assassino?» Faulkner lasciò cadere uno dei gemelli. «Sostiene di sapere che Maddie è stata uccisa? I Servizi Segreti non l'hanno ancora stabilito. Al momento non abbiamo alcuna prova in merito».

«Lascia che me ne occupi io, Rita. Non voglio che tu ti sconvolga ancora di più», disse Bolton. «Mike, devi fare qualcosa. Quella donna che si spaccia per una specie di sensitiva è ovviamente pazza e potrebbe essere un pericolo per Rita. Voglio assicurarmi che non torni».

Faulkner prese una penna dal comò e disse: «Come si chiama?».

«Emily Warner», disse Rita.

Faulkner scarabocchiò il nome su un blocco note. «Capito. Mi informerò su di lei. Puoi dirmi qualcos'altro, su di lei?»

«Avrà circa trent'anni», disse Rita. «E... ah... Eric, c'era un'altra cosa che ha detto... me l'ero dimenticata...» Rita sembrava esausta.

«Sergei?» Chiese Bolton.

«Sì», disse Rita, con impazienza. «Ha anche affermato che Maddie ha parlato con Sergei Petrov prima della sua morte».

«Sergei Petrov?»

Merda! Come faceva questa donna a sapere della telefonata di Maddie a Petrov? Non era una buona cosa. Doveva esserci una fuga di notizie da qualche parte. Ma si fidava degli agenti dei Servizi Segreti che si occupavano del caso e sapeva con certezza che non avrebbero menzionato a nessuno la telefonata a Petrov. Faulkner non ne aveva parlato nemmeno con Bolton.

«Sì, dell'ambasciata russa. Lo conosci?» Chiese Bolton.

«Ho sentito il nome». E non riuscì a dire altro. «Mi informerò».

«E se dovessimo ottenere un ordine restrittivo contro questa Emily Warner, lo faremo», disse Bolton.

«Prima fammi controllare. Probabilmente è solo una finta sensitiva che cerca di fare affari. Ho già visto truffe del genere».

«Grazie Mike, lo apprezzo molto», disse Bolton.

«Mi farò sentire», disse Faulkner e interruppe la chiamata.

Fuori, nel corridoio, sentì scricchiolare le vecchie assi di legno del pavimento. La porta della sua camera era aperta e chiamò: «Caleb?»

I passi si avvicinarono, finché suo figlio non si fece vedere. «Ehi, papà, scusa, non volevo disturbarti mentre eri al telefono».

«Non mi aspettavo di vederti, stasera. Oppure ho dimenticato che ci saremmo visti a cena?» Faulkner indicò la giacca da smoking appesa all'esterno dell'armadio. «Mi aspettano alla Casa Bianca».

«No, non abbiamo organizzato nulla, per stasera. Ero in zona e ho pensato di passare, nella remota possibilità che tu avessi tempo per un drink. Non preoccuparti, magari facciamo questo fine settimana?»

«Mi piacerebbe», disse Faulkner, ancora distratto dalla telefonata con Bolton.

Si stava scervellando su come questa donna potesse sapere della telefonata di Maddie a un addetto culturale russo, quando solo poche persone ne erano a conoscenza. Cos'altro sapeva?

47

16 giugno

«Ambasciata della Federazione Russa. Come posso indirizzare la sua chiamata?» L'accento della donna era pesante.

«Sergei Petrov, per favore», disse Emily, con le farfalle nello stomaco.

Le era bastato un minuto per trovare il numero di telefono dell'ambasciata. Ci mise molto di più per trovare il coraggio di chiamare. Non aveva idea di cosa aspettarsi, né di come spiegare al diplomatico russo che aveva bisogno di parlargli di Madeline Bolton.

«Il signor Petrov non c'è, oggi. Le passo la sua segreteria telefonica».

Prima che Emily potesse dire qualcos'altro, la donna la trasferì e venne riprodotta una registrazione. Era in russo e poi ripetuta in inglese. «Avete chiamato Sergei Petrov. Lasciate un messaggio e vi richiamerò».

«Signor Petrov, lei non mi conosce, ma... devo parlarle di Madeline Bolton. È importante. La prego di richiamarmi il prima possibile. Sono Emily Warner». Recitò il suo numero di cellulare, prima di chiudere la chiamata.

E adesso? Era bloccata. Forse Vicky aveva un'idea su come procedere. Emily l'aveva già informata della sua ultima visione, in cui aveva visto Maddie con una ragazzina mentre contattava Sergei. Tuttavia, non aveva detto all'amica della sua visita alla signora Bolton. Vicky l'avrebbe solo rimproverata per essere stata così sfacciata.

Quando sentì la musica provenire dall'appartamento di Vicky accanto al suo, capì che Vicky era in casa.

«Coffee, vieni, andiamo a trovare Vicky».

Il cane si alzò e scodinzolò. Coffee amava Vicky, perché aveva sempre dei bocconcini e perché Coffee amava giocare con il gatto di Vicky, Merlin.

Nel momento in cui Emily entrò nell'appartamento di Vicky, Coffee si mise a implorare per avere dei bocconcini e il gatto di Vicky saltò giù dal divano e salutò Coffee strusciandosi contro le zampe di Coffee.

«Allora, l'hai chiamato?» Chiese Vicky, indicando una tazza di caffè.

Emily annuì, alzando il pollice verso la tazza. «Non c'era. Ho lasciato un messaggio in segreteria».

Vicky le passò la tazza di caffè e si sedettero sul divano, mentre i loro animali giocavano sul pavimento.

«Beh, non si può fare altro».

Emily scrollò le spalle. «Mi sento come se stessi girando a vuoto. Ho la strana sensazione che la ragazza che ho visto nella mia visione sia in pericolo».

«Non puoi saperlo», disse Vicky. «Voglio dire, Madeline lavorava per quell'associazione, giusto? *Nessun bambino abbandonato*? Quindi probabilmente è solo una visione dovuta al suo lavoro in quell'associazione. Ho guardato il loro sito web e c'è scritto che salvano i bambini vittime della tratta. Quindi ha perfettamente senso che Madeline abbia avuto contatti con una bambina del genere».

«Sì, ma non credo che Madeline fosse coinvolta nella gestione quotidiana dell'associazione. Da quello che ho saputo, si occupava della raccolta fondi e delle pubbliche relazioni. Forse non aveva contatti con i bambini».

«E dove l'hai sentito dire?»

Emily scrollò le spalle. «Credo che la sua governante abbia accennato a qualcosa del genere». Anche se ora Emily non ne era più sicura. «Forse dovrei verificare direttamente con l'ente di beneficenza».

Vicky scosse la testa. «E dire cosa? Non puoi chiamarli e dire che vorresti sapere cosa facesse Madeline Bolton da loro».

«Beh, dovremo andarci noi, con un pretesto».

«Noi?»

«Sì, potremmo andare lì e chiedere casualmente cosa comportasse il lavoro di Maddie».

«Casualmente? Emily, ci butteranno fuori».

«Ci?» Emily sorrise. «Allora, vieni con me?»

Vicky sgranò gli occhi. «Almeno, se sono con te, posso trascinarti fuori di lì, prima che tu faccia qualcosa di stupido».

«Sei la migliore!»

«La giuria non ha ancora deciso».

Quarantacinque minuti più tardi, Emily e Vicky si trovavano nella reception degli uffici dell'associazione.

Emily sorrise alla receptionist, che non poteva avere più di vent'anni. Il trucco era impeccabile, aveva i capelli lunghi e lisci e le unghie curate erano così lunghe che Emily si chiese come facesse a scrivere senza battere tasti a caso.

«Come posso aiutarla?» Chiese la receptionist, con un sorriso.

«Ehm, sì, io e la mia amica...» Emily iniziò. «Vorremmo fare volontariato per un ente di beneficenza. Così abbiamo pensato di passare a vedere se avete bisogno di volontari».

«Sì, siamo sempre alla ricerca di volontari». Prese due cartellette e appuntò un modulo su ciascuna di esse. «Vi faccio compilare il modulo di iscrizione».

Emily prese le cartelline e ne passò una a Vicky.

La receptionist indicò le comode poltrone dell'area di ricevimento. «Accomodatevi e quando avete finito potete riconsegnarmi i moduli».

Emily e Vicky si sedettero sulle sedie, con le cartelline sulle ginocchia.

«Beh, questo non è d'aiuto», sussurrò Vicky.

Emily si avvicinò. «Una volta consegnati i nostri moduli, faremo qualche domanda. Mi inventerò qualcosa». Lanciò all'amica uno sguardo fiducioso, anche se non si sentiva molto sicura. Doveva inventarsi qualcosa, o questa visita sarebbe stata un fallimento.

Lo sguardo di Emily vagò in giro. La parete di fronte alla sala d'attesa era decorata con foto. Si avvicinò a Vicky. «Quel tizio nella foto mi sembra familiare».

Vicky alzò gli occhi e seguì lo sguardo di Emily. «Oh, sì, quello è il capo di gabinetto del Presidente. L'hai visto al funerale».

«Sì, hai ragione. Perché pensi che la sua foto sia sul muro?»

«Era l'amministratore delegato e il presidente dell'associazione, prima di diventare capo di gabinetto», rispose Vicky sottovoce.

Emily ripensò al funerale dove aveva visto Mike Faulkner fare le condoglianze alla famiglia Bolton. Le venne un'idea.

«Hai finito il modulo?» Emily chiese a Vicky, che annuì. «Ok, allora facciamolo».

Prese entrambi le cartelline e insieme tornarono al banco della reception e li consegnarono alla giovane donna.

«Ecco a lei. Ho una domanda veloce sul tipo di opportunità di volontariato che avete», disse Emily, con un sorriso.

«Dipende da molte cose», disse la ragazza in modo vago.

«È solo che l'altro giorno ho parlato con Rita... cioè la signora Bolton... conosce la madre di Madeline?» Emily disse, per sondare il terreno.

La ragazza si mise a sedere più eretta. «Ah sì? Conosce i Bolton?»

«Sì, è proprio per questo che siamo qui. Da quando Maddie se n'è andata, abbiamo pensato che ci fosse un vuoto da colmare. Siamo rimaste così colpite da ciò che Maddie ha fatto qui che volevamo davvero dare una mano e portare avanti il suo lavoro, capisce? Parlava sempre dei bambini. Le piaceva molto stare con loro e aiutarli».

La fronte della receptionist si aggrottò. «Ma la signorina Bolton non aveva molti contatti diretti con i bambini. Non su base quotidiana, comunque».

Emily si lasciò andare a una risatina. «Certo, lo so. Ma il modo in cui ne parlava ci faceva sempre pensare che passasse molto tempo con loro».

«Forse dovrebbe parlare direttamente con il signor Faulkner», disse la receptionist e prese il telefono.

«Oh, è già l'ora?» Vicky esclamò improvvisamente e afferrò il braccio di Emily. «Dobbiamo andare al ricevimento all'ambasciata. Sarebbe scortese, arrivare in ritardo».

«Giusto, hai ragione», rispose Emily e lanciò all'addetta alla reception un'occhiata di rammarico. «Dovremo parlare con il signor Faulkner un altro giorno».

Emily e Vicky si precipitarono fuori dalle porte di vetro. All'ascensore, Vicky premette con impazienza il pulsante, mentre Emily si guardava alle spalle. Attraverso le porte a vetri vide un uomo avvicinarsi alla receptionist e scambiare qualche parola con lei. Proprio quando Emily sentì l'ascensore suonare e le porte aprirsi, l'uomo si girò e guardò nella sua direzione.

Non si trattava di Mike Faulkner. Era un uomo più giovane. Anche lui aveva un aspetto familiare. Lo aveva visto al funerale.

Emily si precipitò nell'ascensore con Vicky e le porte si chiusero.

«Uff, per un pelo», disse Emily, con sollievo.

«Tu credi?»

Emily si voltò per guardare l'amica, ma un riflesso nell'interno in acciaio inossidabile dell'ascensore attirò la sua attenzione. Vide qualcuno che entrava in un lussuoso bagno. Lo specchio riprese il suo riflesso, confermando che si trattava di Maddie, che ora era chinata verso l'armadietto sotto il lavandino e ne apriva le ante bianche. All'interno c'erano alcuni utensili per la pulizia e rotoli di carta igienica ordinatamente impilati, due rotoli in larghezza e tre in altezza. Maddie fece scivolare una busta tra la seconda e la terza fila di carta igienica. Poi chiuse le ante e si alzò. Il suo viso si rifletteva nello specchio sopra il lavandino. Emily ci vide preoccupazione. Poi Maddie fece un respiro profondo, prima di voltarsi.

La vista di Emily si offuscò e all'improvviso sentì le mani di Vicky sulle spalle, che la scuotevano.

«L'hai rivista, vero?»

Emily annuì. «E ora credo di sapere cosa devo fare».

48

Dopo aver terminato il lavoro della giornata, Yang non andò direttamente a casa. Si diresse invece verso il condominio dove viveva Emily Warner. Trovò il portone dell'edificio aperto.

Aveva fatto i suoi compiti ed eseguito un rapido controllo su Emily Warner. La sua affermazione di non avere la patente di guida era effettivamente vera. Anche se era comune che un piccolo numero di persone che vivevano in grandi città con buoni trasporti pubblici e che non avevano bisogno o voglia di guidare, non l'avessero, il motivo di Emily Warner fu per lui inaspettato. Il suo libretto di previdenza sociale la identificava come non vedente.

Non era stato in grado di indagare ulteriormente per capire come Emily Warner fosse collegata a Madeline Bolton. Non solo non aveva un motivo legale giustificabile per ficcare il naso nella sua vita, ma se la tenente Arnold avesse saputo che stava ancora indagando sul caso Bolton, lo avrebbe punito. Tuttavia, non poteva ignorare il suo istinto.

Yang entrò nell'edificio e salì una rampa di scale, trovando subito l'appartamento di Emily. Per un attimo rimase davanti alla porta. Poteva ancora tornare indietro e nessuno se ne sarebbe accorto. Ma la sua voce interna lo esortò a seguire il suo istinto. Bussò.

Un cane abbaiò in risposta. Poi sentì un rumore di passi sempre più forte. Un attimo dopo, la porta si aprì.

Emily Warner si bloccò, nel momento in cui posò lo sguardo su di lui. Yang non poté fare a meno di notare il suo sguardo diffidente. Il labrador marrone cioccolato accanto a lei sembrava rilassato.

«Signorina Warner, si ricorda di me?»

Lei annuì e deglutì a fatica. «Detective... Yang».

Incontrò il suo sguardo, chiaro segno che lo vedeva. Non era cieca.

«Sì. Mi dispiace disturbarla, ma mi chiedevo se potessi entrare per scambiare due parole». Aggiunse un sorriso alla domanda, cercando di stemperare la tensione tra loro.

Le sue spalle si rilassarono un po' e gli fece cenno di entrare. «Prego, si accomodi».

Poi si rivolse al suo cane. «Coffee, vai a letto». Il cane trotterellò verso una comoda cuccia accanto al divano e si sdraiò.

Yang entrò e chiuse la porta dietro di sé. Lasciò che i suoi occhi vagassero, assorbendo gli oggetti che gli davano un'idea più precisa di chi fosse Emily Warner. Una pettorina con la scritta 'cane guida' e una robusta maniglia era appesa a un piolo vicino alla porta. Era quella che indossano i cani guida per ciechi. Non c'erano quadri o immagini a decorare l'ampio soggiorno con cucina a vista. Un pianoforte era appoggiato a una parete. Non c'erano spartiti sul pianoforte o vicino a esso. Non c'erano riviste o libri sul tavolino. Vide degli altoparlanti con un alloggiamento per uno smartphone.

«Di cosa voleva parlarmi?» Disse Emily, interrompendo le sue osservazioni.

Quando la guardò, notò che sembrava aver superato lo shock iniziale di vedere un agente di polizia sulla soglia di casa. Ma riconobbe anche la rigidità con cui teneva il corpo. Aveva visto lo stesso tipo di rigidità in persone che avevano già ricevuto brutte notizie e si aspettavano di riceverne altre.

«Volevo solo fare il punto con lei dopo l'evento dell'altra sera all'ambasciata».

«Oh, certo, posso rimborsarle l'Uber». Fece un movimento verso il bancone della cucina, dove giaceva la sua borsetta.

«No, no, la prego, non sono qui per farmi rimborsare. Volevo solo assicurarmi che stesse bene. L'altra sera mi è sembrata sconvolta».

Lei esitò, prima di rispondere: «Non pensavo che un detective della omicidi andasse a trovare i membri della comunità per controllare se stanno bene».

Lui le rivolse un sorriso disarmante. «Di solito non lo fanno. Ma di solito non fanno nemmeno lavori di sicurezza privata in un'ambasciata». Scrollò le spalle. «Ho la sensazione che io e lei dovessimo incontrarci per qualche motivo».

«Vuol dire perché ci siamo incontrati due volte? Washington è una piccola città», disse con leggerezza.

«Tre volte», la corresse lui. «L'ho vista al funerale di Madeline Bolton».

«Oh!» La sua sorpresa era autentica, così come la sua espressione imbarazzata. «Non l'avevo vista lì».

«Sono rimasto ai margini... come lei. Non ho ricevuto un invito. E immagino che non l'abbiate avuto lei o la sua amica». Mantenne un tono leggero, non volendo sembrare che la stesse accusando di qualcosa.

«È venuto ad arrestarmi per esserci imbucate a un funerale?»

«No. Sono solo curioso. Ha dichiarato di aver assistito a un accoltellamento che in realtà è avvenuto un mese prima, si è imbucata al funerale di Madeline Bolton e si è imbucata all'evento dell'ambasciata e ha parlato con l'ex fidanzato di Madeline Bolton. Perché?»

«Le ho già detto che non mi sono imbucata all'evento dell'ambasciata. Sono stata invitata dall'ambasciatore Pacheco». Indicò il pianoforte. «Insegno musica a sua figlia cieca».

Yang alzò le braccia in segno di resa. «Ok, diciamo che è stata invitata. Ciò non cambia il fatto che tutti e tre gli eventi sono collegati a Madeline Bolton. Secondo Sanjay Patel, la signorina Bolton ha assistito all'accoltellamento che lei ha dichiarato di aver visto. Che cosa la affascina, di questa donna? La perseguitava già quando era ancora viva?»

«Non stavo perseguitando né lei né nessun altro!» Emily disse a voce alta, con aria indignata.

«E allora cosa? Perché non può lasciarla riposare in pace?»

«Perché ho le sue cornee!» Quasi gli urlò contro.

Lui si bloccò, cercando di digerire la notizia. «Quindi è vero. Era cieca. E ora può vedere, grazie a Madeline Bolton».

Emily annuì. «Sì, grazie a lei e a un trattamento sperimentale con cellule staminali. Sono grata per la mia vista». Esitò.

«Sento che sta arrivando un *ma*...»

«Lei ha un buon istinto, detective. Ma temo che non mi crederebbe, se glielo dicessi. Quindi, a meno che non abbia intenzione di accusarmi di essermi imbucata a un funerale, dovrebbe andarsene».

«Mi creda, ho sentito la mia parte di storie strane. Qual è il *ma*?»

Lei lo guardò a lungo e lui mantenne il suo sguardo, come se fossero impegnati in una partita a chi si arrendeva prima e abbassava gli occhi.

«Molto bene, detective. La mia vista ha avuto un prezzo. Vedo frammenti della vita di Madeline. Visioni di cose che ha fatto, di persone che ha incontrato. Le sue cornee mi mostrano cose che ha visto. Cose che credo siano collegate alla sua morte».

«È impossibile». Le parole gli uscirono di bocca prima che potesse fermarsi.

Lei si mise a ridere. «Come ho detto: non ci avrebbe creduto».

E perché avrebbe dovuto farlo? Visioni psichiche? Non c'erano prove della loro esistenza. Doveva esserci una spiegazione. «Forse ha solo letto delle cose su di lei e ora crede di vedere quelle cose».

«Sì, è quello che pensa anche il mio chirurgo. Ma io so cosa ho visto. Ho visto l'accoltellamento a cui Maddie ha assistito. Ho visto il tavolo di vetro andare in frantumi, quando ci è caduta sopra».

Yang trattenne il fiato. Quel particolare non era stato reso pubblico. Lo sapevano solo la polizia, il personale del pronto soccorso e i parenti più stretti di Madeline.

«E ho visto Maddie con una bambina», continuò Emily, con voce agitata, «una ragazzina di non più di tredici anni, picchiata, impaurita. L'ho vista con quella bambina. Ha chiamato qualcuno, forse perché aveva bisogno di aiuto. Non so perché. Non riesco a sentirla, posso solo vedere quello che ha visto lei. Il numero del suo cellulare apparteneva a un diplomatico russo. Sergei Petrov. Non so come sia coinvolto, se sia un amico o se sia stato lui a ucciderla».

Sorpreso dall'affermazione di Emily, Yang rimase lì, a bocca aperta. Anche lui sospettava che la morte di Madeline Bolton non fosse un incidente. Ma perché Emily credeva che si trattasse di un omicidio?

«Lei non mi crede», disse, spezzando il silenzio.

«Non è che...»

«Non mi tratti come un'imbecille», disse lei, interrompendolo. «So cosa ho visto. Madeline sta cercando di mostrarmi qualcosa».

Yang stava lottando con sé stesso, cercando di far coincidere le informazioni con le sue indagini clandestine sul caso Bolton. Ma non poteva dirlo a Emily. Si trattava di affari della polizia. E non era chiaro come Emily avesse ottenuto queste informazioni. Forse aveva sentito qualcuno parlare del caso. O forse c'era stata una fuga di notizie. Ma una cosa era certa: Madeline Bolton non stava inviando messaggi dalla tomba.

«Mi dispiace, signorina Warner. Mi permetta di darle un consiglio, con le migliori intenzioni. Per favore, dimentichi quello che ha visto. Non vuole essere coinvolta in qualcosa che non può gestire. Se la morte della signorina Bolton non è stata davvero un incidente, le indagini lo dimostreranno. Ma lei non può essere coinvolta, in tutto questo».

Lei strinse le labbra. «Bene».

In quel momento, gli ricordò la sua futura ex moglie. Aveva imparato da lei, in modo doloroso, che quando una donna diceva '*bene*', significava tutt'altro. Ma non aveva il diritto di imporre nulla a Emily Warner. Poteva solo darle dei consigli per evitare che si lasciasse trascinare in qualcosa di troppo grande per lei.

«Mi dispiace di averla disturbata», disse e uscì.

49

17 giugno

Yang fissava lo schermo del computer nel suo cubicolo, pensando alla conversazione della sera precedente con Emily Warner. Poteva essere vero, ciò che lei sosteneva di aver visto in una visione?

In essa aveva visto Madeline Bolton con una bambina picchiata, mentre telefonava a un diplomatico russo. Aveva qualcosa a che fare con il suo lavoro all'associazione? Dopo tutto, *Nessun Bambino Abbandonato* salvava bambini maltrattati e vittime di tratta, molti dei quali erano russi. Caleb Faulkner lo aveva confermato. Forse c'era una spiegazione semplice al motivo per cui aveva chiamato Petrov. Dubitava che Madeline parlasse russo. Forse aveva chiamato Petrov perché le facesse da traduttore e poter comunicare con la bambina.

Ma perché non chiedere a Caleb Faulkner di aiutarla a comunicare con la ragazza? Lui parlava russo. Sarebbe stato più facile. No, doveva esserci un altro motivo per cui Madeline aveva bisogno di parlare con Petrov. Era solo una coincidenza che durante quella telefonata la ragazza picchiata fosse con lei? O forse Emily Warner si era sbagliata del tutto? Aveva combinato due visioni non collegate in una sola? Non solo, non c'era modo di stabilire quando fosse avvenuto l'incidente. Poteva essere accaduto mesi prima della morte di Madeline Bolton.

Yang si passò una mano tra i capelli. Perché diavolo stava perdendo tempo con queste sciocchezze? Le visioni non esistevano. Emily Warner era pazza, se credeva a queste visioni, oppure stava inventando una storia a partire da informazioni che avrebbe potuto ottenere in qualsiasi modo, solo per attirare l'attenzione. Non c'era motivo di credere che tutto ciò che gli aveva detto fosse vero.

Ma cercare di dimenticare quello che lui aveva detto non era così facile. Lo infastidiva. Forse c'era qualcosa di vero. Ma come poteva riuscire a capire cosa? Forse avrebbe dovuto parlare di nuovo con Emily, per vedere se riusciva a scavare più a fondo e scoprire da dove lei avesse preso le informazioni.

«Ho appena ricevuto i risultati del DNA di Fedorov», disse Jefferson al di là del divisorio che divideva il suo cubicolo da quello di Yang.

Yang alzò lo sguardo dai fascicoli delle tre ragazze scomparse, che aveva spulciato alla ricerca di eventuali somiglianze. Spostò la sedia all'indietro e si avvicinò al suo collega. «Dimmi che è lui».

Jefferson fece una smorfia. «No. Nessuna corrispondenza».

«Accidenti, non mi piaceva proprio quel tipo».

«Già, nemmeno a me», disse Jefferson e scrollò le spalle.

«E i risultati del DNA del padre adottivo di Annika?»

«Di Emil Veselak? Non sono ancora arrivati», disse Jefferson con aria rammaricata. Fece un cenno al fascicolo nelle mani di Yang. «Trovato qualcosa?»

«Tutte e tre le ragazze sono state viste l'ultima volta alle sedute con lo psichiatra, a distanza di diverse settimane l'una dall'altra, proprio come ha detto il tizio dell'associazione». Yang batté un dito sul fascicolo. «La prima a scomparire è stata Annika, il 30 marzo, poi Sasha, il 15 aprile, e infine Tatjana, il 27 aprile. Al momento della scomparsa, i genitori adottivi delle ragazze sono stati tutti interrogati, così come gli insegnanti delle scuole che frequentavano, tutte scuole diverse».

«Nessun sospetto?» Chiese Jefferson.

«Hanno intervistato Sokolov, ogni volta. Ho letto le dichiarazioni che ha rilasciato dopo la scomparsa di ogni ragazza, e trovo un po' troppo sospetta la coincidenza che ogni ragazza sia stata vista per l'ultima volta a una delle sue sedute. Il suo staff sostiene che era ancora nell'edificio, quando le ragazze sono scomparse, e i detective che hanno indagato su di lui non sono riusciti a trovare nulla che lo collegasse ai rapimenti».

Jefferson bevve un sorso dalla sua tazza di caffè. «Ci sono altri testimoni delle sparizioni?»

«Hanno controllato un senzatetto che si aggirava fuori dall'ufficio dello psichiatra, ma non c'erano prove che fosse coinvolto. Tuttavia, nella cartella di Annika ho trovato che il senzatetto ha dichiarato di aver visto un uomo ben vestito in un'auto costosa aggirarsi lì intorno, qualche tempo dopo la fine della seduta di Annika, anche se non ha saputo dare un'ora esatta. Nemmeno una descrizione dell'uomo o dell'auto. Era fatto di qualcosa».

Jefferson alzò le spalle. «Potrebbe essersi inventato tutto. I tossicodipendenti sono testimoni di merda».

«Vero. Ma se avesse davvero visto qualcosa? Sokolov sarebbe potuto tornare più tardi, a prendere la ragazza. Avrebbe potuto dirle di aspettarlo. Nel frattempo, avrebbe potuto assicurarsi che il personale dell'edificio sapesse che era ancora lì, creandosi così un alibi. Credo che sia il nostro sospetto più forte. È l'unica persona che tutte e tre le ragazze hanno in comune. Dovrebbe essere tornato dalle sue vacanze europee».

«Beh, allora cosa stiamo aspettando? Facciamo una visitina allo strizzacervelli», suggerì Jefferson e si alzò.

Durante il viaggio in macchina verso lo studio dello psichiatra, discussero il loro approccio. Essendo partner da due anni, erano sulla stessa lunghezza d'onda.

All'arrivo nell'edificio dello studio medico, dove il dottor Yuri Sokolov aveva un ufficio, Yang mostrò il suo distintivo all'addetto alla reception.

«Detective Yang e Jefferson. Siamo qui per parlare con il dottor Sokolov».

«Temo che sia in pausa caffè», disse il giovane con il viso pallido e le ciglia troppo lunghe.

«Tempismo perfetto», disse Jefferson, «allora non è con un paziente, in questo momento. Potrebbe indicarci il suo ufficio, per favore?»

Il receptionist sospirò. «Non è nel suo ufficio. Altrimenti non sarebbe un granché come pausa, no?» Quando Yang inclinò la testa e lo fissò, aggiunse: «Lo troverà di sotto, da Starbucks. Molto probabilmente sulla poltrona nell'angolo in fondo».

«Grazie», disse Yang.

Lo psichiatra era effettivamente seduto su una poltrona nell'angolo della grande caffetteria al primo piano dell'edificio. Non c'erano quasi altri clienti. Sokolov sorseggiava il suo caffè e diede un morso a una focaccia. Era abbronzato, come se avesse fatto di recente un'escursione ad alta quota. E sembrava rilassato. Era ora di scuoterlo un po', pensò Yang.

Quando Yang e Jefferson si avvicinarono e si fermarono a pochi metri da lui, alzò lo sguardo.

Questa volta, Jefferson si occupò della presentazione. «Dottor Sokolov?»

Il medico annuì.

«Detective Yang e Jefferson, polizia di Washington, sezione omicidi».

Un guizzo di terrore balenò negli occhi di Sokolov, ma scomparve rapidamente. Yang notò che l'uomo tratteneva strettamente le sue emozioni.

«Come posso aiutarvi, detective?» Chiese educatamente e si appoggiò alla poltrona.

Yang e Jefferson avvicinarono delle sedie dal tavolo adiacente e si sedettero.

«Vorremmo parlarle di tre ragazze russe in affidamento che sono scomparse dopo aver partecipato a sedute di terapia con lei», disse Jefferson.

«Hmm», disse Sokolov, «temo di non avere nuove informazioni. Ho già parlato con la polizia riguardo ad Annika, Sasha e Tatjana, settimane fa».

«Quindi ricorda i loro nomi?» Chiese Yang.

Lui alzò il mento in segno di sfida. «Lei non lo farebbe? Fa parte del mio lavoro. Mi preoccupo dei miei pazienti, quindi ovviamente so delle ragazze che sono scomparse».

«Uno di loro è saltata fuori». Yang fece una pausa deliberata. «Morta».

«Oh, mi dispiace saperlo».

«Non sembra troppo sorpreso», disse Yang.

«Non lo sono. Conosco le statistiche relative ai bambini scomparsi. Se non vengono ritrovati entro le prime quarantotto ore, le possibilità di ritrovarli vivi sono praticamente nulle. Ma sono sicuro che lei conosca le statistiche sulla criminalità. Quindi, come posso aiutarvi?»

Yang e Jefferson si scambiarono uno sguardo. Yang sapeva esattamente cosa stesse pensando il suo collega. Sokolov aveva qualcosa da nascondere e cercava di dissimulare questo fatto comportandosi come se le domande non lo riguardassero personalmente.

«La ragazza che abbiamo trovato è stata identificata come Annika».

«Povera Annika, era una ragazza così dolce».

Il dottore sospirò e per un attimo sembrò che gli importasse della ragazza. Ma poteva essere tutta una recita. D'altronde, come psichiatra era ben addestrato a mostrare empatia per i suoi pazienti, anche se non provava tale emozione.

«Come è morta?»

«Non siamo liberi di rivelare i dettagli», disse Jefferson. «Diciamo solo che il modo in cui è morta è stato violento, in tutti i sensi».

Sokolov diede un altro morso alla sua focaccia.

«Abbiamo esaminato una lista di tutti gli uomini che hanno avuto contatti con lei, prima della sua scomparsa e stiamo cercando di eliminarne il più possibile per restringere le indagini», disse Yang.

«Beh, vi suggerisco di parlare con il detective che mi ha interrogato dopo la scomparsa di Annika. Sono sicuro che vi dirà che avevo un alibi per quel lasso di tempo».

«L'abbiamo già fatto», disse Jefferson.

«Allora non so cos'altro possiate volere da me», disse Sokolov.

«Ai fini dell'eliminazione, vorremmo che ci fornisse un campione di DNA», disse Jefferson.

Sokolov gli lanciò un'occhiata. «Sarò lieto di fornirvi un campione di DNA». Fece una pausa. «Quando avrò visto il mandato». Allungò la mano.

Yang e Jefferson non potevano presentare un mandato. Nessun giudice l'avrebbe approvato, dato che non avevano altre prove che lo collegassero ad Annika.

«Ah, capisco. Non avete un mandato». Sorrise con consapevolezza. «Allora temo di non potervi aiutare. Godetevi il resto del pomeriggio, detective». Prese il suo iPad e iniziò a leggere.

«Torneremo», promise Yang.

Yang e Jefferson si girarono e uscirono dalla caffetteria attraverso la stessa porta da cui erano entrati.

«Dietro l'angolo?» Chiese Jefferson, non appena furono fuori dalla portata d'orecchio dello psichiatra.

«Sì, è solo questione di tempo».

Attraversarono l'ingresso dell'edificio e poi uscirono. Una volta fuori, si affrettarono a girare intorno al lato più lontano dell'edificio, poi passarono dal retro per raggiungere l'altra estremità del palazzo, e arrivarono all'angolo della caffetteria. Si trovarono a pochi metri da Sokolov. Avevano una chiara visuale della sua schiena, con il solo vetro che li separava da lui. Si fermarono all'ombra di un albero, osservandolo.

Nel momento in cui Sokolov svuotò la tazza di caffè e si alzò, Yang dice: «Aspetta un secondo».

Il cuore di Yang batté forte, mentre guardava Sokolov allontanarsi dalla poltrona.

«Ora!» Disse Jefferson.

Proprio mentre Sokolov usciva dalla porta che collegava la caffetteria con l'atrio dell'edificio, Yang e Jefferson entrarono nello Starbucks dalla porta d'ingresso principale dalla strada. Una barista si stava già avvicinando al tavolo dove Sokolov aveva lasciato la tazza di caffè e la focaccia mezza mangiata. Stava per toccare la tazza, quando Yang si mise tra lei e il tavolo.

«Polizia di Washington, dovremo confiscare questo», disse alla donna sbigottita.

Lei sussultò e i suoi occhi si allargarono, con una protesta sulle labbra.

Yang mostrò il suo distintivo e lei fece un passo indietro.

«È tutto suo, agente», disse, e se ne andò.

Jefferson gli aveva già consegnato una busta per le prove e dei guanti e insieme imbustarono il bicchiere, il piatto di carta e la focaccia mezza mangiata.

Jefferson sorrise trionfante. «Così impara che non deve lasciare la spazzatura sul tavolo, la prossima volta».

Yang ridacchiò. «Se siamo fortunati, non ci sarà una prossima volta, per lui».

50

C'erano ancora delle questioni in sospeso da risolvere, l'assassino se ne rese conto, ora. La cosa lo irritava oltremodo. Ma non si poteva fare altrimenti. In qualche modo, due persone sapevano più di quanto avrebbero dovuto. Anche se non sapeva esattamente quanto sapessero e come fossero arrivati a quelle informazioni, non poteva rischiare che lo smascherassero o che ficcassero il naso nei suoi affari e scoprissero un sacco di cose che non voleva che nessuno sapesse.

Emily Warner era solo un'insegnante, eppure in qualche modo aveva capito che la morte di Madeline Bolton non era stata un incidente. Eppure, lui era stato così attento a preparare la messinscena. Non solo aveva fatto in modo che sembrasse che Madeline fosse caduta da una scaletta, riportando ferite mortali, ma le aveva persino messo in mano una lampadina, in modo che sembrasse che avesse cercato di cambiarla.

Aveva tolto il bicchiere che aveva usato per bere vino con Madeline, mentre aveva lasciato il suo in bella vista. Inoltre, aveva svuotato l'intera bottiglia di vino nel lavandino, in modo che sembrasse che lei avesse bevuto troppo. Finora aveva funzionato: i Servizi Segreti non avevano trovato alcuna prova di omicidio e lui sperava che la situazione rimanesse tale. Doveva però assicurarsi che Emily Warner non avesse mai la possibilità di riferire alle autorità quello che sospettava. Era già abbastanza grave che i genitori di Madeline sapessero che qualcuno sospettava che la loro figlia fosse stata assassinata.

Era ora di sbarazzarsi della fastidiosa insegnante di musica. Doveva solo seguirla e occuparsi di lei, preferibilmente in un vicolo buio. Poteva farlo sembrare una rapina finita male e nessuno se ne sarebbe accorto.

Tanti saluti, Emily Warner. Avresti dovuto rimanere fuori dai miei affari.

51

Era passata la mezzanotte e le strade avevano iniziato a svuotarsi. Emily sentì un brivido lungo la schiena e involontariamente si guardò alle spalle. Anche se il tempo era mite, sentiva una brezza fredda sul collo. Sapeva che la sensazione non era causata dal meteo, ma dal fatto che era nervosa. Tuttavia, doveva farlo. Doveva entrare nella casa di Maddie.

Non vide nessuno, nella tranquilla strada laterale di Georgetown. I ristoranti erano chiusi e solo alcuni bar servivano ancora i clienti. Ma la casa a schiera a cui Emily si avvicinò era abbastanza lontana dalla strada principale e dai bar.

Indossava jeans neri e un trench verde scuro sopra la maglietta nera. Aveva la borsetta a tracolla in diagonale sul busto. Oltre al solito contenuto, ci aveva messo una piccola torcia e i suoi grimaldelli.

Emily fu felice di vedere che l'ingresso della casa di Maddie era coperto da un piccolo portico che contribuì a nasconderla parzialmente, quando raggiunse la porta. Gettando un'altra occhiata alle spalle e non vedendo nessuno, nonostante i peli che le si rizzarono sulla nuca, Emily indossò un paio di guanti da chirurgo e si mise al lavoro. Le sue dita tremarono leggermente, quando inserì uno dei grimaldelli nel blocchetto della serratura e cercò di far entrare il secondo.

Il cuore le batté forte in gola e il sudore cominciò a imperlarle la fronte. Merda, non era fatta per una vita da criminale. Era troppo nervosa, troppo spaventata che qualcuno la vedesse e chiamasse la polizia. Ma doveva farlo, per Maddie e per la sua stessa sanità mentale. Fece un lungo respiro per calmarsi.

«Forza», mormorò a sé stessa. «Puoi farcela».

Emily chiuse gli occhi e scoprì che era più facile percepire i meccanismi della serratura senza guardarla. Sentì invece le scanalature e le tacche e intuì come muovere i grimaldelli per far aprire la serratura. Ancora qualche secondo e capì di essere sulla strada giusta. Uno scatto morbido e il gioco era fatto.

Emily girò la maniglia e aprì la porta. Scivolò all'interno del buio e si chiuse la porta alle spalle. Rimase in piedi nel corridoio, senza muoversi. La casa era silenziosa, tranne che per il morbido movimento di un orologio a pendolo. Si aspettava, e temeva, di sentire il suono di un sistema di allarme, ma non sentì nulla del genere. Si aspettava che Maddie avesse un sistema di allarme, in casa. Quale donna single che viveva in una casa da sola non ce l'aveva? Ma sperava che dopo la sua morte nessuno avesse inserito l'allarme. Dopo tutto, oltre tre settimane dopo la sua morte, la sua famiglia aveva sicuramente iniziato a rimuovere tutti gli oggetti di valore dalla proprietà.

Tirò fuori la torcia dalla borsa e l'accese, assicurandosi di dirigere il fascio di luce verso il pavimento e lontano da qualsiasi finestra. La prima stanza a sinistra era un soggiorno. Qualche passo più in là, una rampa di scale conduceva al secondo piano. Emily diede una rapida occhiata al primo piano, ma a parte una piccola toilette con un lavandino a colonna, non c'erano altri bagni su questo piano, solo una grande cucina e una sala da pranzo.

Salì al piano superiore e sentì lo scricchiolio delle vecchie scale di legno sotto la spessa moquette che le ricopriva. Al piano superiore vide due porte. Entrambe erano aperte. Entrò dalla prima porta e spostò il fascio di luce nella stanza. Questa era la stanza di Maddie.

Un letto matrimoniale era incorniciato da comodini e da un'ottomana ai suoi piedi. Di fronte alla finestra si trovava un'antica scrivania che Maddie sembrava aver usato per truccarsi e per mettersi i gioielli e anche per sbrigare le pratiche. Emily non osò illuminarla troppo da vicino, preoccupata che il fascio di luce potesse essere visto attraverso la finestra. Si voltò e attraversò il breve corridoio fiancheggiato da armadi per raggiungere il bagno privato.

Nel bagno non c'era nessuna finestra. Emily spostò il fascio di luce della sua torcia fino a trovare il mobile. Aveva due lavandini. Si chinò rapidamente e aprì gli sportelli sotto il primo lavandino, ma al suo interno c'erano solo alcuni flaconi di shampoo e di detersivo per il corpo. Niente carta igienica, niente busta. Richiuse le ante, poi si spostò sul secondo lavandino e aprì il mobile sottostante.

Lì trovò uno sturalavandino e alcuni prodotti per la pulizia. Niente carta igienica.

Sorpresa, si raddrizzò, poi trovò l'interruttore della luce e lo azionò. Ci volle un attimo perché i suoi occhi si adattassero alla luce, ma una volta che lo fecero, si rese conto del suo errore. Il bagno in cui si trovava non era quello dei ricordi di Maddie. La tavolozza dei colori di questo bagno era un mix di color crema tenue e accenti caldi. Il bagno della visione aveva colori più audaci e freddi, blu e grigi.

Maddie non aveva nascosto la busta nel suo bagno.

Merda!

Un rumore alle sue spalle la fece girare di scatto. Emily perse quasi l'equilibrio e provò un senso di vertigine, per una frazione di secondo, prima che i suoi occhi percepissero la persona che l'aveva raggiunta di soppiatto. Il suo cuore si fermò per un secondo, per poi riprendere a battere al doppio della sua velocità normale un attimo dopo. Si ritrasse e sbatté contro il piano di lavoro alle sue spalle, con la via di fuga interrotta dall'uomo di fronte a lei.

Era venuto per ucciderla.

52

«Non sono qui per farti del male».

Il cuore di Emily batteva come un martello pneumatico. Non gli credeva. E perché avrebbe dovuto? Aveva già tentato di ucciderla una volta.

La prigione lo aveva invecchiato, e non in senso positivo. Emily lo riconobbe comunque. Come avrebbe potuto dimenticare il volto dell'uomo che l'aveva derubata di tutto ciò che aveva amato?

«Che cosa vuoi? Non hai fatto abbastanza male da bastarti per tutta la vita?». Non riusciva a far uscire la parola *papà* dalle labbra.

«Non abbiamo tempo per discuterne, adesso. Dobbiamo andarcene». Si avvicinò al suo braccio, ma lei si ritrasse.

«Non vengo da nessuna parte con te!». Nonostante le sue parole decise, tremava di paura.

«Non hai scelta, in questo momento», disse lui.

Non percepì alcuna malvagità, sul suo volto. Forse la prigione gli aveva insegnato a nascondere i suoi sentimenti.

«Hai fatto scattare l'allarme quando sei entrata. La polizia sarà qui fra tre minuti al massimo».

«L'avrei sentito», protestò Emily. Il suo udito era eccellente e se un sistema di allarme avesse iniziato a suonare se ne sarebbe accorta.

«Era un allarme silenzioso. Ora andiamo, o finiremo entrambi in prigione. E credimi, non ti piacerebbe neanche un po'».

Era combattuta. Non si fidava di lui, ma forse stava dicendo la verità. Maddie, una donna che viveva da sola e che aveva in casa oggetti di valore come gioielli, avrebbe avuto di sicuro un sistema di allarme. Emily non si aspettava che fosse un allarme silenzioso.

«Bene», disse, alla fine. «Andiamo».

Suo padre si voltò, Emily spense la luce del bagno e usò la torcia per orientarsi. Nel corridoio superiore, lo sguardo le cadde sulla seconda porta. Merda! Non aveva ancora finito. Doveva controllare se c'era un secondo bagno, su questo piano.

Suo padre stava già mettendo un piede sul primo gradino, quando Emily si diresse verso la stanza degli ospiti.

«Cosa stai facendo, Emily? Dobbiamo uscire, subito!»

Ma lei lo ignorò. Non era arrivata fin qui per andarsene a mani vuote. Si precipitò nella stanza degli ospiti, dove trovò una seconda porta che conduceva a un bagno privato. Fece luce all'interno e trovò il lavandino singolo. Si accovacciò.

«Dannazione, Emily!» Grugnì suo padre. «Non abbiamo tempo per qualsiasi cosa tu stia facendo».

«Devo farlo!» Aprì l'armadietto sotto il lavandino. Ma invece di trovare la carta igienica, trovò solo uno sturalavandino. «Cazzo!»

Dove poteva aver nascosto la busta, Maddie, se non in casa propria?

«Andiamo», le ordinò il padre e la afferrò per i bicipiti, costringendola ad alzarsi e ad andare con lui.

«Posso camminare da sola!» Sibilò.

«Allora datti una mossa!»

Si affrettò verso le scale, poi le scese di corsa, con Emily alle calcagna, ma che camminava più lentamente. Quando raggiunsero l'atrio, suo padre si fermò improvvisamente.

«Merda! Sono già qui», disse sottovoce.

Un attimo dopo, Emily vide quello che aveva visto lui. Attraverso il piccolo vetro che sovrastava la porta d'ingresso, le luci rosse e blu lampeggiavano, anche se la polizia non aveva acceso le sirene, intenzionata a sorprendere gli intrusi.

Oscar Warner aveva avuto ragione, sull'allarme silenzioso. Lei non avrebbe dovuto sorprendersi. Lui aveva un negozio di fabbro, prima di finire in prigione e ne sapeva abbastanza di serrature e allarmi da individuare qualsiasi segno rivelatore nella casa di Maddie.

«Da questa parte», disse il padre e la guidò verso il retro della casa.

«Dove stai andando?» Chiese.

Si guardò alle spalle. «Sul retro».

Lo seguì attraverso la cucina, che aveva una porta che dava sul piccolo e stretto cortile che, anche in una giornata di sole, probabilmente non avrebbe ricevuto un solo raggio di sole. Una staccionata e dei cespugli fornivano una copertura, ma Oscar Warner sembrò non avere problemi a trovare un modo per attraversarli. Si infilò in un varco tra la vecchia recinzione, a cui mancava un pannello, e un folto cespuglio, e scomparve davanti ai suoi occhi. Poi la sua mano apparve dal punto in cui era scomparso e, nonostante l'odio che provava per lui, Emily allungò la mano e gli permise di tirarla.

Si ritrovò nel cortile incolto della casa dietro quella di Maddie. Suo padre fece un movimento verso sinistra e si mise un dito sulle labbra, per invitarla a rimanere in silenzio. Lei annuì e lo seguì, finché non raggiunsero un cancello traballante. Oscar Warner, che era quindici centimetri più alto di sua figlia, guardò oltre. Poi aprì il cancello di legno e uscì.

«È libero», sussurrò e le fece cenno di seguirlo.

Emily si adeguò e uscì sul marciapiede. Diverse auto erano parcheggiate in quella tranquilla strada laterale, che aveva solo stretti marciapiedi.

«Da questa parte», disse il padre di Emily e indicò il dolce pendio che portava alla strada parallela a quella in cui viveva Maddie.

Proprio quando la raggiunsero e suo padre svoltò a destra, Emily gettò uno sguardo indietro. Non riuscì a vedere la volante della polizia nella strada di Maddie, ma vide le sue luci lampeggianti riflettersi in varie finestre degli edifici adiacenti.

Emily raggiunse rapidamente il padre nella strada parallela. Dopo un altro isolato, lui si fermò e indicò la strada stretta. Lì era parcheggiata una vecchia Toyota scassata. «Salta su. Ti porto a casa».

Emily si bloccò. L'ultima volta che era salita in macchina con lui, aveva perso la madre e la vista. «No». Scosse la testa. «Posso tornare a casa da sola. Non è lontano», mentì.

«Non si può arrivare a piedi fino a Columbia Heights, e la metropolitana ha già smesso di funzionare».

Istintivamente fece un passo indietro, aumentando la distanza tra loro. «Come fai a sapere dove abito?»

Esitò, poi si passò una mano tra i capelli radi. «Allo stesso modo in cui sapevo che stavi facendo irruzione in una casa. Ti ho seguita. È da un po', che ti seguo, da qualche settimana». Abbassò lo sguardo sulle scarpe. «Non ho avuto il coraggio di avvicinarmi a te».

Suo padre che ammetteva di non aver avuto il coraggio di avvicinarsi a lei? Non sembrava l'uomo che aveva pianificato di uccidere la sua famiglia, quindici anni prima. Ma poteva essere una recita. Proprio come quando aveva attirato Emily e sua madre in macchina per poter mettere in atto il suo piano.

«Per quale motivo?» Chiese lei, con un tono tagliente.

«Perché volevo parlarti. Per... per chiederti...»

«Per soldi?» Lei praticamente sputò le parole.

Sul volto di lui apparve uno sguardo sorpreso. «No. Non voglio soldi. Ho un lavoro».

«Allora cosa vuoi?»

«Perdono».

La sua semplice risposta di una parola la colpì come un treno merci che non aveva visto arrivare. Istintivamente, scosse la testa. Non c'era perdono, nel suo cuore. Per la sua cecità avrebbe anche potuto perdonarlo, ma per la morte di sua madre?

«La mamma è morta, per colpa tua. Non c'è perdono, per questo. Tu puoi aver scontato la tua pena in prigione e forse la società considera il tuo debito saldato, ma io no. Io l'amavo. Avevo bisogno di lei e tu me l'hai portata via!». Non riuscì a fermare le lacrime che avevano iniziato a scorrere sulle sue guance. «Non saresti dovuto venire!»

Lo fulminò con lo sguardo. Come poteva chiederle perdono e quindi rivangare il passato, un passato pieno di tanto dolore, di tante ferite e di una perdita che lei non avrebbe mai superato?

«Sono cambiato», dichiarò. «Non sono più lo stesso uomo. All'epoca ero un uomo arrabbiato, che dava sempre la colpa a tua madre per tutto quello che andava storto, quando invece la colpa era solo mia. Quello che ho detto allora in macchina... ero così arrabbiato con tua madre perché voleva lasciarmi... Sarei dovuto andare in un bar e ubriacarmi invece di... invece di... fare quello che ho fatto. MI sono meritato di stare in prigione, per quello che ho fatto. Se potessi tornare indietro nel tempo per sistemare le cose, lo farei».

«Non si può tornare indietro...»

«Questo lo so. Per questo posso solo chiederti di perdonarmi. Capisco che non sei pronta per questo». Sospirò. «Quando ho scoperto che potevi vedere di nuovo, sono stato così felice».

Erano lacrime quelle che gli rigavano gli occhi? Non poteva essere.

«So che avrai bisogno di tempo. Volevo solo farti sapere che sono qui per te. Qualsiasi cosa tu abbia bisogno che io faccia per te, la farò. Voglio tornare a far parte della tua vita».

«Devi andartene. Non seguirmi più».

«Bene, starò lontano per darti spazio, ma tornerò. Non mi arrenderò. Mi farò perdonare. Mi guadagnerò il tuo perdono».

«Non posso...» Si girò.

«Emily, per favore...»

Ma Emily iniziò a correre. Come aveva potuto essere così crudele da ricordarle ciò che aveva perso?

Da ricordarle la morte di sua madre.

E dei giorni e delle notti di solitudine che Emily aveva trascorso, da adolescente e poi giovane donna, crescendo in mezzo agli estranei.

E del fatto che era sola al mondo.

Sola e spaventata dal rischio di perdere di nuovo la vista.

Quando ebbe messo abbastanza distanza tra sé e suo padre, tirò fuori il cellulare e chiamò Vicky.

«Emily?» Chiese Vicky, che sembrava sveglia, nonostante l'ora tarda.

«Puoi venire a prendermi, per favore? Sono a Georgetown».

53

18 giugno

Yang era appena tornato da un pranzo tardivo, quando Jefferson si alzò dalla scrivania e gli fece cenno di avvicinarsi.

«Simon, che succede?» Chiese.

Jefferson mise giù il ricevitore. «Era Lupe. Sono arrivati i risultati del DNA di Emil Veselak».

«Hai un riscontro?»

«No. Non è compatibile». Scrollò le spalle. «Non che pensassi che lo fosse. Lui e sua moglie mi sono sembrati sinceramente addolorati».

«Sì, ho avuto la stessa sensazione. Lupe ha detto quando avrà i risultati del DNA dello strizzacervelli?».

«Ha detto solo che ha messo fretta, per quanto possa valere. Forse tra un giorno o due?»

«Pensi che varrebbe la pena di cercare di ottenere anche il DNA di Zimmerman?»

«Il padre adottivo di Tatjana? Non abbiamo nulla che lo colleghi ad Annika, a parte il fatto che le ragazze sono passate attraverso lo stesso ente di beneficenza e hanno visitato lo stesso strizzacervelli».

«Se Zimmerman fosse andato a prendere Tatjana nell'ufficio dello strizzacervelli dopo le sedute di gruppo, avrebbe potuto incontrare Annika e Sasha».

«Credo che valga la pena di provare. Possiamo passarci in serata».

«Non otterremo un mandato così in fretta», disse Yang.

«Con le poche prove che abbiamo che lo collegano ad Annika, dubito che riusciremo a far firmare un giudice. Usiamo il nostro fascino per convincerlo a darci volontariamente un campione».

«Per me va bene». Yang guardò il grande orologio sulla parete. Non erano ancora le tre del pomeriggio. «Dubito che Zimmerman sarà a casa prima delle sei».

«Credo che questo mi dia abbastanza tempo per andare a prendere un caffè e godermi qualche raggio di sole», disse Jefferson e prese la giacca appesa sopra la sedia.

«Yang, Jefferson, nel mio ufficio!» La tenente Arnold chiamò dall'ingresso del suo ufficio.

Jefferson scambiò uno sguardo con Yang. «Oppure no».

«Sì, tenente», rispose rapidamente Yang e si diresse verso il suo ufficio, con Jefferson alle calcagna.

«Mi chiedo cosa abbiamo incasinato, adesso», mormorò Jefferson sottovoce per farsi sentire solo da Yang.

La Arnold non era sola. Quando Yang e Jefferson entrarono, un uomo in abito scuro era seduto su una delle sedie di fronte alla scrivania della Arnold.

«Chiudete la porta», ordinò lei. Poi presentò l'uomo in giacca e cravatta. «Detective Simon Jefferson e Adam Yang, questo è Nikolai Belsky. È il capo della sicurezza dell'ambasciata russa».

Yang scambiò uno sguardo sorpreso con Jefferson, prima di salutare il russo. «Piacere di conoscerla». Poi guardò la Arnold, che indicò le sedie libere.

Yang e Jefferson si sedettero.

«C'è stato un incidente, questa mattina, e l'ambasciata russa ha chiesto la nostra assistenza e la nostra discrezione», disse la Arnold, poi fece un cenno a Belsky. «Signor Belsky?»

«La tenente Arnold mi ha assicurato che siete il meglio della sua squadra omicidi», disse l'uomo in un inglese pesantemente accentato, ma perfetto e rivolse loro uno sguardo intenso.

Yang non mostrò la sua sorpresa per le lodi che la Arnold aveva rivolto a lui e al suo partner. «Come possiamo aiutarvi?» Chiese invece.

«Questa mattina, uno dei nostri diplomatici stava facendo jogging lungo il Potomac, a sud dell'Università di Georgetown. Gli hanno sparato due volte, a distanza ravvicinata. Sarebbe morto dissanguato, se una donna che portava a spasso il cane non lo avesse trovato e non avesse chiamato immediatamente un'ambulanza. Attualmente si trova nel reparto di terapia intensiva dell'ospedale universitario George Washington. È in coma».

«C'erano prove che si trattasse di una rapina finita male?» Chiese Jefferson.

Belsky scosse la testa. «Aveva ancora l'orologio e l'anello, le chiavi e il telefono. Secondo i suoi amici, non portava mai con sé un portafoglio, quando faceva jogging. Non è stato preso nulla. E non crediamo che sia stato un caso».

Yang alzò un sopracciglio. «Ha ricevuto qualche minaccia?»

Il russo esitò, prima di continuare: «Il personale dell'ambasciata riceve regolarmente minacce per i motivi più disparati».

La risposta sembrava evasiva. Yang riformulò la domanda. «Ci sono state minacce specifiche contro questa persona?»

«Non che noi sappiamo».

«Ok», disse Yang, «cosa può dirci dell'incidente e del passato della vittima?»

Belsky prese un sottile fascicolo sulla scrivania della Arnold e lo porse a Yang. «Ho messo insieme un dossier. In esso troverete tutto ciò che vi serve sapere. I proiettili che i chirurghi gli hanno tolto, così come i suoi vestiti, sono stati consegnati alla vostra squadra forense per essere analizzati. Ci affidiamo alla vostra discrezione. Non abbiamo rilasciato alla stampa alcun dettaglio su questo tentato omicidio e abbiamo invitato la testimone che lo ha trovato a non parlare con la stampa.

Non vogliamo che il colpevole sappia che l'addetto culturale è sopravvissuto. O potrebbe riprovarci».

«Capiamo», disse Jefferson. «Possiamo fornire alla vittima la protezione della polizia in ospedale».

«Non sarà necessario. Ho già due dei miei uomini migliori appostati fuori dalla sua stanza».

«Molto bene», disse Jefferson. «Ci metteremo subito all'opera».

«Grazie, detective», disse il russo e si alzò. «Tenente», aggiunse con un cenno alla Arnold. «Il mio numero di cellulare diretto è nel fascicolo. La prego di comunicare direttamente con me, e nessun altro».

La Arnold annuì. «State certi che la mia squadra ne farà una priorità».

Con un altro cenno, Belsky lasciò l'ufficio. Quando la porta si chiuse alle sue spalle, la Arnold si appoggiò alla sedia, rilassandosi un po'. Poi fece cenno alla porta. «Mettetevi al lavoro. Questo ha la priorità sugli altri casi».

Yang scambiò uno sguardo con Jefferson. «Per il caso dell'omicidio di Annika? Quel russo è ancora vivo, Annika è morta».

La Arnold strinse gli occhi su di lui. «Ne sono consapevole. Ma non sempre possiamo scegliere cosa fare. Potete andare».

Yang e Jefferson si girarono e lasciarono l'ufficio.

All'esterno e senza farsi sentire, Yang disse: «Pressioni dall'alto?»

Jefferson annuì. «Sembrerebbe di sì».

Arrivati ai loro cubicoli, Yang aprì il fascicolo ed entrambi iniziarono a leggere. Yang non andò lontano. Nella prima riga era riportato il nome dell'addetto russo.

Yang lo riconobbe immediatamente. L'uomo che era stato colpito due volte mentre faceva jogging era lo stesso di cui aveva parlato Emily Warner. Secondo lei, Madeline Bolton lo aveva chiamato.

E ora Sergei Petrov era in coma, incapace di rivelare se sapesse qualcosa che potesse far luce sulla morte di Madeline Bolton.

Non poteva essere una coincidenza. Doveva interrogare Emily

Warner. Prima lo avesse fatto, meglio sarebbe stato. Ma non poteva dirlo al suo collega, non ancora, perché Jefferson aveva detto chiaramente che non voleva essere coinvolto in un caso da cui la tenente Arnold aveva chiaramente detto loro di stare alla larga. Pertanto, non aveva mai detto a Jefferson di aver fatto visita a Emily Warner a casa sua.

54

Sergei Petrov era stato un bersaglio facile.

L'assassino aveva capito subito che l'addetto culturale russo amava correre nelle prime ore del mattino, prima di iniziare la sua giornata all'ambasciata. Essendo un diplomatico di basso livello, non aveva con sé una scorta personale, il che aveva reso più facile eliminarlo.

Si era vestito come un corridore, con pantaloncini e una felpa con cappuccio e un marsupio anteriore, nel quale aveva nascosto la pistola. Aveva aspettato nel boschetto per un po', assicurandosi che non ci fossero altri corridori che potessero vederlo e poi descriverlo. Fortunatamente, alle cinque e mezza, pochi corridori erano in giro e il sentiero era praticamente deserto. E non avrebbe nemmeno perso troppo tempo. Sarebbe riuscito a presentarsi al lavoro al suo solito orario e nessuno se ne sarebbe accorto.

Quando fu sicuro di essere solo, uscì dai cespugli e cominciò a correre dietro a Petrov. Lo raggiunse molto rapidamente, poi lo superò di corsa. Alla curva successiva del sentiero si fermò bruscamente, estrasse la pistola dal marsupio e aspettò Petrov.

Il russo vide la pistola troppo tardi e non ebbe nemmeno il tempo di urlare. Cadde come un albero morto. Stava per controllare il polso di

Petrov, quando sentì un cane abbaiare in lontananza. Non volendo rischiare, corse nella direzione opposta. Petrov era morto. Un proiettile lo aveva colpito al petto, l'altro allo stomaco. Non era un tiratore particolarmente bravo, ma a una distanza di pochi metri, nemmeno lui poteva sbagliare.

Un problema era risolto. Qualsiasi cosa il russo sapesse, qualsiasi cosa Madeline gli avesse detto prima di morire, era sepolta con lui.

Fuori uno, ne restava un'altra.

Ora era il turno di Emily Warner. La sera prima lei aveva vanificato i suoi sforzi, anche se lui dubitava che ne fosse consapevole. L'aveva seguita ed era rimasto sorpreso nel vedere che si stava introducendo nella casa di Madeline Bolton. Da un ingresso nascosto di un'attività commerciale dall'altra parte della strada, aveva pensato di ucciderla in casa, ma aveva esitato. Se il suo corpo fosse stato trovato in casa di Maddie, la polizia l'avrebbe collegata a Maddie e, questa volta, la polizia di Washington sarebbe stata sicuramente coinvolta e avrebbe scoperto qualsiasi legame avesse con Maddie. Avrebbe fatto esplodere il caso, cosa che non poteva permettersi.

Così aveva aspettato che uscisse dalla casa e aveva pianificato di ucciderla abbastanza lontano dalla residenza di Maddie in modo che la sua morte non fosse collegata a Maddie. Tuttavia, un altro uomo era entrato poco dopo Emily e meno di due minuti dopo era arrivata la polizia, con le luci lampeggianti. Si era infilato in un vicolo e se l'era svignata dalla zona, non volendo essere visto dalla polizia. La cosa lo aveva fatto arrabbiare.

Ma stasera era fortunato. Aveva seguito Emily in metropolitana senza farsi vedere, cosa facile, nell'ora di punta. Per precauzione, aveva indossato barba e occhiali finti, in modo che nessuno lo riconoscesse.

Emily Warner si era fermata da un parrucchiere, dove aveva passato un'ora a farsi tagliare i capelli. Lui aveva aspettato impaziente dall'altra parte della strada. Quando era uscita dal salone, si era fermata in un supermercato, dove se l'era presa dannatamente comoda. Lui stava diventando impaziente e la pistola nella tasca della sua giacca sportiva sembrava un ferro da stiro caldo. La sua mano non vedeva l'ora di farlo.

Quando Emily uscì dal supermercato e si diresse verso il suo appartamento, il sole era ormai tramontato. Con sua grande gioia, Emily Warner imboccò una delle tante strade secondarie, invece di rimanere sulla più trafficata strada principale.

Era la sua occasione. Nel momento in cui svoltò nella strada percorsa da Emily, scattò in azione. Riparato dagli alberi e dagli altri arbusti che si trovavano nei cortili di alcune case, estrasse un passamontagna dalla giacca e se lo infilò in testa.

55

Era buio ed Emily sentì un brivido di freddo salirle lungo la schiena, fino al collo. Avrebbe potuto dare la colpa al fatto che ora i capelli erano più corti e non le coprivano completamente la nuca. Pur essendo cieca, non si era mai resa conto che il suo viso a forma di cuore sarebbe stato più bello, se incorniciato da capelli che arrivavano solo al mento. Ora era una donna, non un'adolescente, e aveva bisogno di un taglio di capelli da adulta.

Ma il suo nuovo taglio di capelli non era la causa del brivido che ora provava. Dopo aver vissuto per quindici anni affidandosi al suo udito, sentì che qualcuno la stava seguendo. Per un attimo pensò che suo padre non si fosse arreso e che la stesse ancora seguendo, ma la sensazione era diversa. Inspirò l'aria intorno a sé, ma non sentì alcun odore particolare.

Avrebbe voluto che Coffee fosse con lei, ma lo aveva lasciato a casa dopo l'appuntamento con il veterinario, dove Coffee aveva ricevuto il vaccino annuale. Il suo fidato cane guida sembrava stanco e, poiché sentiva che la sua vista diventava ogni giorno più chiara e definita, aveva scelto di lasciare Coffee a casa a riposare.

Coffee l'avrebbe capito, se qualcuno la stesse davvero seguendo, o se fosse solo paranoica.

Un altro suono, questa volta quello di un piccolo sassolino o di un pezzo di ghiaia schiacciato sotto la suola di una scarpa, le fece salire un'ondata di adrenalina in corpo. Smise di respirare. Per un istante chiuse gli occhi, concentrandosi. Il suo sospetto era fondato. Qualcuno la stava seguendo.

Accelerò, e sentì la borsa della spesa nella mano destra improvvisamente più pesante. All'angolo successivo, svoltò rapidamente a destra. Mentre svoltava, diede un'occhiata a destra, da dove era venuta, e vide una figura scura. Per una frazione di secondo, la luce di un lampione illuminò il volto della persona. Ma non riuscì a vederlo, perché era nascosto dietro un passamontagna nero.

Il cuore di Emily si fermò. La persona vestita di nero e con la maschera l'aveva guardata dritta negli occhi. Sapeva che lei lo aveva scoperto.

Il panico la assalì. Iniziò a correre per la strada il più velocemente possibile. Quando si guardò alle spalle, vide lo sconosciuto girare l'angolo. Anche lui stava correndo, ma era più veloce di lei.

Nel tentativo di mettersi in salvo, si lanciò dietro l'angolo successivo. Non appena fu fuori dalla visuale dell'aggressore, si gettò alle spalle la borsa della spesa. Sentì il barattolo di vetro della marmellata rompersi sul marciapiede e immaginò che le mele e le banane fossero rotolate fuori dalla borsa e sull'asfalto, creando un pericolo di inciampo. Non si fermò a guardare, ma continuò a correre.

Un'imprecazione alle sue spalle le fece capire che l'aspirante aggressore era inciampato, ma quando si guardò rapidamente alle spalle si rese conto che la cosa lo aveva a malapena rallentato. E ora vide qualcosa nella sua mano, qualcosa che si rifletteva nel fascio di luce di un lampione: una pistola.

«Aiuto! Qualcuno mi aiuti! Polizia!» Urlò a squarciagola, mentre continuava a correre.

L'uomo che la inseguiva la stava raggiungendo. I polmoni le

bruciavano per la stanchezza, e la paura le aveva impedito di respirare. Le gambe le facevano male per lo sforzo.

Risuonò un colpo di pistola.

Emily urlò. Non sentì nulla, nessun dolore. Le avevano sparato? Non lo sapeva. Continuò comunque a correre. Ma a un dislivello del marciapiede inciampò e cadde in avanti. Si sostenne con i palmi delle mani, stringendo i denti per il dolore, e cercò di rialzarsi. Un'occhiata alle spalle le fece gelare il sangue nelle vene. L'aggressore era a meno di cinquanta metri di distanza, con la pistola puntata nella sua direzione.

A questa distanza, era sicura che il proiettile avrebbe trovato il suo bersaglio.

Si girò per correre, quando nell'aria risuonò un secondo sparo. Cadde, e sentì un tonfo, come se il proiettile si fosse conficcato in un punto vicino a lei. Questa volta Emily non era scivolata o inciampata, ma qualcuno l'aveva afferrata di lato. Insieme, atterrarono nel piccolo cortile di un condominio, con i cespugli che oscuravano la visuale del tiratore. La persona che l'aveva atterrata la stava coprendo con il suo corpo.

«Stai giù», ordinò, e si sollevò da lei con l'agilità di un ballerino. Anche senza vederlo in faccia, lei lo riconobbe.

Il detective Yang estrasse una pistola dalla fondina e sbirciò tra i cespugli all'ingresso del cortile, puntando la pistola in direzione dell'aggressore. Corse lungo la strada, fuori dalla sua visuale, ma pochi istanti dopo ritornò, con il respiro affannoso.

«È scappato».

«Se tu non fossi stato qui...» Rabbrividì al pensiero. Ora sarebbe morta.

Lui si abbassò per aiutarla ad alzarsi e lei fu contenta dell'aiuto. Le sue ginocchia traballavano e il suo respiro era irregolare.

«È stata pura fortuna», disse Yang. «Stavo venendo da te».

«Davvero? Perché?»

Le prese il gomito, sostenendola. «Lascia che informi la centrale. Poi parleremo».

56

Era stata una coincidenza fortunata che Yang avesse deciso di fermarsi a casa di Emily Warner mentre tornava a casa. Se non avesse avuto dei sospetti sul perché lei sapesse di Sergei Petrov e non avesse deciso di parlarne con lei senza farlo sapere al suo collega, ora Emily sarebbe morta. L'intenzione dell'assalitore in abiti neri e passamontagna dello stesso colore era stata chiara. Per fortuna, il primo colpo di pistola, che aveva allertato Yang giusto in tempo per venire in soccorso di Emily, non aveva trovato il suo bersaglio.

Aveva denunciato l'incidente in modo che la zona potesse essere setacciata alla ricerca dei proiettili o di qualsiasi altra prova per identificare l'aspirante assassino, ma poiché nella zona non c'erano telecamere per il traffico, né attività commerciali che avrebbero potuto avere telecamere puntate sul marciapiede, la possibilità di trovare l'aggressore in questo modo era inesistente. Anche la dichiarazione di Emily non aiutava. Non poteva descriverlo. Ma quando si era resa conto che qualcuno la stava seguendo, aveva agito rapidamente e aveva gettato la borsa della spesa sulla traiettoria dell'aggressore, guadagnando probabilmente qualche secondo cruciale. La ammirava. Aveva dimostrato prontezza di riflessi e ingegno.

Mentre un paio di agenti di polizia in uniforme stava ancora cercando ancora i proiettili e i bossoli, Yang portò Emily a casa. Lei non protestò. Sapeva bene quanto lui che era appena scampata a morte certa. Le si leggeva in faccia.

Quando Emily aprì la porta del suo appartamento, il suo Labrador marrone la stava già aspettando scodinzolando.

«Bravo, Coffee», disse, accarezzando il cane.

Coffee le leccò le mani prima di guardare oltre lei, verso Yang.

«Ciao, Coffee, ti ricordi di me?» Yang si accovacciò e Coffee lo salutò subito con un buffetto amichevole prima di leccare l'orecchio di Yang. Alzò lo sguardo verso Emily. «Credo che si ricordi di me».

«Gli piaci. Non è amichevole con tutti. È addestrato a proteggermi». Emily lo fece entrare e chiuse la porta dietro di sé.

«È una buona cosa», disse Yang.

«Devo ringraziarti. Non credo che sarei qui se tu non avessi...»

Lui alzò la mano, fermandola. «...se non avessi avuto dei sospetti su di te».

«Cosa?» Lei spalancò la bocca. «Non capisco».

Lui sospirò. «Si tratta della nostra precedente conversazione in cui tu hai parlato delle cornee di Madeline Bolton e di ciò che hai visto».

Lei incrociò le braccia davanti al petto e la sua mascella si irrigidì. «Certo che non mi hai creduto».

«Non è questo», protestò lui, anche se lei aveva ragione. Non aveva creduto ai racconti delle visioni che lei aveva dichiarato di avere. Ma ora, con tutto quello che era successo nel frattempo, era disposto a considerare che forse non stava mentendo. O che non fosse pazza.

«Certo che no». Il sarcasmo le uscì fuori come l'acqua da un rubinetto che perde.

Yang si passò una mano tra i folti capelli. «Senti, non dovrei nemmeno essere qui, ma c'è qualcosa che mi fa pensare che quello che tu sembri sapere su Madeline Bolton possa essere collegato a un altro caso arrivato oggi sulla mia scrivania».

«Un altro omicidio?» Disse, la sua voce era solo un'eco.

«Tentato omicidio, da quello che posso ricostruire finora». Poi la guardò dritto negli occhi, prima di aggiungere: «Stamattina hanno sparato a Sergei Petrov dell'ambasciata russa. È in coma».

Emily sussultò. Il suo shock era reale. Non c'era dubbio. «No, no!» Scosse la testa. Poi i suoi occhi sembrarono concentrarsi su qualcosa in lontananza. Ci vollero alcuni secondi prima che continuasse: «Questo significa che non è il suo assassino. Ma sa qualcosa. Ed è per questo che qualcuno lo vuole morto. La stessa persona che ha cercato di spararmi».

Automaticamente, Yang scosse la testa. «Non è possibile». Tuttavia, nel momento in cui le parole gli uscirono dalle labbra, si chiese se questi due incidenti potessero essere collegati.

Emily iniziò a camminare. «Deve essere così. Voglio dire... siamo collegati per via di Maddie. Lui sa qualcosa che può aiutarci a capire chi ha ucciso Maddie, e chiaramente l'assassino ha pensato che fossero informazioni che potevano smascherarlo, e per questo ha sparato a Petrov. E...»

«Non ci sono prove che Madeline Bolton sia stata uccisa».

«Ci sono!» Emily protestò. «I tacchi alti!»

Stupito, Yang la fissò. Aveva fatto la stessa osservazione. Nessuna donna sana di mente portava i tacchi alti, salendo su una scala per cambiare una lampadina. «Come fai a sapere delle scarpe? Una delle tue cosiddette visioni?»

«Farò finta che tu non mi abbia insultato proprio adesso. Non era una visione. Ho parlato con la governante di Maddie. Mi ha detto che Maddie indossava ancora una delle sue scarpe con tacchi alti, quando presumibilmente è caduta dalla scala». Sospirò. «Il 'presumibilmente' è una mia interpretazione, non della governante».

«Come sei riuscito a farla parlare con te?»

Emily scrollò le spalle. «Forse le ho detto che stavo facendo un podcast per i non vedenti...»

Yang non poté fare a meno di ammirare l'ingegnosità della donna. Tuttavia, se aveva ragione sulla sua teoria secondo la quale Petrov sapeva qualcosa sulla morte di Madeline Bolton e gli avevano sparato per questo, anche Emily Warner poteva essere in pericolo. Diavolo, se l'assassino di stasera era lo stesso, aveva già capito che Emily avrebbe potuto smascherarlo come l'assassino di Maddie.

«Senti, se hai ragione, se la persona che ha sparato a Petrov è la stessa che ha puntato su di te stasera, allora dovrai smetterla di giocare a fare la detective dilettante. O ti farai ammazzare».

«Non capisci! Devo trovare l'assassino di Maddie. Devo farlo per lei». Esitò. «E per me. O perderò di nuovo la vista».

Aggrottò la fronte. «E questo cosa vorrebbe dire?».

«Non mi crederai».

«Allora fai in modo che io ti creda. Dimmi la verità».

Lei esitò, poi disse: «Poco dopo aver perso la vista, all'età di quindici anni, ho subito il primo trapianto di cornea. Riuscii a vedere di nuovo, ma iniziai a vedere cose che non c'erano. I medici pensarono che soffrissi di PTSD e mi ricoverarono in un... istituto psichiatrico per alcuni mesi. Ma le visioni non cessarono, finché una notte pensai di essere inseguita. Corsi e caddi da una rampa di scale. Quando mi trovarono, ero di nuovo cieca. Il mio corpo aveva rigettato le cornee».

«Mi dispiace tanto», mormorò lui.

«All'epoca non ho potuto fare un altro trapianto, perché la caduta aveva danneggiato il mio nervo ottico. Ma ora, quindici anni dopo, la medicina ha fatto passi da gigante. Ho fatto un trattamento con cellule staminali per riparare il mio nervo ottico e poi ho ricevuto le cornee di Maddie». Lei lo guardò, incontrando i suoi occhi. Il suo sguardo era semplice e sincero. «Le visioni sono iniziate quasi subito. Non so come faccio a saperlo, ma sento che se non aiuto Maddie a smascherare il suo assassino, perderò di nuovo la vista».

Yang annuì. Ora capiva molto di più. E provò compassione per lei. Ebbe l'irrefrenabile bisogno di abbracciarla per consolare la quindicenne che si nascondeva dietro la facciata di donna indipendente. Ma non lo fece.

«Capisco perché lo stai facendo. Ma non posso approvarlo. Ti stai mettendo in pericolo». Fece cenno alla porta. «Avresti potuto farti ammazzare, là fuori, stanotte. Devi lasciar fare ai professionisti». Si rese conto di aver alzato la voce.

Emily lo fulminò con lo sguardo. «No! Non lo farò! I giornali continuano a definire la morte di Maddie un incidente, mentre io so che non lo è stato! È chiaro che nessuno, a parte me, sospetta che la sua morte non sia stata un incidente!»

Sorpreso dal tono deciso e dalla voce alta di Emily, cercò di calmarla. «Per favore, non è il tuo lavoro! È il mio».

«Allora fallo, il tuo lavoro!» Gridò quasi con forza. «O chissà cosa succederà alla ragazza che ho visto con Maddie quando ha chiamato Petrov». Fece uscire un respiro. «Ho cercato di capire come sia collegata a Maddie, e l'unica cosa che mi è venuta in mente è che conosce la ragazza per via dell'ente di beneficenza dove lavora».

«Vuoi dire *Nessun bambino abbandonato*?».

«Sì. Ci sono andata, ma mi hanno detto che Maddie non aveva molti contatti con i bambini. Quindi...»

«Hai fatto cosa?» Stordito, Yang riuscì a malapena a formulare le parole.

«Beh, io e Vicky abbiamo fatto finta di voler fare volontariato lì per poter fare delle domande», disse Emily durante il suo silenzio.

«Non puoi tornare lì».

«Beh, non ho intenzione di farlo», sbuffò Emily.

«Bene». Perché ficcare il naso in giro l'avrebbe solo messa nei guai, e la prossima volta lui non avrebbe potuto essere lì per salvarla.

«Allora, cosa farai, riguardo all'omicidio di Maddie e al suo collegamento con Petrov?» Alzò il mento.

«Me ne occuperò». Anche se il caso era dei Servizi Segreti. Ma, evidentemente, l'agente Mitchell e l'agente Banning non erano ancora andati molto lontano. Avevano visto solo una parte del quadro, ma ora Yang aveva altri pezzi del puzzle, e in qualche modo Petrov e l'ente di beneficenza ne facevano parte. «Emily, devi promettermi una cosa. Smetti di indagare da sola. Lascia fare a me. Me lo puoi promettere?»

Un rumore alla porta dell'appartamento lo fece scattare in quella direzione. Sembrava che qualcuno stesse raschiando la serratura con qualcosa di appuntito. Lanciò una rapida occhiata a Emily, che aveva sentito anche lei il suono. Il tiratore era qui per riprovarci?

Yang estrasse la pistola dalla fondina, poi fece cenno a Emily di spostarsi nel corridoio. Emily richiamò il suo cane e i due si allontanarono in silenzio.

Il raschiamento continuava. Yang si premette contro il muro accanto alla porta, con la pistola pronta. Altri tre secondi e la serratura scattò e la porta fu aperta. La prima cosa che Yang vide fu un lungo coltello da cucina, poi la persona entrò.

Yang puntò la pistola alla testa dell'intruso. «Getta il coltello o sparo».

L'intruso urlò e il coltello cadde a terra.

«Non sparate!» Urlò la donna.

«Vicky?» Emily gridò dal corridoio e arrivò di corsa. «Non fare del male alla mia amica!»

Yang imprecò. «Merda!» Abbassò la pistola e si allontanò da Vicky. Quando lei lo guardò, la riconobbe come la donna che aveva accompagnato Emily al funerale dei Bolton. «Cazzo! Perché diavolo hai fatto irruzione nell'appartamento di Emily?»

«Non sto facendo irruzione», disse lei, tenendo in mano una chiave. «Ho sentito delle voci alte e sono venuta a controllare Emily». Poi guardò la sua amica. «Stai bene?»

Emily annuì. «Sto bene».

Vicky indicò Yang. «E chi è il pistolero?»

Yang mostrò il suo distintivo. «Detective Adam Yang, Polizia di Washington».

Vicky fissò il distintivo e poi Emily. «Esci con un detective? Quando è successo?»

Le guance di Emily si arrossarono. «Non è così».

57

Dopo l'imbarazzante domanda di Vicky, Yang se ne andò piuttosto frettolosamente, ma non senza aver avvertito Emily di non mettersi ulteriormente in pericolo e averle fatto sapere che avrebbe mandato un agente in uniforme a sorvegliare il suo condominio. Pur apprezzando la sua preoccupazione per la sua sicurezza e la guardia armata che aveva promesso di inviare, Emily non aveva alcuna intenzione di assecondare la sua richiesta. Doveva continuare a seguire gli indizi che Maddie le stava inviando.

«Quindi non esci con lui, ma è nel tuo appartamento nel cuore della notte», disse Vicky, interrompendo le riflessioni di Emily.

«Non è notte fonda. Sono appena le nove», disse Emily, cercando di sviare.

«Questo è irrilevante. Allora, cosa è successo? Perché quel simpatico detective era qui?»

Vicky non si sbagliava: il detective Yang era di bell'aspetto e sembrava avere a cuore i suoi interessi, per non parlare del fatto che aveva rischiato la propria vita per spingerla fuori dalla traiettoria di un proiettile.

«Mi ha salvato la vita», esordì Emily, aggiornando Vicky su ciò che era successo dopo che lei aveva lasciato il parrucchiere.

Vicky si lasciò cadere sul divano. «È brutto, davvero brutto».

Emily si mise accanto a lei. «Sì, contavo di parlare con Sergei Petrov, perché credo che sappia qualcosa di Maddie e della ragazza che ho visto nella mia visione. Ma il detective mi ha appena detto che hanno sparato a Petrov questa mattina ed è in coma».

Coffee si infilò tra loro, cercando le coccole di entrambe.

«Oh cazzo», disse Vicky. «Pensi che sia stata la stessa persona che ha cercato di ucciderti?»

«Il detective pensa di sì». Sospirò. «Petrov sa qualcosa, lo sento. Che cosa farò adesso?»

«Non vedo cosa tu possa fare. È fuori dal tuo controllo».

«Ma devo fare qualcosa».

«Non hai intenzione di ascoltare il detective, vero?» Chiese Vicky, inclinando la testa da un lato.

Emily scrollò le spalle. «Se la polizia non ha ancora capito che Maddie è stata uccisa, non vuole scoprirlo. Devo farlo io».

«Ma ti stai mettendo in pericolo, continuando a indagare. Voglio dire, uno stronzo ha cercato di ucciderti, stasera. Questo non ti spaventa a morte?»

Lo aveva fatto. «Non posso cedere a questa paura. O l'assassino avrà vinto».

«La tua testardaggine ti farà uccidere».

«Spero di arrivare alla verità prima che ciò possa accadere».

Per un attimo rimasero entrambe in silenzio. Poi Vicky disse: «Allora, cosa vuoi che faccia?»

Emily si girò sul divano e tirò una gamba sotto di sé per girarsi a guardare Vicky. «Visto che me lo chiedi: non è che potresti parlare con qualcuno dell'ospedale per sapere qual è la prognosi di Petrov?»

«Non sono autorizzati a dirmelo. Inoltre, non sai nemmeno in quale ospedale si trovi Sergei Petrov».

«Posso però fare un'ipotesi. Una ferita da arma da fuoco? Ed è un diplomatico. Credimi, l'avrebbero portato all'ospedale con il miglior centro traumatologico».

«L'Ospedale Universitario George Washington», disse Vicky.

«Esattamente. Dove lavoravi tu. E tu stessa mi hai detto, non molto tempo fa, che hai ancora degli amici, lì. Per favore...»

Vicky lasciò andare un respiro. «Bene. Domani andrò lì e vedrò chi è disposto a spettegolare. Ma in cambio devi fare qualcosa per me».

«Qualsiasi cosa», disse Emily, automaticamente.

«Devi badare a Merlin e stare a casa mia mentre non ci sono. Odia stare da solo».

Il gatto di Vicky probabilmente avrebbe gradito qualche ora di solitudine, ma Emily non aveva intenzione di contraddire la sua amica.

«E sta arrivando il tecnico della TV via cavo. Sai cosa significa quando dicono che verranno tra le otto e le dodici».

Emily alzò gli occhi al cielo. «Significa che possono venire quando gli va».

«Giusto. Allora, dammi il tuo telefono».

«Perché?»

«Ti darò tutti i dettagli e il numero di riferimento, nel caso in cui dovessi chiamarli».

Emily si alzò e andò a prendere la borsetta, poi sbloccò il cellulare e lo porse a Vicky.

Vicky lo prese. «Ehi, hai ancora del gelato nel freezer?».

«Sempre».

«Bene, fammene due palline».

Emily andò in cucina e aprì il freezer. Mentre preparava una piccola ciotola per sé e per Vicky, disse: «Quindi pensi davvero che il detective Yang sia carino?»

Vicky ridacchiò. «È delizioso. Ci uscirei io, ma non mi ha degnata di uno sguardo. Però tu gli sei piaciuta molto».

«No, non è vero». Emily scosse la testa, anche se il pensiero che il detective Yang fosse interessato a lei le dava uno strano senso di sicurezza, che non aveva mai provato, con gli uomini. «Pensa che io sia pazza».

«Pazza in senso buono o in senso cattivo?»

Emily tornò verso il divano.

«In questo momento credo che tenda verso *pazza come un cavallo*».

Vicky posò il cellulare di Emily sul tavolino e prese la coppa di gelato. «Fidati di me. La maggior parte degli uomini passerà facilmente sopra alla pazzia, purché la ragazza sia carina. E tu sei bella. Soprattutto con il tuo nuovo taglio di capelli. Sembra molto sofisticato».

Emily sorrise. «Grazie! Avrei dovuto farlo anni fa, ma non sapevo come sarei stata con i capelli più corti».

Vicky le fece l'occhiolino. «Meglio tardi che mai». Mangiò una cucchiaiata di gelato. «Ora cerchiamo di capire come puoi ottenere un appuntamento con il detective».

Emily quasi si strozzò con il suo gelato. La sua migliore amica aveva una mentalità a senso unico. Ma in questo momento Emily avrebbe assecondato Vicky, perché aveva bisogno di dimenticare che stasera aveva rischiato di essere uccisa. E che male c'era, a fantasticare su un appuntamento con un bell'uomo? Un appuntamento che, ovviamente, non sarebbe mai potuto avvenire.

58

19 *giugno*

Era metà mattina, quando Mike Faulkner alzò lo sguardo dalla sua scrivania. Una del gruppo dei suoi numerosi collaboratori era in piedi davanti alla porta. «Cosa c'è, Abby?»

Abby Kline, una quasi trentenne laureata in scienze politiche, che aveva iniziato a lavorare per lui circa un anno prima, fece un passo nell'ufficio e si chiuse la porta alle spalle. «Il mio contatto con l'ambasciata russa mi ha appena informato che ieri mattina hanno sparato a uno dei loro diplomatici, un addetto».

«Come mai ne vengo a conoscenza solo ora? La morte di un diplomatico sul suolo americano deve essere gestita con la massima attenzione».

«Me ne hanno parlato solo ora», protestò Abby.

«Bene. Chiamiamo l'ambasciatore russo, in modo che il Presidente possa esprimere le sue condoglianze e assicurargli che faremo tutto il possibile per assisterli nelle indagini su questo sfortunato incidente. Conosci la procedura». Fece un movimento di congedo con la mano.

«Ma, signore, signor Faulkner, l'addetto, un certo Sergei Petrov, non è morto. È in coma all'ospedale universitario George Washington».

«Oh», disse lui, ora stupito. «Sappiamo qual è la sua prognosi?»

Abby scosse la testa. «No, non ancora».

«Assicurati di informarmi quando uscirà dal coma, se ne uscirà. Dobbiamo tenere sotto controllo la situazione. Capito?»

Lei annuì. «Sì, signore».

Faulkner fissò le carte sulla sua scrivania, riflettendo. Cosa avrebbe potuto rivelare Petrov se si fosse svegliato dal coma? Aveva riconosciuto l'assassino? E avrebbe rivelato ciò di cui lui e Maddie avevano parlato prima della sua morte?

Quando Faulkner non sentì aprirsi la porta, alzò di nuovo lo sguardo. La sua collaboratrice era ancora lì in piedi.

«C'è altro?»

«Suo figlio ha chiamato per dire che non potrà incontrarla a cena, stasera».

«Meglio così. Tanto ho troppe cose da fare. Puoi cancellare la prenotazione?»

«Certamente, signore».

«E, Abby, cancella il mio appuntamento delle 17 con il leader della minoranza della Camera. Devo uscire prima».

«Non ne sarà contento. Gli ci è voluta quasi una settimana, per trovare posto nella sua agenda».

«Sì, beh, dovrà aspettare. Ho cose più importanti da fare che sentirlo lamentarsi di come si sente trattato male dal Presidente. Digli solo che ho un appuntamento urgente dal dentista o qualcosa del genere. Pensaci tu».

Fece un movimento per farla andare via, e Abby uscì dal suo ufficio. Quando si chiuse la porta alle spalle, lui fece un lungo respiro.

59

Eric Bolton alzò lo sguardo dalla scrivania del suo studio e vide sua moglie entrare nella stanza, ancora in accappatoio, con un giornale in una mano.

«Pensavo che volessi dormire fino a tardi, tesoro», disse lui e si alzò per baciarla.

«Non riuscivo a dormire», disse.

«Dovresti farsi dare qualcosa dal dottor Hinkelstein. Non dormi bene da quando...» Non dovette finire la frase. Sapevano entrambi che nessuno dei due aveva dormito bene, dopo la morte di Maddie.

Rita sollevò il giornale. «L'hai letto?»

«Letto cosa?»

Lei stese il giornale sulla scrivania e indicò una colonna a pagina cinque. Dovette sporgersi, per leggere il trafiletto.

Diplomatico russo colpito mentre fa jogging, lesse.

Alzò gli occhi per guardare Rita e scrollò le spalle. «Non so dove vuoi arrivare».

«Dice che l'uomo a cui hanno sparato era Sergei Petrov».

Il nome gli suonava familiare, ma Bolton non riuscì a collocarlo immediatamente. Da quando era morta Maddie, aveva difficoltà a concentrarsi e i suoi pensieri andavano costantemente alla ricerca della figlia che aveva perso. Dovette costringersi a leggere il breve articolo, che consisteva solo di due paragrafi. Secondo l'articolo, avevano sparato a Sergei Petrov nelle prime ore del mattino del giorno precedente. Non era chiaro se fosse sopravvissuto o meno alla sparatoria. La polizia e l'ambasciata russa non commentavano la notizia.

«È qualcuno che abbiamo incontrato di recente a un evento?» Chiese, strofinandosi la nuca.

«Lo abbiamo incontrato qualche mese fa a un evento di beneficenza», disse Rita. «Ma...»

«È triste, ma mi ricordo a malapena di lui. Possiamo mandare un biglietto di condoglianze all'ambasciata russa?» Propose, anche se si chiedeva perché Rita se ne preoccupasse. Stava già affrontando abbastanza, con il lutto per la loro figlia.

«Non è per questo che te lo dico. Si tratta di quella donna che è venuta qui. Quella che ha ricevuto le cornee di Maddie».

La rabbia si agitò in Bolton. Quella donna aveva turbato Rita, con la sua visita. «Ti ha disturbato di nuovo? Giuro che farò emettere un'ordinanza restrittiva...»

Rita lo interruppe mettendogli una mano sull'avambraccio. «No, Eric, ascolta. Lei non è tornata. Ma ricordo quello che mi ha detto quel giorno».

«Tutte bugie! Non seguire questa strada, Rita. Ti farà solo più male».

Ma Rita scosse la testa. «Eric, per favore. Quella donna ha detto di aver visto Maddie chiamare Sergei Petrov prima di morire. Io l'ho liquidata perché non pensavo che Maddie avesse molto a che fare con lui. Dopotutto, è gay, quindi non era certo uno dei suoi spasimanti. Ma ora gli hanno sparato. Deve significare qualcosa. Potrebbe essere in qualche modo collegato alla morte di Maddie».

«Ma questo non ha senso. Non sappiamo nemmeno se si conoscessero, figuriamoci se si sono parlati al telefono».

«Ti prego, Eric, ho bisogno di sapere. Devo sapere cosa è successo. Gli uomini di Mike non hanno ancora trovato nulla. Ho bisogno di una conclusione. Devo sapere se questo Sergei ha qualcosa a che fare con Maddie».

Eric chiuse gli occhi e sospirò. Anche lui voleva chiudere, ma non voleva che Rita finisse in un altro buco nero.

«La signorina Warner ha detto che Maddie ha chiamato Sergei per chiedere aiuto. Devo sapere perché. Per favore, Eric, parla con la polizia o con l'ambasciata russa. Scopri se Maddie fosse in contatto con lui e perché».

Le lacrime cominciarono a scendere dagli occhi di Rita. Non poteva sopportare di vederla piangere di nuovo. Faceva troppo male.

La prese per le spalle e le strinse. «Parlerò con la polizia e scoprirò chi si occupa di questo caso».

«Grazie, Eric, grazie». Si premette contro il suo petto.

«Ma devi promettermi una cosa».

«Qualsiasi cosa», disse lei e alzò lo sguardo su di lui.

«Parla con il dottor Hinkelstein per farti dare qualcosa per poter dormire di nuovo. Devi riposare, o ti ammalerai. E ho bisogno che tu sia qui per me, come io sono qui per te. Abbiamo bisogno l'uno dell'altra, ora più che mai».

«Te lo prometto, Eric».

«Ti amo», disse.

«Ti amo», disse Rita, e le parole che lei non aveva più pronunciato dalla morte di Maddie gli scaldarono il cuore.

60

Dopo le rivelazioni della sera precedente, Yang era andato in ufficio presto, per esaminare i fascicoli del caso dell'omicidio di Annika e rileggere lo scarno dossier che Belsky gli aveva consegnato su Sergei Petrov, nonché gli appunti che aveva preso su Madeline Bolton. In qualche modo i tre casi erano collegati. Ma come? Aveva bisogno di riflettere, ma non aveva ancora avuto modo di parlare con Jefferson. Il suo collega aveva chiamato per dire che sarebbe andato dal dentista per una devitalizzazione d'urgenza e che non sarebbe arrivato prima dell'ora di pranzo.

Quando il suo telefono squillò un'ora prima di pranzo, Yang vide che si trattava di una chiamata interna e rispose. «Qui Yang».

«Detective, ha una visita. Un signor Eric Bolton», disse la receptionist.

Yang si mise subito a sedere più dritto. «Chiedigli di aspettare nella sala interrogatori due. Io arrivo subito».

Cosa voleva, da lui, il padre di Madeline Bolton? Aveva in qualche modo scoperto che Yang stava indagando sulla morte di sua figlia alle spalle dei Servizi Segreti? La tenente Arnold era impegnata in una riunione dei dirigenti dall'altra parte della città. Con un po' di fortuna, Yang poteva tenere nascosta la visita di Bolton.

Yang entrò nella stanza degli interrogatori e chiuse la porta dietro di sé. Eric Bolton, che era rimasto in piedi a guardare lo specchio a due vie, ora si girò.

«Signor Bolton? Detective Yang». Allungò la mano e Bolton la strinse.

«Buongiorno, detective».

Yang indicò la sedia dall'altra parte del tavolino. «Prego, si accomodi».

Una volta seduti entrambi, Yang chiese: «Come posso aiutarla?»

«Mi dispiace davvero farle perdere del tempo, detective, sono sicuro che abbia già abbastanza lavoro». Bolton sospirò. «Ma mi risulta che lei sia stato assegnato al caso Petrov».

Yang sollevò un sopracciglio. Nessuno, a parte alcuni alti ufficiali di polizia come la tenente e i suoi superiori, sapeva che la divisione si stava occupando del tentato omicidio di Sergei Petrov. «Temo di non poter parlare del caso, né posso negare o confermare l'esistenza di un caso del genere».

Bolton annuì. «Capisco. Ma diciamo che so, da uno dei suoi superiori, che lei si sta occupando del caso e vorrei darle alcune informazioni. Lei non vorrebbe queste informazioni?»

Yang guardò il volto di Bolton, cercando di capire le intenzioni dell'uomo più anziano. «Beh, dipende dalle informazioni».

«Mia moglie mi ha chiesto di venire», esordì Bolton. «Recentemente ha parlato con una persona che ritiene che mia figlia, Madeline, abbia parlato con Sergei Petrov, prima della sua morte».

Yang fu improvvisamente tutt'orecchi.

«Ma ho guardato il suo cellulare e non ho trovato nessuna traccia della chiamata, o persino che avesse il suo numero di telefono. Probabilmente Maddie lo conosceva per via di qualche evento, ma non so perché avrebbe dovuto parlargli». Si frugò in tasca e tirò fuori un cellulare con un post-it sopra. Lo fece scivolare verso Yang. «Questo è il suo cellulare e questo è il PIN. I servizi segreti me lo hanno restituito».

«Cosa hanno scoperto i servizi segreti?»

Bolton scrollò le spalle. «Da quello che mi hanno detto, non c'era nulla di utile, sul cellulare. Ma forse potrebbe dare un'occhiata anche lei?»

Yang annuì. Avere accesso al telefono di Madeline Bolton era un vantaggio inaspettato. «Signor Bolton, sono ovviamente al corrente di quanto è accaduto a sua figlia. In effetti, io e il mio collega dovevamo indagare sulla sua morte, ma poi i Servizi Segreti hanno rivendicato la giurisdizione. A quanto pare al capo della polizia è stato detto che il caso aveva a che fare con la sicurezza nazionale».

Bolton apparve imbarazzato. «Mi dispiace. Ero estremamente sconvolto, quando ho ricevuto la telefonata su Maddie. Ero ancora al pronto soccorso, quando ho parlato con Mike Faulkner... sa... il capo di gabinetto, e avevo bisogno di scoprire cosa fosse successo alla mia bambina...» La sua voce si spezzò, ma poi si riprese e continuò: «Così, quando Mike disse che avrebbe fatto indagare i Servizi Segreti, accettai. Non volevo creare problemi tra la polizia e...»

«Non c'è bisogno di scusarsi, signor Bolton», lo interruppe Yang. «Mi dispiace molto per la sua perdita». Si schiarì la gola. «Quindi, sta dicendo che Madeline potrebbe aver parlato con Sergei Petrov?»

Bolton annuì. «Sì, e mia moglie si chiede se in qualche modo la morte di Petrov e quella di mia figlia siano collegate».

Yang capì immediatamente che Bolton non aveva idea che Petrov fosse sopravvissuto all'attentato e non aveva intenzione di correggerlo. Meno persone sapevano che Petrov era ancora vivo, più il diplomatico era al sicuro.

«È certamente qualcosa che posso esaminare, ma, considerando che sulla morte di sua figlia stanno indagando i Servizi Segreti, che non vogliono condividere alcuna informazione con noi, vorrei chiederle aiuto».

Bolton annuì immediatamente. «Certo, tutto quello che le serve».

Yang prese la penna e il blocco note che giacevano sul tavolo tra lui e Bolton. Non aveva intenzione di perdere tempo e si concentrò sulle domande a cui non era riuscito a trovare risposta da altre fonti. Questa era la sua occasione per raccogliere altri pezzi del puzzle.

«Mi risulta che sua figlia abbia lavorato per un ente di beneficenza, giusto? Può dirmi qualcosa di più, al riguardo?»

«Sì, mi ha fatto molto piacere, quando ha cominciato a occuparsi di *Nessun bambino abbandonato*. Ha avuto i suoi problemi, sa, ma quando finalmente è riuscita a concentrare le sue energie su qualcosa di buono, di utile, lei è sbocciata». Sul volto di Bolton comparve un sorriso. «Era brava, in quello che faceva, a convincere le persone a donare per una buona causa. Sapeva come fare leva sul cuore dei potenziali donatori. I soldi arrivavano e l'associazione poteva farci molte cose buone. Anche di più di quando la gestiva Mike».

«Mike?» Yang intervenne.

«Sì, Mike Faulkner. Gestiva l'ente di beneficenza, ma poi si è dovuto dimettere quando è diventato capo di gabinetto del Presidente. Suo figlio, Caleb, ha preso il suo posto. Caleb e Madeline erano una grande squadra».

«Avevano una relazione sentimentale?»

«Oh no, lo speravamo, io e mia moglie, ma no, Caleb non ha mai mostrato alcun interesse per Maddie in quel senso. In effetti, non esce molto con le donne. È molto dedito al suo lavoro. Immagino che questo non gli lasci molto tempo per una relazione».

«Sua figlia aveva contatti con i bambini salvati dall'associazione?»

«Non credo. Dava il meglio di sé quando invitava i donatori a cena. Voglio dire, sì, di tanto in tanto c'erano eventi in cui i bambini salvati erano presenti, in modo che i donatori potessero vedere ciò che i loro soldi avevano reso possibile. Maddie avrebbe potuto avere un posto nel consiglio di amministrazione, come mio genero, ma voleva un coinvolgimento maggiore rispetto alla sola partecipazione alle riunioni del consiglio e alla firma dei documenti finanziari e delle revisioni contabili».

«Suo genero fa parte del consiglio di amministrazione di *Nessun bambino abbandonato*?».

«Sì, da quando Mike Faulkner si è dimesso da amministratore

delegato e presidente. In effetti, si conoscevano da prima che Natalie sposasse Paul».

«Per la cronaca: sta parlando di Paul Sullivan, giusto?»

«Sì». Bolton scrollò le spalle. «Siede in molti consigli di amministrazione».

«Quindi lui e sua figlia Madeline avevano molti contatti?»

«Il minimo necessario», disse Bolton, in modo criptico.

«Che significa?» Yang chiese con interesse.

«Si sono scontrati spesso».

«A proposito di?»

Bolton fece un'alzata di spalle. «Non ho mai interferito. Semplicemente non si piacevano, e il fatto di essere coinvolti nello stesso ente di beneficenza non aveva migliorato il loro rapporto. Spesso non erano d'accordo su come gestire l'associazione».

«Hmm». Yang prese nota di indagare su Paul Sullivan. Dopo tutto, la maggior parte degli omicidi venivano commessi da persone che la vittima conosceva. «Per quanto riguarda Sergei Petrov. Lo conosce personalmente?»

«Non ne sono sicuro».

Yang alzò un sopracciglio.

«Senta, nel mio lavoro incontro molte persone e partecipo a molti eventi organizzati da un governo o da un altro. Sono sicuro che le nostre strade si siano incrociate a un certo punto, negli ultimi anni, ma, a dire il vero, non sarei in grado di riconoscerlo in un confronto all'americana».

«Capisco. Allora, cosa fa pensare a sua moglie che sua figlia abbia parlato con lui, prima della sua morte?»

Bolton sospirò e Yang capì subito che Bolton si sentiva a disagio nel rispondere alla domanda. «Probabilmente penserà che sia una cosa stupida, ma... in mancanza di una parola migliore... una sensitiva è venuta a trovarla e le ha detto cose che mia moglie ha trovato credibili».

Yang sapeva esattamente cosa Bolton stesse cercando di dire, ma non lasciò intendere di sapere chi fosse quella cosiddetta sensitiva, anche se aveva bisogno di confermare il suo sospetto. «Questa sensitiva ha lasciato un nome?»

«Emily Warner, anche se non sono sicuro che sia il suo vero nome».

Yang annuì. Il suo sospetto si era rivelato corretto. Emily aveva parlato con la signora Bolton e, sebbene non fosse contento del fatto che stesse interferendo con il lavoro della polizia, la sua azione aveva fatto sì che Eric Bolton venisse da lui per un colloquio.

«Mi occuperò di lei», dichiarò Yang. «C'è qualcos'altro che le viene in mente, che possa aiutarci a collegare sua figlia a Sergei Petrov?»

Con uno sguardo rammaricato, Bolton scosse la testa. «Vorrei poterle dare qualcos'altro, ma questo è tutto ciò che so. So che non è molto, ma...»

«È una pista», gli assicurò Yang. «Se c'è un collegamento tra la morte di sua figlia e il signor Petrov, lo troverò».

Entrambi si alzarono e si strinsero la mano.

«Grazie, detective».

Yang lo accompagnò all'uscita, poi tornò nel suo cubicolo con il cellulare di Madeline Bolton in mano. Lo guardò, meditando la sua prossima mossa. Bolton gli aveva fornito informazioni sufficienti per sospettare che il diplomatico russo sapesse qualcosa sulla morte di Madeline.

Yang aprì un file, cercò un numero di telefono e lo compose.

La chiamata ebbe risposta dopo il primo squillo. «Lasciate un messaggio», disse la voce con accento russo, seguita da un segnale acustico.

«Detective Yang della polizia di Washington. Devo sapere se Sergei Petrov conosceva Madeline Bolton e se l'ha chiamata prima della sua morte. È importante».

61

Emily si versò una seconda tazza di tè, mentre Coffee e Merlin si rincorrevano intorno al tavolino dell'appartamento di Vicky. Vicky era uscita più di un'ora prima per andare in ospedale in missione di ricognizione. Finora, Emily non aveva avuto notizie di Vicky. Per la quinta volta, Emily controllò che il suo cellulare non fosse impostato sul silenzioso. Era ansiosa. La realtà era appena entrata in circolo. La notte precedente le era passata troppa adrenalina nelle vene perché si potesse rendere conto della gravità della sua situazione. Qualcuno stava cercando di ucciderla perché stava seguendo gli indizi che Maddie le stava inviando.

Era davvero pronta a continuare su questa strada, anche se le sue azioni la stavano trasformando in un bersaglio? E se non fosse riuscita a scoprire chi aveva ucciso Maddie?

Si fermò, rendendosi improvvisamente conto di una cosa. Il fatto che qualcuno stesse cercando di ucciderla doveva significare che era sulla strada giusta. Stava facendo innervosire l'assassino. Significava che era vicina a scoprire chi c'era dietro tutto questo. Perché, altrimenti, l'assassino di Maddie avrebbe ritenuto necessario eliminarla? Lei e Sergei. Forse significava che Emily e Sergei avevano dei pezzi del puzzle e che, se avessero unito le loro menti, avrebbero scoperto chi fosse l'assassino. Ecco perché era fondamentale che Sergei si svegliasse.

Il campanello suonò all'improvviso, un suono così forte che Emily sobbalzò involontariamente, rovesciando un po' del suo tè sul tavolino. Il cuore le batté forte in gola e, con le mani tremanti, posò la tazza.

Prese fiato e si avviò verso la porta. Un assassino non avrebbe suonato il campanello. Inoltre, questo era l'appartamento di Vicky. Emily premette il citofono.

«Sì?»

«È la società della tv via cavo per Victoria Hong».

«Salga». Lei premette il pulsante per farlo entrare e si rilassò.

Avvertì Coffee alle sue spalle e si girò. Lui la stava fissando, avendo chiaramente percepito il suo disagio. Gli accarezzò la testa. «Sto bene, Coffee. Bravo ragazzo».

Merlin si stava inserendo tra Emily e Coffee, con la coda morbida e pelosa che sfiorava le gambe di Emily.

«Sì, anche tu, Merlin. Ora andate a giocare».

Ma Coffee non si mosse, nemmeno quando Merlin si avvicinò al divano e ci saltò sopra. Coffee era ancora vigile, sapendo che il campanello significava che stava arrivando qualcuno.

Emily sentì un rumore fuori dalla porta e guardò attraverso lo spioncino. Fece fatica a inquadrare l'uomo fuori, anche se la sua vista migliorava di giorno in giorno. Ma dovette strizzare gli occhi.

Aprì la porta e guardò l'uomo. Indossava una maglietta con il logo della società della tv via cavo e portava con sé una cassetta degli attrezzi.

«Victoria Hong?» Chiese, con un sorriso. «Io sono Jamie».

Emily non lo corresse. Non aveva bisogno di sapere che lei non era Vicky. «Prego, entri». Indicò la zona soggiorno. «La cassetta della TV via cavo è lì».

Entrò e passò davanti a Emily, quando Coffee gli bloccò la strada. Il cane emise un basso ringhio.

Jamie si fermò. «Morde?»

«No, no. Mi dispiace, è solo un po' nervoso», disse Emily e prese Coffee per il collare. «Va tutto bene, Coffee. Tranquillo. Questo signore è qui solo per riparare qualcosa, ok?» Gli parlò con voce rilassata, indicando al suo fidato cane guida che era tutto a posto.

«Grazie. Non sono una persona che ama i cani». Fece un sorriso forzato. «Immagino che i cani lo percepiscano, vero?»

«Gli animali sono molto intuitivi», disse Emily. E sapere che a Coffee non piaceva Jamie rese anche Emily un po' apprensiva, anche se l'uomo non aveva fatto nulla per giustificare il suo disagio.

Si avvicinò al televisore e vi posò accanto la cassetta degli attrezzi. «Da quanto tempo ha il problema delle immagini sgranate?»

«Ehm... solo un paio di giorni...» Emily tirò a indovinare. Se fosse stato più a lungo, Vicky avrebbe sicuramente fatto intervenire un tecnico prima.

«Bene, allora diamo un'occhiata».

Mentre lui prendeva diversi attrezzi dalla sua scatola e iniziava a lavorare sulla scatola dei cavi, Emily si chinò verso Coffee e lo accarezzò. «Fai il bravo, Coffee». Il cane si appoggiò alle sue gambe, il suo corpo ora era più rilassato. «Vai a giocare con Merlin».

«Credo che ci sia un collegamento allentato da qualche parte», disse Jamie, guardandosi alle spalle. «Le dispiace se sposto il mobile del televisore?».

«No, no, faccia pure qualsiasi cosa debba fare».

Il suo cellulare squillò ed Emily si avvicinò al bancone della cucina dove aveva lasciato il telefono. Lo prese e guardò il numero. C'era scritto *Rischio spam*, così premette il pulsante per rifiutare la chiamata, quando un forte botto si udì alle sue spalle e la fece voltare. Una ciotola di metallo con frutti di legno decorati cadde a terra. Coffee abbaiò e Merlin saltò improvvisamente giù dalla sua postazione sul divano e andò sul tavolino, soffiando a Jamie.

«Cazzo, scusa!» Jamie disse e alzò le mani, ma Merlin gli saltò addosso, graffiandolo. Diverse riviste caddero dal tavolino e finirono sul pavimento.

«Merlin, giù!» Emily urlò, ma il gatto non la ascoltò e continuò a soffiare al tecnico della tv via cavo.

«Mi dispiace», disse Jamie, indicando la ciotola. «L'ho colpita con la spalla quando ho spostato il mobile del televisore».

Coffee continuò ad abbaiare e corse al fianco di Merlin, come per difendere il suo amico.

«Non si preoccupi», disse Emily. «Non si è rotto».

«La aiuto io», disse lui, cercando di prendere una banana decorativa, ma Coffee e Merlin non smisero di abbaiare e soffiare.

«Ci penso io», disse Emily. «Mi dispiace per Coffee e Merlin. Si sono solo spaventati».

Jamie forzò un sorriso. «Immagino di non essere nemmeno una persona da gatti».

«Coffee! Basta». Il cane si acquietò immediatamente e la guardò. Gli indicò il divano e Coffee vi si avvicinò e saltò su. Una volta seduto, Merlin si allontanò da Jamie e raggiunse Coffee, accoccolandosi contro di lui.

Emily sospirò, poi iniziò a raccogliere i pezzi di frutta di legno e li rimise nella ciotola, prima di raccogliere le riviste dal pavimento. Una di esse, cadendo, si era aperta ed Emily stava per chiuderla, quando intravide l'immagine patinata sulla pagina di destra. Afferrò la rivista e se la avvicinò, concentrando lo sguardo sull'immagine di un bagno. Aveva già visto questo bagno, non nella vita reale, ma in una visione. Era il bagno in cui Maddie aveva nascosto una busta.

Emily guardò le altre immagini della rivista che sembravano mettere in risalto un lussuoso appartamento. In una delle foto, un bell'uomo dalla carnagione olivastra stava davanti a un camino, in un'altra lo stesso uomo era in posa seduto su una chaise longue.

Aveva già visto quest'uomo. Ci mise qualche secondo per leggere il titolo.

A casa con Diego Sanchez. Uno sguardo alla vita contemporanea in un edificio storico.

Il cuore di Emily ebbe un sussulto. «Oh, mio Dio». Maddie aveva nascosto la busta nell'appartamento di Diego. Questo poteva solo significare che si fidava di Diego per qualsiasi informazione contenesse.

62

Poco dopo pranzo, Yang era seduto nel suo cubicolo e posava il ricevitore, sbalordito dalle informazioni appena ricevute, quando vide un movimento con la coda dell'occhio. Girò la testa e vide Jefferson che entrava.

Yang gli si avvicinò. «Finalmente!»

Jefferson lo raggiunse e aggrottò la fronte. «Cosa?» La sua voce suonava come se avesse uno straccio in bocca.

«Dobbiamo andare ad arrestare Sokolov». Chiamò il sergente all'ingresso: «Mandate un paio di agenti nell'ufficio del dottor Sokolov nell'edificio delle cure ambulatoriali Logan sulla NW P Street, e assicuratevi che non se ne vada. Ma non fateli salire. Fate in modo che coprano tutte le uscite. Saremo lì tra pochi minuti».

«L'abbiamo beccato?» Chiese Jefferson.

Mentre si affrettavano a uscire, Yang disse: «Guido io. Probabilmente sei ancora un po' stordito per l'anestesia».

«Sto bene», protestò Jefferson.

Pochi istanti dopo erano in macchina e si dirigevano verso l'edificio degli uffici di Sokolov. Finalmente Yang poté informare il suo collega su ciò che aveva scoperto. «Abbiamo un riscontro del DNA».

«Quel fottuto bastardo ha ucciso Annika? Non mi stupisce che non abbia voluto darci il suo DNA».

«Non ha ucciso Annika».

«Cosa?» Jefferson gli lanciò un'occhiata confusa.

«Il suo DNA corrispondeva a quello di un caso di stupro di 22 anni fa in Illinois. Ecco perché non si è offerto volontario. Deve aver capito che una volta che il suo DNA fosse stato inserito nel sistema, lo avrebbe collegato a quello stupro».

«Cazzo!» Disse Jefferson.

«Sì, è stato un colpo di fortuna. Non che ci porti molto avanti con il caso di Annika, ma almeno togliamo uno stronzo dalla strada».

«Come cazzo ha fatto a ottenere l'abilitazione a esercitare?» Jefferson ringhiò.

«Immagino che non sia mai stato, nel caso dell'Illinois. Probabilmente si è trasferito fuori dallo Stato poco dopo aver commesso il crimine», disse Yang, facendo spallucce.

«E la scientifica è sicura che non ci sia corrispondenza con il DNA trovato sul corpo di Annika?» Chiese Jefferson.

«Al cento per cento».

Jefferson sospirò. «Che palle».

«Sì».

Rimasero in silenzio per il resto del viaggio. Yang decise che avrebbe aggiornato Jefferson su quanto aveva appreso da Eric Bolton più tardi. Al momento dovevano arrestare un criminale violento.

Nell'ufficio di Sokolov, una volante era già parcheggiata davanti all'ingresso. Il personale dell'ufficio, incuriosito, stava uscendo dall'edificio per andare a pranzo, mentre un agente di polizia in uniforme si trovava davanti alla porta d'ingresso per controllare se Sokolov stesse uscendo.

Yang si avvicinò al poliziotto in uniforme e mostrò il suo distintivo. «Detective Yang e Jefferson. Sokolov è ancora dentro?»

«Non è uscito, da quando sono qui. Il mio collega è all'uscita posteriore».

«Bene. Rimani qui. Noi saliremo».

Fianco a fianco, Yang e Jefferson entrarono nell'atrio e si diressero verso gli ascensori, quando uno di questi si aprì e Sokolov ne uscì. I loro sguardi si incontrarono. Yang prese la pistola e gli occhi di Sokolov si spalancarono. Sapeva che era tutto finito.

Sokolov si girò e corse nella direzione opposta. Yang e Jefferson lo inseguirono.

«Dottor Sokolov! Polizia! Si fermi subito!»

L'idiota non gli diede retta e Jefferson lo raggiunse un attimo dopo, placcandolo a terra, mentre Yang puntava la pistola al busto di Sokolov. «Una mossa sbagliata e scoprirai quanto fa male una ferita da proiettile».

Sokolov ansimava. Jefferson lo teneva bloccato, mentre tirava fuori le manette.

«Yuri Sokolov, lei è in arresto per lo stupro di Sharon Engels a Cicero, Illinois, il 10 giugno 1999», disse Jefferson, ammanettandogli le mani dietro la schiena. «Ha il diritto di rimanere in silenzio. Ha diritto a un avvocato e, se non può permetterselo, gliene verrà assegnato uno d'ufficio. Se rinuncia a questi diritti e parla con noi, tutto ciò che dirà potrà essere usato contro di lei in tribunale».

Jefferson tirò su Sokolov.

Con un'espressione di sfida, Sokolov lanciò un'occhiataccia a Yang. «Non hai niente su di me, niente!».

Yang sorrise e indicò la caffetteria nell'atrio dell'edificio. «E tu avresti dovuto ripulire il tuo tavolo e non lasciare lì una focaccia mezza mangiata».

Jefferson sorrise. «Avrai tutto il tempo per imparare a essere ordinato, in prigione».

Sokolov grugnì, ma la sua espressione facciale cambiò. Sapeva di essere stato catturato.

Yang sentì la soddisfazione che lo travolgeva. Un momento come questo era il motivo per cui amava fare il poliziotto. Non poteva immaginare di fare altro, nella vita.

63

Emily era pronta a lasciare il suo appartamento, quando si rese conto di una cosa. L'agente di polizia in uniforme che il detective Yang aveva incaricato di proteggerla era ancora seduto nella sua volante fuori dal palazzo. Non poteva rischiare che la seguisse dove era diretta. Yang non avrebbe approvato quello che stava facendo: continuare a curiosare per trovare l'assassino di Maddie. Per un attimo Emily pensò se ci fosse un modo per distrarre l'agente, in modo da poter sgattaiolare via senza essere vista, ma Vicky non era in casa, quindi dovette escogitare un'altra idea.

Scese al primo piano, ma invece di uscire dalla porta principale, si diresse nella direzione opposta e girò a sinistra quando il corridoio finì. Pochi passi dopo, una porta conduceva all'esterno del piccolo cortile, dove Oberman, il custode, teneva i grandi contenitori per la spazzatura dell'edificio. Si guardò intorno e trovò un cancello all'estremità del cortile. C'era un cancello che portava fuori, sul lato dell'edificio, collegato al palazzo accanto a quello di Emily, che secondo Vicky apparteneva allo stesso proprietario.

Emily entrò nel cortile dell'edificio vicino, trovò la porta dell'atrio aperta ed entrò. Attraversò l'atrio e poi sbirciò fuori. Diversi cespugli ostruivano la visuale dalla porta d'ingresso dell'edificio al punto in cui era parcheggiata la volante della polizia. Emily uscì e, appena prima di mettere piede sul marciapiede, guardò in direzione della volante. Era parcheggiata in modo che l'autista l'avrebbe potuta vedere solo se avesse guardato nello specchietto retrovisore.

Il più velocemente possibile, ma senza correre, Emily si precipitò lungo il marciapiede e svoltò nella strada laterale successiva. Sollevata dal fatto che l'agente di polizia non l'avesse individuata, lasciò andare un bel respiro.

Trovare l'edificio in cui viveva Diego Sanchez non fu affatto un problema. L'articolo apparso sulla rivista patinata qualche settimana prima della morte di Maddie aveva fornito a Emily informazioni sufficienti per individuare l'indirizzo. Fu più difficile raccogliere tutto il suo coraggio per suonare il campanello. Se Sanchez fosse stato in casa o meno, e se l'avrebbe invitata a entrare, non dipendeva da lei.

«Sì?» Una voce maschile giunse attraverso il citofono.

«Signor Sanchez? Sono un'amica di Maddie e volevo parlarle di una cosa che mi aveva detto prima di morire». Era una bugia, anche se il succo era la verità. Aveva qualcosa da dirgli su ciò che Maddie le aveva *mostrato dopo la* sua morte.

Ci fu un silenzio che si protrasse per diversi secondi.

Sanchez non stava cadendo nella trappola. Forse troppi giornalisti curiosi avevano già provato questo trucco. Emily sospirò. Forse avrebbe dovuto introdursi nel suo appartamento come aveva fatto a casa di Maddie. Sarebbe stato più difficile, però, perché non sapeva quando Sanchez non sarebbe stato a casa.

«Ultimo piano», disse improvvisamente la stessa voce. Contemporaneamente, Emily sentì un ronzio e spinse la porta d'ingresso.

Nervosamente, Emily entrò nell'ascensore e salì al quarto piano. Non aveva paura di Diego. Maddie si era fidata abbastanza da nascondere informazioni in casa sua, quindi Emily non credeva che avrebbe rappresentato un pericolo, per lei. Tuttavia, Sanchez non la conosceva e alla fine avrebbe capito che non era un'amica di Maddie.

Emily poteva solo sperare di avere abbastanza tempo per cercare la busta prima che Sanchez la buttasse fuori.

Quando l'ascensore suonò e le porte si aprirono, Emily uscì sul corridoio. Una porta in fondo era già aperta. Sullo stipite c'era Diego Sanchez. Era vestito con jeans a vita bassa e una maglietta che metteva in mostra il suo fisico muscoloso. Sembrava così diverso da quando lo aveva visto al funerale di Maddie. Era facile capire perché Maddie si fosse innamorata di lui. Trasudava sex appeal. Con i suoi occhi scuri e penetranti e il suo corpo in forma, non era difficile immaginare che le donne andassero in estasi, non appena lui entrava in una stanza.

«Signor Sanchez», lo salutò, sorridendogli, nella speranza che il suo sorriso la facesse apparire come una donna sicura di sé.

«Diego», disse e le offrì la mano. «Temo di non conoscere il tuo nome».

«Emily Warner».

«Prego, entri».

L'appartamento era proprio come nelle foto della rivista, anche se un po' più disordinato. Il bancone della cucina era pieno di piatti sporchi e nel soggiorno c'erano libri e giornali sparsi.

Sanchez catturò il suo sguardo. «Scusi il disordine. Non aspettavo nessuno».

Emily si voltò verso di lui. «Scusi l'intrusione». Senti le sue mani improvvisamente sudate e le asciugò sui jeans.

Lui sembrò accorgersi del suo nervosismo, l'occhiata che le rivolse era rivelatrice. «Ha detto di essere un'amica di Maddie. Temo che non abbia mai fatto il suo nome».

Prima che Emily potesse trovare una risposta, Sanchez continuò: «Lei non è il tipo di donna con cui Maddie era amica. Anzi, non aveva molte amicizie femminili».

Le sue parole suonano come una sfida.

«Lo so. Io e Maddie non avevamo davvero nulla in comune. E in circostanze normali, probabilmente non ci saremmo mai incontrate. Ma entrambe teniamo alla verità».

Sanchez alzò le sopracciglia. «La verità su cosa?»

Emily esitò e si schiarì la gola. Poteva fidarsi e dire a Sanchez la verità? Poteva confidarsi con lui? Non potendo rispondere, fece l'unica cosa possibile. Temporeggiò. «Mi scusi, le dispiace se uso il bagno?»

Per un attimo lei pensò che lui avrebbe rifiutato la sua richiesta, ma poi lui indicò un corridoio e disse: «Il bagno degli ospiti è dietro la seconda porta a sinistra».

Annuì. «Grazie».

«Le preparo qualcosa da bere, nel frattempo?»

Emily forzò un sorriso. «Sarebbe fantastico».

Mentre Sanchez si dirigeva verso il frigorifero, Emily andò verso il corridoio. Aprì la porta che lui le aveva indicato, ma si rese subito conto che quello non era il bagno che aveva visto. Senza fare rumore, richiuse la porta e si infilò nel corridoio, felice che la moquette soffocasse il rumore dei suoi passi.

Il corridoio faceva una curva a destra ed Emily lo seguì. La porta che si trovò davanti era chiusa. Premette la maniglia e la aprì. Si trattava della camera da letto principale. Un enorme letto matrimoniale dominava la stanza. L'arredamento era decisamente maschile, con colori decisi e senza fronzoli. Entrò nella stanza e si diresse subito verso la porta aperta del bagno privato. Guardò i doppi lavandini e la grande doccia. Sì, questo era il bagno che Maddie le aveva mostrato nella visione.

Senza perdere tempo, Emily si accovacciò e aprì le ante del mobile sotto il primo lavandino. All'interno, la carta igienica era ordinatamente impilata su due file, non su tre come nella visione. Capì subito perché Madeline aveva nascosto lì la busta. Col tempo, Diego avrebbe usato i rotoli fino a trovare la busta. Il cuore di Emily cominciò a battere forte. Tolse la fila superiore dei rotoli ed eccola lì: la busta che Maddie aveva nascosto. Emily si avvicinò alla busta quando un rumore improvviso alle sue spalle la fece voltare per guardarsi alle spalle.

Sanchez si affacciò alla porta aperta e la fissò. «Chi sei, veramente, e che cazzo ci fai qui a curiosare?»

Emily deglutì a fatica. «Merda».

64

Dopo aver registrato Sokolov e aver notificato alla Polizia Federale degli Stati Uniti e al Dipartimento di Polizia di Cicero che il sospetto di stupro era in custodia e pronto per essere trasferito in Illinois, Yang prese da parte il suo partner e lo informò della sua conversazione con Eric Bolton.

Erano in una delle stanze degli interrogatori, in modo che nessuno potesse sentirli.

«Mi stai prendendo per il culo», disse Jefferson, spalancando poi la bocca. «Pensi che la morte di Madeline Bolton sia collegata all'attentato a Petrov?»

«È possibile». Quello che Yang aveva omesso era che Emily Warner era la persona che aveva messo quella particolare pulce nell'orecchio della signora Bolton. Ci sarebbe stato tempo per approfondire i dettagli più tardi.

«Ma mi hai appena detto che sul cellulare di Madeline Bolton non c'è traccia della telefonata».

Yang intuì che Jefferson non se la stava bevendo. «Sto aspettando che Belsky dell'ambasciata russa confermi che c'è stata davvero una telefonata tra loro».

«Sì, buona fortuna. Belsky non è esattamente uno che si fa in quattro. Il suo dossier su Petrov era piuttosto scarno».

Anche se Yang era preoccupato per la stessa cosa, non espresse la sua preoccupazione. Invece disse: «Se vuole che scopriamo chi ha sparato a Petrov, è meglio che ci dia qualche informazione. Non mi piace essere ostacolato, durante un'indagine».

«Hmm», grugnì Jefferson. «Allora, come sta Petrov? Ci sono novità?»

«Per quanto ne so, è ancora in coma».

Qualcuno bussò alla porta, prima che si aprisse ed entrasse uno degli agenti in uniforme.

«Detective Yang, mi scusi se la interrompo».

«Cosa c'è, McBride?»

«Mi aveva chiesto di farle sapere non appena fosse arrivato il rapporto balistico. Ora è sulla sua scrivania»

«Del proiettile che hanno estratto da Petrov?» Jefferson intervenne.

McBride lo fissò. «No, uno di quelli che hanno mancato Emily Warner ieri sera. Ne hanno estratto uno da un palo della recinzione, ma non sono riusciti a trovare il secondo proiettile».

Prima che Jefferson potesse chiedere altro, Yang ringraziò rapidamente McBride e gli fece cenno di andarsene. Quando furono di nuovo soli, Yang incontrò lo sguardo indagatore di Jefferson.

«Vuoi dirmi cos'altro mi sono perso?» Disse Jefferson.

Yang spostò il peso da una gamba all'altra. «Volevo dirtelo, ma poi sei dovuto andare dal dentista e...»

Jefferson inclinò la testa da un lato. «Come no». La sua voce grondava sarcasmo. «Che cazzo è successo?»

«La signorina Warner è stata aggredita, ieri sera. Vive nel mio quartiere e mi sono imbattuto in lei proprio mentre qualcuno le sparava addosso. Sono riuscito a portarla in salvo prima che si facesse male».

Jefferson si passò una mano tra i capelli e scosse la testa. «Ti sei imbattuto in lei? Davvero? Non dire cazzate».

Yang digrignò i denti. «Bene. Stavo andando da lei. Volevo solo approfondire quello che mi aveva detto prima. Solo per vedere se è davvero pazza».

«E probabilmente lo è», lo interruppe Jefferson.

«Era quello che pensavo anch'io, prima che qualcuno cercasse di ucciderla. Potrebbe essere tutto collegato».

«Collegato come? Intendi la sparatoria di Petrov e quella di quella donna? Ma non hanno nulla in comune».

«E invece sì: Madeline Bolton. È il collegamento per tutti e tre i casi».

«Ma...»

Il cellulare di Yang squillò e lui guardò il display. «È Belsky».

Rispose alla chiamata e mise il vivavoce. «Yang.»

Belsky non si preoccupò di salutare. «Ha ragione, riguardo alla telefonata. Madeline Bolton ha chiamato Petrov il giorno prima della sua morte, ma ha lasciato solo un messaggio».

«Come fa a sapere che non hanno parlato davvero?»

«Petrov era fuori dal paese, al momento della telefonata ed è rientrato un giorno dopo la morte della signora Bolton».

«Potrebbe averla richiamata da un altro numero?».

«No».

Yang scambiò un'occhiata con Jefferson, che alzò le spalle.

«E cosa diceva il messaggio?».

«Non posso dirvi altro».

«Nel senso che è tutto quello che vuole dirmi».

«Capisce in fretta, detective. Buona giornata». Belsky chiuse la chiamata.

«Questo lo conferma», disse Yang.

«Ok, ma allora perché non ci sono prove di questa chiamata sul cellulare di Madeline Bolton?»

«Credo che qualcuno ne abbia cancellato ogni traccia».

«Hai una teoria su chi potrebbe averlo fatto?»

«Il cellulare è stato in possesso di Madeline, di suo padre e dei Servizi Segreti. Suo padre mi ha chiesto di controllare se potessi trovare qualche prova della chiamata e mi ha dato il telefono. Quindi non l'avrebbe certamente cancellato. Rimangono Madeline stessa e i Servizi Segreti».

Jefferson fece una smorfia. «Io scommetto sui servizi segreti».

«Anche io. Per qualche motivo non volevano che si sapesse che era in contatto con un diplomatico russo».

«Sì, ma perché? Pensi che lei abbia fatto la spia per loro?»

«Ne dubito», disse Yang.

«Hai una teoria migliore?»

«Non sono sicuro di come tutto questo si incastri, ma senti questa: Madeline Bolton era una donatrice di organi. Emily Warner ha ricevuto le sue cornee».

Le sopracciglia di Jefferson si alzarono.

«Sì, è stata cieca, negli ultimi quindici anni. E ora può vedere. Sostiene di avere visioni di cose che la sua donatrice ha visto. È stata lei ad avvisare i Bolton del fatto che Madeline aveva chiamato Petrov. E poi sparano a Petrov una mattina mentre fa jogging, e sparano a Emily quella stessa sera. Una coincidenza? Credo di no».

«Ma...»

Yang sollevò la mano. «Non è tutto. Come sai, Madeline Bolton lavorava per *Nessun Bambino Abbandonato*, lo stesso ente di beneficenza che ha dato in affido tre ragazze russe, tutte scomparse. Abbiamo trovato il corpo di Annika. Ma potremmo avere la possibilità di salvare le altre due: Sasha e Tatjana».

«Potrebbero essere morte anche loro. Voglio dire, sono scomparse settimane fa».

«Sì, ma credo che almeno una di loro sia ancora viva».

«È una delle tue intuizioni?»

«Non solo. Nella visione in cui Emily ha visto Madeline telefonare a Petrov, ha visto anche una ragazza».

«Sappiamo entrambi che le visioni psichiche non sono reali», disse Jefferson, scuotendo la testa.

«Normalmente sarei d'accordo con te. Ma Emily aveva ragione, sulla telefonata. Credo che dobbiamo seguire questa pista».

Lentamente Jefferson annuì. «Portiamola qui».

65

Con la mano che ancora stringeva la busta, Emily balzò in piedi. Diego Sanchez non aveva più l'aria amichevole e affascinante di quando l'aveva invitata nel suo appartamento. Adesso aveva un'aria furiosa e lei capiva cosa intendessero i tabloid quando riferivano che ogni tanto si scatenava in una crisi di gelosia. Il Diego Sanchez che la guardava, con le mani sui fianchi, era furioso e sembrava capace di ucciderla, se non avesse dato una risposta di suo gradimento.

«Ho ricevuto le cornee di Maddie. È grazie a lei che non sono più cieca. Sono in debito con lei, per questo devo scoprire chi l'ha uccisa», disse Emily, facendo appena una pausa tra le frasi. «Vedo scorci della sua vita e ho visto che ha nascosto una lettera nel suo bagno. Credo che spieghi...» La sua voce si interruppe, quando notò che l'espressione di Diego cambiò e il suo sguardo si concentrò sulla busta che lei aveva in mano.

Lui fece un passo verso di lei e prese la busta. Lei la guardò e notò che all'esterno c'era scritto un nome. Quando alzò lo sguardo, incontrò quello di lui. «Credo che sia indirizzata a lei».

«È la calligrafia di Maddie. Come facevi a saperlo?» Lui scosse la testa, cercando evidentemente di capire l'intera situazione.

«Penso che dovremmo leggere quello che ha scritto. Potrebbe dirci chi l'ha uccisa», disse Emily.

«Neanche tu credi alla teoria dell'incidente, vero?» Chiese, con voce calma, quasi distaccata.

Emily scosse la testa.

Lentamente, annuì. «Vieni. Credo che ora un drink farebbe comodo a entrambi».

In salotto, Diego si versò un bicchiere di whisky, mentre Emily optò per un bicchiere di acqua minerale. Quando entrambi si sedettero sul grande divano, Diego tenne a lungo in mano la lettera non aperta.

«Nonostante tutte le cose che puoi aver sentito sul mio rapporto con Maddie, io l'amavo». Le lanciò un'occhiata laterale. «Sì, litigavamo, ma facevamo sempre pace».

«Deve essersi fidata di te, altrimenti non avrebbe nascosto questa lettera qui, a casa tua».

«Sai cosa c'è dentro?».

«No. Ma sospetto che in qualche modo mi condurrà al suo assassino».

«La apriresti tu per me?» Chiese. «Mi tremano le mani». Bevve un altro sorso del suo drink. «Ho bevuto troppo, da quando è morta».

Diego si alzò e tornò al bancone della cucina, dove lo sentì aprire la bottiglia e versarsi un altro bicchiere.

Dando le spalle a Diego, Emily prese la busta e la strappò. All'interno c'era un foglio di carta. Lo aprì e lesse:

«*Carissimo Diego,*

Non so di chi altro fidarmi, se non di te. Una ragazza russa è venuta da me per chiedermi aiuto. L'ho riconosciuta come Sasha, una ragazza salvata dall'associazione, ma poi scomparsa. Non ho potuto ottenere molto da lei a causa del suo inglese stentato e del trauma che ha subito, ma so che è stata abusata, probabilmente violentata molte volte. Sto cercando di proteggerla, ma nessuno deve sapere che la sto nascondendo, finché non riuscirò a trovare aiuto per lei. Penso che sarà in grado di identificare l'uomo che ha abusato di lei. Se troverai questa lettera e io sarò scomparsa, parla con Sergei Petrov dell'ambasciata russa. Lui saprà cosa fare. Potete affidargli la vostra vita.

Ti amo,

Maddie».

Emily alzò lo sguardo dalla lettera proprio quando Diego stava tornando con il suo secondo bicchiere di whisky. Incontrò i suoi occhi. Ora tutto aveva un senso.

«Oh, Maddie», mormorò lui e distolse lo sguardo, forse per nascondere le lacrime che gli riempirono gli occhi.

«Credo di aver capito cosa è successo», disse Emily.

«Non lo so. Dimmi quello che sai». Si sedette accanto a lei.

«Nella mia visione, Maddie era con la ragazza, Sasha, quando ha cercato di contattare Sergei Petrov dell'ambasciata russa. Credo che lo abbia chiamato perché la ragazza era russa e non parlava bene l'inglese. Ma credo che abbia lasciato solo un messaggio a Petrov. Gli hanno sparato, ieri mattina».

Diego girò la testa verso di lei. «Stai dicendo che la persona che Maddie vuole che tu contatti è morta?»

«No. È in coma, ma finché non si sveglia non sapremo di cosa si tratta. Ma ho una teoria».

«Dimmela».

«Maddie deve aver cercato di capire chi ha fatto del male a quella ragazza, e forse l'uomo che ha violentato Sasha ha scoperto che Maddie stava curiosando e l'ha uccisa».

«Inscenando un incidente?»

Emily annuì. «Sì, e poi deve aver capito che Petrov sapeva qualcosa, così gli ha sparato. E lo stesso giorno in cui hanno sparato a Petrov, è venuto a cercare me. Per fortuna un detective della polizia mi ha salvato».

«Un momento, torna indietro», disse Diego. «Che cosa è successo?»

Con il minor numero di parole possibile, Emily spiegò perché credeva che Maddie fosse stata uccisa e cosa aveva fatto per scoprirlo.

Quando finì, Diego chiese: «Il detective Yang ti ha creduto?»

«Non lo so. Alcuni pezzi sì, ma per gli altri, be', non sono sicura che creda a tutto quanto».

«È comprensibile. Francamente», disse Diego, «io stesso faccio fatica a credere a quello che mi hai detto». Poi indicò la lettera. «Ma questa lettera è stata sicuramente scritta da Maddie. E tu sapevi dove l'aveva nascosta».

«Credo che fosse la sua polizza assicurativa».

«Lo penso anch'io». Bevve l'ultimo sorso dal suo bicchiere. «Pensi che quella ragazza, Sasha, sia ancora viva?»

«Sì. Forse è scappata quando quell'uomo ha ucciso Maddie».

«Dobbiamo trovarla. Potrebbe essere l'unica testimone oculare di ciò che è successo a Maddie».

«Sono d'accordo», disse Emily, quando il suo cellulare squillò improvvisamente.

Lo tirò fuori dalla tasca e guardò il display. «È il detective Yang. Dovrei dirgli cosa abbiamo trovato».

Diego le mise una mano sul braccio. «Non parlargli della lettera».

«Perché no?»

«Se l'assassino è riuscito ad arrivare a Petrov e a te, è meglio che nessuno sappia della ragazza».

«Ma il detective Yang sa già della ragazza della mia visione. Questa è solo la conferma che avevo ragione».

Diego sospirò. «Stai attenta a chi confidi queste informazioni».

Annuì allo strano commento di Diego, ma non disse nulla in risposta. Si fidava di Yang. Le aveva salvato la vita. Prendendo fiato, rispose al cellulare. «Detective?»

«Emily, ho bisogno che tu venga al distretto».

Sorpresa, chiese: «Per cosa?»

«È arrivato il rapporto balistico».

«E?» Chiese, curiosa.

«Ne parliamo quando arrivi qui. Fatti accompagnare al distretto dall'agente di polizia in uniforme che staziona fuori dal tuo condominio».

«Ok, dammi mezz'ora. Sono appena uscita dalla doccia e devo

asciugarmi i capelli», disse per guadagnare un po' di tempo per tornare al suo appartamento. Disconnesse la chiamata e si alzò dal divano.

Quando stava uscendo, Diego le consegnò un biglietto da visita. «Questo è il mio cellulare. Chiamami, più tardi. Dobbiamo capire come trovare Sasha».

Emily mise il suo biglietto da visita nella borsetta. «Ti chiamo io».

Per la prima volta dall'inizio delle visioni, si sentiva sicura che avrebbe ottenuto giustizia per Maddie e che non avrebbe subito la stessa sorte del primo trapianto di cornee.

66

Yang attese con impazienza l'arrivo di Emily Warner al distretto. Anche Jefferson era ormai d'accordo con la teoria di Yang secondo cui Madeline Bolton era al centro di tre casi: il tentato omicidio di Sergei Petrov, l'attentato a Emily Warner e l'omicidio di Annika.

Quando Emily arrivò al distretto era pomeriggio inoltrato. Un agente di polizia la accompagnò in una delle sale interrogatori. Yang e Jefferson entrarono subito dopo di lei.

«Emily, questo è il mio collega, Simon Jefferson», la presentò Yang.

Dopo un breve saluto, Yang le chiese di sedersi. Lui e Jefferson si sedettero di fronte a lei e Yang pose i fascicoli che aveva portato con sé sul tavolo tra loro.

«Di cosa volevi parlare?» Chiese Emily, rivolgendo a Yang uno sguardo indagatore.

«È arrivato il rapporto balistico. Abbiamo recuperato uno dei proiettili destinati a te e corrisponde a quello estratto da Sergei Petrov. Sono stati sparati dalla stessa pistola».

Emily deglutì a fatica e lui capì che stava cercando di mantenere la calma. Annuì. «E adesso?»

Jefferson si schiarì la gola. «Il mio collega mi ha messo al corrente di tutto quello che gli hai detto sul tuo legame con Madeline Bolton e su quello che hai sostenuto di aver visto».

«Sostenuto?» Sbuffò lei, poi guardò Yang. «Ancora non mi credi?»

«Ti credo», rispose Yang e scambiò uno sguardo con Jefferson. «Soprattutto perché tutto quello che mi hai detto si è rivelato vero. Ho potuto confermare che Madeline Bolton ha davvero chiamato Sergei Petrov. Ma lui ha ricevuto il messaggio solo dopo la sua morte, perché era fuori dal Paese».

«Allora sicuramente sai perché Madeline lo ha chiamato. Cioè, sai di cosa parlava il messaggio?» Chiese Emily, con un barlume di speranza nei suoi occhi castani.

«L'ambasciata russa non vuole rivelare il contenuto del messaggio», dichiarò Yang con rammarico.

«Ma perché? Non possono nascondere informazioni in questo modo».

Jefferson guardò Yang. «Ora capisco cosa intendi. È testarda».

Emily sbuffò. «Sono seduta proprio qui, detective Jefferson. E non mi piace che mi si parli con sufficienza».

Jefferson la guardò. «Non ti sto parlando con sufficienza. Sto ammirando la tua tenacia».

Emily emise un grugnito poco femminile, sottovoce. Poi guardò Yang. «Non capisco perché hai voluto che venissi qui, quando avresti potuto dirmi per telefono che la balistica corrisponde».

«La balistica non fa altro che confermare quello che tu già sospettavi. Il vero motivo per cui sei qui è che mi hai detto che c'era una ragazza, con Madeline Bolton. Voglio che la identifichi».

Aprì il fascicolo sull'omicidio di Annika e ne estrasse una fotografia, poi la spostò sul tavolo verso Emily. «È questa la ragazza che hai visto?»

Emily scosse immediatamente la testa. «Ci assomiglia, ma no. Non è lei».

Era quello che lui voleva sentire. Aveva superato il test. Sapeva che

Annika non poteva essere la ragazza con Madeline, perché Annika era morta da almeno un mese, prima che Madeline chiamasse Petrov. Scambiò uno sguardo con Jefferson, che annuì.

Jefferson prese la cartella sotto quella di Annika e ne estrasse una foto, poi la fece scivolare verso Emily. «Che ne dici di questa?»

Di nuovo, Emily scosse la testa. «No».

«Ok», disse Jefferson. «Ancora una». Tirò fuori una foto dall'ultimo fascicolo.

Nel momento in cui Emily vide la foto, disse. «È lei».

Yang si avvicinò. «Sei sicura?»

Lei annuì eccitata. «È lei! È Sasha».

Yang la guardò con attenzione. «Non ti ho mai fatto il suo nome. Come fai a saperlo?»

Emily spalancò gli occhi e sul suo volto si diffuse un'espressione imbarazzata. Lui capì che stava valutando se dirgli la verità o mentirgli.

«Emily, se sai qualcosa che potrebbe aiutarci, devi dircelo», disse Yang.

Emily esitò, poi sospirò. «Devi promettermi che non lo dirai a nessuno al di fuori di questa stanza».

Yang alzò un sopracciglio.

«Emily», disse Jefferson con voce severa. «Dicci la verità».

Infine, Emily Warner parlò. «Credo che Sasha sia in pericolo. Ho trovato una lettera che Maddie ha nascosto prima di morire. In essa dice che questa ragazza, Sasha, le ha chiesto aiuto. Ha scritto che la ragazza era stata abusata e violentata, più di una volta. E che se fosse successo qualcosa a Maddie, di andare da Sergei Petrov, perché lui avrebbe saputo cosa fare».

A Yang cadde la mascella. «Dov'è questa lettera?»

Emily si agitò sulla sedia.

«Emily», la esortò Yang. «Dov'è la lettera?»

«Ce l'ha Diego Sanchez. L'ho trovata nel suo appartamento».

«Come cazzo...» imprecò Jefferson, ma Yang lo interruppe.

«Continua. Come fai a conoscere Sanchez?»

«Non lo conosco, non proprio. Ma ho dovuto entrare a casa sua per cercare la lettera».

«Fammi indovinare», disse Yang. «Hai avuto una visione».

Emily annuì. «E quando ho capito che Maddie aveva nascosto la lettera nell'appartamento di Diego, sono andata lì per parlargli». Abbassò le palpebre per un momento. «Ho trovato la lettera e poi Diego mi ha sorpresa a curiosare. La lettera era indirizzata a lui. L'abbiamo letta insieme».

Yang emise un lungo respiro e scambiò uno sguardo con il suo compagno.

Jefferson si voltò verso Emily. «Le tre ragazze di cui hai appena visto le foto sono tutte scomparse negli ultimi mesi. Sono tutte russe e sono state date in affidamento dopo essere state salvate dall'associazione per cui lavorava Madeline Bolton».

«*Nessun bambino abbandonato*», disse Emily.

Jefferson e Yang annuirono.

«È questo il collegamento, vero?» Emily chiese, e Yang poté quasi vedere gli ingranaggi nella sua testa girare. «Sasha probabilmente era a casa di Maddie, quando Maddie è stata uccisa. Potrebbe aver visto l'assassino».

Yang prese fiato. «Sì, potrebbe essere una testimone oculare».

«Ecco perché è in pericolo», disse Emily. «Ti prego, non dire a nessuno che Sasha potrebbe essere stata lì. Se l'assassino scopre che Maddie ha chiamato Petrov e che sto indagando sulla sua morte, scoprirà anche Sasha. Non possiamo permettere che accada. Noi dobbiamo trovarla prima che lo faccia lui».

«Sono d'accordo con te, Emily, tranne che per una cosa», disse Yang. «Tu non fai parte di *noi*. Io e il mio collega indagheremo. Sei già troppo in pericolo».

«Ma...»

Yang alzò la mano per fermarla. «Dovrai passare sul mio cadavere».

67

L'assassino non poteva credere che Sergei Petrov fosse sopravvissuto. Avrebbe dovuto piantargli un proiettile in testa per sicurezza, ma quando aveva sentito dei rumori in lontananza, aveva capito che doveva scappare in fretta.

Emily Warner aveva avuto una fortuna sfacciata. Come avesse fatto a sentirlo, quando lui stesso non aveva sentito nemmeno i propri passi, proprio non l'aveva capito. Tuttavia, il secondo proiettile l'avrebbe colpita dopo che era inciampata, se un uomo di cui non aveva visto il volto non fosse apparso sulla scena e non l'avesse spinta fuori dalla linea di tiro.

Ma non si sarebbe arreso così rapidamente. Doveva riprovare. E Petrov era il primo della sua lista.

Vestito con un camice bianco da medico sopra una divisa verde, camminava lungo i corridoi dell'ospedale. Oltre a una cuffia bianca che gli nascondeva i capelli, indossava anche una mascherina chirurgica. Nessuno l'avrebbe riconosciuto, o l'avrebbe degnato di uno sguardo. Passando davanti a una postazione infermieristica non presidiata, prese una cartellina con dei moduli vuoti e girò a destra alla curva successiva.

Superò due inservienti, che non alzarono nemmeno lo sguardo.

Compiaciuto del suo travestimento, non ebbe problemi a percorrere i numerosi corridoi dell'ospedale e a trovare la strada per il reparto di terapia intensiva. Due uomini in abito scuro stavano fuori da una delle stanze: erano russi. Conosceva il tipo. Erano qui per proteggere Sergei Petrov. Se li aspettava, ma sperava di dover superare solo il personale medico. Doveva escogitare un piano B.

Si voltò ben prima di raggiungere la stanza di Petrov, camminando con la stessa sicurezza di prima, come se non si fosse accorto delle due guardie di sicurezza. Pochi metri più avanti trovò una porta aperta che conduceva a un magazzino. Sbirciò all'interno e lo trovò vuoto. Velocemente, prima che qualcuno potesse vederlo, si intrufolò all'interno. Gli scaffali erano impilati con biancheria ordinatamente piegata. Si guardò intorno finché non vide il rilevatore di fumo sul soffitto.

Gli venne un'idea.

Uscì dalla stanza e si diresse verso la fine del corridoio. Lì trovò l'allarme antincendio. Si guardò alle spalle, assicurandosi che nessuno lo vedesse. La via era libera. Tirò l'allarme antincendio. Un attimo dopo, sentì un rumore assordante.

Improvvisamente la gente si mise a correte in tutte le direzioni. Si affrettò a tornare dove poteva vedere la porta della stanza di Petrov.

Con trepidazione, i due russi osservarono il personale medico che si aggirava nell'area. Li vide scambiare qualche parola, prima che uno di loro lasciasse il suo posto e si dirigesse verso la postazione dell'infermiera, presumibilmente per informarsi su ciò che stava accadendo.

Questa era la sua occasione.

Afferrò la siringa nella tasca del camice bianco e si avvicinò, superando il personale dell'ospedale e alcuni visitatori. Si precipitò verso il russo davanti alla stanza di Petrov.

«Ho ricevuto un allarme per il malfunzionamento del ventilatore del paziente», disse al russo. «Presto, mi aiuti, dobbiamo lavorare manualmente».

Il russo aprì la porta e corse nella stanza. L'assassino lo seguì e chiuse la porta con un piede. Prima che la guardia di sicurezza si rendesse conto che il ventilatore di Petrov funzionava perfettamente, conficcò la siringa nel collo del russo, che si ribellò, ma la sostanza contenuta nella siringa fece effetto rapidamente e l'uomo si accasciò a terra.

La siringa destinata a Petrov era vuota. Ma era arrivato fin qui, non poteva arrendersi adesso. Tirò indietro la siringa, riempiendola d'aria, poi afferrò il braccio di Petrov e spinse l'aria nel tubo della flebo. Rimosse la siringa e si precipitò verso la porta, senza aspettare che il monitor cardiaco desse la conferma che Petrov era morto. Doveva andarsene da questo posto, prima che qualcuno si rendesse conto che lui non avrebbe dovuto essere qui.

68

Era ancora giorno, quando Vicky parcheggiò l'auto a mezzo isolato dalla casa di Maddie a Georgetown. Emily era uscita dal suo appartamento passando di nuovo per l'edificio adiacente, poi aveva raggiunto Vicky a due isolati di distanza, dove lei l'aspettava in macchina, evitando così di essere vista uscire dall'agente di polizia seduto nella sua volante fuori dall'edificio. Di solito a Emily non avrebbe dato fastidio che la tenesse d'occhio, lo aveva fatto anche quando era andata a scuola a insegnare, ma questa volta era diverso. Inoltre, era con Vicky e Diego le avrebbe raggiunte alla casa, quindi non rischiava certo di essere uccisa, oggi.

«Grazie per averlo fatto», disse Emily.

«Non posso lasciarti fare da sola. Non conosci questo tizio. E da quello che ho letto sui tabloid, ha un bel caratterino».

Emily inclinò la testa e sorrise. «O forse perché pensi che sia bello?»

«Bello? Non è bello». Vicky sorrise. «È una bomba sexy».

Emily sgranò gli occhi. «Come volevasi dimostrare».

Scesero dall'auto e si incamminarono verso la casa di arenaria.

Mentre salivano i tre gradini che portavano alla porta d'ingresso, Emily frugò nella borsetta e tirò fuori il suo set di grimaldelli.

«Assicurati che nessuno mi veda», disse a Vicky.

Prima che potesse inserire il grimaldello nella serratura, la porta si aprì all'interno. Emily si bloccò e sussultò.

«Stavi cercando di entrare?» Disse Diego, spalancando la porta.

«Ehm, sì, voglio dire, in che altro modo potremmo entrare?» Disse Emily.

«Con una chiave, naturalmente», disse e fece cenno a lei e a Vicky di entrare.

«Hai la chiave della casa di Maddie?» Chiese Emily.

«Certo, così come lei aveva le chiavi del mio appartamento».

Per un momento, Emily lasciò penetrare la notizia. Diego avrebbe potuto facilmente entrare nella casa di Maddie e aspettare che lei tornasse a casa per ucciderla. La maggior parte degli omicidi non sono stati commessi dal partner della vittima? Ma Maddie si fidava, di lui. Non avrebbe nascosto la busta a casa sua, se avesse pensato che lui le avrebbe fatto del male. Maddie aveva commesso un errore fatale?

«E l'allarme?» Chiese Emily.

«Conosco il codice. Ma l'allarme non era inserito», disse Diego.

Poi guardò Vicky ed Emily si rese conto che non li aveva ancora presentati. «Vicky, questo è Diego Sanchez. Diego, lei è Vicky Hong».

«Piacere di conoscerti, Vicky». Strinse la mano di Vicky. «Per favore, chiamami Diego».

«Anche per me è un piacere conoscerti». Vicky gli fece scorrere gli occhi addosso più a lungo di quanto Emily pensasse fosse educato. Poi fece le fusa come il suo gatto: «Diego».

«Ok», disse Diego, «da dove cominciamo?»

«Stiamo cercando qualsiasi cosa che indichi che Sasha è stata qui e dove potrebbe nascondersi ora», disse Emily. Si rivolse a Sanchez. «Conosci la casa meglio di me e Vicky. Ci sono dei nascondigli?»

Fece cenno alle scale. «C'è una piccola mansarda a cui si può accedere solo dall'armadio della camera degli ospiti».

Emily annuì e tutte salirono le scale di corsa. Emily ora vedeva la casa alla luce del giorno e sembrava ancora più lussuosa di quando si era introdotta quella sera. Aveva deciso di non parlare dell'effrazione a Diego.

Il letto della camera degli ospiti era stato spogliato. Diego lo indicò. «La governante di Maddie era molto brava. Il letto veniva sempre cambiato, in caso di visite dell'ultimo minuto».

«Forse la ragazza ha dormito qui, la notte prima che Maddie morisse», disse Emily.

«Vorrei che potessimo confermarlo, ma senza le lenzuola, chi può dirlo?» Aggiunge Vicky.

Diego aprì l'armadio a muro ed entrò. Era abbastanza alto da spingere la botola di accesso alla soffitta. «Puoi prendere una sedia così posso dare un'occhiata lassù?»

Emily aveva già anticipato la sua richiesta e prese la sedia dalla piccola scrivania e la porse a Diego. Lui la mise in posizione e ci salì. La sua testa e le sue spalle scomparvero nella soffitta.

«È buio», disse.

«Usa il cellulare», suggerì Vicky.

«Buona idea». Tirò fuori dalla tasca il cellulare e lo usò per illuminare la soffitta.

«Qualcosa?» Chiese Emily.

«No. C'è molta polvere quassù, ma nulla sembra essere stato toccato». Qualche istante dopo, scese e rimise a posto il pannello di accesso. Si spolverò le spalle.

Insieme, i tre setacciarono le camere da letto della villetta a schiera, ma non c'era traccia che qualcuno, a parte Madeline, avesse soggiornato lì: niente vestiti che una dodicenne o tredicenne avrebbe potuto indossare, niente scarpe che non fossero del numero di Maddie. Anche la cucina non rivelava nulla. Il frigorifero era stato svuotato, probabilmente dalla governante, e tutta la spazzatura era sparita.

Quando fu il momento di cercare nel soggiorno, Diego disse: «Non ci posso entrare».

Emily lo guardò.

«È lì che è morta», disse Diego.

Il cuore di Emily cominciò a battere forte. La stampa non aveva mai rilasciato alcuna informazione su come e dove fosse stata trovata Maddie e, da dove si trovavano nel corridoio, Diego non poteva vedere la macchia rossa sul tappeto.

«Come facevi a saperlo?» Chiese lei.

Lui girò la testa per guardare Emily. «Quando suo padre non ha risposto alle mie chiamate, ho parlato con Lucia. La governante di Maddie».

Emily annuì. Lei stessa sapeva quanto Lucia fosse stata loquace con lei, una sconosciuta. Con Diego sarebbe stata ancora più amichevole.

«Inoltre, si può vedere la macchia di sangue guardando giù dal pianerottolo del secondo piano. È un buon punto per osservare quello che succede», aggiunse Diego.

Anche Emily se n'era resa conto. «Io e Vicky daremo un'occhiata a questa stanza», disse Emily.

Ma anche il soggiorno non rivelò alcun indizio. Inoltre, molto probabilmente, la squadra della scientifica aveva ispezionato a fondo questa stanza alla ricerca di qualsiasi prova. Emily dovette ammettere che la ricerca nella casa di Maddie era stata un azzardo fin dall'inizio.

«Ho trovato qualcosa», disse Diego dal corridoio.

Eccitate, Emily e Vicky lo raggiunsero davanti all'armadio dei cappotti.

«Cosa?» Chiese Emily.

«Ho controllato tutte le giacche e i cappotti di Maddie, e nessuno ha soldi nelle tasche», rivelò Diego.

Vicky aggrottò le sopracciglia. «Allora?»

«Maddie portava sempre con sé del denaro in tasca da dare ai senzatetto», raccontò Diego. «Era un'amante delle storie strappalacrime. Le ho detto molte volte che i soldi che dava alla gente sarebbero serviti solo per l'alcol e la droga, ma non mi ha mai ascoltato».

«Quindi pensi che qualcuno le abbia svuotato le tasche?» Chiese Emily.

Diego annuì. «Sasha. Deve aver preso tutti i soldi che è riuscita a trovare».

«Non credi che Sasha abbia derubato e ferito Maddie?» Disse Vicky, scuotendo la testa.

«No», protestò Diego. «Ma se avesse visto quello che è successo, si sarebbe spaventata...»

«E ha preso tutti i soldi che è riuscita a trovare», disse Emily, «per poter fuggire».

Diego annuì con impazienza. «Avrebbe bisogno di soldi, per nascondersi da qualche parte».

«Perché non andare alla polizia?» Chiese Vicky.

«È russa e molti russi non hanno esattamente fiducia nelle autorità», spiegò Diego. «Forse non si fidava della polizia e pensava che non le avrebbero creduto, comunque».

«E allora dove sarebbe andata?» Chiese Vicky. «Di chi si fiderebbe?».

Emily ci pensò un attimo. «Forse una chiesa? C'è una chiesa ortodossa russa qui a Washington D.C. Forse ha cercato rifugio lì».

«Potrebbe essere così. Andrebbe da qualche parte, dove parlano la sua lingua», aggiunse Diego.

«Controlliamo quella chiesa. E se non c'è, possiamo cercare in tutte le altre», suggerì Emily. «Potrebbe esserci anche un centro culturale russo, da qualche parte. Dovremmo controllare anche loro. E l'ambasciata russa».

«E se fosse ferita?» Vicky aggiunse. «Una ragazza della sua età, per strada, spaventata e in preda al panico, potrebbe essere stata facilmente aggredita».

«Dovremmo dividerci per coprire più terreno», suggerì Diego. «Vicky, puoi chiamare gli ospedali nel caso abbiano un paziente che corrisponde alla sua descrizione?»

Vicky annuì. «Certo.»

«Diego», interruppe Emily, «quanti soldi teneva normalmente Maddie in tasca?»

Guardò di nuovo le giacche e i cappotti. «Forse un totale di cento o centocinquanta? Perché?»

«Non sono molti soldi. Maddie è morta quasi quattro settimane fa. Se Sasha avesse avuto solo i soldi trovati nelle tasche di Maddie, li avrebbe finiti molto presto», disse Emily. «Quindi come fa una ragazza come lei a sopravvivere, se è senza soldi?»

Diego alzò le spalle. «Non lo so». Sospirò. «Parlerò con il mio contatto all'ambasciata russa e poi controllerò con la Chiesa ortodossa russa. Puoi iniziare a chiedere alle altre chiese della città, Emily?»

«Sì, ma ce ne sono tante».

«Concentrati su quelle più vicini a qui e poi vai verso l'esterno. Sasha avrebbe dovuto affidarsi ai mezzi pubblici, per andarsene», aggiunse Diego.

«Presto farà buio. Dovremmo andarcene», disse Vicky. «Possiamo lasciarti da qualche parte, Diego?»

«No, grazie. Ho parcheggiato dietro l'angolo. Ci sentiamo più tardi». Si frugò in tasca e diede a Vicky il suo biglietto da visita. «Questo è il mio numero. Qual è il tuo?»

Vicky gli dettò il suo numero e lui lo salvò nel cellulare, prima che Vicky ed Emily uscissero dalla casa.

69

Erano quasi le 21, quando Yang trovò un parcheggio a un isolato dal suo palazzo. Dopo che Emily Warner aveva lasciato il distretto, lui e Jefferson avevano esaminato i fascicoli della sparatoria di Petrov e dell'omicidio di Annika, nonché i fascicoli delle due ragazze scomparse, Sasha e Tatjana. Avevano elaborato teorie su come tutto fosse collegato a Madeline Bolton, ma alla fine si erano resi conto che c'erano ancora troppi pezzi mancanti.

Domani avrebbero rivisto tutto con occhi riposati.

Yang si sentiva stanco. Scese dall'auto e la chiuse. Attraversò la strada e camminò lungo il marciapiede, fino ad arrivare al suo condominio. La luce sopra la porta d'ingresso non era accesa. Forse si era bruciata, ma Yang era troppo stanco per avvertire il custode del palazzo.

Quando salì i gradini verso la porta d'ingresso, percepì che non era più solo. Lentamente, senza fare movimenti affrettati, prese la pistola nella fondina e la estrasse. Un istante dopo, si girò e puntò l'arma contro la persona che lo aveva sorpreso.

Immediatamente la giovane donna alzò le braccia. «Non spari, detective Yang».

Teneva la sua arma puntata su di lei. «Chi è lei?»

«Lavoro con Sergei Petrov all'ambasciata russa. L'ho aspettata per diverse ore».

La osservò con attenzione. Indossava una gonna nera e un cardigan scuro su una camicetta bianca. I capelli biondo scuro erano legati in uno chignon che la faceva sembrare una severa direttrice di scuola, anche se non poteva avere più di trent'anni. Non riuscì a vedere un'arma addosso a lei, non c'era nulla che sporgesse da sotto i vestiti, anche se era possibile che avesse un coltello o una pistola legati all'interno della coscia. Ma anche se fosse stato così, ci avrebbe messo troppo tempo a estrarre l'arma per essere un pericolo per lui.

«Come fa a sapere chi sono e dove vivo?»

«Non penserà davvero che tutti i diplomatici russi di stanza a Washington D.C. non facciano altro che rilasciare visti agli americani per visitare la Madre Russia, vero?»

No, non era così ingenuo. Abbassò lentamente la pistola. «Che cosa vuole?»

Lei fece cenno alla sua mano e solo ora lui vide che teneva una cartellina.

«Può abbassare le mani».

«Grazie, detective».

Mise via la pistola. «Cosa c'è?»

«Potrebbe aiutarvi a scoprire chi ha sparato a Sergei. Questo è ciò a cui Sergei ha lavorato negli ultimi mesi. L'ho riassunto e tradotto in inglese per voi. Credo che il contenuto di questo dossier sia il motivo per cui hanno sparato a Sergei». Gli porse la busta. «Nessuno deve sapere che gliel'ho dato io».

«Nemmeno Belsky?»

«È altamente riservato. Se scopre che gliel'ho dato, mi rimanda in Russia e sarò processata per tradimento. La Siberia è troppo fredda, per i miei gusti».

Yang non era sorpreso dal fatto che Belsky non gli avesse fornito qualsiasi fossero le informazioni contenute nella busta. Il fascicolo su

Petrov era un po' troppo scarno, per essere completo. «Allora perché correre questo rischio?»

«Perché non voglio che il colpevole la faccia franca. Deve pagare per quello che ha fatto. Sergei è un brav'uomo. E credo che anche lei sia una brava persona. Farà la cosa giusta».

La sua sicurezza lo sorprese. Aveva indagato sul suo passato, prima di presentarsi qui? «Se avessi domande sul contenuto di questa busta, come posso contattarla?».

«Non può». Si girò di scatto e corse dietro l'angolo, scomparendo nell'oscurità.

Era inutile, seguirla. La maggior parte dei diplomatici russi erano probabilmente addestrati come spie e sapevano come sparire. Yang aprì la porta d'ingresso ed entrò nell'edificio. Quando raggiunse il suo appartamento, sbloccò la porta senza far rumore e la aprì. Ascoltò se c'era qualche rumore, prima di accendere la luce ed entrare. Si chiuse la porta alle spalle e agganciò il catenaccio. Era solo.

Nella busta c'erano solo tre fogli di carta, ordinatamente stampati. Yang iniziò a leggere.

Secondo il dossier, Sergei Petrov era stato incaricato di indagare sulla scomparsa di numerose ragazze russe vittime di tratta e finite in affidamento a Washington D.C. Il sommario sottolineava che Petrov sospettava che l'associazione *Nessun Bambino Abbandonato* servisse da copertura per un giro di sesso minorile, anche se non era ancora riuscito a trovarne le prove.

Yang passò alla pagina successiva, dove Petrov riferiva di avere un contatto interno all'ente di beneficenza, che stava cercando di far accedere Petrov ai file interni. Sebbene Petrov non avesse fatto il nome del suo contatto, Yang dovette supporre che Madeline Bolton fosse la persona che aveva aiutato Petrov. Aveva senso, dato che la lettera di Madeline diceva di contattare Petrov, se le fosse successo qualcosa. E anche se Yang non aveva visto la lettera di persona, credeva a Emily. Domani avrebbe contattato Diego Sanchez e chiesto di vedere la lettera in suo possesso.

A pagina tre del dossier, l'assistente di Sergei aveva riassunto un caso che riguardava la famiglia di una quattordicenne residente a Mosca. La ragazza era stata brutalmente violentata e quasi strangolata a morte. Ma il caso non era mai arrivato in tribunale. Il motivo divenne chiaro nel paragrafo successivo: la famiglia aveva ricevuto una grossa somma di denaro per tacere sulla violenza sessuale.

All'inizio Yang non capì cosa c'entrasse questo caso con l'indagine di Petrov sull'ente di beneficenza, ma poi continuò a leggere. A ogni frase tutto diventò più chiaro. Rimase a bocca aperta per le rivelazioni che l'assistente di Petrov stava condividendo con lui. Quando arrivò alla fine della pagina, rimase seduto, sbalordito e scioccato.

Ora capiva perché Belsky non aveva condiviso questa informazione con la polizia di Washington. Avrebbe causato un incidente internazionale.

Yang tirò fuori il cellulare dalla tasca e chiamò Jefferson. Squillò una volta, prima che il suo collega rispondesse.

«Non abbiamo passato abbastanza tempo insieme oggi?» Chiese Jefferson.

«Mi ha fatto visita una persona dell'ambasciata russa».

«Belsky?»

«No. L'assistente di Petrov. Mi ha detto che Petrov stava indagando sulla scomparsa di ragazze russe che erano state salvate da *Nessun bambino abbandonato*».

«Mi stai prendendo per il culo».

«È solo la punta dell'iceberg. Mi ha fornito dettagli su un caso di anni fa, in cui un cittadino americano ha pagato i genitori di una ragazzina di 14 anni a Mosca, che è stata brutalmente violentata e quasi strangolata a morte. L'uomo in questione era l'ambasciatore americano in Russia. Mike Faulkner».

«Cosa? Non il...»

«Il capo di gabinetto del Presidente».

«Il capo di gabinetto è un fottuto pedofilo?»

«Sì. E credo che abbia violentato e poi strangolato Annika».

70

20 giugno

La mattina dopo, Jefferson andò a prendere Yang nel suo appartamento, in modo che potessero andare insieme al distretto e parlare senza essere ascoltati da nessuno alla stazione di polizia. Yang aveva mostrato a Jefferson il contenuto della busta che gli aveva consegnato l'impiegata russa.

«Ho indagato su Mike Faulkner e le date di quando ha vissuto a Mosca coincidono con quelle dell'aggressione denunciata dalla famiglia russa».

«Vorrei che avessimo i documenti finanziari per confermare il pagamento», disse Jefferson.

«Nessun giudice lo autorizzerà, non se non abbiamo altro che lo colleghi alle ragazze scomparse. Ecco perché ieri sera ho scavato più a fondo. E indovina un po', non solo Mike Faulkner era l'amministratore delegato e il presidente di *Nessun Bambino Abbandonato*, ma, prima di doversi dimettere, quando è diventato capo di gabinetto, ha fondato lui l'associazione. Indovina quando».

Jefferson alzò le sopracciglia.

«Subito dopo il ritorno dalla Russia».

Jefferson gli lanciò un'occhiata stupita. «Pensi che l'abbia fatto per avere accesso a bambini vulnerabili?»

«Dobbiamo ipotizzarlo. È una cosa strana da fare, dopo aver pagato una famiglia per non andare in tribunale. Te lo immagini, lo scandalo? Un ambasciatore americano trascinato in un tribunale russo?»

«Avrebbe avuto l'immunità diplomatica», aggiunse Jefferson.

«È vero, ma ci sarebbe stato comunque uno scandalo. I giornali ne avrebbero parlato e gli Stati Uniti sarebbero stati disonorati di fronte al mondo intero».

«Pensi che qualcuno al Dipartimento di Stato fosse a conoscenza di quanto accaduto?» Chiese Jefferson.

«Non lo so. È possibile. Anche se ho l'impressione che sia stato tutto tenuto nascosto. Dopotutto, prima che Mike Faulkner diventasse capo di gabinetto, sarebbe stato sottoposto a un controllo approfondito. E se il Dipartimento di Stato fosse stato coinvolto nell'insabbiamento, sarebbe potuto venire fuori proprio allora».

«Quindi dobbiamo presumere che nessuno, a parte Faulkner stesso e i russi, ne sia a conoscenza». Jefferson annuì tra sé e sé. «Come facciamo a collegarlo all'omicidio di Annika e alla scomparsa delle altre due ragazze? Tutto quello che abbiamo finora è che ha pagato una famiglia russa dopo lo stupro di una quattordicenne e che ha fondato l'associazione, il che ovviamente gli dà accesso ai registri dell'associazione e quindi sa dove sono i bambini. Ma questo non ci farà ottenere un mandato per ottenere i suoi dati finanziari o il suo DNA».

«Non dimentichiamo che è stato lui a convincere Bolton a usare i Servizi Segreti per indagare sulla morte di Madeline Bolton. Questo mi fa pensare che Madeline gli stesse addosso e che per questo dovesse morire. E poiché si conoscevano bene, Madeline lo avrebbe fatto entrare in casa sua. Per questo non c'erano segni di effrazione. E Faulkner ha i servizi segreti in tasca. Se c'erano prove che lo collegavano alla morte di Madeline Bolton, probabilmente le avrà già nascoste sotto il tappeto».

«Ha senso», concordò Jefferson, «ma questo non ci permette di ottenere un mandato per prelevare il suo DNA in modo da poterlo confrontare con quello che Lupe ha trovato sotto le unghie di Annika. E poi, in qualità di Capo di Gabinetto, potrebbe convincere il Presidente a rivendicare il privilegio esecutivo e chiudere completamente la nostra indagine».

«Non ha senso», protestò Yang. «Certo, possono sostenere che si tratta di una caccia alle streghe politica, ma il privilegio esecutivo? Non è possibile. E la Polizia Metropolitana non è sotto la competenza del Presidente».

«Il presidente può fare pressione sul sindaco, che poi fa pressione sul capo della polizia, e possono renderci le vite miserabili».

«Hmm.» Yang sapeva che il suo collega aveva ragione. «Ma ci serve il DNA di Faulkner. Sento che c'è lui, dietro la scomparsa di quelle ragazze. Pedofilo una volta, pedofilo per sempre».

«Sono d'accordo, ma ci deve essere un altro modo per dimostrare che è stato lui. E francamente, senza il DNA, tutto ciò che abbiamo sono prove circostanziali, voci e dichiarazioni dei russi che potrebbero rivelarsi totalmente inventate».

Yang sospirò. «Dannazione! Ci deve essere un modo. Voglio dire che abbiamo ottenuto il DNA di Sokolov anche se lui non ha acconsentito».

«Stai suggerendo di ottenere il DNA di Faulkner di nascosto?» Jefferson scosse la testa. «Non possiamo entrare alla Casa Bianca e prendere la sua tazza di caffè. È troppo protetto. Non è un uomo comune che frequenta caffetterie e ristoranti. O che si fa fare il test del DNA su uno di quei siti di genealogia per scoprire da dove viene la sua famiglia».

«Cosa?»

«Sì, hai presente i kit di analisi di dei siti tipo 23andme o ancestry.com».

«Ecco!» Yang esclamò.

«Cosa? Vuoi mandargli un kit di analisi con un pretesto? Sì, buona fortuna».

«No, non ce n'è bisogno». Yang tirò fuori il cellulare, compose un numero e lo mise in vivavoce. La chiamata fu risposta dopo il secondo squillo.

«Buongiorno, Lupe», disse Yang.

«Che succede?» Chiese Lupe.

«Solo una domanda. Se non posso ottenere un campione di DNA di un sospetto, ma posso ottenerne uno da un suo parente, questo aiuterebbe a confermare che il sospetto è l'autore del crimine?»

«No, conferma vera e propria, no, ma renderebbe molto probabile che abbiate il vostro uomo, se ci fosse un riscontro parziale del DNA. Mai sentito parlare del Golden State Killer, il serial killer della California?»

«Mi suona vagamente familiare».

«Si chiamava Joseph James DeAngelo Jr. Ha commesso omicidi e stupri negli anni '70 e '80 in tutta la California. È stato finalmente arrestato nel 2018. Il motivo per cui l'hanno preso è stato che uno dei suoi parenti ha fatto un test del DNA per un sito di genealogia. La persona corrispondeva parzialmente ai kit di stupro delle vittime. Quindi la polizia ha dovuto solo controllare i parenti maschi di quella persona e bingo, il Golden State Killer è stato catturato».

Jefferson entrò con l'auto nel parcheggio della polizia e spense il motore.

«Grazie, Lupe! È tutto quello che avevo bisogno di sapere».

«Quando vuoi».

Yang chiuse la chiamata e scambiò uno sguardo con Jefferson.

«E questo è ciò che io chiamo pensare fuori dagli schemi», disse Yang, sorridendo.

Jefferson aprì la portiera dell'auto. «Sarai fottutamente fastidioso per tutto il giorno perché hai trovato la soluzione, vero?»

Yang scese dall'auto. «Proprio come faresti tu l'idea fosse venuta a te».

All'interno del distretto non ebbero modo di sedersi alla scrivania, perché la tenente Arnold li chiamò nel suo ufficio.

Aveva un'espressione acida, e Yang si chiese se avesse scoperto in qualche modo la visita di Bolton del giorno prima.

«Chiudete la porta», ordinò.

Quando Jefferson chiuse la porta, la Arnold emise un respiro. «Sergei Petrov è morto».

«Cazzo!» Yang imprecò.

«Non ce l'ha fatta, eh?» Disse Jefferson.

«Lo avrebbe fatto, se qualcuno non avesse iniettato dell'aria nel tubo della sua flebo».

«Cosa?» Yang esclamò.

«Qualcuno ha fatto scattare l'allarme antincendio ieri in prima serata e ha attirato una delle guardie di sicurezza russe fuori dalla stanza di Petrov, poi ha aggredito l'altra guardia di sicurezza e gli ha iniettato qualcosa, facendolo svenire immediatamente».

«La guardia di sicurezza è morta?»

La Arnold scosse la testa. «Se fosse successo altrove, e non in ospedale, lo sarebbe, ma il personale del reparto di terapia intensiva è riuscito a rianimarlo. È ancora in ospedale. Ho bisogno che tu vada lì a interrogarlo e a rivedere i nastri della sicurezza per vedere se riesci a scoprire chi è stato».

«Ci mettiamo subito al lavoro», disse Jefferson.

«Può contare su di noi», aggiunse Yang.

«E, detective, Belsky mi sta col fiato sul collo. Sarà meglio che torniate con una pista».

Annuendo, Yang e Jefferson lasciarono l'ufficio.

Ora che il testimone principale era morto, era ancora più importante ottenere il DNA di Faulkner. E proteggere Emily, prima che l'assassino riprovasse a uccidere anche lei.

71

All'ospedale, la guardia di sicurezza russa, Ivan Lipovsky, era sveglia. Era pallido, ma riuscì a sedersi. Yang e Jefferson mostrarono i loro distintivi alla guardia di sicurezza che si trovava ai piedi del letto d'ospedale.

«Belsky ci ha detto che stavate arrivando», disse l'uomo. «Entrate».

«Signor Lipovsky», esordì Yang. «Se la sente di rispondere a qualche domanda?»

Lipovsky rispose con voce roca. «Sì».

«Cosa può dirci della persona che l'ha aggredita e ha ucciso Sergei Petrov?» Chiese Yang.

«Non molto», disse in un inglese fortemente accentato. «Era un uomo. Un americano. Ha detto che il ventilatore di Petrov non funzionava. Ha detto che dovevo aiutarlo per far respirare Petrov». Lanciò uno sguardo al suo collega.

La guardia di sicurezza che si trovava all'estremità del letto disse: «L'allarme è scattato e la gente correva in giro, sa, cercando di evacuare...»

«Il suo nome è?» Chiese Jefferson.

«Alexander Gurin».

«Signor Gurin, ha visto l'uomo che ha aggredito il suo collega?» Chiese Jefferson.

«No. Sono andato verso la postazione delle infermiere». Fece un cenno verso la porta. «Volevo sapere cosa stava succedendo». Lanciò un'occhiata a Lipovsky. «Non avrei dovuto lasciare il mio posto. È colpa mia».

«Signor Lipovsky, può dirci che aspetto aveva quell'uomo?» Chiese Yang, rivolgendosi al paziente.

Lipovsky alzò le spalle. «Non proprio. Indossava una divisa, sa, di quelle verdi, e sopra un camice bianco, come un medico».

«E il suo viso? Era giovane, vecchio, di che colore aveva i capelli?» Yang chiese.

«Non lo so. Indossava una mascherina. Una mascherina chirurgica. E qualcosa sulla testa». Guardò il suo collega.

«Una cuffia, come in sala operatoria», spiegò Gurin.

«Giusto», concordò Lipovsky. «Non potevo vedere i suoi capelli. La cuffia li copriva completamente. Era un uomo alto e non grasso. Era magro».

Yang guardò Jefferson. «Non è molto».

Jefferson si rivolse nuovamente a Lipovsky. «Allora, quando quell'uomo le ha chiesto di aiutarlo con Petrov perché il ventilatore non funzionava, lei cosa ha fatto?»

«Ho aperto la porta e sono entrato. Lui è entrato dopo di me e ha chiuso la porta. Poi ho sentito dolore al collo. Qui». Indicò il lato destro del collo. «Mi ha infilato un ago. Ho cercato di estrarlo, ma è diventato tutto buio».

Jefferson guardò Yang. «Destrorso?»

Yang annuì. «Molto probabilmente». Poi si rivolse a Lipovsky: «Sa cosa le è stato iniettato?»

«Non lo so. I medici mi hanno prelevato il sangue dopo avermi rianimato. Ora lo stanno analizzando».

«Potete avvisarci quando arriveranno i risultati?» Chiese Yang.

Gurin rispose al posto di Lipovsky. «Vi invierò i risultati quando li avremo».

«Grazie», disse Yang. «Se uno di voi ricorda qualcos'altro, vi preghiamo di chiamarci immediatamente».

I due russi annuirono e Yang e Jefferson uscirono dalla stanza e si diressero verso l'ufficio di sicurezza dell'ospedale. La loro visita era già stata autorizzata dal capo della sicurezza dell'ospedale e un tecnico li stava aspettando in una stanza buia con una parete ricoperta da una dozzina di monitor.

«Ho messo in coda i nastri per voi, detective», disse l'eccentrica giovane donna dai capelli viola. «Questa è la visuale delle porte di accesso al reparto di terapia intensiva».

Yang prese posto accanto all'addetta tecnica, mentre Jefferson si mise dietro di loro. «Ok, vediamolo».

Mentre la tecnica riproduceva il nastro, spiegò ciò che stavano vedendo. «Questo è il momento in cui scatta l'allarme. Si vede la gente che improvvisamente si precipita in giro». Le porte si aprirono e diversi medici lasciarono l'unità di terapia intensiva. Un attimo dopo entrò un uomo alto con una cartellina e vestito da chirurgo, ma la telecamera lo perse.

«Questo potrebbe essere il vostro uomo», disse la donna.

«Perché lo pensa?» Chiese Yang.

«Perché conosco la maggior parte dei medici e degli infermieri di quel piano e questo non l'ho mai visto».

«È sicura? Voglio dire, non si vede il suo volto», intervenne Jefferson.

Lei girò la testa verso di lui. «È vero, ma tutti hanno una certa andatura. Non conosco nessuno con questa particolare andatura».

Yang fu impressionato. «È molto attenta».

«È per questo che mi pagano profumatamente», scherzò lei.

«C'è un'altra telecamera all'interno del reparto di terapia intensiva?» Chiese Jefferson.

«No. Riservatezza del paziente, mi dispiace».

«Ok», disse Yang, «e se ci fossero telecamere nel corridoio da cui proviene quella persona?».

«Sì. Datemi un secondo».

Trovò la giusta angolazione della telecamera e fece in modo che il nastro venisse mostrato al contrario. Yang e Jefferson osservarono il sospetto muoversi all'interno dell'ospedale fino al punto in cui aveva lanciato l'allarme antincendio. La telecamera successiva lo mostrava mentre entrava in una scala, dove la telecamera lo perdeva, per poi riapparire a un piano inferiore. Ma, indipendentemente dalla telecamera che lo vedeva, la sua mascherina impediva di identificarlo e non alzava mai la testa abbastanza da permettere alla telecamera di vedere bene i suoi occhi.

L'ultima telecamera che lo aveva ripreso poco prima che lasciasse l'ospedale attraverso un'uscita per i dipendenti, lo aveva registrato mentre si toglieva la maschera e la cuffia e li gettava in un cestino. Ma la telecamera aveva ripreso solo la sua nuca.

«Sono capelli castani o più chiari?» Yang chiese.

«Difficile dirlo», disse la tecnica. «Quell'uscita non è molto illuminata».

«Ma ha commesso un errore», disse Jefferson indicando il cestino. «Ha buttato lì la maschera e il berretto. Forse possiamo ricavarne del DNA».

«Buona idea», disse Yang.

«Ehm», disse la tecnica, «mi dispiace, ma i cestini vengono svuotati ogni sera. Il nostro personale di pulizia è piuttosto diligente».

Yang sospirò. «Controlliamo comunque». Si alzò. «Grazie per il suo aiuto. Le dispiacerebbe inviarci i frammenti dove il sospetto è stato ripreso?»

Lei annuì. «Certamente».

«Me li mandi via e-mail». Yang le consegnò il suo biglietto da visita e se ne andò con il suo collega.

72

Emily chiuse la chiamata.

«Era Diego», disse a Vicky, che sedeva con il portatile in grembo sul divano di Emily. «Sasha non è andata a chiedere aiuto all'ambasciata russa. E nemmeno la Chiesa ortodossa russa ha avuto sue notizie».

«È uno schifo», disse Vicky. «Ho chiamato tutti gli ospedali della zona e nessuno che corrisponda alla sua descrizione è stato ricoverato».

«Come hai fatto a farti dare queste informazioni? Voglio dire, l'HIPAA, la legge sulla riservatezza dei dati e tutto il resto...»

«Ho detto loro che mia figlia è scappata e che sono molto preoccupata». Fece una smorfia. «Certe persone ci cascano sempre, con una storia strappalacrime».

«Forse non è stata ricoverata, ma è andata solo al pronto soccorso o in un centro di cure urgenti dove è stata dimessa dopo essere stata curata?» Chiese Emily.

«Ho controllato anche quelli. Comunque, nessuna traccia di Sasha». Vicky sospirò. «Con quante chiese hai parlato?».

«Troppe per poterle contare».

Emily si sentì scoraggiata. Aveva visitato le chiese nelle immediate vicinanze della casa di Maddie, ma quando si era resa conto di quanto tempo stava perdendo, aveva telefonato a quelle più lontane. Tuttavia, Sasha non si era fatta vedere da nessuna parte.

«Non so dove altro potrebbe essere», disse Emily e si sedette accanto a Vicky.

Coffee si alzò immediatamente dal suo posto sul pavimento e le appoggiò la testa in grembo. Era incredibile quanto fosse in sintonia con i suoi stati d'animo. Lei gli accarezzò la testa e lo grattò dietro le orecchie. «Sei un bravo ragazzo, Coffee. Vorrei che mi aiutassi a trovare la ragazza, ma non sei un segugio».

Vicky posò il portatile sul tavolino. «Nemmeno un segugio potrebbe aiutarci. Allora, hai idea di cosa stia facendo il suo detective per trovare la ragazza? Voglio dire, hai identificato Sasha per lui, giusto?»

«Non è il *mio* detective».

«Potrebbe esserlo», pensò Vicky. «Ma sul serio, cosa sta facendo, per trovarla?»

«Non lo so. Ha detto» - cambiò voce per imitare quella di Yang - «io e il mio collega indagheremo. Sei già troppo in pericolo. E dovrai passare sul mio cadavere». Cambiò di nuovo la voce per tornare normale. «Sai come sono gli uomini».

Vicky ridacchiò. «Sta solo cercando di proteggerti. È piuttosto dolce».

«Non ho bisogno di dolcezza, devo trovare Sasha». Ma forse Vicky aveva ragione. Forse il detective Yang voleva davvero proteggerla. «È lei quella in pericolo, adesso. E se l'assassino scoprisse che potrebbe aver assistito a ciò che ha fatto a Maddie? E se fosse stata proprio lì in casa?»

«Beh, non sappiamo se ci fosse», disse Vicky. «Non c'erano prove che la ragazza stesse con lei. Ma d'altronde la polizia aveva già controllato la casa e la governante probabilmente aveva pulito tutto, tolto le lenzuola e tutto il resto. Quindi per noi non c'è nulla da trovare». Vicky scrollò le spalle.

«Le lenzuola! Dannazione! Sì, certo!»

Vicky la fissò. «Cosa, delle lenzuola?»

«Lucia avrebbe tolto le lenzuola, se avesse visto che erano state usate. Questo significa che qualcuno ha dormito lì, prima della morte di Maddie. Potrei parlarle e avere la conferma...»

«No!» Vicky la interruppe. «Non lo farai. Ormai quella donna avrà capito che non sei un giornalista di un podcast per non vedenti».

«Bene, allora che ne dici di Diego? Lei lo conosce. Potrebbe chiederglielo lui».

Vicky sembrò voler protestare, ma poi ci pensò su. «In effetti, non è una cattiva idea. Lo chiamerò». Vicky stava già componendo il suo numero e le sue guance stavano diventando di un bel rosa.

«Oh mio Dio, hai una cotta per lui», disse Emily.

«Io non... oh, ciao, Diego, sono Vicky». Si lasciò sfuggire una risata femminile. «Sì, sto bene. Senti, io ed Emily stavamo parlando e volevamo confermare che Sasha stava da Maddie». Lei ascoltò, poi continuò a parlare. «Sì, lo so, ma le lenzuola sono state tolte dalla stanza degli ospiti. Potresti chiamare la governante e scoprire se il letto è stato usato?» Fece una pausa. «È fantastico, grazie. Ci sentiamo dopo».

Disconnesse la chiamata. «Lo farà. Mi richiamerà appena avrà parlato con lei».

Passarono solo cinque minuti e il cellulare di Vicky squillò. «Ciao, Diego», rispose, poi ascoltò, prima di dire: «Grazie mille. Ci sentiamo più tardi».

Emily rivolse a Vicky un'occhiata di attesa quando staccò la chiamata. «E allora?»

«Lucia ha detto che il letto è stato usato, ma che Maddie non le aveva mai detto che aspettava un ospite per la notte».

«Questo significa che Sasha ha dormito lì».

L'espressione del viso di Vicky divenne improvvisamente seria. «Odio doverlo dire, ma se fosse morta?»

«Morta? No. Non può essere morta. Abbiamo bisogno di lei per identificare l'assassino».

«Lo so, ma se lei avesse visto tutto e l'assassino l'avesse scoperta prima che potesse scappare da lì? E se avesse ucciso Sasha e poi avesse rimosso il corpo?» Chiese Vicky.

Emily contemplò le parole dell'amica. «Intendi dire che la morte di Maddie sarebbe sembrata comunque un incidente? Perché se Maddie e Sasha fossero state trovate morte in casa, sarebbe sembrato un omicidio, per quanto bene fosse stata preparata la messinscena».

«Esattamente», concordò Vicky. «Ora la domanda è: come possiamo capire se Sasha è stata uccisa a casa di Maddie? Voglio dire, non è che ci fosse una grande macchia di sangue oltre a quella nel punto in cui è morta Maddie».

«Ho un'idea. Devo accedere al mio account Amazon».

«Ok? Di cosa hai bisogno?»

«Luminol».

73

Con le indagini sulla morte di Sergei Petrov e l'attacco alla guardia di sicurezza russa, Yang e Jefferson avevano avuto il loro bel da fare per tutto il giorno, interrogando il personale dell'ospedale che, secondo i nastri di sorveglianza, si era imbattuto nell'assassino. Purtroppo, tutti erano troppo occupati con il proprio lavoro e preoccupati per l'allarme antincendio, tanto da non accorgersi dell'uomo. Nessuno fu in grado di fornire una descrizione del sospetto.

Il cestino in cui l'assassino aveva gettato la maschera e la cuffia conteneva diversi oggetti, tra cui diverse mascherine chirurgiche, ma nessuna cuffia, il che confermava che il cestino era stato svuotato dal personale delle pulizie prima che Yang e Jefferson lo ispezionassero.

Quando fu chiaro che non potevano ottenere ulteriori informazioni in ospedale, capirono che avrebbero dovuto tornare al distretto. Ma sapevano anche che dovevano prendere Caleb Faulkner e ottenere in qualche modo il suo DNA, per poter dimostrare che suo padre, Mike Faulkner, aveva violentato e ucciso Annika.

Jefferson parcheggiò a mezzo isolato di distanza dagli uffici di *Nessun Bambino Abbandonato*, da dove si vedevano bene le porte d'ingresso.

«Non posso farmi vedere da lui. Mi riconoscerebbe», disse Yang al suo collega.

Jefferson tamburellò con le dita sul volante. «Potremmo rimanere seduti qui per sempre. Non sappiamo nemmeno se è ancora in ufficio».

«Per questo li chiamerai e dirai alla centralinista che l'auto di servizio per Caleb Faulkner è al piano di sotto, e vedrai cosa ti dirà».

«È una cosa stupida».

«Hai un'idea migliore?»

Jefferson fece una smorfia e tirò fuori il cellulare. Compose il numero dell'associazione e mise il vivavoce.

«*Nessun bambino abbandonato*, come posso indirizzare la sua chiamata?» Rispose una giovane donna con voce allegra.

«Sì, salve, signora. Qui è la Executive Limos. Per favore, faccia sapere al signor Faulkner che sono di sotto ad aspettarlo per portarlo all'aeroporto».

Yang lanciò al suo collega un'occhiata come a dire 'ma-che-cazzo-dici', ma Jefferson si limitò a scrollare le spalle.

«L'aeroporto? Ma non sta andando all'aeroporto».

«È sicura, signora? Può controllare la sua agenda? Perché ho ricevuto questa prenotazione qualche giorno fa e il mio ufficio è piuttosto diligente nel tenere i registri».

«Le dico che...» Il ticchettio di una tastiera si sentì attraverso il telefono. «Ecco, ho ragione, non sta andando all'aeroporto. Ha una prenotazione per la cena al *Brick and Mortar* alle 19. Quindi, temo che il suo ufficio si sbagli».

«Grazie, signora, vado a parlare con l'ufficio. Scusi il disturbo».

Jefferson interruppe la chiamata. Sorrise. «E questo è ciò che io chiamo essere un abile manipolatore».

Yang sorrise. «Penso che dovresti portare una ragazza a cena al *Brick and Mortar*, stasera».

«Stavo pensando la stessa cosa. Vediamo se la ragazza del dipartimento del traffico è libera, stasera». Stava già scorrendo i contatti del telefono. «Che cosa farai, mentre io mi occupo della cena e del mio appuntamento?».

«Immagino che dovrò trovare un lavoro come lavapiatti».

Due ore dopo, tutto era pronto. Yang era arrivato prima dell'apertura del ristorante, aveva mostrato il suo distintivo e aveva chiesto di parlare con il direttore, dicendogli che aveva bisogno di accedere ai piatti, alle posate e ai bicchieri usati da un cliente specifico, senza fornire alcun dettaglio su chi e perché.

All'inizio, il direttore non era stato molto cooperativo.

«Se si viene a sapere che ho permesso alla polizia di spiare i miei clienti, nessuno vorrà più cenare qui. Perderò gli affari», disse l'uomo robusto con il pizzetto.

«Non vuole contribuire a mettere un criminale dietro le sbarre?»

«Vorrei poterla aiutare, detective, ma se non torna con un mandato, non posso fare nulla, per lei».

Yang era in piedi vicino all'ingresso della cucina, quando la porta si aprì e diverse voci si diressero verso di lui. Riconobbe due diverse lingue straniere.

Con un'intuizione, disse, con voce amichevole: «Ho capito, capisco perfettamente, davvero. Immagino che sarebbe diverso, se lavorassi per l'immigrazione, no? Sembra che loro non abbiano bisogno di mandati».

Il volto del direttore si raggelò e Yang capì di aver toccato un nervo scoperto. Immaginò che metà del personale di cucina non avesse il visto per lavorare negli Stati Uniti.

Il direttore forzò un sorriso. «Sono sicuro che possiamo trovare una soluzione, detective. Tutti sanno che amo sostenere la nostra laboriosa forza di polizia».

«È fantastico», disse Yang. «E non si preoccupi, i suoi ospiti non mi vedranno nemmeno di sfuggita. Ora ho solo bisogno che lei mi fornisca un'uniforme e un grembiule da cucina. Mi serve il numero del tavolo del sospettato. L'ordine del cibo di quel tavolo passerà attraverso di me, e quando i piatti torneranno, saranno gestiti solo da me».

«È davvero necessario? Posso semplicemente chiedere alla cameriera di separare i piatti di quella persona».

«Non voglio che il personale della reception sappia cosa sta succedendo. Potrebbero agire in modo diverso e fare insospettire il soggetto».

«Ma allora come farà a sapere da quale piatto ha mangiato il suo sospettato?»

«Non si preoccupi, a quello ci penso io».

«Come vuole, detective». Indicò la porta che dava sulla cucina. «Lasci che le mostri dove può cambiarsi».

Quando il ristorante aprì, iniziando a riempirsi di ospiti, Yang chiamò Jefferson e gli comunicò quale tavolo avrebbe occupato Caleb Faulkner. Jefferson e la sua accompagnatrice arrivarono poco dopo che Caleb Faulkner e un ospite maschile si furono seduti al tavolo sette. Jefferson corruppe l'altezzoso direttore di sala per ottenere un tavolo da cui potesse tenere Caleb sott'occhio.

Sono in posizione, scrisse Jefferson a Yang con un messaggio di testo.

Bene, risposte Yang con un messaggio.

Non ci volle molto prima che l'ordine del cibo per il tavolo di Caleb arrivasse in cucina. Yang memorizzò le voci, felice di vedere che Caleb e il suo ospite stavano ordinando solo piatti principali, senza antipasti.

Quando la cucina preparò i due piatti, Yang si mise la mano in tasca e tirò fuori due fogli con adesivi colorati a forma di piccoli punti. Sollevò il piatto con l'anatra e attaccò un punto rosso sotto il piatto, poi mise un adesivo blu sotto il piatto con la bistecca. Poi pose i piatti sul bancone perché il personale di servizio li prendesse.

Subito dopo che la cameriera prese i piatti per servire i clienti, Yang inviò un messaggio a Jefferson.

Il cibo è in arrivo.

Mangerà l'anatra, rispose Jefferson qualche secondo dopo. *E ha preso un bicchiere di vino rosso. L'altro tizio sta bevendo una birra.*

Questa era una buona notizia. I due bicchieri sarebbero stati facilmente distinguibili.

Sembrò che ci volesse un'eternità, perché Caleb e il suo compagno finissero i loro piatti principali.

Jefferson avvisò Yang con un messaggio di testo nel momento in cui la cameriera ritirò i piatti. Yang li prese dopo che lei appoggiò i piatti sporchi sul bancone della cucina e sollevò piatti. I puntini erano ancora al loro posto e, indossando i guanti, Yang mise il piatto con il puntino rosso in una grande busta di plastica per le prove, insieme alle posate.

Stanno ordinando il dessert, scrisse Jefferson.

Se da un lato questo significava che dovevano rimanere al ristorante più a lungo, dall'altro aumentava le possibilità che la scientifica trovasse del DNA utilizzabile. Yang e Jefferson ripeterono la procedura per il dessert. Yang mise i puntini sul fondo dei piatti e Jefferson mandò un messaggio per sapere quale dessert avrebbe preso Caleb.

Quando finalmente i due finirono e pagarono il conto, Yang riuscì a impadronirsi del piatto da dessert e del cucchiaio di Caleb, oltre che del suo bicchiere di vino.

Ho tutto, Yang mandò un messaggio a Jefferson. *Godetevi il resto della serata.*

Oh, lo farò, rispose Jefferson.

Dieci minuti dopo, Yang era di nuovo in abiti civili e in macchina. Da lì chiamò il cellulare di Lupe.

«Yang? Che cosa vuoi? È tardi».

«Mi dispiace, ma è estremamente urgente. Puoi prelevare il DNA da piatti usati?»

«Sì, posso. Ma dovrà aspettare fino a domani».

«Posso lasciarteli così lo fai subito, domattina?»

Lupe sospirò. «Bene. E cosa vuoi che ne faccia quando avrò il risultato?»

«Confrontalo con il DNA che hai trovato sotto le unghie di Annika».

«Perché non l'hai detto prima?» Improvvisamente Lupe sembrò molto più sveglia. «Ti mando un messaggio con il mio indirizzo. Domani andrò presto, al lavoro. Gli darò la priorità. Prendiamo questo bastardo».

Anche Yang la pensava così. Presto Mike Faulkner avrebbe scambiato il suo ufficio alla Casa Bianca con una cella di due metri per due.

74

21 *giugno*

Era tardo pomeriggio e Faulkner era seduto dietro la sua scrivania nell'Ala Ovest a scrutare noiosi fascicoli, quando la sua assistente Abby entrò dopo aver bussato brevemente.

«L'agente dei servizi segreti Mitchell è qui per vederla».

«Fallo entrare», disse con impazienza.

Pochi istanti dopo, Mitchell entrò con una cartellina in mano e chiuse la porta dietro di sé. «Signore».

«Mitchell, che notizie hai?»

Conosceva Mitchell abbastanza bene da sapere che quell'uomo non faceva perdere tempo a nessuno. Se non avesse avuto notizie, non si sarebbe presentato di persona, né avrebbe chiuso la porta per garantire che la loro conversazione rimanesse privata.

Posò una cartella sulla scrivania di fronte a Faulkner. «Il rapporto tossicologico di Madeline Bolton. Come sospettavamo, aveva alcol nel sangue e qualcos'altro».

«Qualcos'altro?» Faulkner aprì la cartella dei documenti.

«Un farmaco chiamato Midazolam. È una benzodiazepina usata in chirurgia. Ha un effetto paralizzante».

Merda!

Faulkner continuò a guardare la pagina davanti a sé, senza voler incontrare lo sguardo di Mitchell. «Questo avvalora la tesi che si sia trattato di un incidente. Forse ha mescolato alcol e questa droga per dormire meglio. E quando è salita sulla scala, era assonnata e ha perso l'equilibrio. Non crede?»

Dopo aver recuperato la calma, guardò l'agente.

«È certamente possibile, signore, anche se non è esattamente una droga che si può comprare in un negozio».

«Nemmeno l'ecstasy, eppure Maddie ci ha messo le mani sopra, quando era più giovane». Scrollò le spalle. «Chi sa di questo rapporto?»

«A parte il laboratorio che ha eseguito l'esame tossicologico? Solo io e lei, signore».

«E il suo collega, l'agente Banning?».

«È sul campo e non ha ancora visto il rapporto».

«Facciamo in modo che rimanga così. Prima devo indagare su una cosa».

«Posso essere d'aiuto, signore?»

«No. È una cosa che dovrò fare da solo. Grazie», disse Faulkner, congedando Mitchell.

Quando la porta si chiuse alle spalle dell'agente dei Servizi Segreti, Faulkner fissò il rapporto tossicologico senza leggere una sola parola.

Aveva fallito. Sapeva cosa doveva fare ora, e lo temeva. Ma doveva essere fatto. Era una sua responsabilità, ora.

75

La scatola con il Luminol era arrivata a casa di Emily poco dopo il suo ritorno dall'ultima lezione. Era già sera, quando Emily spacchettò il piccolo contenitore di Luminol in polvere, lo versò in un flacone spray più grande, poi aggiunse dell'acqua distillata, prima di riavvitare il coperchio e riporlo nella borsa.

In origine Vicky aveva programmato di accompagnarla a casa di Maddie, ma poi se n'era andata perché uno dei suoi clienti aveva un grosso problema a un server e Vicky era dovuta andare a risolvere il problema sul posto. Vicky le aveva chiesto di aspettare il giorno dopo, ma Emily non voleva aspettare. Doveva sapere se Sasha fosse morta o se c'era ancora una possibilità di salvarla.

Ancora una volta uscì di nascosto dal retro della casa, per evitare di essere vista dal poliziotto stazionato lì davanti. Era un tipo simpatico e le aveva dato un passaggio per andare e tornare da scuola. Le dispiaceva per lui, perché probabilmente sarebbe finito nei guai, se Yang avesse scoperto che l'aveva seminato per l'ennesima volta. Ma se tutto fosse andato bene, non avrebbe mai dovuto scoprirlo.

Almeno questa volta Emily non dovette preoccuparsi che la polizia si presentasse a casa di Maddie, perché l'allarme non era scattato, quando era stata a casa di Maddie con Diego e Vicky. Avrebbe potuto chiedere a Diego di prestarle la sua chiave, ma per qualche motivo le sembrò strano farlo. Non riusciva a capire per che motivo, ma preferì usare i suoi grimaldelli, per entrare a casa di Maddie. E questa volta fu più facile di quando l'aveva fatto la prima volta. La pratica rendeva davvero perfetti.

Emily non usò il Luminol nella zona giorno, poiché sapeva già che c'era del sangue, visto che era il luogo in cui era morta Maddie. Iniziò invece con la stanza da bagno di servizio. Spruzzò il pavimento e parte delle pareti, poi chiuse la porta dietro di sé, senza accendere la luce. Se ci fossero state tracce di sangue, il Luminol avrebbe fatto brillare l'area di blu al buio. Ma non ci fu nessun bagliore blu, nel bagno di servizio.

Fece lo stesso in cucina e nella zona della lavanderia, anche se lì fu un po' più difficile, perché dovette tirare le tende della cucina e la stanza non divenne così buia come aveva sperato. Tuttavia, a parte una piccola zona intorno al set di coltelli esposti in un blocco di legno, non ci fu alcun bagliore blu in nessun altro punto della cucina. Il bagliore blu intorno ai coltelli non era insolito. Tutti si tagliano di tanto in tanto quando affettano il cibo.

Al piano superiore, Emily si fece strada tra i due bagni e le due camere da letto. Ma non riuscì a trovare sangue. Niente sui tappeti o sulle pareti, niente sui materassi o sui mobili. Spruzzò anche gli armadi, ma non c'era traccia di sangue da nessuna parte. Era sollevata, perché questo le dava la speranza che Sasha fosse ancora viva. Ma dove era scappata, questa ragazza? Dove si era nascosta?

Emily aprì di nuovo le tende della camera di Maddie, prima di tornare nella stanza degli ospiti. Tirando le tende, guardò le case sull'altro lato della strada. Era diventato più buio da quando Emily era arrivata nella casa. Poiché la casa di Maddie si trovava su una leggera pendenza, Emily era in grado di guardare sopra i tetti del quartiere. A pochi isolati di distanza, un edificio si ergeva per due piani più in alto della maggior parte delle case del quartiere. Ma l'edificio sembrava abbandonato, forse pronto per essere demolito. Molte finestre erano sbarrate.

Concentrò lo sguardo sulle finestre non sbarrate e credette di vedere una luce. C'erano persone che occupavano abusivamente quel posto? Forse qualche senzatetto si rifugiava lì. Nessuno li avrebbe disturbati e sarebbero stati protetti dalle intemperie.

Sasha aveva guardato fuori da questa finestra, quando aveva dormito qui? Aveva visto l'edificio abbandonato? Emily cercò di capire cosa passasse per la testa di Sasha la notte in cui Maddie era morta. Aveva visto l'assassino e lo aveva riconosciuto come l'uomo che le aveva fatto del male? Se lo avesse riconosciuto, avrebbe avuto paura. Ed essendo una vittima del traffico sessuale, probabilmente non si fidava di nessun adulto.

Emily capiva perché Sasha non si fosse rivolta alla polizia. Ai suoi occhi, probabilmente qui erano corrotti come lo erano nel suo paese. Avrebbe cercato l'aiuto di persone che erano come lei: maltrattate, abusate e senza casa. Quelle erano le persone di cui poteva fidarsi.

76

Era venuto per ucciderla. Era stato ostacolato due volte, ma questa volta ci sarebbe riuscito. Anche lei se lo meritava. Emily Warner era una fastidiosa impicciona che ficcava il naso in cose che non la riguardavano. Doveva andarsene, prima di scoprire come lui aveva ucciso Maddie e, soprattutto, perché.

E questa volta, lei gli stava rendendo le cose facili. Emily era a casa di Maddie ed era sola. Questa volta nessuno sarebbe venuto a salvarla. E una volta morta, lui avrebbe potuto dormire sonni più tranquilli e tornare alla sua vita, senza temere di essere scoperto.

Anche se non gli piaceva l'idea di ucciderla a casa di Maddie, non aveva altra scelta. Ma aveva un piano. Non avrebbe lasciato il corpo di Emily qui. L'avrebbe portato in un altro posto dove la polizia non avrebbe potuto collegare la sua morte a quella di Maddie. Aveva parcheggiato l'auto in un vicolo laterale e, una volta che le strade si fossero svuotate, avrebbe messo il corpo nel bagagliaio dell'auto e se ne sarebbe sbarazzato.

Dal suo nascondiglio nell'armadio dei cappotti al primo piano, l'assassino aveva ascoltato Emily che si aggirava nelle camere da letto e apriva e chiudeva le tende. Non era preoccupato che lei curiosasse in casa di Maddie. Non c'era nulla che potesse trovare che lo incolpasse. Tutto ciò che doveva fare era aspettare. Aveva ancora la pistola con cui aveva sparato a Petrov. Questa volta si sarebbe assicurato che la sua vittima morisse sul posto. Dover finire il lavoro in ospedale era stato rischioso. Non voleva ripeterlo.

All'improvviso sentì la voce di Emily provenire dalla cima delle scale. Sembrava che stesse parlando con qualcuno al telefono. Trattenne il respiro e si mise in ascolto.

«Vicky, accidenti, perché non rispondi? Non c'era sangue, oltre al punto in cui è morta Maddie. Comunque, so dove si trova Sasha», disse. «L'ho capito. Ora ci vado. Non è lontano dalla casa di Maddie. Appena l'avrò presa, ti chiamerò e poi la porteremo insieme dal detective Yang e sarà al sicuro».

Rimise la pistola in tasca. Ripensandoci, non c'era fretta di uccidere Emily Warner. Lei avrebbe potuto condurlo da Sasha e tutti i suoi problemi sarebbero finiti. Quella puttanella gli era sfuggita e lui non era riuscito a trovarla. Il giorno dopo la sua fuga, aveva temuto che la polizia si presentasse alla sua porta da un momento all'altro, ma più passavano i giorni e più si era reso conto che Sasha non era andata alla polizia, perché non si fidava di nessuno al potere. Non aveva torto. A Washington D.C. ci si poteva fidare di ben pochi uomini.

Aveva quasi rinunciato a trovare Sasha. Questo era un fortunato colpo di scena. Avrebbe preso due piccioni con una fava. Avrebbe ucciso rapidamente Emily Warner, ma Sasha avrebbe dovuto soffrire. Avrebbe dovuto pagare per essere fuggita e per avergli fatto affrontare queste montagne russe emotive.

Sorrise tra sé e sé. Emily lo avrebbe condotto dritto da Sasha.

Tonight's gonna be a good night. Stasera sarà una bella serata. Proprio come diceva la canzone dei Black Eyed Peas.

La melodia cominciò improvvisamente a risuonare nella sua testa e lo fece sentire come se nulla potesse andare storto.

77

Emily rimise il cellulare in tasca, quando improvvisamente sentì un rumore provenire dalle scale. Si girò e vide Diego salire le scale. Si bloccò, sorpresa di vederlo.

«Oh, Diego».

«Ciao Emily, ho pensato di passare per aiutarti», disse, con un sorriso semplice.

«Oh?»

«Sì, ho parlato con Vicky, poco fa e mi ha detto che saresti venuto qui con» - indicò il flacone di Luminol che aveva in mano - «del Luminol per controllare se ci fosse del sangue che potrebbe appartenere a Sasha. Ne hai trovato?»

Scosse la testa, la voce le venne meno. Essere sola con Diego la mise improvvisamente a disagio. Le statistiche sulla criminalità non erano abbastanza chiare sul fatto che la maggior parte delle vittime di omicidio venivano uccise da qualcuno che conoscevano e di cui si fidavano? Maddie si era fidata di Diego. E lui aveva le chiavi di casa sua. Inoltre, conosceva le sue abitudini.

«Sì, non c'è sangue da nessuna parte», disse.

«Stai bene?» Le chiese e le rivolse uno sguardo preoccupato.

«Sì, sto bene. Solo un po' stanca». Lui non sembrò crederle. Aveva sentito il messaggio che aveva lasciato a Vicky?

«Hai avuto fortuna nella ricerca di Sasha?».

«No, no. Niente di niente. È come se fosse scomparsa dalla faccia della terra». Emily indicò la porta. «Credo di aver finito, qui».

La lasciò passare, poi la seguì giù per le scale. «Forse dovremmo fare un giro nel quartiere per vedere se qualcuno ha visto la ragazza», suggerì Diego, quando raggiunsero il primo piano.

Fu contenta di dargli le spalle, così che lui non potesse vedere la sua espressione allarmata. Era certa che Diego avesse sentito ogni singola parola del suo messaggio a Vicky. L'avrebbe seguita, in modo che lei potesse condurlo da Sasha. In qualche modo Emily doveva liberarsi di lui e portare Sasha al sicuro, prima che Diego potesse fare del male a entrambe.

Ma come?

«Oh, sai, credo di aver visto qualcosa di strano in cucina», disse, rivolgendosi a lui. «Forse tu puoi spiegarlo. Voglio dire che probabilmente hai passato molto tempo in questa casa, quindi potresti sapere se è fuori posto o meno».

«Certo, che cos'è?».

Lei gli fece cenno di andare in cucina e lui si girò e attraversò la porta.

«Sotto il lavandino», disse lei e lo seguì, finché non riuscì ad afferrare un barattolo di vetro spesso per biscotti che stava sul bancone della cucina.

«Qui sotto?» Chiese lui e aprì il mobile sotto il lavandino.

Proprio quando lui si guardò rapidamente alle spalle, lei tirò le braccia indietro, prendendo la rincorsa, e lo colpì alla testa.

Diego emise un grugnito doloroso e alzò le mani per proteggersi la testa, ma lei lo colpì ancora e lui cadde a terra.

Emily lasciò cadere il barattolo, che sorprendentemente era ancora tutto intero, e corse più veloce che le riuscì. Si chiuse la porta alle spalle e attraversò di corsa la strada, felice che ci fosse poco traffico.

Il cuore le batteva forte e i polmoni le bruciavano per la stanchezza.

Ma non poteva fermarsi e permettere a Diego di seguirla. Doveva trovare Sasha e portarla al sicuro.

78

Yang si sfregò il ponte del naso, stanco di fissare il monitor del computer. Per l'ennesima volta guardò il nastro delle telecamere di sicurezza dell'ospedale che avevano ripreso l'assassino di Petrov. Ma, per quanto a lungo e quanto spesso guardasse l'uomo, non riusciva a identificarlo. Aveva persino inserito una foto di Mike Faulkner sullo schermo diviso in due finestre, per capire se gli occhi e la fronte coincidevano, ma il video era troppo sgranato e l'assassino non guardava mai direttamente nella telecamera ed era troppo lontano per poterlo identificare con certezza.

Ridusse a icona il video e aprì l'elenco che la tecnica della sicurezza dell'ospedale aveva compilato per lui. Si trattava dei nomi di tutto il personale dell'ospedale che aveva incontrato l'assassino. La tecnica era stata molto scrupolosa e aveva persino annotato l'ora in cui il personale dell'ospedale aveva incrociato il sospetto.

Nel cubicolo accanto a lui, Jefferson stava parlando con una delle persone dell'elenco.

«Grazie per il suo aiuto. Se le venisse in mente qualcos'altro, ha il mio numero».

Yang spinse la sedia all'indietro e sporse la testa oltre la parete divisoria del cubicolo. «Qualcosa di utile?»

Jefferson incontrò il suo sguardo. «Niente. Tutti sono molto cordiali e vogliono aiutare, ma nessuno si è accorto di questo tizio. Non solo ha lanciato l'allarme antincendio, ma è successo durante il cambio di turno, dove comunque tutti correvano freneticamente».

«Probabilmente ha scelto il momento giusto, sapendo che con la gente che andava e veniva nessuno lo avrebbe notato».

Jefferson annuì. «Sì, è anche la mia ipotesi».

«A che punto sei, della lista?» Yang chiese.

«Ho già chiamato i primi sette dall'alto».

«Ok, allora inizierò dal fondo. Sarà una lunga notte».

«Devo sgranchirmi le gambe». Jefferson si alzò. «Vuoi un caffè?»

«Non la disgustosa brodaglia della sala relax».

«Sto parlando di un vero caffè. Vado dall'altra parte della strada».

«Allora prendo un caffè macchiato, grazie».

Jefferson se ne andò e Yang compose il numero di cellulare di un'infermiera che, nell'elenco del personale, era stata l'ultima persona a incrociare l'assassino. Raggiunse solo la sua segreteria telefonica. Era possibile che stesse dormendo o che si trovasse in una zona dell'ospedale che richiedeva lo spegnimento del cellulare. Yang lasciò un rapido messaggio vocale, poi passò alla persona successiva.

Questa volta il membro del personale, un inserviente, rispose. L'inserviente si ricordava dell'uomo, perché gli era sembrato strano che portasse con sé una cartellina con dei fogli bianchi, ma non era in grado di fornire una buona descrizione. Ricordava però che l'uomo era alto almeno un metro e ottanta.

Almeno questo dettaglio confermava che Mike Faulkner poteva essere il loro uomo. Era alto poco più di un metro e ottanta, anche se molte altre persone lo erano.

La persona successiva sulla lista era un'amministratrice dell'ospedale. Non aveva nemmeno notato l'uomo, troppo preoccupata per l'allarme antincendio e per il suo compito di responsabile antincendio del suo reparto.

Yang stava per chiamare la persona successiva della lista, quando sul suo monitor comparve una notifica di posta elettronica. Era di Lupe ed era contrassegnata come urgente.

«Finalmente», borbottò sottovoce.

Aprì l'e-mail e la lesse. Nello stesso momento, Jefferson tornò con due bicchieri di carta dal caffè di lusso dall'altra parte della strada.

«Ecco il tuo caffè».

Ma Yang non prese la sua tazza. Continuò a fissare lo schermo. «Non ci crederai mai».

«A cosa?»

«Sono arrivati i risultati del DNA. Abbiamo una corrispondenza».

Jefferson si chinò per leggere l'e-mail. «Mi stai prendendo per il culo, cazzo».

«È ora di ottenere un mandato», disse Yang.

«Lo scriverò io», si offrì Jefferson, posando le tazze di caffè sulla scrivania.

«Chiamo il giudice».

«Non vedo l'ora di mettergli le manette», disse Jefferson.

«Non sei il solo».

79

Quando Emily raggiunse l'edificio abbandonato era ormai buio. Aveva corso per quasi tutto il tragitto per mettere quanta più distanza possibile tra lei e Diego. Non riusciva a credere di essersi fidata di lui. E peggio ancora, che Maddie si fosse fidata di lui. E che avesse pagato con la vita.

«Avrò giustizia per te, Maddie», mormorò tra sé e sé.

Una recinzione di catene circondava la proprietà e i cartelli di *divieto di accesso* erano affissi ovunque. Emily impiegò qualche minuto per trovare un punto in cui la recinzione era stata tirata indietro per permettere a una persona di passare dall'altra parte.

Le erbacce coprivano la stretta striscia di terreno nudo che circondava l'edificio, che occupava la maggior parte dell'enorme lotto d'angolo. A giudicare dall'aspetto, si trattava di un edificio per uffici o di un altro tipo di impresa commerciale. Alcune finestre erano sbarrate, altre avevano i vetri ancora intatti o erano stati rotti. Sembrava che l'edificio avesse subito danni da incendio, negli anni precedenti.

C'erano diversi ingressi nell'edificio e il terreno calpestato che conduceva a una porta di fortuna fatta di compensato mal assortito e priva di serratura indicava che più di qualcuno era passato di qua, per entrare. Molto probabilmente il posto brulicava di senzatetto. Per un attimo desiderò di aver portato Coffee con sé. Con il cane al suo fianco si sarebbe sentita più sicura, ma non c'era tempo per andare a casa a prenderlo. Sasha era davvero in pericolo ed Emily doveva trovarla prima di Diego.

Quando Emily entrò nell'edificio buio, percepì una miriade di odori. Sentì polvere, nell'aria, un leggero odore di fuoco a legna e l'odore putrido di cibo marcio, urina ed escrementi. Indietreggiò, di fronte a quell'odore, poi si irrigidì. Se Sasha era riuscito a nascondersi qui fin dalla morte di Maddie, il minimo che Emily potesse fare era sopportare il piccolo inconveniente di un odore disgustoso.

Sentì dei suoni provenire da uno dei piani superiori, qualche rumore metallico, qualche scalpiccio, voci sommesse. Emily tirò fuori il telefono e usò la luce del display per orientarsi verso le scale. I detriti erano sparsi sulle scale: bottiglie vuote, vetri rotti e altri rifiuti. Quando notò un ago ipodermico, capì che doveva fare attenzione. Non solo i tossicodipendenti potevano essere imprevedibili, ma c'era il rischio reale di essere accidentalmente colpiti da un ago contenente resti di eroina.

Mettendo un piede davanti all'altro, salì al secondo piano, facendo attenzione a non correre rischi. Sul pianerottolo si orientò e ascoltò i suoni che aveva sentito. Venivano da sinistra. Seguì il breve corridoio, continuando a usare il cellulare per farsi guidare all'interno dell'edificio. Quando arrivò alla prima apertura, dove a un certo punto c'era stata una porta, sbirciò in quello spazio. Sembrava che un tempo la stanza fosse stata un grande ufficio a pianta aperta. Alcuni cubicoli erano ancora presenti, ma era evidente che gran parte del compensato dei vecchi mobili dell'ufficio era stato usato come legna da ardere, a giudicare dal pavimento carbonizzato.

Vicino all'ingresso, Emily notò una persona sdraiata a terra, con addosso una coperta. Si avvicinò, e a quel punto la persona si girò verso Emily e saltò rapidamente in piedi. Prima che Emily si rendesse conto di ciò che stava accadendo, la persona già brandiva un coltello.

«Ladro!» disse l'adolescente con la faccia sporca. «Non toccare la mia scorta!»

Non poteva avere più di sedici anni, ma i tratti duri del suo viso testimoniavano la vita dura che conduceva.

Emily sollevò le braccia. «Non sono qui per derubarti».

Lui la guardò dall'alto in basso. Poi si mise a ridere. «Assistente sociale? Sì, non si disturbi. Non ho intenzione di tornare indietro». Sputò, colpendo il cardigan di lei. «So badare a me stesso».

«Non sono un'assistente sociale», disse, cercando di rimanere calma, anche se il cuore le batteva forte in gola. «Sto cercando di trovare una ragazza. È in pericolo».

Il ragazzo le rivolse uno sguardo diffidente e continuò a tenere il coltello puntato contro di lei.

«È russa. Si chiama Sasha. Ha dodici o tredici anni, capelli lunghi e scuri, occhi azzurri. È qui?»

Il ragazzo scrollò le spalle. «Non faccio la spia».

«Certo che no», disse lei rapidamente. «Ma un uomo cattivo le sta dando la caccia e io sono venuta ad aiutarla a scappare prima che lui la trovi».

Scrollò di nuovo le spalle. «Il mondo è pieno di uomini cattivi».

Nella sua voce c'era un tono piatto che suonava come rassegnazione, come qualcuno che avesse perso la speranza.

«È vero. Per questo so che Sasha è venuta qui a nascondersi. Non poteva fidarsi di nessun adulto. Ma ora sono qui e posso prendermi cura di lei. Per favore, dimmi dove si trova. L'uomo che la sta cercando è vicino. Devo trovarla in fretta, prima che lo faccia lui. Per favore». Gli lanciò uno sguardo supplichevole.

«Hai dei soldi?»

Lei annuì e indicò la piccola borsetta che teneva in diagonale sul busto. «Nel mio portafoglio». Abbassò lentamente le mani. «Ne prendo un po'».

Estrasse il portafoglio e tirò fuori tutte le banconote che aveva. Ammontavano a poco più di ottanta dollari. Gli porse la mano con i contanti. «Non è molto. Ma spero che ti aiuti».

Lui prese il denaro e lo infilò velocemente nella tasca dei pantaloni. Poi guardò oltre Emily, che si guardò alle spalle. Altri due adolescenti, più giovani del ragazzo, si stavano avvicinando. Nessuno di loro era Sasha.

«Sparite!» Ordinò il ragazzo, e i due ragazzini si fermarono.

«L'ultima volta che l'ho vista era al piano superiore, nell'angolo più lontano», disse ora il ragazzo, indicando un punto dietro Emily. «Se ne sta per conto suo e non parla molto. Ma assomiglia alla ragazza che hai descritto».

«Grazie».

Emily si voltò e uscì rapidamente dalla grande stanza, sentendosi addosso gli occhi degli altri due senzatetto. L'avrebbero seguita, sospettando che avesse altri soldi o oggetti di valore in suo possesso? I peli sulla sua nuca si rizzarono, ma con sua grande sorpresa non sentì alcun passo che la seguiva, mentre saliva al terzo piano.

Lassù la disposizione era molto simile a quella del secondo piano. Entrò nell'ex ufficio open space e notò che era collegato ad altri uffici più piccoli, a ciascuna estremità. Una luce tremolante, proveniente da una candela o da un piccolo fuoco, la attirò verso l'angolo dell'edificio indicato dal ragazzo.

Avvicinandosi e superando i pochi cubicoli ancora intatti, notò un movimento. Girò la testa verso sinistra e vide una persona accovacciata sotto una scrivania. Emily fece un passo verso la figura scura.

«Sasha?» Mormorò.

«Sparisci!» Ringhiò qualcuno. L'accento era decisamente americano, anche se la voce era quella di una donna. Ma sembrava più anziana, forse sui quaranta o cinquant'anni.

«Mi scusi, signora», disse Emily velocemente e si ritirò, non volendo che un altro coltello venisse puntato nella sua direzione.

Proseguì verso il punto in cui aveva visto la luce tremolante, ma ora era buio. Avvicinandosi, Emily inspirò profondamente. Riconobbe l'odore di una candela appena spenta.

Avvicinandosi lentamente, con la luce del display del cellulare che guidava i suoi passi, Emily raggiunse l'ingresso di un altro ufficio, che aveva spazio per quattro o cinque scrivanie, anche se ne vide solo due. Entrambe erano rovesciate di lato, a formare un divisorio.

«Sasha?»

Sentì qualcuno respirare.

«Sasha», disse ancora Emily con un tono di voce dolce. «Sono qui per aiutarti».

Girò intorno al divisorio. Lì, una ragazza dai capelli scuri e dagli occhi azzurri si stava premendo contro il muro, come se potesse fondersi con esso e scomparire. In mano teneva una bottiglia di vetro rotta, un'arma che, a giudicare dall'espressione determinata del suo viso, era pronta a usare per difendersi.

Emily non si avvicinò. Sollevò entrambe le mani in segno di resa. «*Drug*», disse, sperando di aver pronunciato correttamente la parola russa che significa amico. «*Podruga*». Anche questa significava amico, ma uno dei suoi studenti di musica aveva detto che significava amica femminile. «*Podruga* Maddie. Maddie *podruga*».

Emily sperò che Sasha capisse che sta cercando di dirle che era amica di Maddie.

«Maddie?» Le lacrime si affacciarono agli occhi della ragazza, ma lei tirò su col naso e non le lasciò scorrere.

«*Da*. Maddie». Emily indicò sé stessa. «Emily. *Podruga* Maddie. *Da*».

Lentamente Sasha fece un passo verso Emily. Emily teneva gli occhi sulla bottiglia di vetro che la ragazzina aveva in mano. Sasha seguì il suo sguardo ed esitò. Per qualche secondo ci fu silenzio tra loro e nessuna delle due si mosse. Poi Sasha lasciò cadere l'arma di fortuna sulle coperte a terra.

«*Podruga*», disse Sasha.

All'improvviso Emily sentì un forte rumore provenire dalla tromba delle scale. Passi pesanti. Sasha fissò Emily, con la delusione che le brillava negli occhi. Si chinò per raccogliere la bottiglia di vetro rotta, ma Emily fu più veloce e la tirò indietro, poi premette le dita sulle labbra di Sasha per farla tacere.

Negli occhi di Sasha comparve uno sguardo sorpreso. Aveva capito che chi stava arrivando non era un complice che Emily aveva portato con sé. Sasha annuì ed Emily tolse le dita dalle labbra.

Sasha indicò una seconda porta che conduceva all'esterno della stanza. Emily annuì e prese la mano della ragazza.

All'improvviso, il cellulare di Emily squillò. Emily lasciò la mano della ragazza e cercò di mettere a tacere il telefono, ma ormai era troppo tardi.

«Eccovi!» Lo sentì grugnire da lontano.

Emily gettò il cellulare a terra. Sasha le afferrò la mano e insieme si allontanarono correndo attraverso la seconda porta nell'oscurità. Emily pregò che Sasha conoscesse questo posto come le sue tasche e che l'oscurità in cui Emily aveva vissuto per quindici anni fosse ancora una volta sua amica.

80

Yang e Jefferson erano già in macchina, con il mandato d'arresto in mano, pronti ad arrestare l'assassino di Annika, quando squillò il telefono di Yang. Non riconobbe il numero.

«Detective Yang», rispose.

«Detective, sono Vicky Hong», disse la donna. «Credo che Emily sia in pericolo di vita».

Immediatamente in stato di allerta, Yang mise in vivavoce la chiamata. «Che cosa è successo? Dov'è?»

«È andata a casa di Maddie e mi ha chiamato da lì, ma non ho ricevuto la telefonata. Credo che l'assassino di Maddie la stia cercando».

Yang ordinò a Jefferson: «Rotta verso Georgetown, casa di Madeline Bolton».

Jefferson accese le sirene e le luci e fece un'inversione di marcia.

«Rallenti, signorina Hong, mi dica esattamente cosa è successo».

«Emily è andata a casa di Maddie a spruzzare Luminol per capire se Sasha è stata uccisa in casa, e l'assassino ha fatto piazza pulita».

«Ma che cazzo?!» Yang imprecò. «Dov'è l'agente di polizia che avevo piazzato fuori da casa sua?»

«Probabilmente è ancora lì», disse Vicky, con un tono imbarazzato.

«Ma che...»

«Deve essere uscita dal retro, dove ci sono i bidoni della spazzatura».

«Le ho detto di starne fuori per il suo bene! Maledizione! Quella donna mi sta facendo uscire di testa!»

Jefferson improvvisamente sorrise. «Caspita, ti sta facendo impazzire davvero».

Yang alzò la mano per impedire al compagno di parlare. «Come ha fatto ad accedere alla casa?»

«Non dovrei dirglielo, visto che è della polizia e tutto il resto».

Sospirò. «Bene. Che cosa è successo allora, signorina Hong?»

«Mi ha chiamato, ma non ho risposto, ma nel messaggio che ha lasciato sulla segreteria telefonica diceva che non c'era sangue da nessuna parte, a parte il salotto dove Maddie è morta. E poi ha detto che ora sa dove potrebbe nascondersi Sasha. E che sarebbe andata lì».

«Ha detto dove?»

«No, ma è vicino alla casa di Maddie. Ho attivato la funzione 'Trova un amico' sul suo telefono qualche giorno fa, perché ero preoccupata».

«È una mossa intelligente», la lodò Yang. «Mi mandi le coordinate».

«Sì, tra un attimo. C'è un'altra cosa. Diego si è presentato a casa di Maddie mentre Emily spruzzava il Luminol, perché io gli avevo detto che Emily sarebbe stata lì. Dovevo andare con lei, ma il server del mio cliente si è bloccato ed Emily non voleva aspettarmi. Così ho detto a Diego di andare lì per non lasciarla sola».

«Diego Sanchez?»

«Sì, il ragazzo di Maddie. Ci è andato, ma poi Emily si è comportata in modo strano e quando lui le ha voltato le spalle, lei lo ha colpito in testa. Due volte! Diego ha detto che Emily non gli ha fatto perdere i sensi, anche se gli ha fatto un male cane, ma ha detto di aver sentito sbattere la porta dopo che lei era corsa fuori di casa, e quando è riuscito ad alzarsi dal pavimento della cucina dove si trovava, ha visto un uomo che se ne andava pochi secondi dopo Emily. Ma ha visto solo la schiena dell'uomo e quando Diego è arrivato alla porta, l'uomo era già sparito. Ho provato a chiamarla poco fa, ma non risponde al telefono».

«Cazzo!» Yang imprecò di nuovo. «Dobbiamo arrivare a lei prima che lo faccia lui». Lanciò un'occhiata a Jefferson. «Accelera, Simon».

«Detective, Diego ha ucciso Maddie?» Chiese Vicky.

«No, non l'ha fatto. Può fidarsi di lui. Lo chiami e gli dia la posizione di Emily. È più vicino di noi. Gli dica di fare attenzione a Caleb Faulkner. È lui l'assassino».

Il risultato del DNA che avevano ricevuto non era una corrispondenza del cinquanta per cento come si aspettavano, indicando un rapporto padre-figlio, ma una corrispondenza del cento per cento, confermando che non Mike Faulkner, ma Caleb Faulkner aveva ucciso Annika. E Yang avrebbe scommesso il suo prossimo stipendio che avesse ucciso anche Maddie e Petrov.

81

Sasha praticamente trascinò Emily in un labirinto di corridoi, confermandole che conosceva questo edificio come le sue tasche.

«Uscita», sussurrò Emily a Sasha in inglese, sperando che capisse.

Sasha girò il viso verso di lei e la luce fioca che entrava da una finestra rotta lo illuminò a sufficienza perché Emily vedesse che, anche se Sasha non aveva capito la parola, sapeva cosa dovevano fare: uscire da questo edificio.

«Emily!»

La voce di Diego la trapassò come un coltello. Veniva dalla direzione in cui erano dirette, non da quella da cui stavano arrivando. Come aveva fatto a tagliare la loro via di fuga?

«Emily! Sono qui per aiutare te e Sasha».

Emily sentì il suono di un cellulare che squillava. A giudicare dalla direzione da cui proveniva, doveva essere quello di Diego. Non lo sentì rispondere. Invece chiamò di nuovo: «Emily! Dannazione!»

Emily non rispose, sapendo che lui voleva farle uscire allo scoperto per poterle uccidere entrambe. Emily fece cenno a Sasha di voltarsi. Dovevano esserci diverse scale, in questo grande edificio. Il regolamento edilizio lo richiedeva. In qualche modo dovevano trovare una di quelle scale per fuggire. Una volta in strada, potevano fermare un'auto e chiedere all'autista di chiamare il detective Yang.

«Dannazione, Emily! Non sono il tuo nemico. L'assassino ti ha inseguito. Ti prego, lascia che ti aiuti!».

Ma Diego pensava davvero che lei fosse così stupida? Voleva dirgli quello che pensava di lui, ma si morse la lingua, sapendo che qualsiasi affermazione avrebbe rivelato la posizione sua e di Sasha.

Nel frattempo, Sasha la condusse lontano da Diego, attraverso diverse stanze e corridoi. La luce era quasi assente, dato che si stavano allontanando dalle finestre esterne. All'improvviso Sasha inciampò su qualcosa e sussultò. Ma Emily le impedì di cadere. Rimase ferma per un attimo ad ascoltare e sentì dei passi. Diego non tentò nemmeno di avvicinarsi di soppiatto. Era come un toro in un negozio di porcellane. Emily sperava che non avesse sentito la quasi caduta di Sasha e il suo sussulto, coperti dal forte rumore dei suoi stessi passi.

«Emily!» Continuava a chiamare. «Dannazione, sono qui per salvarti!»

Emily non poteva permettersi che lei o Sasha inciampassero di nuovo. Quando era cieca, raramente era inciampata, perché aveva avuto gli strumenti giusti per aiutarla.

Certo! Questa era la soluzione! Aprì la borsetta e vi rovistò dentro. Il suo bastone pieghevole era ancora lì dentro, come una stampella, per così dire. Tirò un sospiro di sollievo quando lo estrasse dalla borsa e lo aprì.

Con il bastone in una mano e la mano di Sasha nell'altra, Emily le guidò in avanti, lontano da Diego. Facendo attenzione che il bastone non facesse rumore, lo lasciò scivolare sul pavimento davanti a lei, invece di battere il pavimento, perché avrebbe fatto troppo rumore. Funzionò. Aveva usato il bastone per così tanti anni che riusciva a sentire nella sua mano che tipo di materiali e di ostacoli incontrava la sua punta, senza doversi affidare a suoni forti come riscontro.

Emily e Sasha si affrettarono ad attraversare un ampio corridoio con molte porte su ogni lato. Alcune erano aperte e da queste filtrava un po' di luce nel corridoio. Emily proseguì, sapendo che il corridoio doveva portare a una scala, da qualche parte. Aveva ragione. Quando il corridoio svoltò e lei guardò in basso verso sinistra, vide una scala.

Fece un cenno verso di essa e Sasha annuì. Mano nella mano, si avvicinarono e poi, il più velocemente possibile, scesero al secondo piano. La speranza sbocciò finalmente in Emily. Ce l'avrebbero fatta. Sarebbero uscite dall'edificio in meno di un minuto e sarebbero state in strada, dove avrebbero potuto trovare aiuto.

A illuminare la tromba delle scale che portava dal secondo al primo piano c'era una finestra senza vetri che lasciava entrare un po' di luce dai lampioni esterni. Al tornante delle scale Sasha si fermò bruscamente. Emily era un passo dietro di lei. Sentì la presenza dell'uomo prima ancora di vederlo.

«*Ubiytsa*», disse Sasha con voce piena di orrore.

Emily non conosceva quella parola russa, ma quando guardò l'uomo che stava alla base delle scale, con una pistola puntata contro di loro, capì cosa significasse: assassino.

Emily e Sasha fecero perno su loro stesse in contemporanea e si precipitarono su per le scale. Emily aveva visto il volto dell'uomo solo per un secondo, ma non era Diego. Tuttavia, lo riconobbe. L'aveva visto al funerale di Maddie.

Era Caleb Faulkner. Era lui l'uomo che aveva ucciso Maddie e abusato di Sasha.

La consapevolezza la colpì come un pugno nello stomaco. Era scappata da Diego, che voleva solo aiutare, e aveva portato sé stessa e Sasha dritte tra le braccia dell'assassino.

«Sì, correte, ma non potrete scappare a lungo», le provocò Caleb, mentre le inseguiva su per le scale.

Emily non sprecò il fiato per rispondergli. Invece, tirò Sasha verso la parte più buia dell'edificio, dove Emily avrebbe avuto un vantaggio, rispetto a una persona vedente. Per un attimo Emily pensò ai tre adolescenti che occupavano un ampio spazio su questo piano, ma essendo ragazzi di strada probabilmente sapevano come badare a loro stessi e stare fuori dal radar di Caleb.

«Vi prenderò, fottute troie», annunciò Caleb da troppo vicino dietro di loro. «Nessuno mi sfugge».

Emily sentì Sasha tremare e capì cosa stesse passando la ragazza. Il suo abusatore, l'uomo che l'aveva violentata innumerevoli volte, che l'aveva rinchiusa in condizioni terribili, stava cercando di catturarla di nuovo. La paura di Sasha era viscerale. Ma Emily avrebbe fatto tutto ciò che era in suo potere affinché Caleb non mettesse mai più le mani su Sasha o su qualsiasi altra ragazza.

«Vieni», sussurrò a bassa voce alla ragazza.

Con il suo bastone che sondava i detriti sul pavimento e li evitava, si addentrarono all'interno dell'edificio, fino a dove Diego si trovava prima, quando l'aveva chiamata, professando di volerla aiutare. Ora sapeva che aveva detto la verità. Sperava che avesse già chiamato la polizia per avere rinforzi. Se solo Emily e Sasha fossero riuscite a nascondersi per il tempo necessario al loro arrivo, avrebbero avuto una possibilità di sopravvivere.

Emily si guardò alle spalle e intravide un sottile fascio di luce che si muoveva rapidamente avanti e indietro lungo il corridoio. Caleb aveva portato una torcia o stava usando il suo cellulare per illuminare lo spazio per trovarle.

«Vieni fuori, vieni fuori ovunque voi siate», disse con voce cantilenante, come se stesse giocando. E forse per lui questo era davvero un gioco. Un gioco mortale, perché chi perdeva sarebbe morto.

«Sai che ti prenderò. Pensi che non sappia cosa stavi facendo, Emily? Hai ficcato il naso in cose che non ti riguardavano. Quando ho sentito che stavi infastidendo i Bolton, ho capito che eri un problema. Non avresti dovuto farlo».

Caleb continuò a parlare, soffocando inavvertitamente il rumore dei passi di Sasha ed Emily che si muovevano silenziosamente lungo il corridoio. Improvvisamente, il bastone incontrò una certa resistenza. Emily lo mosse da un lato all'altro, poi più in alto, e capì che il corridoio era arrivato alla fine. Toccò il muro, alla ricerca di una porta, ma dove pensò che un tempo ci fosse stata una porta, che forse conduceva a una tromba delle scale, qualcuno l'aveva sbarrata con del compensato e delle assi di legno. Sospettò che il motivo fosse che la scala dietro di essa non era sicura.

Merda, imprecò senza fiatare.

Dovettero tornare indietro, avvicinandosi di nuovo a Caleb. Emily ora poteva vedere che il fascio di luce non era abbastanza forte da provenire da una torcia, ma che molto probabilmente la luce proveniva dal cellulare di Caleb. Finora non era riuscito a penetrare fino alla loro posizione. Ma non potevano restare qui. Dovevano entrare in una delle stanze a sinistra o a destra del corridoio.

Emily provò la prima porta che raggiunsero a destra, ma la porta non si mosse. Rapidamente si spostò alla porta corrispondente sulla sinistra, che si aprì. Tuttavia, i cardini scricchiolarono. Emily si bloccò.

«Stai cercando di scappare?» Caleb chiamò. Aveva sentito lo scricchiolio. Poi disse qualcosa in russo, chiaramente rivolto a Sasha.

Un brivido percorse Sasha, ed Emily poté sentirlo fisicamente. Rapidamente, prima che le parole di Caleb potessero paralizzare la ragazza, Emily la spinse nella stanza e chiuse la porta dietro di loro. Da quel poco che Emily poteva vedere, si trattava di un altro grande ufficio a pianta aperta. La maggior parte delle finestre era sbarrata, solo due erano ancora intatte e lasciavano entrare un po' di luce dall'esterno. In fondo, Emily notò alcune porte. Sperava che portassero in un posto sicuro.

Emily e Sasha si diressero verso le porte, facendo attenzione a non fare rumore, quando sentì qualcuno chiamare il suo nome in lontananza. Diego! Fece segno a Sasha di fermarsi, così Emily poté concentrarsi sulla voce di Diego.

«Emily? Sto cercando di aiutare!»

Emily ora lo sapeva. Sapeva che Diego non era il cattivo. Ma poteva rischiare di chiamarlo per farsi trovare da lui? I secondi passavano. Nella sua mente si susseguivano tutti i possibili scenari. Se Caleb fosse arrivato a lei e a Sasha prima di Diego, le avrebbe uccise entrambe e il suo segreto sarebbe morto con loro. Ma se Diego avesse saputo chi era l'assassino di Maddie, Caleb avrebbe capito che non poteva ucciderli tutti. Forse si sarebbe arreso, sapendo di aver perso. Ma c'era il rischio che, trasmettendo questa informazione a Diego, avrebbe rivelato il nascondiglio suo e di Sasha. Ma doveva correre questo rischio.

«Diego!» Emily chiamò. «È Caleb. È qui. Caleb ha ucciso Maddie e violentato Sasha».

Senza aspettare la risposta di Diego, Emily trascinò Sasha con sé e si diresse verso una delle porte. La aprì, rendendosi conto troppo tardi che si trattava di un ripostiglio per le scope. Si girò di scatto, già diretta verso la porta accanto, quando sentì un rumore.

«Grosso errore!» Caleb ringhiò da meno di cinque metri di distanza. «Hai appena firmato la condanna a morte di Diego». Puntò la pistola contro Emily. «E portati questo nella tomba: Sasha è mia e la farò soffrire, per la sua fuga. Un po', ogni giorno. Ci divertiremo, vero, Sasha?»

«*Niet! Niet! Niet!*» Sasha urlò.

Caleb sorrise come se gli piacesse la paura di Sasha. «Addio, signorina Warner».

Un rumore proveniente da una delle altre porte le fece scattare la testa in quella direzione. Si aspettava che Diego entrasse caricando.

«Diego, la pistola!» Emily urlò, ma non fu Diego che entrò nella stanza e le saltò davanti, proprio mentre Caleb premeva il grilletto.

Il suono dello sparo quasi perforò il timpano di Emily. Tra le urla di Sasha, risuonò un secondo sparo e l'uomo che le era saltato davanti si accasciò contro Emily, facendole perdere l'equilibrio e facendola cadere contro il muro.

«Papà! No!»

Suo padre cadde a terra. Emily non riuscì a vedere quanto fosse ferito o dove lo avessero colpito i proiettili, e nemmeno se fosse morto. Ma vide che Caleb stava puntando di nuovo la pistola, questa volta contro di lei.

Usando il muro dietro la schiena per spingersi, Emily saltò in avanti e affrontò Caleb. Sapeva di avere poche possibilità di sconfiggerlo, ma se non ci avesse provato, sarebbe comunque morta.

Insieme, si schiantarono a terra, Caleb sulla schiena, assorbendo il peso dell'impatto. Sembrava che il colpo gli avesse tolto il fiato per un attimo, mentre Emily cercava di strappargli la pistola di mano. Ma lui la teneva stretta con una presa di ferro.

Caleb era forte. Emily era ancora sopra di lui e cercava di strappargli la pistola di mano con entrambe le mani, adesso. Sentì le dita di lui allentarsi di poco, mentre lui usava la mano libera per allontanare le mani di lei. Ma lei resistette. Non poteva cedere. Stava lottando per la sua vita e per quella di Sasha.

«Puttana!» Esclamò a denti stretti.

Emily cercò di scuotere la pistola dalla sua presa, ma si rese conto che erano alla pari. Quando sentì che lui allentava un po' la presa, riuscì a girare la pistola di lato, pensando che lui stesse per lasciarla andare. Caleb fece un rapido movimento e all'improvviso la sua mano sinistra le circondò la gola, soffocandola.

Cercando di prendere fiato, Emily allentò la presa sulla pistola e il suo sguardo incontrò quello di Caleb. C'era un luccichio nei suoi occhi che le diceva che ora sapeva di avere il sopravvento. Non riuscì a staccare l'altra mano dalla pistola per cercare di liberare la sinistra dalla sua gola, sapendo che lui sarebbe stato in grado di puntarle la pistola alla testa e spararle.

Già cominciava a girarle la testa per la mancanza di ossigeno. No, non poteva permettere che accadesse, non poteva fallire, quando era arrivata fino a questo punto.

Tutto ciò che riuscì a fare fu cercare di spostare il corpo, di indietreggiare, quando la sua gamba destra scivolò improvvisamente tra le cosce di Caleb. Con l'ultima boccata d'aria, fece sobbalzare il ginocchio verso l'alto e glielo conficcò nell'inguine.

Caleb ululò di dolore e le liberò immediatamente la gola. Emily prese un rapido e necessario respiro e usò la sua nuova energia per afferrare la pistola e strappargliela via.

La pistola esplose un colpo. Caleb emise un altro urlo di dolore ed Emily capì che il proiettile lo aveva colpito alla spalla.

Finalmente riuscì ad afferrare completamente la pistola. La fece scivolare sul pavimento in direzione di Sasha, quando sentì il rapido calpestio di qualcun altro.

«Emily?»

«Diego! Qui! Ho preso Caleb. Ha preso un colpo di pistola».

Con il braccio buono, Caleb cercò di raggiungere di nuovo la gola della donna, ma non ne ebbe la possibilità. Emily gli sferrò un pugno sulla spalla ferita, facendolo ululare di dolore, proprio mentre Diego si accovacciava accanto a lei.

«Me ne occupo io», disse Diego, ed Emily si alzò rapidamente.

Diego ora teneva fermo Caleb con le ginocchia sulle braccia e sul busto, ed Emily vide con soddisfazione che Diego iniziò a picchiarlo come se fosse un sacco da boxe.

Si allontanò dalla scena e si precipitò dal padre e da Sasha, tirò fuori la torcia che portava nella borsetta, la accese e la diede a Sasha, che capì e la puntò sul padre di Emily, in modo da poterne valutare le condizioni.

Il sangue sgorgava dalle ferite allo stomaco e al petto. Emily premette le mani sulle ferite, cercando di fermare la perdita di sangue.

«Emily».

Il gorgoglio proveniva da suo padre. Era vivo.

«Papà, perché l'hai fatto? Perché?» Le lacrime affiorarono negli occhi di Emily. «Non avresti dovuto...»

«Ho dovuto farlo, tesoro. Ho cercato di stare lontano, l'ho fatto per qualche giorno... Ma ero preoccupato per te...» Respirò pesantemente. «Ti ho seguito di nuovo...»

Lei percepì la difficoltà con cui parlava, mentre lottava per prendere fiato. «Non parlare. Ti porteremo all'ospedale».

«Non ce la farò... Ti prego, perdonami per quello che ho fatto a te...» Le sue parole erano scandite da un respiro affannoso. «... a tua madre... Se potessi tornare indietro nel tempo...» La guardò dritto negli occhi. «Mi dispiace tanto, tesoro... Avrei dovuto essere un padre migliore... un marito migliore. Ho deluso te... te e tua madre. Mi dispiace...»

Le lacrime le scorrevano sulle guance. «Ti perdono, papà... Ti prego, tieni duro... puoi farcela... possiamo ricominciare da capo...»

«Ti amo, tesoro...». La sua testa cadde di lato.

«No! Papà! No!»

82

Yang sentì un terzo sparo, proprio mentre lui e Jefferson raggiungevano il pianerottolo del secondo piano. Con le pistole sfoderate e le torce puntate, si diressero verso il rumore dello sparo. Il cuore di Yang batteva forte. Le sue arterie erano piene di adrenalina. Sperava di non essere arrivato troppo tardi per salvare Emily da Caleb Faulkner.

Rumori di lotta, forti grugniti e infine un urlo di dolore li condussero al luogo giusto, all'estremità di un grande spazio aperto. Lì, Diego Sanchez colpì con un pugno in faccia un Caleb Faulkner supino. Caleb sanguinava copiosamente da una ferita alla spalla.

«Ti ucciderò per quello che hai fatto a Maddie e Sasha», ringhiò Sanchez e colpì Caleb ancora più forte di prima. Caleb non aveva più voglia di lottare. Rimase lì come una bambola di pezza, dolorante e incapace di reagire.

Yang lasciò vagare la sua torcia, finché non vide Emily accovacciata a terra contro un muro, che cullava un uomo gravemente sanguinante, e la ragazza che riconobbe come Sasha che l'abbracciava strettamente.

Yang tirò un sospiro di sollievo. Emily era viva. E anche Sasha lo era.

Jefferson fece un passo avanti a Yang per fermare Sanchez, ma Yang alzò il braccio per impedirglielo, mentre illuminava con la sua torcia i due litiganti.

«Dagli ancora qualche secondo», disse Yang, anche se andava contro tutto ciò che aveva imparato durante l'addestramento. Voleva che Caleb soffrisse.

Sanchez si girò di scatto verso di loro. «Era ora», disse, poi diede un pugno a Caleb sulla ferita sanguinante alla spalla.

Caleb ululò in agonia, mentre il suono delle sirene giungeva alle orecchie di Yang. Erano arrivati i rinforzi.

«Adesso?» Chiese Jefferson.

Yang annuì.

«Ora ci pensiamo noi, signor Sanchez», disse Jefferson e si avvicinò a Caleb.

Sanchez si sollevò e, non troppo delicatamente, Jefferson fece rotolare Caleb sullo stomaco, gli tirò indietro le braccia e lo ammanettò, ignorando il fatto che la ferita alla spalla di Caleb gli procurava più dolore in questa posizione.

Yang si avvicinò. «Caleb Faulkner, lei è in arresto per l'omicidio, il rapimento e lo stupro della cittadina russa Annika, l'omicidio dell'addetto culturale russo Sergei Petrov, il tentato omicidio della guardia di sicurezza dell'ambasciata russa Ivan Lipovsky, il rapimento e lo stupro delle cittadine russe Sasha e Tatjana, il tentato omicidio di Emily Warner e, già che ci sono, l'omicidio di Madeline Bolton». Si girò con il mento verso Jefferson. «Leggigli i suoi diritti».

Poi Yang si voltò e si avvicinò a Emily, illuminando la zona con la sua torcia. Emily lo guardò e lui si accovacciò accanto a lei. Mentre cercava il polso dell'uomo che lei aveva in grembo, senza trovarlo, chiese: «Tu e Sasha siete ferite?»

Lei scosse la testa e lui notò le lacrime che le scendevano sul viso.

«Chi è quest'uomo?»

«Mio padre», disse Emily con voce soffocata. «Ha salvato me... noi...» Premette un bacio sulla testa di Sasha e la strinse forte al petto. «I proiettili erano destinati a me».

«Mi dispiace tanto... Se n'è andato», disse Yang, con il petto stretto dalla compassione per quella donna che si era messa in pericolo per salvare una ragazza che nemmeno conosceva e vendicare una donna che non aveva mai incontrato.

«Sasha?» Chiese dolcemente, e finalmente la ragazza sollevò la testa dal petto di Emily e lo guardò. «Ora sei al sicuro. Caleb Faulkner non ti farà più del male».

Sasha guardò oltre lui, dove Jefferson si stava occupando di Caleb. Yang seguì il suo sguardo e notò che Diego stava assistendo Jefferson tenendo la torcia del detective. Poi Yang tornò a guardare Emily e Sasha. Sasha indicò Yang e chiese a Emily: *«Drug?»*

Emily annuì. «*Drug*. Amico».

«Parli russo?» Yang chiese, sorpreso.

«Solo una parola o due».

Yang sentì i passi di diverse persone che si avvicinavano alla stanza. «Abbiamo bisogno dei paramedici e della scientifica, qui. E di luci», chiamò. «Facciamo controllare te e Sasha dai medici».

Diversi agenti entrarono e usarono le loro torce per avere una visione d'insieme della scena. Yang aiutò Emily e Sasha ad alzarsi, quando Sasha indicò improvvisamente Caleb, che ora era in piedi con l'aiuto di Jefferson. Iniziò a parlare in russo. Yang scosse la testa, perché non parlava una sola parola di quella lingua. Avrebbero dovuto trovare rapidamente un interprete.

«Mi dispiace, non capisco», le disse.

Lei scosse la testa, indicò di nuovo Caleb e continuò a parlare in russo. Questa volta lui capì una sola parola.

Tatjana. La terza ragazza scomparsa.

«Tatjana?», chiese, e lei annuì.

«Era con te?»

Sasha parlò di nuovo, questa volta aggiungendo qualche parola in inglese. «Tatjana, amica. Aiuto».

Yang scambiò uno sguardo con Emily.

«Vorrà dire che Tatjana è ancora viva e rinchiusa da qualche parte», suggerì Emily.

Yang pensò la stessa cosa. Si rivolse a uno degli agenti in uniforme che erano arrivati. «Chiama un interprete russo. È urgente».

«Sì, detective».

«Scusami, Emily». Yang si girò e si diresse verso Jefferson che stava aspettando con un Caleb Faulkner ammanettato, sanguinante e con una smorfia di dolore sulla faccia.

«Dov'è l'altra ragazza? Dov'è Tatjana?» Yang si rivolse direttamente a Caleb.

Il sangue colava dal naso di Caleb, il suo volto era livido, il labbro spaccato, ma si costrinse a sorridere. «Te lo dico, se ottengo un patteggiamento. Niente galera».

«Continua a sognare», si mise a ridere Yang. «Finora ho contato quattro omicidi, compreso il padre della signorina Warner. Lei sconterà quattro ergastoli, come minimo. E mi assicurerò che i suoi compagni di cella sappiano che ha violentato e abusato di bambini. Sa cosa fanno agli uomini come lei, in prigione? Inoltre, lei è un bel ragazzo. Sono sicuro che qualcuno la farà diventare la sua puttana».

Caleb gli sputò addosso, ma Yang non era abbastanza vicino da essere colpito. «Mio padre sistemerà tutto».

«Vuol dire come ha sistemato tutto per non farla andare in prigione a Mosca quando ha violentato quella quattordicenne russa? Come si chiamava?»

Caleb impallidì.

«Caleb», disse qualcuno dall'ingresso della stanza. Yang lanciò un'occhiata al nuovo arrivato: Mike Faulkner.

Dire che Yang era sorpreso di vedere il Capo di gabinetto era l'eufemismo del decennio. Era sconvolto.

«Papà, grazie a Dio sei qui!» Caleb chiamò suo padre. «Stanno cercando di incastrarmi per qualcosa che non ho fatto. Devi aiutarmi».

Faulkner incrociò lo sguardo del figlio. «Ti farò aiutare. I migliori medici che il denaro possa comprare».

«Medici?» Yang ripeté. «Quindi sarà questa la sua difesa? Che è pazzo? Ha ucciso quattro persone, forse cinque, e ha rapito e violentato tre ragazze, e probabilmente molte altre!» Yang si infuriò.

«È malato. Ha bisogno di aiuto», disse Faulkner. «Pensavo che fosse migliorato, ma mi sbagliavo. Ho sospettato qualcosa quando...»

«Non dirgli niente, papà!» Caleb gridò.

«Silenzio!» Ringhiò Jefferson e fece scattare le manette, peggiorando la ferita alla spalla di Caleb e provocando un grido di dolore da parte di quest'ultimo.

«Mi dispiace, figliolo, avrei dovuto fare qualcosa allora. Avrei dovuto farti curare molto tempo fa. Ti ho deluso».

Yang si rivolse a Caleb. «Come ha fatto? Come ha inscenato l'incidente di Madeline? Non c'erano segni di lotta, né ferite da difesa».

Caleb si mise a ridere. «Non ho fatto nulla».

Yang scambiò un'occhiata con Jefferson, poi tornò a guardare Caleb. «Deve aver sedato Madeline Bolton. Lo sapremo con certezza quando avremo il tossicologico di Madeline».

Quando Yang colse l'espressione guardinga di Mike Faulkner, aggiunse: «Presumo che lei abbia già visto il rapporto, signor Faulkner».

Quando Faulkner non disse nulla, Yang continuò: «Non importa. I servizi segreti dovranno consegnarlo, ora che abbiamo un testimone oculare dell'omicidio di Madeline Bolton».

«Quale testimone oculare?» Chiese Faulkner, chiaramente stupito.

Yang indicò Sasha che, insieme a Emily, veniva portata via da due paramedici. «La ragazza che Madeline stava ospitando la notte del suo omicidio. Ha visto tutto». Anche se Yang non era ancora riuscito a ottenere una conferma da Sasha, aveva intuito che Sasha aveva assistito all'omicidio.

Faulkner fissò Caleb come se non lo conoscesse nemmeno.

«Papà, non hanno prove che mi colleghino alla morte di Maddie! Né a quella di Petrov o a quella di Annika», affermò Caleb. «Devi aiutarmi!»

Entrarono altri agenti di polizia. Jefferson consegnò loro Caleb. «Rinchiudetelo»

«E la ferita?» Chiese uno degli agenti in uniforme.

Jefferson alzò le spalle, pur sapendo, proprio come Yang, che dovevano fornire al colpevole cure mediche, a prescindere dagli orribili crimini che aveva commesso. «Fate quello che dovete fare. Ma prendete ogni precauzione. È a rischio di fuga».

Una volta che Caleb fu condotto fuori dalla stanza, affiancato da due poliziotti armati, Faulkner aveva un'aria sconsolata. Yang sentì la soddisfazione che lo riempiva. Il figlio di Faulkner era ancora ostile, ma Faulkner era più intelligente, sapeva di aver perso.

«Abbiamo trovato il DNA di Caleb sotto le unghie di Annika», disse Yang. «Pagherà, per questo. Non c'è niente che lei possa fare. Ora potrebbe essere un buon momento per cooperare. Cominciamo dal motivo per cui è qui. E non mi dica che ha ascoltato lo scanner della polizia».

«Non riuscivo a contattare Caleb. Avevo bisogno di parlargli, di affrontarlo... Ho seguito la sua auto fino alla casa di Maddie e quando ho visto le auto della polizia convergere verso questo edificio, ho sospettato che Caleb fosse qui».

«Sospettava che suo figlio avesse ucciso Madeline Bolton?»

Faulkner sospirò e si passò una mano tremante tra i capelli, esitando.

«Devo sapere perché», disse Yang. «Quali prove ci stava nascondendo? Possiamo farlo in centrale con un avvocato, ma se vuole una sentenza clemente, allora ci dica subito quello che sa».

Le spalle di Faulkner si abbassarono. «Intorno al periodo della morte di Madeline, un flacone di Midazolam è scomparso dal mio allevamento di cavalli. Lo usiamo per sedare gli animali durante gli interventi. Non potevo essere sicuro che Caleb l'avesse preso e perché, ma quando è arrivato l'esame tossicologico di Maddie, ho visto che c'erano tracce di alcol e Midazolam. Se combinato con l'alcol, il Midazolam agisce in pochi minuti rendendo la persona incapace di muoversi e di reagire».

Faulkner abbassò la testa e la scosse, poi tornò a guardare Yang. «Erano amici, Maddie e Caleb. Lavoravano insieme. Si fidavano l'uno dell'altra».

Yang annuì. «Così lei lo ha fatto entrare in casa sua e ha bevuto con lui. Lui deve aver avuto motivo di credere che Madeline stesse indagando sulla scomparsa delle ragazze collocate dall'associazione».

«Non sapevo di nessuna ragazza». La voce di Faulkner era ormai priva di qualsiasi emozione. «Ma oggi, quando ho ricevuto il tossicologico di Maddie, ho capito che se aveva ucciso Maddie era per proteggere un segreto. Solo che non sapevo quale fosse».

Yang non ci credeva del tutto. «Lei sapeva cosa aveva fatto a Mosca. L'ha coperto, e ora mi dice che non sapeva delle ragazze?»

Faulkner emise un respiro tremante. «Non lo sapevo, non per certo... Ma ero preoccupato...»

«Allora, Caleb dove teneva le ragazze?»

Faulkner scosse la testa. «Non lo so. Non nella tenuta in Virginia. Ci va a malapena. E nemmeno nella mia casa in città. Avrei visto o sentito qualcosa».

«Ha una casa sua?»

«Sì, un appartamento a Georgetown, ma è solo un bilocale senza magazzino o garage individuale. Non c'è un seminterrato. Non potrebbe mai nascondere qualcuno lì. I vicini lo sentirebbero».

Yang fece cenno a uno degli agenti di avvicinarsi. «Prendi due uomini e andate all'appartamento di Caleb Faulkner». Guardò Faulkner. «Qual è l'indirizzo?»

Faulkner disse un indirizzo, poi l'agente se ne andò.

«Ha altre proprietà in città?»

Faulkner alzò le spalle. «Non che io sappia».

Yang guardò negli occhi Faulkner. Non sembrava che stesse mentendo, ma d'altronde Faulkner era un politico e tutti i politici mentivano. «Ne è sicuro? È in gioco la vita di un'altra ragazza. Tatjana, la terza ragazza che ha rapito, è ancora scomparsa».

«È tutto quello che so, lo giuro. Non so dove le tenesse».

«Bene. Se si scopre che lei era a conoscenza del luogo in cui ha nascosto le ragazze, lo aggiungeremo all'accusa di intralcio alla giustizia». Poi si rivolse a un poliziotto: «Porta il signor Faulkner alla stazione di polizia per un interrogatorio formale».

83

Fuori, davanti all'edificio abbandonato, diverse auto della polizia e ambulanze bloccavano la strada. Una poliziotta era al fianco di Emily, mentre un paramedico le controllava le ferite. Sasha veniva controllata da un altro paramedico nella stessa ambulanza. Sasha aveva insistito per rimanere vicino a Emily, ancora diffidente nei confronti di chiunque altro, soprattutto degli uomini. Emily non poteva biasimarla.

A parte qualche livido, né Emily né Sasha avevano riportato ferite. Emily strinse la mano di Sasha, ottenendo in risposta un sorriso. Era la prima volta che la ragazza sorrideva. Era una sopravvissuta, Emily lo percepì. Sasha avrebbe superato tutto questo, anche se la guarigione dal trauma psicologico che aveva subito avrebbe richiesto molto tempo.

Con la coda dell'occhio, Emily vide uscire dall'edificio due uomini con una barella. Su di essa c'era un sacco nero per cadaveri. Sapeva chi c'era dentro. Emily si scusò e uscì dall'ambulanza.

«Dovrebbe rimanere qui, signorina Warner», disse la poliziotta.

«Devo vederlo ancora una volta», disse Emily e si diresse verso il veicolo del medico legale, dove ora si trovavano i due uomini con la barella. La poliziotta non la fermò.

Quando Emily raggiunse la barella, i due uomini la guardarono.

«È mio padre», disse, prima di mettere la mano sulla cerniera.

I due uomini annuirono e la lasciarono procedere, mentre lei abbassava la cerniera abbastanza da esporre il volto del padre. Gli occhi erano chiusi e il viso sembrava rilassato, anche se pallido. Lei gli passò le nocche sulla guancia. La pelle non era ancora del tutto fredda. C'era ancora un po' di calore residuo, eppure lui se n'era andato.

«Spero che anche la mamma possa perdonarti. Dille che mi manca... Non passa giorno senza che io pensi a lei. Ti voglio bene, papà».

Le lacrime le rigarono le guance e diede le spalle alla barella, solo per vedere Diego in piedi a un paio di metri di distanza. Lui colmò la distanza tra loro, le mise una mano sulla spalla e la strinse.

«Mi dispiace molto per la tua perdita», disse. «Vorrei essere arrivato prima».

Lei tirò su col naso. «È ironico che l'uomo che mi ha salvato la vita stasera sia quello che per tanto tempo ho pensato fosse malvagio». Scosse la testa e incontrò lo sguardo di Diego. «Mi dispiace, Diego. Mi dispiace di aver sospettato di te».

«E per avermi colpito in testa, suppongo?» Disse in tono leggero.

«Sì, anche questo. Due volte. Mi dispiace tanto».

«Ho la testa dura. Non è un problema. Se avessi sospettato che tu avessi ucciso Maddie, avrei fatto molto peggio», ammise. «La amavo e non le avrei mai fatto del male».

«Ora lo so».

«Le saresti piaciuta. Tu hai cuore. Proprio come lei». Gli occhi di Diego erano coperti da una lucentezza umida che testimoniava la sua perdita.

Emily non riuscì a rispondere, non volendo piangere di nuovo. Invece, cambiò argomento. «Mi presti il tuo cellulare? Il mio è da qualche parte nell'edificio. Devo chiamare Vicky per dirle che sto bene».

«Non credo che sarà necessario», disse Diego e indicò un punto oltre Emily.

In fondo alla strada, dove la polizia aveva delimitato l'area in cui avevano parcheggiato le ambulanze, Vicky stava discutendo con un poliziotto.

«Vicky!» Emily la chiamò e si avvicinò, accompagnata da Diego.

«Vede, quella è la mia amica. Ha bisogno di me», insistette Vicky.

Il poliziotto guardò Emily e Diego.

«Per favore, fatela passare», disse Emily, e il poliziotto lo fece.

Vicky si precipitò verso di lei e le mise le braccia intorno, stringendola. «Oh Dio, sono così felice che non ti sia fatta male». La lasciò andare, poi lanciò un'occhiata a Diego. «Grazie per avermi chiamata, prima».

«Hai chiamato Vicky?» Chiese Emily.

Vicky rispose al suo posto: «È un bene che l'abbia fatto. Altrimenti non avrei saputo che l'assassino ti stava cercando. Diego l'ha visto correre dietro di te. Così ho chiamato il detective Yang e gli ho detto da che parte eravate diretti».

«Ma come facevi a saperlo?» Chiese Emily, confusa.

«Hai mai sentito parlare della funzione *'Trova un amico'* sul tuo cellulare?» Vicky sorrise. «L'ho attivata l'altro giorno, così il tuo cellulare ha condiviso la tua posizione con il mio».

Stupita, Emily avvolse le braccia intorno a Vicky. «Sei la migliore».

«Beh, qualcuno doveva tenerti d'occhio, visto che non hai voluto sentire ragioni, o il detective Yang».

Emily la liberò dall'abbraccio, quando Vicky le indicò il furgone del medico legale. «Dimmi che non c'è Sasha, lì dentro».

Emily scosse la testa e fece un gesto verso l'ambulanza, da dove, proprio in quel momento, emerse Sasha, i cui occhi vagarono fino a posarsi su Emily.

«Quindi è l'assassino», disse Vicky.

«No», ha risposto Emily. «Lui è vivo, ma l'hanno preso. Mio padre è morto. Si è preso una pallottola per me». Un'altra ondata di lacrime minacciò di sommergerla.

«Oh, tesoro, mi dispiace tanto».

Emily tirò su col naso. «Abbiamo avuto un minuto, prima che

morisse. Mi ha detto che era pentito di quello che aveva fatto a me e a mia madre. Io l'ho perdonato».

Vicky annuì, comprendendo. «Ora sarà in pace. E tu hai un senso di chiusura».

Accompagnata dalla poliziotta, Sasha si unì a loro ed Emily le mise un braccio intorno alle spalle.

Ma Sasha non guardò lei, Diego o Vicky. Fissò invece l'altra ambulanza. Caleb era seduto con la schiena appoggiata su una barella di fronte al mezzo, con una mano ammanettata al parapetto della barella e l'altra in un tutore. Fissava proprio Sasha ed Emily.

«*Ubiytsa*», disse Sasha con disprezzo nella voce, che sembrava molto più forte di prima.

«Sì, Sasha, è un assassino, ma non farà mai più del male a nessuno. Te lo prometto», disse Emily.

Sasha alzò lo sguardo su di lei e sembrò capire. «*Da*»,

Quando i paramedici spinsero Caleb nell'ambulanza e un agente di polizia in uniforme salì sul retro con lui, Yang e Jefferson apparvero con Mike Faulkner, il capo di gabinetto del Presidente.

«Cosa ci fa lui, qui?» Chiese Vicky.

Diego emise un grugnito. «Sapeva di cosa fosse capace suo figlio. E l'ha tenuto nascosto».

Quando Jefferson condusse Faulkner verso un'auto della polizia, Yang si avvicinò.

«Detective», disse Diego, «mi dica che Mike Faulkner pagherà per la sua parte in tutto questo».

Yang annuì. «Non sono il procuratore, ma mi creda quando le dico che abbiamo abbastanza prove per accusarlo di intralcio alla giustizia».

«Sono contenta che tu sia arrivato quando sei arrivato», disse Emily.

«Grazie all'ingegno della signorina Hong», rispose Yang.

«Detective Yang!» Disse un uomo in abito scuro, avvicinandosi a loro.

«Ah, signor Belsky, mi chiedevo quando sarebbe arrivato», disse

Yang, con un sopracciglio inarcato. «Pensavo che i suoi uomini tenessero d'occhio me e il mio collega».

Emily trovò la cosa curiosa. Chi era, quest'uomo?

«Ho visto che aveva tutto sotto controllo», disse Belsky con un pesante accento russo. «Non ho voluto interferire finché non è stato necessario il mio aiuto». Inclinò la testa verso Sasha, poi disse qualcosa in russo.

Sasha rispose con poche parole.

«Può tradurre per noi quello di cui Sasha è a conoscenza? Crediamo che ci sia un'altra ragazza, Tatjana, ancora rinchiusa dove Caleb Faulkner teneva Sasha».

«Certamente», disse Belsky.

«Facciamolo alla stazione», suggerì Yang.

Belsky si rivolse nuovamente alla ragazza in russo e Sasha rispose scuotendo la testa, mentre si teneva stretta a Emily.

«Qualcosa non va?» Yang chiese.

«Sembra che la ragazza non si fidi di noi. Vuole che la signorina Warner venga con lei».

Emily fu sorpresa dal fatto che quell'uomo sapeva chi fosse. «Non credo che ci abbiano presentati».

«Ah, chiedo scusa, Nikolai Belsky, capo della sicurezza dell'ambasciata russa».

Emily annuì. «Lei ha lavorato con Sergei Petrov. Mi dispiace per la sua perdita».

Con sua sorpresa, il russo sorrise. «La sua compassione è toccante, ma ancora non necessaria. Sergei Petrov è vivo».

«Cosa?» Yang sbottò. «Ho intervistato io stesso la sua scorta».

Belsky si rivolse a Yang. «Dovevamo assicurarci che tutti pensassero che Petrov non fosse sopravvissuto al secondo attentato alla sua vita. Non potevamo fidarci di nessuno, nemmeno della polizia o di qualcuno del vostro governo».

«Ma come?» Yang chiese.

«Secondo il personale medico che ha salvato la vita di Petrov, gli era stata iniettata dell'aria, che, sì, se iniettata in un'arteria carotidea provoca un'embolia nel cervello e uccide una persona molto rapidamente. Ma l'assassino stava chiaramente improvvisando e non aveva sufficienti conoscenze mediche per capire che una piccola quantità di aria iniettata in un tubo di una flebo, invece che nell'arteria carotidea, non necessariamente uccide immediatamente».

«Non capisco. Caleb Faulkner sarà di certo venuto preparato».

Belsky annuì. «Lo era. L'ago che ha usato sulla guardia di sicurezza è stato trovato nella stanza dell'ospedale. Conteneva tracce di Midazolam, così come il sangue di Lipovsky. Caleb Faulkner ha usato una dose massiccia di Midazolam su Lipovsky. In genere il farmaco impiega alcuni minuti per far perdere i sensi a qualcuno, ma la dose era così massiccia che lo ha reso incosciente in pochi secondi. Se non fosse successo in terapia intensiva, Lipovsky sarebbe morto di sicuro. E poiché Caleb ha usato l'intero contenuto della siringa su Lipovsky, non ne aveva più per Petrov».

Stupita, Emily disse: «Allora Petrov potrà testimoniare, quando si sveglierà».

Belsky annuì. «Si è svegliato un'ora fa. Stavo andando a trovarlo, quando ho saputo che i detective Yang e Jefferson stavano per arrestare l'assassino».

«Ha saputo?» Chiese Yang, inclinando la testa da un lato.

«Tutti abbiamo le nostre fonti. Lasciamo le cose come stanno, va bene?» Disse il russo con un sorrisetto.

84

Dato lo stato di fragilità di Sasha, Yang decise di non interrogarla nella fredda e spoglia sala interrogatori della stazione, ma optò per uno degli uffici privati che disponeva di un divano e di alcune comode sedie.

Alla stazione era arrivata un'interprete russa e Yang la invitò a unirsi a loro. Anche se Belsky avrebbe potuto tradurre le risposte di Sasha, voleva che qualcuno di neutrale, per assicurarsi che il capo della sicurezza dell'ambasciata russa non omettesse nulla di cruciale.

Emily era seduta sul divano con Sasha, e le teneva la mano, mentre Belsky aveva avvicinato una sedia al fianco di Sasha. L'interprete era seduta su una sedia più lontana, con un blocco di appunti sulle ginocchia, mentre Jefferson si era seduto dietro il computer per prendere appunti.

Yang si sedette su una poltrona di fronte al divano e guardò Belsky. «Abbiamo solo bisogno di una rapida conferma da parte di Sasha che ha visto Caleb uccidere Madeline Bolton, prima di parlare di dove è stata rinchiusa per poter trovare Tatjana. Approfondiremo i dettagli nei colloqui successivi».

Belsky annuì. Con il suo aiuto, Sasha raccontò loro ciò che era accaduto nella casa di Madeline.

Secondo Sasha, era sera, quando il campanello suonò e Maddie disse a Sasha di andare a nascondersi nella stanza degli ospiti. Lei lo fece, ma poiché aveva lasciato la porta della stanza degli ospiti socchiusa, poté sentire che Maddie aveva fatto entrare un uomo in casa. Li sentì parlare e riconobbe la voce del suo rapitore e stupratore. Lo stesso uomo che aveva ucciso Annika.

Quando Sasha fece una breve pausa, un singhiozzo le scosse il petto ed Emily le accarezzò dolcemente l'avambraccio. «Stai andando benissimo, Sasha».

Belsky continuò a tradurre per la ragazza e rivelò che Sasha era uscita dalla stanza degli ospiti per vedere cosa stessero facendo. Dal corridoio del piano superiore c'era un punto in cui si poteva vedere il soggiorno, pur rimanendo nascosti dietro la balaustra. Tuttavia, non era riuscita a capire di cosa stessero parlando.

Yang ricordava la pianta della casa di Madeline Bolton, anche se ci era stato solo una volta e per poco tempo. La scala che portava al piano superiore aveva un tornante, prima di raggiungere il corridoio superiore. Da lì si poteva guardare il soggiorno. Una parete divisoria alta un metro ostruiva in qualche modo la visuale del corridoio superiore, permettendo a qualcuno di nascondersi dietro di essa e di intravedere ciò che accadeva nel soggiorno sottostante.

«Cosa stavano facendo?» Yang chiese e Belsky tradusse la domanda.

Sasha li aveva visti bere un bicchiere di vino, ma avevano iniziato a discutere e sembrava che Maddie volesse che lui se ne andasse. In quel momento il bicchiere di vino le cadde di mano e lei cercò di alzarsi dal divano, ma non ci riuscì. Cadde di nuovo sul divano. In quel momento lo stupratore di Sasha si alzò. La sua voce cambiò, proprio come ogni volta che faceva del male a Sasha e alle altre ragazze. Sasha capì che avrebbe fatto del male a Maddie e voleva aiutarla, ma non ci riuscì.

Nel frattempo, le lacrime scendevano sul viso di Sasha.

Tutti rimasero in silenzio finché Sasha non fu pronta a continuare.

Sasha vide Caleb uscire dalla stanza e si nascose dietro la parete divisoria per non farsi vedere. Non riuscì a capire cosa fece esattamente, ma portò una scaletta in salotto. E poi afferrò Maddie. Lei aveva gli occhi aperti, ma non stava lottando contro di lui. Sasha l'aveva descritta come se fosse afflosciata, come una bambola di pezza.

Yang deglutì a fatica. Maddie sapeva cosa sarebbe successo. Sentì un brivido lungo la schiena, ma aveva bisogno di sentire il resto.

Secondo il ricordo pieno di lacrime di Sasha, Caleb aveva sollevato Maddie e poi l'aveva fatta cadere sul tavolino di vetro, che si era frantumato nell'impatto. Dopo aver inscenato la scena in modo che sembrasse che Maddie fosse caduta dalla scaletta lui se n'era andato, e Sasha aveva preso tutti i soldi che era riuscita a trovare e scappò.

Quando Yang le chiede perché non si fosse rivolta alla polizia, Sasha risponde che aveva troppa paura, perché Caleb è un uomo potente.

«Potente? In che senso?» Chiese Yang.

Belsky ascoltò Sasha, poi guardò Yang e Jefferson e sospirò. «Pare che Caleb Faulkner abbia detto alle ragazze che era amico del Presidente e che sarebbero state punite *loro*, non Caleb. Nessuno avrebbe creduto a loro».

Yang annuì, comprendendo. «Le chieda se è in grado di ritrovare la strada per il luogo in cui Caleb l'aveva rinchiusa».

Belsky tradusse la domanda di Yang.

«Non lo sa. È successo nel cuore della notte e lei ha corso finché non si è fermata davanti a una chiesa».

«Una chiesa? Quale?» Yang chiese.

«Non conosce il nome, ma l'associazione aveva organizzato un evento lì, qualche mese fa. C'erano molti bambini e anche Maddie e Caleb».

Yang fece cenno a Jefferson.

«Ci sto già lavorando», disse Jefferson prima ancora che Yang potesse esprimere la sua richiesta. Un attimo dopo, Jefferson prese il suo portatile e lo girò in modo che Sasha potesse vederlo. «Ecco tutte le chiese nelle vicinanze della casa di Madeline». Lentamente, le fece scorrere.

Sasha indicò il computer. «Questa».

«Chiesa cattolica della Santissima Trinità», disse Jefferson.

«È un inizio», disse Yang, prima di voltarsi verso Sasha e porle le domande successive tramite Belsky. «Per quanto tempo hai corso, prima di raggiungere la chiesa?»

«Non molto, forse dieci o venti minuti».

«Hai girato molte volte o hai corso dritto?»

«Mi sono girata un paio di volte, ma credo di aver corso in tondo. Tutto sembrava uguale».

«Hai attraversato qualche ponte, hai attraversato qualche parco?»

Sasha scosse la testa. «No. Erano solo strade normali. Piccole strade».

«Non strade principali con molto traffico?»

Scosse la testa.

Yang si rivolse a Jefferson. «Se non ha attraversato nessun ponte o strada principale, allora deve essere stata rinchiusa da qualche parte a Georgetown».

«Mi serve di più», disse Jefferson, guardando la mappa che aveva estratto dal portatile. «Sasha, che ne dici di ristoranti? Bar? Hai incrociato qualche negozio?»

Belsky disse: «Non lo sa. Non ha guardato. Voleva solo scappare».

Yang sospirò. «Le chieda del luogo in cui è stata rinchiusa. Era in una casa, in un magazzino, in un garage?»

«Era al piano di sotto. Un seminterrato. Era sempre buio e l'aria aveva un cattivo odore...»

«Cattivo? Vuoi dire ammuffito?»

Scosse la testa. «No, come il cibo. Curry. C'era sempre odore di curry».

Yang e Jefferson si guardarono. «Un ristorante indiano».

Qualche istante dopo, Jefferson disse: «Ci sono solo due ristoranti indiani, nelle vicinanze».

«Mostrali su Google Street View», disse Yang.

Jefferson ingrandì il primo ristorante, mentre Sasha guardava lo schermo. Scosse la testa. «No, non mi sembra familiare».

«Che ne dici di questo?»

Sasha fissava lo schermo, mentre Jefferson usava Google Street View per fare un giro a 360 gradi, mostrando quali altri edifici si trovavano nella stessa strada.

Sasha fece uno scatto con la mano verso l'immagine e Belsky tradusse: «Ecco! Lei ha visto questo. L'ha visto quando è scappata. Quella è la strada!»

85

L'odore del curry aleggiava nell'aria, anche se il ristorante da cui proveniva era chiuso, quella sera. Emily guardò l'edificio sulla pittoresca strada a senso unico che era fiancheggiata da graziose villette a schiera a due piani da un lato e da edifici più grandi dall'altro. Uno di questi edifici era occupato da un ristorante indiano.

Quando Sasha scese dall'auto del detective Yang, rimase vicino a Emily, stringendole ancora una volta la mano. Anche Belsky era andato con loro, mentre Jefferson e l'interprete avevano preso un'altra auto. Una volante della polizia con due agenti in uniforme li stava già aspettando.

«Guardati intorno, Sasha», Yang istruì la ragazza con l'aiuto di Belsky che traduceva, «quando sei corsa fuori dal seminterrato dove ti teneva Caleb, cosa hai visto?»

Lentamente, Sasha si voltò, dando un'occhiata su e giù per la strada. Quando strinse la mano di Emily, quest'ultima la accompagnò lungo la leggera pendenza della strada. All'improvviso Sasha cominciò a tremare e i suoi occhi si fissarono su un cancello di metallo tra due case a schiera. Lo indicò.

Emily si guardò alle spalle e fece un cenno a Yang. Lui si avvicinò, così come Belsky e gli altri agenti di polizia.

Il cancello di metallo non era chiuso a chiave. Portava a un'area in cui si tenevano i bidoni della spazzatura, ma non c'era nessuna porta.

«Non c'è niente qui», disse Yang.

Emily sentì la delusione nella voce del detective.

«Forse ti ricordi male?» Yang disse a Sasha.

Ma Sasha scosse la testa e indicò i bidoni della spazzatura più grandi del normale. Su sua insistenza, Yang afferrò il manico di uno dei bidoni e lo fece scivolare in avanti, poi fece lo stesso con il secondo. Emily non riuscì a capire cosa stesse vedendo, ma quando notò che l'espressione di Yang cambiò, capì che aveva trovato qualcosa.

«Ho bisogno di una tronchese», disse Yang da sopra le spalle.

Qualche istante dopo, uno degli agenti di polizia gli consegnò l'attrezzo richiesto. Emily guardò oltre la spalla di Yang per osservarlo mentre tagliava una pesante catena che chiudeva una porta d'acciaio senza pretese. Quando la aprì, Emily vide che dietro la porta c'erano dei gradini che portavano a un seminterrato.

Una luce fioca sulla parete forniva un po' di illuminazione. Yang usò la sua torcia per scrutare nell'oscurità. Emily vide che all'interno della porta c'era un'imbottitura nel tentativo di rendere il posto insonorizzato.

«Tatjana!» Sasha chiamò verso il seminterrato. «Tatjana!» Poi disse qualcosa in russo.

«Sasha! Sasha!» Le parole eccitate provenivano da una ragazza. Erano accompagnate da un rumore di metallo.

Yang scese le scale e Sasha gli andò dietro. Emily non poté fare altro che seguirla, non volendo lasciare la mano della ragazza. La stanza in cui entrarono ai piedi delle scale era grande, ma con il soffitto basso e il pavimento in terra battuta. In un angolo c'era un materasso sollevato su una piattaforma di legno alta circa sessanta centimetri. Nell'altro c'era una recinzione metallica dal pavimento al soffitto, costruita in modo rozzo, con un cancello chiuso a chiave. L'area sembrava la cella di una prigione di un vecchio film western. C'erano un vecchio gabinetto e un lavandino, oltre a diverse brande.

Aggrappandosi alle sbarre della cella, Emily vide una ragazza vestita con abiti sporchi. Aveva i capelli scuri e gli stessi occhi azzurri di Sasha. Caleb aveva sicuramente un tipo che preferiva.

Quando Tatjana vide Sasha, che aveva lasciato la mano di Emily e si era precipitata da lei, le lacrime le rigarono il viso. Sasha attraversò il cancello di metallo per prendere le mani di Tatjana nelle sue. Sasha parlò velocemente, interrotta solo dalle lacrime.

Emily si voltò verso Belsky, che era entrato dietro di lei.

«Sasha si sta scusando con Tatjana per non essere tornata prima a liberarla. Aveva troppa paura che Caleb la rinchiudesse di nuovo», spiegò Belsky.

«Dobbiamo aprire questo cancello», disse Yang.

«Posso farlo», disse Emily.

Yang la fissò sbalordito, mentre Emily tirava fuori dalla borsetta i suoi grimaldelli.

«Wow, questa proprio non me l'aspettavo», disse Yang, ma si fece da parte.

Emily impiegò solo un minuto per aprire il cancello. Nel momento in cui fu aperto, le due ragazze si abbracciarono, piangendo l'una nelle braccia dell'altra. Le lacrime rigarono anche gli occhi di Emily. Le ricacciò indietro. Tatjana era al sicuro.

Emily si voltò e uscì dall'opprimente stanza, simile a un bunker. Quando raggiunse la strada, respirò profondamente. Un singhiozzo le uscì dalla gola e lasciò scorrere le lacrime. Non riusciva a immaginare come le ragazze fossero sopravvissute rinchiuse in un luogo privo di luce naturale, dovendo sopportare regolarmente brutalizzazioni e stupri.

La poliziotta della volante le mise una mano sul braccio. «L'hanno trovata viva?»

Emily annuì. «Sì. È finita, adesso. È finita».

Le sue parole aprirono ulteriormente le cateratte ed Emily si mise a piangere fino a non avere più lacrime, mentre la poliziotta le forniva una spalla su cui farlo.

«Grazie», disse Emily e tirò su col naso.

La poliziotta le sorrise, prima di andare ad assistere la sua collega.

Emily si ricompose, poi si girò verso il finestrino della volante della polizia per guardare il suo riflesso e asciugarsi le lacrime con un fazzoletto.

Ma non vide il proprio volto nel vetro. Era Maddie, che la guardava, con un sorriso sulle labbra.

«Maddie», mormorò Emily e allungò una mano per toccare il viso di Maddie.

Maddie mosse le labbra come per dire qualcosa e, sebbene Emily non fosse esperta nella lettura delle labbra, capì cosa stesse dicendo Maddie. *Grazie.*

Quando Emily sbatté le palpebre, l'immagine era sparita. Istintivamente, sapeva che quella sarebbe stata l'ultima volta che avrebbe visto Maddie, anche se riusciva a sentire un legame con lei, a percepire la compassione e la gratitudine di Maddie.

86

Nei due giorni successivi, Yang e Jefferson furono impegnati a interrogare tutti coloro che erano anche solo lontanamente collegati al caso che vedeva al centro Caleb Faulkner. Ogni persona interrogata aveva un pezzo diverso del puzzle. Insieme al referto dell'autopsia e dell'esame tossicologico di Madeline Bolton, che i Servizi Segreti rilasciarono subito dopo la rivelazione del coinvolgimento di Mike Faulkner nel caso, Yang e Jefferson ebbero in mano tutto ciò che serviva per un caso inattaccabile contro Caleb Faulkner.

Restava solo una cosa da fare. Yang si era offerto volontario, volendo dare una conclusione a una famiglia in lutto.

Un assistente accompagnò Yang nell'ufficio di Eric Bolton, in centro città. L'uomo era in piedi e guardava fuori dalla grande finestra con vista sul Campidoglio.

L'assistente chiuse la porta alle spalle di Yang e, lentamente, Bolton si voltò verso di lui.

«Grazie per avermi incontrato qui invece che a casa», disse Bolton. «Non c'è bisogno che Rita senta tutti i dettagli della depravazione di Caleb. È sufficiente che sappia che sarà punito per quello che ha fatto».

«Glielo prometto», disse Yang e prese posto su una comoda poltrona.

Bolton si sedette di fronte a lui. «Mi racconti tutto, non importa quanto sia orribile».

«Quando Mike Faulkner era ambasciatore a Mosca, Caleb era un adolescente. Non è necessario che io entri nei dettagli del perché abbia violentato una quattordicenne russa e l'abbia quasi strangolata a morte, ma basti dire che Sergei Petrov ha confermato che c'è stata una violenza sessuale. Petrov aveva solo frammenti di informazioni e credeva che fosse stato Mike Faulkner a commettere lo stupro, senza mai sospettare di Caleb. Dopotutto, era stato Mike Faulkner a pagare la famiglia perché non si rivolgesse alla polizia o ai giornali. Tutto fu spazzato sotto il tappeto e Mike e Caleb Faulkner tornarono negli Stati Uniti».

Bolton annuì. «Mi sono sempre chiesto perché fosse rimasto lì solo per due anni. Quando gliel'ho chiesto, una volta, mi ha risposto che non era un buon ambiente per Caleb. Gli avevo anche fatto i complimenti per aver anteposto la famiglia alla carriera».

Yang espirò lentamente. «Non posso perdonare quello che Faulkner ha fatto per suo figlio, anche se capisco che nessun genitore voglia che il proprio figlio languisca in una prigione straniera. Ma avrebbe potuto aiutarlo, una volta tornato negli Stati Uniti. Uno psichiatra, farmaci, terapia, qualcosa».

«Caleb è uno psicopatico e nessuno di noi se n'era accorto». Bolton scosse la testa. «Mi piaceva. Avevo persino pensato che sarebbe stato un genero meraviglioso. Quanto mi sbagliavo».

«Ha ingannato tutti e ha finto di essere gentile e premuroso, mentre era tutt'altro. Forse non sapremo mai quante ragazze ha violentato e ucciso, ma sappiamo di tre di loro. Due sono ancora vive e hanno confermato di essere state attirate nell'auto di Caleb dopo una seduta con il loro terapeuta. Le ragazze lo avevano visto a un evento di beneficenza e pensavano che fosse un bravo ragazzo. Si sono fidate di lui. C'è un testimone, un senzatetto, che dopo la scomparsa di Annika ha detto alla polizia di aver visto un'auto di lusso aspettare nel vicolo dietro l'edificio del terapeuta. All'epoca non fu preso sul serio, perché era un drogato e non era stato in grado di descrivere l'auto o l'uomo».

«Annika è la ragazza morta?»

«Sì, secondo Tatjana e Sasha, le due ragazze russe sopravvissute, Annika ha reagito, quando, una notte Caleb l'ha violentata con particolare ferocia. Hanno dovuto guardare mentre la strangolava. Ci vuole una persona particolarmente senza cuore per strangolare qualcuno a mani nude. Lei ha lottato finché ha potuto. È così che il suo DNA è finito sotto le sue unghie. Pensava che smaltendo il corpo in una fossa poco profonda nel parco di Fort Dupont il corpo si sarebbe decomposto rapidamente e nessuno l'avrebbe mai trovata. Beh, qualcuno invece l'ha trovata».

Bolton sembrò rabbrividire. «Le due sopravvissute devono essere traumatizzate».

«Avranno bisogno di molta terapia».

«Come è stata coinvolta Maddie, in tutto questo?»

«È iniziata con Sergei Petrov. Si sono incontrati a un evento mondano. L'aveva presa di mira perché lavorava per *Nessun Bambino Abbandonato*, un'associazione di beneficenza fondata da Mike Faulkner dopo il suo ritorno dalla Russia. Petrov credeva che Mike Faulkner la usasse come copertura per avere accesso a ragazze minorenni. E poiché diverse ragazze salvate dall'associazione erano scomparse, negli ultimi anni, Petrov credeva che dietro ci fosse Mike Faulkner. Aveva convinto Maddie a usare il suo accesso per cercare le prove».

Bolton sospirò. «Lei non l'avrebbe fatto per dimostrare che Mike aveva fatto del male a quelle ragazze».

«Cosa vuol dire?»

«L'avrebbe fatto per dimostrare che non era vero. Lei voleva molto bene, a Mike. Era il suo padrino. Deve aver accettato la richiesta di Petrov per ripulire il suo nome. Ecco che tipo di persona era».

«Forse ha ragione. Ma scavando nei registri dell'associazione, ha attirato l'attenzione di Caleb su sé stessa. Abbiamo intervistato il personale dell'ente e abbiamo scoperto che nelle due settimane precedenti la sua morte, sua figlia aveva avuto accesso a vari file su diverse ragazze, quando questo non era di sua competenza».

«È così che Caleb ha scoperto che stava indagando sulla scomparsa delle ragazze?»

«Dobbiamo presumere che sia così. Purtroppo, Caleb non parla». Yang alzò le spalle. «Non importa. Abbiamo testimoni a sufficienza».

«Intende le due ragazze che sono sopravvissute?»

Yang annuì.

«Come ha fatto quella ragazza, Sasha, a scappare?» Chiese Bolton.

«Caleb era venuto a prendere Tatjana per portarla nel lettino dove abusava regolarmente dell'una o dell'altra. Normalmente, Sasha sarebbe stata chiusa nella cella, mentre lui era impegnato con Tatjana, ma quando Caleb portò Tatjana fuori dalla cella, Sasha riuscì a incastrare un pezzo di stoffa nella serratura per non farla scattare. Caleb sembrava troppo ansioso di continuare ad abusare di Tatjana e non se ne accorse. Forse aveva bevuto più del solito. Non lo sappiamo».

«Quindi è scappata?»

Quando Caleb era di spalle, Sasha è uscita di nascosto dalla gabbia ed è corsa fuori dal seminterrato e in strada». Tatjana ha detto che Caleb è inciampato quando ha cercato di correre dietro a Sasha, perché aveva i pantaloni sotto le ginocchia. Ma quando Tatjana ha cercato di oltrepassarlo per fuggire come Sasha, lui le ha afferrato la caviglia e lei è caduta sbattendo la testa così forte da svenire».

«Oh, mio Dio!»

«Sasha corse e corse, finché non si trovò davanti alla chiesa cattolica della Santissima Trinità. *Nessun bambino abbandonato* aveva organizzato lì un evento a cui avevano partecipato molti dei bambini salvati. Era per quello che Sasha sapeva chi fosse Maddie. Pare che abbiano scambiato qualche parola con l'aiuto di un interprete e Sasha aveva sentito di potersi fidare di sua figlia. Al termine dell'evento, un autobus riportò tutti alle rispettive case e l'autista lasciò Madeline nella sua casa a pochi isolati dall'evento. Sasha si ricordava della casa, perché si chiedeva se un giorno anche lei avrebbe vissuto in una bella casa come quella. Ci mise un po', a trovare la casa, ma alla fine ci riuscì e chiese aiuto a Maddie».

Bolton tirò su col naso e Yang lo guardò, notando che le emozioni di Bolton stavano avendo la meglio su di lui. «Vuole che mi fermi?»

«No. La prego, continui».

«Sua figlia ha accolto Sasha, ma non è riuscita a ottenere molto da lei, solo che un uomo le aveva fatto del male. E che era spaventata. A quel punto Maddie deve aver chiamato Sergei Petrov per chiedere aiuto. Ma lui era fuori dal Paese e ha ricevuto il messaggio solo dopo la morte di Maddie».

«Quindi l'ha chiamato, proprio come ha detto la signorina Warner?»

«Sì, e secondo i servizi segreti hanno trovato la registrazione della chiamata sul telefono di sua figlia, ma quando lei l'ha ricevuto era già stata cancellata».

«Da Mike?»

«Crediamo di sì. Era l'unica altra persona che era stata in possesso del cellulare prima di restituirglielo. Credo che volesse assicurarsi che nessuno tracciasse un collegamento tra Maddie e Petrov, il che avrebbe potuto portare a scoprire che la sua morte aveva qualcosa a che fare con le ragazze russe scomparse».

«Deve aver capito che li avrebbe condotti a Caleb».

«Forse. Potrebbe aver capito anche prima, che Caleb stava tramando qualcosa, perché Robert Wolff, lo stalliere di Mike Faulkner nella sua tenuta equestre, ha confermato di aver chiamato Faulkner una settimana dopo la morte di Madeline, quando non era riuscito a trovare il flacone di Midazolam che gli serviva per un cane ferito. Mike aveva detto al suo stalliere che aveva accidentalmente rotto il flacone, ma era ovviamente una bugia. Caleb ha rubato il farmaco e lo ha mescolato al vino per sedare Madeline e inscenare un incidente domestico».

Una lacrima scese sulla guancia di Bolton, che la asciugò. «Almeno non sapeva cosa le stava succedendo».

Yang non lo corresse. La dose di Midazolam che Maddie aveva

ricevuto nel vino che aveva bevuto con Caleb non era probabilmente sufficiente a metterla completamente fuori combattimento, poiché Caleb non poteva rischiare che il suo respiro e il suo cuore si fermassero prima di averle inflitto il trauma cranico. Tuttavia, la droga in circolo le aveva rilassato i muscoli al punto da non averne il controllo e da non poter lottare contro Caleb, pur sapendo cosa l'aspettasse.

«Pensare che conosco Caleb da sempre...» disse Bolton. «Come se non gli fosse mai importato nulla di lei. O di nessuno di noi».

«Questa è la definizione di psicopatico. Non si preoccupano di nessuno all'infuori di loro stessi», rispose Yang.

Bolton annuì, riprendendo fiato. «Ma perché Caleb ha sparato a Petrov e alla signorina Warner? Mike gli ha dato i loro nomi?»

«Non di proposito, no. Invece, credo che sia stato lei, ad avvisare Caleb del fatto che Petrov e la signorina Warner avevano informazioni che avrebbero potuto condurre la polizia all'assassino».

«Io? Non avrei mai...».

Yang sollevò la mano. «Lo so. Il suo contributo a questa situazione è stato del tutto innocente. Quando l'ho interrogata di nuovo ieri, lei mi ha detto di aver chiamato Mike Faulkner, che si trovava nella sua casa a Washington e si stava vestendo per una cena alla Casa Bianca. Secondo lei ha messo il vivavoce per continuare a vestirsi, mentre lei gli ha detto che sua moglie aveva ricevuto una visita dalla signorina Warner, la quale sosteneva che Maddie aveva parlato con Petrov. Credo che Caleb fosse nella casa di città e abbia ascoltato la conversazione, anche se né Caleb né suo padre ci hanno fornito informazioni. Non importa. Abbiamo molte prove per condannare Caleb. Possiamo anche dimostrare che Caleb si è travestito da medico per fare un secondo attentato alla vita di Petrov. Nonostante indossasse una maschera chirurgica e un berretto, siamo riusciti a sovrapporre i filmati di sicurezza dell'ospedale con quelli di Caleb nell'atrio dell'associazione. Lo sapeva che ogni persona ha un'andatura individuale e unica?»

«No».

«Caleb e la persona che ha attaccato Petrov e la sua scorta in terapia intensiva camminavano esattamente nello stesso modo. Le loro andature erano identiche. Una corrispondenza perfetta».

Bolton emise un profondo respiro. «Tanto dolore, tante morti, tante persone ferite... Tutto perché Caleb potesse nascondere che razza di mostro è. E Mike lo sapeva. Sapeva da sempre di cosa fosse capace Caleb, eppure ha lasciato che accadesse».

«Non è stato solo quello. In un certo senso l'ha facilitato».

«In che modo?»

«Dopo il ritorno dalla Russia, Faulkner deve essersi sentito in colpa per quello che aveva fatto suo figlio. Credo che volesse riparare al crimine del figlio, così fondò l'associazione per aiutare i bambini maltrattati. A quel punto le sue motivazioni erano molto probabilmente pure, anche se intrise di senso di colpa. Passarono gli anni e forse Faulkner credette che il figlio avesse superato il suo... come dire, appetito sessuale per le ragazze molto giovani. In ogni caso, Faulkner avrebbe fatto meglio a far aiutare il figlio sotto forma di terapia e di farmaci».

Yang scosse la testa, poi continuò: «Così, quando Faulkner dovette dimettersi dall'ente quando divenne Capo di Gabinetto, mise Caleb al timone. È stato come mettere il lupo a capo del pollaio. Caleb aveva pieno potere su tutte le ragazze che passavano per l'associazione. Aveva la sua scelta. Aveva un tipo: capelli scuri, occhi azzurri. Stiamo ancora esaminando gli archivi dell'associazione per capire se prima di Annika, Sasha e Tatjana ci siano state altre ragazze di cui ha abusato o che ha ucciso».

«Non riesco a capire Mike. Come ha potuto anche solo pensare di mettere Caleb in quella posizione?» Chiese Bolton.

«Non lo sapremo mai. Forse pensava davvero che Caleb fosse migliorato e si fosse pentito». Yang scrollò le spalle. «Ma, dopo la morte di Madeline, ha ignorato tutti i segnali che indicavano il coinvolgimento di Caleb in qualcosa di nefasto. Invece, ha alterato le prove, come cancellare la telefonata di Madeline a Sergei, e ha fatto di tutto per coprire quello che in fondo già sapeva: che Caleb aveva ucciso Madeline».

«Non lo perdonerò mai, per questo», disse Bolton.

«Almeno adesso è finita», disse Yang. «Caleb morirà in prigione. E anche Faulkner, data la sua età, morirà in galera».

Bolton annuì, poi guardò dritto verso Yang. «È ironico, vero? Una donna che è stata cieca per metà della sua vita ha aiutato tutti noi a vedere il mostro dietro la facciata».

«Sì, l'ha fatto. E ci ha portato all'unica testimone oculare che ha visto Caleb uccidere Madeline. Non ci sono molte donne come la signorina Warner».

«No, detective. Una donna come lei è una rarità. Dovrebbe cogliere questa opportunità».

Involontariamente, Yang sorrise. Forse avrebbe seguito il consiglio di Bolton.

87

Una settimana dopo il salvataggio di Sasha, Emily era tornata nello stesso cimitero in cui era stata deposta Madeline Bolton per dire addio a suo padre. Fu un evento tranquillo e molto intimo.

Sull'elegante bara erano stati drappeggiati dei gigli bianchi, mentre un sacerdote aveva recitato il Salmo 23.

«Il Signore è il mio pastore...»

Emily ascoltò a malapena la preghiera, con il cuore colmo di dolore e di rimpianto, ma anche di gratitudine. Suo padre aveva pagato il suo debito con lei con la sua stessa vita. Non sapeva se il suo sacrificio gli avrebbe permesso di entrare in paradiso. Ma non provava più alcun rancore nei suoi confronti. Oggi piangeva per il padre che aveva perso quindici anni prima e piangeva lacrime sincere, per lui. Forse ora anche sua madre avrebbe potuto perdonarlo.

Emily guardò la bara, affiancata dal suo fidato cane guida, Coffee, e dalla sua migliore amica, Vicky. Entrambi le avevano dato forza, durante la scorsa settimana.

Quando il sacerdote terminò la sua preghiera e si allontanò, i pochi presenti erano rimasti e le avevano fatto le loro condoglianze. L'ambasciatore Pacheco era accompagnato da Catalina.

Catalina avvolse le braccia intorno alla vita di Emily e premette la testa contro il suo petto. «Mi dispiace che tu abbia perso tuo padre. Non so cosa farei, se perdessi il mio». Catalina tirò su col naso, cercando di nascondere le lacrime.

«Va bene piangere», disse Emily, mentre le lacrime le scendevano sulle guance. «Anche a me dispiace di averlo perso. Promettimi una cosa, Catalina».

La ragazza sollevò la testa. «Qualsiasi cosa».

«Assicurati di dire a tuo padre ogni giorno che gli vuoi bene». Emily incontrò lo sguardo dell'ambasciatore Pacheco e lo sostenne. «Perché così non lo perderai mai».

«Lo farò, signorina Warner», promise Catalina.

Gli occhi dell'ambasciatore Pacheco si inumidirono. Emily percepì che stava pensando a sua moglie. Sorrise tra le lacrime. Pacheco raggiunse Catalina, poi offrì la mano a Emily. Quando lei gliela strinse, lui la strinse improvvisamente con entrambe le mani. «Se avesse bisogno di qualsiasi cosa, io e Catalina saremo qui per lei».

«Grazie», disse lei, sapendo che la sua offerta era sincera.

L'ambasciatore prese per mano la figlia e si diresse verso la sua scorta.

Diego Sanchez, che si era messo dall'altra parte di Vicky, si girò verso di lei. «Mi dispiace per la tua perdita, Emily».

Gli prese la mano e la strinse. «Volevo ringraziarti per tutto quello che hai fatto...»

«Non è necessario», la interruppe. «Da quello che ho potuto vedere, avevi tutto in pugno, prima che io riuscissi a intervenire. Vorrei solo che la polizia non fosse arrivata così in fretta e non mi avesse interrotto mentre picchiavo a sangue Caleb». Sospirò. «Ma è quello che è. Sono io che devo ringraziarti. Senza di te, Maddie non avrebbe mai avuto giustizia. E Caleb avrebbe continuato a fare del male ad altre ragazze innocenti». Poi disse a Vicky: «Ti aspetto in macchina».

Quando fu sicura che lui non la potesse sentire, Emily guardò Vicky. «Esci con lui?»

Vicky arrossì. «Mi ha invitato a prendere un caffè. Non è proprio un appuntamento, sai».

«Certo che no», disse Emily, sorridendo. «Ma sono sicura che puoi trasformarlo in uno».

Vicky si avvicinò. «Lo spero proprio». Ridacchiò.

«Sei incorreggibile».

«Lo so. Non è divertente?»

«Non lasciare che ti trattenga. Prendi un caffè con Diego. Credo che tu gli piaccia. Ricordati che è ancora in lutto. Lui l'amava».

«Lo so».

Emily indicò un posto all'altra estremità del cimitero. «Devo salutare Maddie».

Vicky la abbracciò. «Ti voglio bene».

«Anch'io ti voglio bene».

Quando Vicky si diresse verso il punto in cui Diego aveva parcheggiato l'auto, Emily prese un giglio bianco dalla composizione floreale sulla bara del padre.

«Non ti dispiace, papà, vero?»

Poi guardò Coffee e disse: «Vieni, Coffee».

Insieme attraversarono il cimitero. Quando si avvicinò alla tomba di Maddie, poté già vedere le due persone che la stavano aspettando: i genitori di Maddie.

Quando Emily raggiunse la tomba, dove era stata eretta una lapide bianca, Rita Bolton le mise le braccia intorno e la strinse forte.

«Mi dispiace molto per la tua perdita, mia cara», disse Rita Bolton tra le lacrime, prima di liberare Emily dal suo abbraccio.

Emily sentì una nuova ondata di lacrime, ma cercò di reprimerla. «Vi sono molto grata». Guardò Eric Bolton. «Non avrei mai potuto dare a mio padre un luogo di riposo così bello se non fosse stato per la vostra generosità».

Bolton le prese la mano e la strinse per un momento. «È giusto che paghiamo noi. Quello che hai fatto per ottenere giustizia per la nostra bambina, per la nostra Maddie, non potrà mai essere ripagato».

Rita tirò su col naso. «Non avevamo idea di quanto fosse

depravato e crudele Caleb. Si pensa di conoscere qualcuno...» Scosse la testa.

«Abbiamo tagliato i ponti con i Faulkner. Non potrei mai più essere amico di Mike, sapendo che ha cercato di coprire i crimini di Caleb...» Bolton mosse la testa da un lato all'altro. «Il Presidente lo ha costretto a dimettersi, non appena ha saputo la notizia. Mike sarà perseguito come complice dopo il fatto e per ostruzione della giustizia», disse Bolton.

Emily aveva saputo delle dimissioni dal telegiornale. «Vorrei poter dire che mi dispiace sentirlo, ma non è così. Caleb è un mostro. E suo padre lo sapeva e non ha fatto nulla per fermarlo».

Ma non voleva essere amareggiata. Posò il giglio sulla tomba di Maddie, prima di sorridere ai Bolton. «Avrei voluto conoscere Maddie quando era viva. So che non abbiamo nulla in comune, ma...»

Rita mise una mano sull'avambraccio di Emily. «Avete qualcosa in comune. Avete entrambe un cuore grande».

Emily sorrise. «So che ora è in pace».

Rita annuì. «Grazie a te». Poi guardò oltre Emily. «Credo che qualcuno sia qui per vederti».

Emily si guardò alle spalle e fu sorpresa di vedere il detective Yang avvicinarsi.

«Arrivederci», disse ai Bolton, poi si girò e si diresse verso la posizione dove si era fermato Yang.

Coffee camminava con lei, e si mise a scodinzolare quando Yang si accovacciò per accarezzarlo.

«Non pensavo che saresti venuto, detective», disse.

«Non volevo intromettermi nel funerale», disse. «Ma Vicky mi ha chiamato per dirmi che forse ti serve un passaggio a casa».

«Avrei potuto prendere un Uber per tornare indietro».

«Certo che avresti potuto, ma ho pensato che forse volevi cenare con me?»

Sorpresa, lo fissò. «Vuoi cenare con me?»

«Sì. A meno che tu non abbia già dei programmi». Indicò la strada principale che serpeggiava nel cimitero. «Forse l'ambasciatore argentino ti ha chiesto di uscire?»

«Quindi finalmente ci credi che conosco l'ambasciatore argentino, detective?»

Lui scrollò le spalle. «A volte bisogna vedere per credere. A volte ci si crede anche se non si riesce a vedere».

Lei ridacchiò dolcemente.

«Quindi è un *sì* o un *no*?».

«Posso portare Coffee?». Lanciò una rapida occhiata al suo cane.

«L'invito a cena *è* per Coffee. Non ero stato chiaro? Se vuoi puoi accompagnare noi due scapoli, ma solo se smetti di chiamarmi *detective*».

«Come dovrei chiamarti, allora?»

«Adam».

Per la prima volta in quindici anni, Emily si sentiva spensierata e sapeva che il suo futuro sarebbe stato felice, qualunque cosa fosse accaduta da qui in avanti, perché aveva Maddie dalla sua parte, che la guardava dall'alto.

INFORMAZIONI SULL'AUTRICE

Tina Folsom è nata in Germania e vive in paesi anglofoni dal 1991. È un'autrice bestseller del *New York Times* e di *USA Today*. La sua serie bestseller, *Vampiri Scanguards*, ha venduto oltre 2 milioni di copie in tutto il mondo. Tina ha scritto oltre 50 libri, pubblicati in inglese, tedesco, francese, italiano e spagnolo. Tina scrive di vampiri (serie *Vampiri Scanguards* e *Vampiri di Venezia*), divinità greche (serie *Fuori dall'Olimpo*), immortali e demoni (serie *Guardiani Furtivi*), agenti della CIA (serie *Nome in Codice Stargate*) e scapoli (serie *Il Club degli Scapoli*).

Tina è sempre stata un'amante dei viaggi. Ha vissuto a Monaco (Germania), Losanna (Svizzera), Londra (Inghilterra), New York City, Los Angeles, San Francisco e Sacramento. Oggigiorno, ha fatto di una città balneare della California meridionale la sua casa permanente, assieme al marito e al loro cane.

Per saperne di più su Tina Folsom:
Visita il suo sito web: https://tinawritesromance.com/edizioni-italiane/
Iscriviti alla sua newsletter: https://tinawritesromance.com/newsletters/
Seguila su Instagram: https://www.instagram.com/authortinafolsom/
Iscriviti al suo canale YouTube: https://www.youtube.com/c/TinaFolsomAuthor
Seguila su Facebook: https://www.facebook.com/TinaFolsomFans/

www.ingramcontent.com/pod-product-compliance
Lightning Source LLC
Chambersburg PA
CBHW030512030826
49196CB00027B/106